KB107626

한 달에
한 도시

한 달에
한 도시

글/사진	김은덕, 백종민
초판 1쇄 발행	2014년 9월 20일
9쇄 인쇄	2018년 9월 10일
9쇄 발행	2018년 9월 15일

발행처	이야기나무
발행인/편집인	김상아
아트 디렉터	박기영
출판팀장	오성훈
기획/편집	김정예, 박선정
홍보/마케팅	한소라, 윤해민, 김영란
디자인	뉴타입 이미지웍스
인쇄	미래상상
등록번호	제25100-2011-304호
등록일자	2011년 10월 20일
주소	서울시 마포구 양화로 10길 50 마이빌딩 2층
전화	02-3142-0588
팩스	02-334-1588
이메일	book@bombaram.net
홈페이지	www.yiyaginamu.net
페이스북	www.facebook.com/yiyaginamu
블로그	blog.naver.com/yiyaginamu
인스타그램	www.instagram.com/yiyaginamu_

ISBN 979-11-85860-01-5
값 18,000원

「이 도서의 국립중앙도서관 출판예정도서목록(CIP)은 서지정보유통지원시스템 홈페이지(http://seoji.nl.go.kr)와
국가자료공동목록시스템(http://www.nl.go.kr/kolisnet)에서 이용하실 수 있습니다. (CIP제어번호:CIP2014025073)」

에어비앤비로 여행하기 : 유럽편

한 달에
한 도시

혼자였으면
시작하지 않았을 일들

아무것도 못 할 줄 알았는데 많은 일을 해냈다. 혼자였으면 시도조차 하지 않을 일들을 둘이라서 해냈다. 시작은 대안 결혼식이었다. 작은 레스토랑을 빌렸고 청첩장 대신 청첩북을 만들었다. 두 번째는 세계여행이었다. 한 달에 한 도시씩 살아보자며 용감하고 무모하게 걱정과 불안을 등에 업은 채 떠났다. 우리의 여행을 시간 속으로 마냥 흘려보내기 아쉬워 누가 시키지도 않았고 몇 명이나 볼지도 모르는 매거진을 만들었다.

말레이시아의 더위를 피하려고 찾았던 커피숍. 그 안에서 우리는 엄청난 작당을 꾸몄다. 매주 여행지에서 있었던 일을 기록하기로 다짐한 것이다. 그곳에서 만난 이웃, 함께 산 호스트, 발품 팔아 갔던 곳, 웃다 울었던 사건들. 머리 한 번 부딪히면 수십억 개가 사라진다는 뉴런 속에만 묻어둘 것이 아니라 글로, 사진으로, 영상으로 남기자고 말이다. 가벼운 마음으로 시작했지만 함께 글을 쓰면서 잘 안다고 생각했던 사람의 낯선 모습을 발견했다.

"내가 고용주라면 너 같은 직원은 당장 잘랐어! 그렇게 느려서 언제 마무리할 거야!"
"이봐, 너는 맨날 불나방처럼 달려들기만 하냐? 디테일이 없잖아!"

여행을 기록하며 심하게 아옹다옹하기도 했고, 지금도 여전히 그러고 있지만 어느덧 우리에게 기록은 여행과 동의어가 되었다. 기록하기 위해 거리로 나갔고, 그렇게 마주한 거리는 새로운 경험으로 우리를 이끌었다. 어느 것 하나 예사로 볼 것이 없었고 무엇이 되었든 놓치지 않기 위해 귀를 쫑긋 세웠다.

깊이 있는 문장, 시선을 당기는 미사여구, 재치 있는 글솜씨는 아니다. 여행하며 실시간으로 적어 나간 이야기라 울퉁불퉁 거칠고 펜 끝의 감정은 다듬어지지 않았다. 다만 허세 부리지 않고 한 문장, 한 문장 진술하게 쓰려고 노력했다. 한 달에 한 도시씩 살아보니 낯선 도시의 맨얼굴이 보였다. 도도한 피렌체, 한국을 '동생'의 나라라고 생각하는 이스탄불, 낮져밤이 세비야, 런던 변두리에서 만난 이민자의 삶 등. 벌써 지나간 이야기가 되었다는 사실에 가슴이 아리지만 아직 가지 않은 곳이 많고 설렐 날이 남아 있음에 감사하다.

시작하는 글

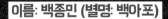

이름: 백종민 (별명: 백아포)

엄살이 심해서 아프다는 말을 입에 달고 사는 서른 중반의 남자

큰 시련도 큰 고비도 없이 너무 평범해서 걱정이었던 유년시절을 보냈다. 중국에서 4년, 영화제 진행팀에서 6년, 번역 에이전시에서 2년 동안 일할 때 용케도 시끌벅적한 사건은 나를 요리조리 피해서 옆자리 동료를 찔렀다. 언젠가 한번은 엄마가 알면 깜짝 놀랄만한 하드코어 인생을 살아보겠다고 꿈만 꾸다가 드디어, 세계여행을 떠났다. 남들보다 조금 더 많은 여성 호르몬 덕분에 공감 능력도 크고 꿈속에서도 수다가 끊이지 않는다. 섬세한 감성을 타고났지만 걱정과 근심이 많고 인생이 언제나 섭섭한 것투성이다.

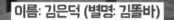

이름: 김은덕 (별명: 김똘바)

자기만 똑똑하다고 생각하는 서른 중반의 바보, 아니 여자

시네마테크와 영화계 언저리 그리고 록 페스티벌로 이어지는 유년시절을 보냈다. 지나치게 유니크한 과거를 소유해 현실과 접점을 쉽게 찾지 못한다. 자신만의 세상에 갇혀 꼭꼭 숨어 지내다가 드디어 세계여행을 떠났다. 남들보다 조금 더 많은 남성 호르몬 덕분에 이성적인 사고를 하지만 '피곤해'라는 한마디로 대화를 원천 봉쇄하는 능력자다. 사건과 사고에 무감각하고 타인에 대해 무신경하다는 소리를 종종 듣는다.

에든버러
Edinburgh

여섯 번째 달 | 내 이웃의 얼굴을 돌아보라

더블린
Dublin

런던
London

일곱 번째 달 | 런던에서 처음부터 그대로 다시 살아 보고 싶어

파리
Paris

바카르
Bakar

다섯 번째 달 | 세상의 끝에서 온 사람

피렌체
Firenze

이스탄불
Istanbul

바르셀로나
Barcelona

네 번째 달 | 여행자의 자격

세 번째 달 | 너희의 여행을 무엇을 위한 거니?

세비야
Sevilla

여덟 번째 달 | 내일이 빨리 왔으면 좋겠어

서울
Seoul

도쿄
Tokyo

첫 번째 달 │ 시작은
아르헨티나 소고기

두 번째 달 │ 우리 겸손한
여행을 하자

쿠알라룸푸르
Kuala Lumpur

싱가포르
Singapore

1

시작은
아르헨티나
소고기

서로 호감을 확인한 남자와 여자가 낯선 도시의 호숫가 근처에
자리 잡았다.

"종민 씨, 소고기 좋아해요? 아르헨티나 소고기가 그렇게 맛있다
는데 나중에 같이 먹으러 갈래요?"

송어회를 앞에 두고 여자가 던진 난데없는 제안에 마음이 울렁거
렸다. 얼른 입을 크게 벌리고 함께 가겠다고 대답하고 싶었지만
그럴 수 없었다. 입에 쑤셔 넣었던 상추쌈을 어쩌지 못하고 고개
를 수줍게 끄덕이는 것으로 대답을 대신했다. 이때였던 것 같다.
서로 다른 궤적을 그리며 살아온 남자와 여자가 인생이라는 여
행을 함께 시작하게 된 것이.

자기애가 강한 남자와 여자는 결혼으로 자신을 잃고 싶지 않았
다. 하지만 이 사람이라면, 부부이기 전에 독립된 개체로 살아갈
수 있으리란 믿음이 생겼다. 2년의 연애 끝에 남자와 여자는 서
로 법적 배우자가 되기로 약속했다.

"너에게로 가는 길이 나에겐 가장 행복한 길이야. 내가 평생 이
길을 걸을 수 있게 해 줄래?"

대한민국
Korea

서울
Seoul

강릉
Gangneung

울릉도
Ulleungdo

독도
Dokdo

인천
Incheon

대전
Daejean

대구
Daegu

광주
Gwangju

부산
Busan

목포
Mokpo

아키타
Akita

동해
East Sea

센다이
Sendai

고리야마
Koriyama

나가노
Nagano

일본
Japan

도쿄
Tokyo

오카야마
Okayama

교토
Kyoto

나고야
Nagoya

시즈오카
Shizuoka

요코하마
Yokohama

오사카
Osaka

청첩장 대신 청첩북,
예식장 대신 인도 레스토랑

글 /

청첩장, 받을 때는 몰랐지만 만들려니 눈이 치켜떠진다. 예식 날짜와 장소를 알리는 값비싼 종이가 영 마음에 들지 않았다. 청첩장을 만들 돈이면 책도 하나 만들 수 있겠다는 생각이 들었고 예식이 끝나면 쓰레기통으로 직행하는 청첩장 대신 은덕과 나의 이야기를 담은 책을 제작하는 것으로 방향을 틀었다. 청첩장과 책이라는 뜻을 담아 '청첩북'이라는 이름도 붙였다. 은덕과 내가 살아온 이야기, 만나고 연애한 이야기 그리고 앞으로 어떻게 살겠다는 다짐이 총 24쪽 분량의 책이 되었다. 결혼 준비는 누군가의 도움 없이 직접 하고 싶었기에 책 만드는 프로그램도 배웠다. 몇 날 며칠을 모니터와 씨름한 끝에 결국 손에 넣었다. 청첩장이 아닌 청첩북을.

"결혼식도 안 보고 식당으로 향하는 사람이 많아. 그러니까 예식 대신에 맛있는 음식을 먹으면서 축하하는 자리로 바꾸면 어떨까?"

청첩장도 바꿨는데 예식장이라고 못 바꿀쏘냐. 우리는 신혼살림을 차릴 홍대 인근에서 결혼식 장소로 적절한 곳을 찾기 시작했다. 처음 점찍었던 카페는 공간이 좁았고 두 번째로 찾았던 퓨전 레스토랑은 많은 인원의 식사를 한 번에 소화할 수 있을지 걱정이 되었다. 세 번째로 방문한 인도 레스토랑은 홍대에서 보기 드물게 널찍했고 주방장이 내놓는 인도 음식도 제대로였다. 그래, 여기였다.

어디 모자라서 몰래 결혼한 놈

누가 봐도 어색한 웨딩 사진, 도대체 무엇이 예 ※인지 알 수 없는 예단과 예물은 생략했다.

딱 한 번 입자고 드레스와 턱시도를 거금 주고 빌리는 일도 건너뛰었다.

그렇지만 건너뛰면 안 되는 게 있었다. 바로 소주 한잔!

시작은 아르헨티나 소고기

웨딩 사진과 예단, 예물 등 다른 사람에게 보여 주기 위한 절차는 모두 생략했다. 결혼식 당일에도 웨딩드레스와 턱시도 대신 하얀 원피스와 단정한 정장 한 벌을 입고 나란히 섰다. 손님들이 골목에 숨어 있는 레스토랑을 쉽게 찾아올 수 있게 만든 안내 표지판도 은덕과 내가 직접 디자인해서 출력소에 맡겼다. 화장과 머리 손질은 문턱을 넘는 것도 부담스러운 청담동 어딘가가 아니라 레스토랑에서 가까운 홍대 인근의 작은 미용실에서 해결했다. 결혼식 사진도 사진작가나 거창한 장비의 힘을 빌리지 않았다. 친구들과 식구들이 찍어 주는 사진으로도 충분했다. 이렇게 하고 나니 총비용은 대략 600만 원. 대부분 음식값이었다. 은덕과 내가 직접 기획하고 하나하나 손수 만들면서 진행한 결혼식은 기천만 원에 육박하는 예식이 부럽지 않았고 더불어 '웨딩푸어 Wedding Poor'라는 깊은 골짜기도 비켜갈 수 있었다.

추리닝과 소주 한잔이
아쉬웠던 우리의 결혼

편안한 분위기에서 치르는 결혼인 만큼 손님들도 넥타이를 바짝 졸라매고, 옷에 음식이 묻을까 조심해야 하는 정장보다는 편한 옷을 입고 왔으면 했다. 친구들과 친지들에게도 편한 복장으로 오라고 연락을 돌렸다. 다만 그 연락을 철석같이 실천하며 더할 나위 없이 편한 추리닝 차림으로 나타난 큰아버지는 예상치 못한 변수였다. 나와 은덕은 크게 신경 쓰지 않았지만, 아버지가 그만 큰아버지에게 언성을 높이고 말았다. 편한 복장이라고 하지 말고 편한 가족 모임 복장이라고 디테일하게 말했다면 좋았으련만. 한 가지 문제가 더 있었다. 바로 소주였다.

"무슨 결혼식에 소주도 없어? 나가서 좀 사와도 되냐?"

레스토랑과 계약할 때 주류는 맥주와 와인으로 한정했었다. 맥주와 와인이면 충분할 것으로 생각했지만, 어른들은 소주가 없으니 영 재미가 없다며 계속 소주를 찾으셨다. 외부에서 사 오는 것도 어려운 일이라 잘 말씀드리고 넘어갔지만, 소주 한잔이 없었던 그 자리는 지금도 가끔 회자된다고 한다.

나와 은덕의 결혼식에 참석한 사람은 모두 150명. 총인원만 놓고 본다면 절대 적지 않은 인원이지만 양가에서 나누다 보니 70명 남짓만 초대할 수 있는 아쉬운 숫자였다. 형제가 많은 부모님에게는 70명이 턱없이 부족했다. 나는 우리 집에 할당된 인원을 모두 부모님께 헌정하고 10명의 친구만 불렀다. 그 결과 아직도 내 결혼 소식을 모르는 지인이 수두룩하고 '어디 모자라서 몰래 결혼한 놈'이라는 타이틀을 얻었다.

돈으로 살 수 없는
추억 하나를 만들고 싶었을 뿐

나와 은덕의 결혼식을 한 주간지에서 취재해 갔다. 신혼여행 중, 인터넷으로 기사를 확인해 보니 댓글에는 나와 은덕의 결혼식을 부러워하는 사람도 있었고 이런 결혼식을 하고 싶지만, 현실의 벽이 너무 높다는 사람도 있었다. 부모는 생각하지 않는 이기적인 자식이라고 비난하는 사람도 있었고 상식 밖의 이유를 들며 비난과 험담을 하는 사람도 있었다. 모두가 같은 기준으로 세상을 살 수 없으니 나와 은덕의 모습이 좋게만 보일 수 없다는 것을 안다. 하지만 누군가에게 보여 주고자 한 일도 아니고 튀고 싶어서 한 일은 더더욱 아니었다. 오히려 남과 다르다는 것을 틀렸다고 오해하는 세상에서 튀어 봐야 돌아오는 것은 손가락질뿐임을 잘 알고 있다. 하지만 인생의 가장 큰 전환점이라 할 수 있는 결혼이라는 행사를 스스로 꾸미고 즐기면서 은덕과 나, 두 사람이 돈으로 절대 살 수 없는 추억 하나를 만들고 싶었을 뿐이다.

결혼 선언문

우리는 모든 사람에게 우리가 선택한 배우자와 평등한 관계를 이루고
우리만의 가정을 이끌어 나갈 뜻을 밝히고자 〈결혼 선언문〉을 발표합니다.

──── 하나 ────
우리는 남편과 아내이기 이전에 독립된 개체로서 평등한 관계로 살아갈 것입니다.

──── 둘 ────
의견이 달라 다툼이 일어날 때에는 잠적하거나 회피하지 않겠습니다.
부모님들께서도 절대 문을 열어 주지 마시기 바랍니다.

──── 셋 ────
집으로 투기하지 않을 것입니다.
인생의 목표를 평수를 넓히는 데 사용하지 않겠습니다.

──── 넷 ────
인생을 즐기면서 살아갈 것입니다.
세계여행의 꿈을 실현해 아르헨티나로 떠나
1인분에 1kg이라는 소고기를 맘껏 먹을 것입니다.

──── 다섯 ────
현재 자리에 참석 중인 모태솔로(=태어난 후 연애 경험이 전무한 신인류)와
독거노인(=30대 이상 미혼으로 독립생활 중인 남녀)들과
더불어서 살아갈 것입니다.

여섯

서로에게 가장 중요한 것들(은덕=매년 태국에서의 휴식, 충분한 취침 시간 확보/
종민=카페에서의 잉여짓, 구글 스케줄 관리)을 이해하며 살겠습니다.

일곱

성공보다는 개인의 행복에 가치를 두겠습니다.
일할 때는 최선을 다하겠지만 일이 삶의 전부가 되는 것을 경계할 것입니다.
아울러 일 때문에 서로에게 소홀해지지 않겠습니다.

여덟

무엇보다 우리는 상대방의 덕을 보기 위해 결혼하는 것이 아닙니다.
그러기에 예단, 예물 등의 절차는 생략하며 살면서도 남들 눈을 의식하기보다는
우리만의 가치를 지키며 합리적인 생활을 지향할 것입니다.
그리고 그 첫 시작이 지금 여러분이 보고 계시는 우리의 결혼 방식입니다.

아홉

상대방을 향한 비난과 힐난을 경계할 것입니다.
비난과 힐난이야말로 서로에게 가장 많은 상처를 준다는 것을 알고
대화와 배려로 대할 것입니다.
살아가는 동안 한없이 아름다운 순간만 존재하는 것이 아니라
칼끝을 세워 치열하게 싸우기도 할 것입니다.
우리는 그 순간이 바로 서로에 대한 애정 혹은 애증의 순간임을 기억할 것입니다.
매 순간 서로에게 무관심으로 등 돌리지 않도록 노력하고
이해하며 살아갈 것입니다.

열

물질적인 효도보다 마음에서 우러나오는 효심으로
부모님을 섬기며 살아가겠습니다.

시행착오도 많았지만 결혼식을 준비하는 모든 과정이 즐거웠다. 다시 할 수만 있다면 더 잘할 수 있겠다는 아쉬움도 남는다. 얻은 것은 추억만이 아니었다. 생각만 했던 일을 실행하고 그 과정을 즐기는 법을 알아 버렸다. 더 나아가 이제는 결혼식이 아니라 인생 자체를 계획하고 실행하고 싶다는 욕심도 생겼다. 소고기를 먹으러 아르헨티나에 가겠다는 결혼 공약을 지금 당장 지켜야겠다. 아득하기만 한 5년 후가 아니라 지금 말이다. 지체할 시간이 없다.

우리 한 도시에서
한 달씩 살아 보자

글 /

새로운 방법을 고민하고 실행하는 기쁨에서 출발한 것이 나와 은덕의 여행이다. 관광지에서 많은 사진을 남기는 것과 여권에 찍힌 도장의 숫자로 정리할 수 있는 여행은 우리가 원하는 여행이 아니었다. 쫓기기 싫어 떠나는 여행이다. 앞선 세계 여행자들의 뒤를 쫓는 것만은 피하기로 했다. 나와 은덕이 좋아하는 여행은 새로운 방법을 고안하고 실행할 수 있는 것이어야 했다. 그렇다면 우리가 원하는 여행은 무엇일까?

"관광지가 아니라 현지인의 삶으로 들어가는 거야. 그들이 사는 모습을 보고 이야기를 나누는 게 우리가 좋아하는 여행이잖아."

한 도시에서 한 달씩 살아 보자는 계획은 이렇게 나왔다. 관광지를 벗어나 현지인의 삶으로 들어가 보는 것. 그들이 사는 모습을 목격하고 이야기를 나누는 것이 나와 은덕이 시도하고 싶은 여행이었다. 물론 최대한 많이 보고 체험하는 것이 아니라 머무르고 정착하는 것에 초점을 맞춘 우리의 여행이 제대로 된 선택인가에 대한 두려움도 있었다. 하지만 떠나지 않고서야 그 결과를 알 수 없다. 어찌 되었든 나와 은덕이 함께 가는 길이라면 또렷한 발자국이 나란히 두 줄로 남을 것이다. 막다른 길을 만나면 발자국을 따라 되짚어 나오면 된다. 설사 발자국이 사라졌다 해도 여기 이렇게 꽉 붙잡은 손이 있다. 용기를 냈다.

그래서 어떻게
준비했는지 묻는다면

은덕과 내가 계획한 여행 비용은 총 4,000만 원이었다. 물론 큰돈이지만 2년이라는 기간을 생각하면 충분하다고 할 수 없는 금액이었다. 숙박비, 항공료, 식비, 생활비를 다 합쳐서 은덕과 내가 쓸 수 있는 돈은 대략 한 달에 166만 원이었고 하루에 허락된 돈은 5만 원 남짓. 이 돈으로는 하루 숙박료를 내기에도 벅찼다. 그렇다고 먹을 것 못 먹고 입을 것 못 입는 생활을 할 수도 없었다. 여행 비용 중에서 가장 큰 비중을 차지하는 것은 숙박비와 항공료를 포함한 이동 경비다. 이 두 가지를 어떻게 절감하느냐가 은덕과 나의 가장 큰 고민이었다. 항공료를 비롯한 이동 경비는 체류 기간을 한 달로 정하면서 어느 정도 해결되었고 숙박비는 에어비앤비 Airbnb[1]를 이용하면서 상당 부분 절약되었다.

전세 계약을 해제했다. 세계여행을 하는 동안 한국에서 빈집을 유지해야 할 이유가 없었기 때문이다. 각종 가구와 전자제품 같은 살림살이도 기내용 캐리어까지 총동원한들 모두 짊어지고 떠날 수 없었다. 살림살이는 중고로 하나둘 팔았고 그 사이 전세금도 통장에 들어왔다. 여행 경비인 4,000만 원을 제외한 금액은 다른 통장에서 여행 기간 동안 연금과 보험료 등으로 빠져나갈 것이다. 이로써 한국에서 은덕과 내가 등 붙일 곳은 없어졌다. 주말을 손꼽아 기다리며 살던 평범한 1년 차 신혼부부 대신 한 달에 한 도시씩 살아 보는 '월세 여행자'가 된 것이다.

---

1) 자신의 주거 공간 중 일부를 다른 사람에게 빌려 주는 온라인 서비스. 호스트가 자신의 공간을 홈페이지나 애플리케이션을 통해 사진을 찍어 올리면 해당 공간이 필요한 게스트가 기간을 고려해 연락한다. 요금을 결정하는 것은 호스트와 게스트의 몫이고 에어비앤비는 그 중개 역할을 담당한다. 세계여행하는 사람들이 주로 이용하며 가격이 저렴해 사용자가 점점 늘어나고 있다.
www.airbnb.co.kr

돈으로 살 수 없는 추억 하나 만들고 싶었을 뿐

집도 옷도 화장품도 신발도 너무 많은 걸 짊어지고 살았던 것은 아닐까?

가내용 가방 2개면 우리가 살아가는 데 충분했다.

가진 걸 버리기까지 숱한 고민이 있었지만, 행복을 미루지 않고 떠나온 걸 다행이라 여긴다.

시작은 아르헨티나 소고기

뜻밖의 복병,
예방주사

일정 계획과 자금 마련 방법이 윤곽을 드러냈을 때 여행자 보험을 알아보기 시작했다. 아무리 보험 규정을 들여다봐도 2년이라는 긴 기간을 보장해 준다는 조항은 없었다. 보험사의 정책을 마주하고 나서야 은덕과 내가 계획한 여행이 때에 따라서 위험할 수 있다는 것을 알았다. 보험에 의존하기보다는 우리가 스스로 지켜야 했다. 다행히 일정 중에 아프리카가 없었고, 아시아는 18개월 뒤에나 방문하니 필수로 맞아야 하는 예방접종도 많지 않았다.

국립의료원에 여권과 함께 세계여행 스케줄 표를 챙겨서 방문했다. 황열병과 파상풍, 장티푸스 예방주사를 차례로 맞았고 A형 간염 예방주사는 비용이 만만치 않아서 혹시나 하는 마음에 항체 검사만 받아 보았다. 결과는 역시나 항체 없음. A형 간염은 피곤하면 걸린다니 여행을 쉬엄쉬엄하는 것으로 예방하기로 했다. 이렇게 1인당 125,450원어치의 주사를 맞으며 한국을 떠날 준비를 마쳤다.

팔자가 늘어졌다?
걱정이 늘어졌다!

첫 번째 도시로 향하는 비행기가 이륙을 앞두고 있다. 서른을 넘긴 부부가 한창 일해야 하는 시기에 전세금마저 빼서 세계여행에 나섰다. 남들 보기에는 팔자가 늘어졌다 싶겠지만, 당사자인 은덕과 나는 걱정이 늘어진다. 당장 회사를 그만두면 출근에 대한 부담이 사라져 며칠은 즐겁지만 줄어드는 통장 잔고에 이윽고 불안해지는 것과 비슷한 심정이라면 이해가 쉬울까? 차곡차곡 준비하는 과정과 여행 동안 벌어

우리 한 도시에
한 달씩 살아 보자

"서로에게 가장 중요한 것들을 최대한 양보하고 이해하며 살겠다고 한 거 기억하지?"

"아르헨티나 소고기도 기억하지?"

"이제 가자!"

시작은 아르헨티나 소고기

질 에피소드를 상상하면 흥이 났지만, 여행이 끝난 후를 떠올리면 두려움이 엄습했다. 불안하고 걱정이 된다면서 어떻게 회사를 그만두고 직장인의 마지막 보루라던 전세금마저 빼서 여행을 떠났느냐고? 여기에 대해 대답을 하기에 앞서 은덕과 내가 가장 고민했던 질문을 떠올려 본다.

"지금 하고 있는 일이 혹은 지금 누리고 있는 일상이 우리가 꿈꾸던 삶인가?"

은덕과 나도 결혼한 후 1년 동안 평범한 신혼부부처럼 살았다. 주중에는 각자의 일에 파묻혀 지냈고 주말이 되어서야 겨우 같은 곳을 바라보는 삶을 말이다. 주말에 집안의 경조사가 있다면 이마저도 허락되지 않았다. 나의 삶을 사는 것인지 주변 상황에 따라서 그저 휘둘리고 있는 것인지 정신을 차릴 수 없었고 걷잡을 수 없이 빠르게 넘어가는 달력의 숫자를 보며 씁쓸함을 느꼈다. 우리는 더 늦기 전에 하고 싶은 일을 찾아 짐을 꾸리기 시작했고 여행 계획을 세우면서는 다른 사람들의 여행 이야기가 궁금했다.

시간이 날 때마다 도서관으로 달려가 닥치는 대로 여행 에세이를 읽었다. 한 도시에서 한 달씩, 2년 동안 세계를 여행하는 것을 계획하면서 은덕과 나도 언젠가 한 권의 책이 되고 싶었다. 우리와 비슷한 꿈을 꾸며 도서관으로 달려온 누군가에게 도움이 되고 싶다는 막연한 생각도 이 무렵부터 서서히 고개를 들었다.

부모님과 함께 떠난 세계여행 리허설

글 /

분위기 좋은 날에 말씀드릴까? 친구 이야기인 것처럼 살짝 운을 떠워 볼까? 부모님께 어떻게 이야기를 꺼내야 할지 고민만 하다가 차일피일 미룬 시간이 어느덧 8개월이 지났다. 이제는 더 미룰 수 없었다. 출국 3개월 전, 결제한 항공권과 일정표를 보여 드렸다.

"엄마, 안 잡아요?"
"다 정해서 얘기하는데 뭘 붙잡아. 방을 빌려 주는 에어비앤비? 돌아오면 우리가 방 한 칸 내줄게. 걱정하지 말고 다녀와."

유별난 방법으로 결혼식을 해치웠던 자식들이라 이제는 놀라지도 않으시는 걸까? 서운해하실 줄 알았는데 잘 다녀오란다. 이보다 더 쿨할 수 없었다. 하지만 출국 날짜가 다가올수록 걱정을 하나둘 풀어놓기 시작하셨다.

"진짜 가는 거냐?"
"여행하다 힘들면 바로 돌아와야 한다. 미련하게 욕심부리지 말고."

이제 막 결혼한 아들딸들이 행복하게 가정을 꾸리면서 알뜰살뜰 돈을 모아 안정적인

돌아오면
방 한 칸 내줄게

"돌아오면 우리가 방 한 칸 내줄게. 걱정하지 말고 다녀와."
"여행하다 힘들면 바로 돌아와야 한다. 미련하게 욕심부리지 말고."

삶을 살기 바라셨을 텐데 1년도 아니고, 2년이나 세계여행을 하겠다고 나서니 그 걱정이 오죽했을까? 부모님의 마음을 모르는 것은 아니지만, 은덕과 나는 앞으로 수십 년 동안 함께 살아내야 할 인생이 있었다. 부모님이 바라는 삶보다 우리 두 사람이 행복할 수 있는 삶을 찾고 싶었다. 이러지도 저러지도 못하고 속만 끓일 때 은덕이 아이디어를 냈다. 세계여행의 리허설을 부모님과 함께하자는 것이었다. 평생 착실하고 착한 자식이었던 적은 없었지만, 이번만큼은 부모님의 걱정을 덜어드리고 싶었다. 은덕과 내가 2년 동안 이용할 에어비앤비라는 서비스를 부모님에게 백 번 설명해 봐야 한 번 체험하는 것만 못할 것은 분명했다. 숙소를 일부러 에어비앤비로 정하고 도쿄 Tokyo 여행을 준비했다. 2013년 3월 21일, 아쉽게도 일 때문에 떠나지 못한 은덕의 어머니를 제외하고 은덕과 나, 그리고 부모님이 함께 나리타 Narita 행 비행기에 올랐다.

참치 눈알은
다음 기회에

일본의 평범한 가정집 방문은 은덕과 나도 처음이었다. 10평 남짓한 공간에 알차게 들어서 있는 살림살이, 다다미와 창호지로 마무리한 안방 구경에 시간 가는 줄 몰랐다. 남의 나라에 왔다는 것보다 남의 집 구경에 푹 빠진 부모님을 보니 조금 마음이 놓였다.

"얘들아, 이것 좀 봐라. 부엌도 방도 다 작은데 목욕탕은 우리 넷이 다 들어가고도 남겠어."

일본 여행이라는 말에 온천을 기대했던 엄마는 료칸 일본의 전통 숙박시설로 온천 이용이 가능하다 에서 머물지 않는다는 것을 아시고 내심 서운해하셨다. 그러다 숙소에서 목욕탕을 발

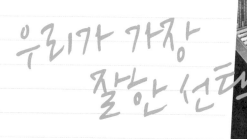

우리가 가장
잘한 선택

부모님과 세계여행의 시작을 함께했던 것.

어쩌면 2년이라는 시간 속에서

우리가 했던 숱한 선택 중에 가장 잘한 일이었는지도 모른다.

견하고 기뻐하시더니 매일 밤마다 제일 늦게 씻으러 들어가신 뒤, 길고 긴 목욕을 마친 후에야 잠자리에 드셨다. 온천은 어쩔 수 없었지만, 이번 여행에서 부모님께 맛있는 참치 초밥만큼은 제대로 대접하고 싶었다. 인터넷과 가이드북을 뒤져서 모두가 강력 추천한 곳으로 향했다. 그런데 이게 어찌 된 일일까! 1시간을 기다려 마주한 참치 초밥이었지만 부모님의 표정이 밝지 않았다. 생각보다 적은 양에 한 번 실망했고 유명세에 미치지 못하는 맛에 두 번 실망했다. 아니 세 번, 네 번.

"안 되겠다. 얘들아, 우리를 시장으로 안내해라."

일본 최대 수산물 시장인 츠키지 어시장으로 부모님을 모시고 갔다. 시장에 발을 들여놓는 순간부터 부모님의 눈빛이 달라지고 발걸음도 빨라졌다. 시장은 전 세계 어디를 가도 어른들의 홈그라운드인 걸까? 거침없이 시장 곳곳을 누비다가 어느 가게 앞에 멈춰 서서 우리를 부르셨다.

"저기 퍼런 건 참치 눈알이니? 에구, 저걸 어찌 먹는다냐. 그래도 먹는 방법이나 물어보자."
"저거 좋네! 저걸로 합시다. 에이, 그러지 말고 좀 깎아 줘요."

적당한 물건을 포착하셨는지 바로 흥정에 들어가셨다. 그것도 한국어로 자연스럽게! 평소에도 바다낚시로 잡은 생선을 즐겨 드시는 분들이었다. 은덕이 처음 인사 왔을 때에도 꼭 먹여야 한다며 새벽부터 바다에 나가 생선을 잡아오셨다. 펄떡펄떡 뛰는 생선을 집에서 회 뜨는 모습을 처음 보고 은덕은 기겁했었지만. 좋은 횟감만 있다면 연장을 탓하지 않는 분들이라 일본에서도 실력을 발휘하셨다. 한국어로 흥정한 참치 뱃살과 볼살을 직접 회로 뜨셨고 그날 밤, 푸짐한 참치 회를 먹으며 앞으로 2년 동안은 떨어져 있을 부모님과 늦은 밤까지 수다를 이어 갔다.

평생을 함께 살았던
부모님이 낯설다

"은덕아. 가서 주인 양반 얼굴 보고 인사해야 하지 않겠니?"

내일이면 이 집을 떠나는데 호스트인 요시미 Yoshimi 를 도통 만날 수가 없었다. 호스트에게 주려고 한국에서 사 온 김과 라면을 바라보며 아빠는 연신 은덕을 재촉했다. 윗집에 산다고는 했는데 우리가 아침 일찍 나서고 밤늦게 돌아와서 만날 수 없는 것 같았다. 숙소에 도착했던 날에도 열쇠가 담겨 있는 작은 금고가 우리를 반겼을 뿐이다. 집 전체를 빌렸으니 호스트와 마주칠 일은 없는 게 당연할지도 모른다. 게다가 개인의 사생활을 중요하게 생각하는 일본이 아니던가? 호스트는 없었지만 요시미의 집에는 '일본 가정집 사용 설명서'가 있었다. 에어컨, 세탁기 등의 가전제품 사용법부터 쓰레기 분리수거 방법, 심지어 이불을 펴고 개는 방법까지 상세하게 쓰여 있었다. 덕분에 이 집을 이용하는 데 불편함이 없었지만, 엄마와 아빠는 집주인을 만나지 못한 것이 못내 서운한 것 같았다.

부모님의 손을 잡고 바다를 건넌 것은 이번이 처음이었다. 평생을 함께 살았던 부모님인데도 여행지에서 보니 낯설었던 적이 한두 번이 아니었다. 천천히 오랫동안 살펴보고 나서야 조심스럽게 판단을 내리는 분이라 생각했던 아빠는 새로운 것을 볼 때마다 끊임없이 관심을 보이셨다. 앞장서서 영어로 길도 물어보셨고 지하철에서는 옆 사람과 주저 없이 이야기도 나누셨다. 한 번도 보지 못한 아빠의 모습이었다. 엄마도 마찬가지였다. 가족에게 늘 양보하고 배려하는 분이셨지만 이곳에서는 달랐다. 두 아들을 키우면서 억세게 변해 버리신 건지 상대방과 부딪치지 않으려고 최대한 노력하는 일본인에게 엄마는 무법자에 가까웠다.

추하거나 감추고 싶은 모습일지라도

바다 건너에서 발견한 것은 이국적인 풍경보다 부모님의 낯선 모습이었다.

우리가 발견할 서로의 낯선 모습이 추하거나 감추고 싶은 부끄러운 모습일지라도

칼끝을 세우고 치열하게 싸우는 순간을 맞이하더라도

그 순간이 애정의 또 다른 모습이라고 믿기로 했다.

시작은 아르헨티나 소고기

'은덕이가 우리 엄마, 아빠를 어떻게 볼까?'

아빠의 새로운 모습에 감탄하고 거칠어진 엄마의 모습에 서글픔을 느끼는 것도 잠시, 집에서 보지 못했던 두 분의 돌발행동에 4박 5일이라는 시간 동안 여러 차례 난처했었다. 짧은 여행에서도 평생을 함께 살았던 부모님의 새로운 모습을 발견하게 되는데, 결혼한 지 1년도 안 된 신혼부부는 어떨까? 평생의 반려자라고 믿었던 서로의 모습에 실망도 하고 화가 나기도 할 것이다. 그때 은덕과 나는 현명하게 대처할 수 있을까?

기회란 늘 있는 것이 아닌데
우물쭈물하고 말았다

부모님을 안심시키기 위해서 떠난 여행에서 은덕과 나는 많은 고민을 얻었다. 부모님은 먼저 한국으로 돌아가셨고 은덕과 나는 새롭게 도쿄 여행을 시작했다. 요시미의 집을 떠나 새로운 숙소로 향했는데 몇 걸음을 떼지 않아 도착했다. 우연히도 요시미의 집과 100m 정도 떨어진 곳이 두 번째 숙소였다. 에어비앤비는 집주인의 신변 보호를 위해 비용을 완납해야 자세한 주소를 확인할 수 있다. 결제를 완료하기 전에는 동 단위 정도만 공개해서 대략적인 위치 확인만 가능하다. 예약할 때에는 그저 가깝다고만 생각했었는데 이렇게 가까운 곳이었다니. 우리가 머물게 될 집은 7평 남짓한 이층집이었다. 1층에는 호스트인 켄타 Kenta의 방과 주방, 욕실과 화장실이 있고 2층에는 게스트룸과 세탁실이 있었다.

"미국 유학 시절에 방을 빌려서 살았는데 그때 집주인이 싼 가격에 밥까지 줘서 좋았어요. 그때를 기억하면서 나 역시 도쿄를 방문한 게스트에게 저렴한 비용으로 방을 렌트하게 되었어요. 게스트와 영어로 대화할 수 있으니 좋기도 하고요."

얼굴을 볼 수 없었던 요시미와 달리 영어로 대화하는 것이 즐겁다는 켄타. 새로운 게스트가 찾아오면 동네를 함께 돌아보면서 가이드를 자처했다. 또한, 켄타의 집은 두 사람이 1박에 39달러로 숙박비가 저렴했다. 켄타의 환대로 도쿄의 봄이 아름답게 느껴졌다. 도쿄에서의 마지막 날. 이른 새벽, 옷을 입고 혼자서 동네 산책에 나섰다. 때마침 벚꽃 시즌이라 꽃잎이 바람을 타고 이마를 스쳤다.

'은덕이 어머니가 꽃구경을 참 좋아하시는데.'

함께하지 못한 것이 내내 마음에 걸렸다. 좀 더 일찍 세계여행을 떠나겠다는 계획을 말씀드리고 일본으로 여행을 가자고 했더라면 충분히 시간을 조정할 수 있었을 텐데. 차일피일 미뤘던 것이 죄송할 뿐이었다. 기회란 늘 있는 것이 아닌데 우물쭈물하고 말았다. 지금껏 하고 싶은 것을 재보기만 하다 그친 일이 많았다. 여행도 왜 그렇게 뒤로 미뤘을까? 돈이 없으면 까짓것 막일하면서 벌면 해결할 수 있었는데 마음은 약했고 몸은 느렸다. 해 보지도 않고 머리로만 계산하고 멈추기 일쑤였다. 이렇게 꼼꼼하지만 걱정이 많았던 내가 추진력은 있지만 덜렁거리는 은덕을 만나서 꿈이라고만 생각했던 세계여행을 하나씩 실천에 옮기고 있다. 새삼 내가 지금 여기 있다는 것이 감사했다.

2

우리
겸손한 여행을
하자

말레이시아의 더위에 지쳐 멀리 나갈 엄두를 내지 못하던 때, 동네 구경에도 슬슬 신물이 나서 큰 맘 먹고 시내로 나갔다. 거대한 쇼핑몰과 고급 호텔이 늘어선 도심의 풍경에 우리는 기가 눌린 시골 쥐처럼 두리번거렸다. 오일 마사지를 마치고 잠시 들른 쇼핑몰에서 마주한 것은 통로에서 쪽잠을 청하는 노동자들의 힘겨운 삶이었다. 매일 힘들게 일하면서 생활을 꾸려가는 사람들 속에서 우리는 팔자 좋게 세계여행을 즐기고 있다.

"종민, 세계여행이라는 게 인간이 할 수 있는 가장 사치스러운 일이 아닐까 싶어."
"그러게. 일은 안 하고 매일 먹고 자고 즐기는 거잖아. 그것도 2년씩이나."

행복과 꿈을 좇아 떠난 우리의 여행이 철저히 욕망으로 점철된 결과물일 수도 있다는 생각을 하기까지 그리 오랜 시간이 걸리지 않았다.

"우리의 여행은 대단한 것이 아니야. 자랑할 만한 일도 아니고. 우리 겸손한 여행을 하자. 매일매일 성실하게 살아가는 사람들에게 부끄럽지 않게."

코타바루
Kota Bharu

에포
Ipoh

말레이시아
Malaysia

시티아완
Sitiawan

쿠안탄
Kuantan

쿠알라룸푸르
Kuala Lumpur

포트딕슨
Port Dickson

겔랑
Geylang

싱가포르
Singapore

알주니드
Aljunied

페칸바루
Pekanbaru

파당
Padang

Tembilahan

수마트라 섬
Sumatera

남중국해
South China Sea
쿠닷
Kudat
코타키나발루
Kota Kinabalu
브루나이
Brunei
미리
Miri
빈툴루
Bintulu
말레이시아
Malaysia
보르네오 섬
Kalimantan
사마린다
Samarinda
Sintang
인도네시아
Indonesia
발릭파판
Balikpapan

니하오!
말레이시아!

글 /

4월의 쿠알라룸푸르 Kuala Lumpur는 그저 더웠다. 공항에 도착하자마자 후끈한 열기가 은덕과 나를 가장 먼저 반겼다.

"동남아시아는 봄도 없나? 어떻게 여기서 한 달을 버티지?"

첫 번째 여행지에 도착한 소감은 설렘보다 짜증이었다. 공항을 빠져나가기도 전에 맹공격을 퍼붓는 쿠알라룸푸르의 더위에 숨이 턱 막혔다. 나의 중추신경계는 바짝 곤두서서 숙소까지 가장 효과적으로 이동하는 방법을 고민하는 동시에 비대한 몸뚱이는 더위에 지쳐 움직일 때마다 눈물을 쏟아 내기에 바빴다. 한시라도 빨리 숙소에 도착해서 품 안 가득 에어컨의 은혜를 받고 싶었다.

버스 노선을 확인하고 재빨리 몸을 실었다. 창밖으로 번잡한 도심이 스쳐 지나고 높은 건물도 사람도 뜸해지면서 숙소가 있는 동네에 점점 가까워지고 있었다. 공항에서 숙소까지는 인터넷으로 미리 확인한 이동 경로와 같았다. 하지만 이게 웬걸! 더위와 싸워가며 도착한 곳은 집주인과 연락하면서 확인했던 풍경과는 달라도 너무 달랐다. 순간 최악의 시나리오가 머릿속에 떠올랐다.

"뭐야? 사기당한 건가?"

당황한 마음을 추스르며 주변을 둘러보니 빨간 부적과 작은 불상이 집집마다 놓여 있고 골목길 가득 향 냄새가 진동했다. 순간 시간이 거꾸로 흐른 것 같았다. 나는 군 제대 후 중국으로 홀쩍 배낭여행을 떠났었다. 유럽 배낭여행이 한창 인기가 있던 시절이었지만 모아 놓은 돈은 없고 배낭여행은 떠나고 싶었던 마음에 택했던 곳이 다름 아닌 중국이었다. 짧았던 여행이었지만 그 여행은 내 청춘을 송두리째 바꿔 놓았다. 한국에서 잘 다니고 있던 대학 대신 중국의 운남대학교로 편입을 결정했고 4년이라는 시간을 중국에서 보냈다. 그 후 한국으로 돌아와 취직도 하고 결혼도 해서 이렇게 세계여행을 시작했는데 첫 번째 여행지인 쿠알라룸푸르에서 마주한 것이 중국에서 4년간 봐 왔던 풍경이라니. 말레이시아가 아닌 중국에 도착한 것일까? 분명히 비행기는 잘 탔는데.

주소는 맞는데
여기가 아니라니

은덕과 내가 골목에 들어설 때부터 예의 주시하고 있는 아주머니에게 여기가 대체 어디인지 용기를 내서 물었다.

"안녕하세요. 집을 찾고 있는데요. 여기가 이 주소 맞나요?"

나도 모르게 중국어가 튀어나왔다. 중국어로 길을 묻는 내가 고향 사람으로 보였는지 아주머니는 폭우에 터진 강둑 마냥 중국어를 투하했다. 오랜만에 쓰는 언어다 보니 온 신경을 집중해야 했는데 결론은 이러했다.

여행이 결코
낭만이 아님을

"네가 중국어 잘한다고 했을 때 솔직히 반신반의했거든?

제대로 들려준 적 없었잖아. 그런데 말레이시아에서 중국어를 쓰는 너를 보게 될 줄 몰랐어."

"나도 말레이시아에서 중국어를 할 줄 몰랐어. 도착한 첫날부터 중국어 덕을 톡톡히 봤네."

"주소는 맞는데, 온 Onn이라는 친구는 여기에 안 살아."

주소는 맞지만, 온의 집이 아니다? 점점 '사'자의 냄새가 풍겼다. 더위에 땀은 비 오 듯 흐르고 사기당했다는 생각에 정신이 혼미해졌다. 이때 먼발치에서 손자를 업고 산책 중이던 어르신 한 분이 상황을 지켜보다가 다가오셨다.

"그 사람 전화번호를 알면 이걸로 전화해 봐."

어르신의 도움으로 전화를 걸어 보니 다행히 신호가 갔다. 일단 사기꾼은 아닌 건가? 전화를 받은 온에게 자초지종을 설명하니 에어비앤비에 올려 둔 주소가 아닌 메일로 보낸 주소로 오라는 답변이 돌아왔다. 새로 받은 주소로 향하는 동안에도 지금 이 상 황이 이해가 되지 않았다. 따지는 것은 뒤로 미루고 당장 오늘 밤 묵을 숙소부터 찾아 야 했다. 휴대폰을 빌려 주신 어르신은 주소지까지 직접 데려다 주겠다며 앞장섰다.

지하철역에서 20분은 족히 걸었던 것 같다. 덥고 습한 날씨에 짐을 끌고 언덕을 오 르내리는 것은 그 자체로 고역이었다. 사우나에 앉아 있는 것처럼 얼굴과 등이 땀 으로 흥건해졌다. 그러나 진짜 문제는 더위와 땀이 아니었다. 주소와 가까워질수록 저층 아파트 단지가 모습을 드러냈고 아파트 입구마다 쓰레기가 가득했다. 아파트 는 만들어진 지 30년은 족히 넘어 보였다. 낡은 아파트, 지저분한 쓰레기. 고생 끝에 숙소를 찾았다는 기쁨보다는 실망감이 더 컸다. 그렇다고 낯선 이방인에게 길을 안 내해 주신 어르신께 인사하는 것마저 잊을 수는 없었다.

"난 린씨 林氏야. 자네가 중국어를 할 줄 알아서 도울 수 있었던 게야. 너무 고마워 마시게."

아파트 입구에는 온의 어머니, 깜제 金姐 아줌마가 기다리고 있었다. 주소를 잘못 알 려 준 온을 만나면 혼쭐을 낼 생각이었는데 집에서 막 나온듯한 옷차림에 짧은 커트 머리, 후덕한 인상의 깜제 아줌마를 보니 마음이 누그러졌다. 깜제 아줌마의 모습은 너무도 평범한 우리네 어머니의 모습이있다. 내 또래였던 온율 떠올리면 아마 한국에 계신 우리 엄마와 나이도 비슷할 터였다.

"니하오 你好!"

'헬로우'하며 인사한다기에 찾아온 말레이시아였는데 은덕과 나는 '니하오'라고 인사하는 동네에 와 버렸다.

'니하오'라고 인사하는 도시

예약된 집이 아니었다는 걸 알았을 때 친절하게 도와주는 분을 만나고

화를 내야겠다고 생각했을 때 깜제 아줌마의 수더분한 인상에 마음이 풀렸다.

말레이시아와의 인연이 어쩐지 예사롭지 않을 것 같은 느낌이다.

우리 겸손한 여행을 하자

그날 밤,
무슨 일이 생긴 거죠?

글 /

"샤오바이 小白. 와서 밥 먹어요."

샤오바이는 자신보다 어린 백씨 白氏 성을 가진 사람을 부르는 중국식 호칭이다. 집 주인인 깜제 아줌마는 저녁 식사 준비를 마치고 은덕과 나를 불렀다.

"식사 감사합니다. 그동안 저희처럼 한 달 동안 묵고 간 손님은 없었죠?"
"자기들이 처음이야. 우리 아들놈이 한 달을 머무는 손님이 있다고 해서 걱정했는데 잘 지내는 것 같아서 다행이야. 엊그제는 남편 일로 미안했어."
"아저씨 일이요? 다 지난 일인데요, 뭐."
"나도 처음 겪는 일이라 당황했어. 얼마나 미안하던지. 별일을 다 겪어 보지?"
"저희도 굉장히 놀랐어요. 아저씨가 밤새 토하시고 이러다 큰일 나는 거 아닌가 싶고. 숙소를 지금이라도 옮겨야 하나? 밤새 고민했어요. 이제야 묻는데요. 그날 밤 무슨 일이 있었던 거죠?"

현지인의 삶에 들어가서 살아 보자는 욕심에 무리하게 숙소를 잡은 것은 아닌지, 에어비앤비의 호스트 검증 시스템에 문제가 있는 것은 아닌지 은덕과 나는 그날 밤, 밤새 고민했다. 에어비앤비에 등록된 주소와 실제 숙소의 주소가 달라서 처음부터 애를 먹었던 터라 더 이상의 난감한 상황은 없을 거라고 2년 동안의 세계여행을 시작하는 액땜으로는 이 정도면 무난한 거라고 마음을 달랬지만 돌발상황은 끝나지 않았다.

그날 밤의 사정

깜제 아줌마의 남편은 당뇨병 중증 환자였다. 합병증으로 눈이 멀고 발이 썩어 들어가고 있어서 제대로 걷지도 못하셨다. 처음 아저씨를 집안에서 마주했을 때에는 애써 태연한 척했었다. 아픈 사람을 앞에 두고 숙소를 나가겠다고 말하는 것은 옹졸해 보일 듯했다. 하지만 넓지도 않은 집에서 주로 거실에 누워서 생활하고 밤늦게까지 이어지는 기침과 텔레비전 소리를 최대로 맞춰 놓는 아저씨의 생활 습관은 은덕과 나의 인내심을 매일매일 시험하고 있었다. 인내심이 바닥을 보이기 시작하던 무렵 마침내 사달이 났다. 숙소에 머문 지 일주일째 되던 밤이었다. 방문 너머로 들려오는 토악질 소리가 예사롭지 않았다.

"남편을 입원시켜 놓고 집에 왔더니 벌써 나가고 없더라고. 병원에서는 당뇨 합병증이라는데 병시중 10년 동안 처음 겪는 일이었어."
"아저씨가 밤새 토를 하는데도 방문을 열 수 없었어요. 저희가 감당할 수 없는 상황이 벌어질까 봐 겁이 났거든요. 아저씨는 원래 아프시니까 자주 일어나는 일일지 모른다는 생각도 들고. 어떻게 해야 할지 몰랐거든요. 그래서 편지만 놓고 아침에 나갔던 거예요."
"편지는 봤어. 남편은 이틀 후에 퇴원할 수 있다네. 부족한 것은 없니?"
"네, 준비해 주신 수건과 잠자리 모두 괜찮아요."

거짓말이었다. 실은 이 집의 모든 것이 괜찮지 않았다. 하지만 솔직하게 말하지 못

이 집의 모든 것이
괜찮지 않았다

약속했던 것이 대부분 지켜지지 않았던 우리의 첫 번째 숙소.

누군가의 일상 속으로 파고드는 일이

결코 낭만을 이야기하는 것만은 아님을 배웠다.

하는 성격 탓에 싫은 것도 좋은 척하면서 숙소에 머물고 있었다. 이재에 밝은 깜제 아줌마의 아들, 온은 어떻게든 손님을 끌어들일 목적으로 이 집의 상황을 에어비앤 비에 제대로 소개하지 않았다. 그렇다고 아들이 보내오는 손님을 받기만 하는 깜제 아줌마에게 화풀이를 할 수는 없는 노릇이었다.

만약 그때
결정을 내렸더라면

은덕과 나의 여행만 걸려 있다면 숙소를 바꿨을지도 모르겠다. 하지만 첫 번째 여행지를 말레이시아로 정했을 때 은덕은 둘도 없는 동네 친구이자 나와는 서울국제여성영화제에서 인연을 맺었던 연옥 누나에게 여행을 부추겼다. 연옥 누나는 평소에도 동남아시아를 좋아했고 여행 중에 코타키나발루 Kota Kinabalu에도 갈 수 있을 거라는 말에 흔쾌히 티켓을 예매하고 출국 날짜만 기다리고 있었다. 숙소를 바꾸게 되면 며칠 뒤에 도착할 연옥 누나의 일정에도 영향을 줄 수 있었고 갑자기 방 2개를 구하는 일도 엄두가 나지 않았다.

숙소에 처음 도착했을 때 거실을 떡하니 지키고 있었던 아저씨도 문제였지만 은덕과 내가 머물 방과 연옥 누나가 머물 방을 따로 준비해 주겠다는 약속도 지켜지지 않았다. 방 하나에서 3명이 자라는 말에 당황해서 에어비엔비 사이트에 들어가 확인해 보니 방을 따로 주겠다던 온의 코멘트는 감쪽같이 사라져 있었다.

"아줌마, 온에게 방이 따로 있다고 들었는데요?"
"그래? 그럼 저 방에서 한 사람이 따로 자면 돼. 하지만 큰아들이 가끔 와서 하루 이틀 지내다 갈 때가 있을 거야."

"흠. 알겠어요. 그때는 셋이서 한방을 쓸게요."

만약 이때 결정을 내렸다면 어땠을까? 나흘 뒤에 쿠알라룸푸르에 도착한 연옥 누나는 깜제 아줌마의 큰아들 방에 짐을 풀었다. 그런데 바로 다음 날 자정이 가까워졌을 무렵 큰아들이 불쑥 집에 들어왔다. 큰아들이 올 것이라는 언질이 전혀 없었기 때문에 당황하다 못해 어이가 없었는데 알고 보니 깜제 아줌마의 큰아들은 언어 장애가 있어 전화로 미리 집에 온다는 말을 할 수 있는 처지가 아니었다. 연옥 누나는 한밤중에 부랴부랴 짐을 빼서 쫓겨나듯이 은덕과 내가 머무는 방으로 건너왔다. 깜제 아줌마는 큰아들이 하루 이틀 정도만 머물 것이라고 했지만 당분간 여기에 머물 것이라고 말을 바꿨다. 비좁은 방에서 은덕과 나, 그리고 연옥 누나가 3일을 버텼다.

"오늘 밤 태국으로 가는 버스를 타야겠어."

연옥 누나는 태국의 송끄란 축제[1]가 보고 싶기 때문이라고 했지만 나를 포함해 모든 상황이 연옥 누나를 바깥으로 내몰고 있는 듯한 기분이었다.

---

1) Songkran Festival, 매년 4월 13일부터 15일까지 태국에서 열리는 축제. 태국의 달력으로는 4월 13일이 정월 초하루에 해당하는 날이다. 축복을 기원하며 서로에게 물을 뿌리는 놀이가 유명해 '물의 축제'라고도 불린다. 송끄란은 산스크리트어에서 유래한 말로 장소가 달라진다는 뜻이며 이날을 기점으로 태양의 위치가 바뀐다고 해서 붙여진 이름이다.

촌놈,
도시를 만나다

글 /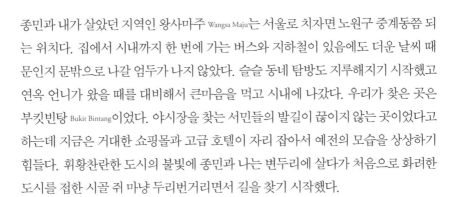

종민과 내가 살았던 지역인 왕사마주 Wangsa Maju 는 서울로 치자면 노원구 중계동쯤 되는 위치다. 집에서 시내까지 한 번에 가는 버스와 지하철이 있음에도 더운 날씨 때문인지 문밖으로 나갈 엄두가 나지 않았다. 슬슬 동네 탐방도 지루해지기 시작했고 연옥 언니가 왔을 때를 대비해서 큰마음을 먹고 시내에 나갔다. 우리가 찾은 곳은 부킷빈탕 Bukit Bintang 이었다. 야시장을 찾는 서민들의 발길이 끊이지 않는 곳이었다고 하는데 지금은 거대한 쇼핑몰과 고급 호텔이 자리 잡아서 예전의 모습을 상상하기 힘들다. 휘황찬란한 도시의 불빛에 종민과 나는 변두리에 살다가 처음으로 화려한 도시를 접한 시골 쥐 마냥 두리번거리면서 길을 찾기 시작했다.

"일단 마사지를 받자!"

탐탁지 않아 하는 종민을 꼬드겨 관광 책자에 나온 마사지 가게로 갔다. 분명 책에는 오후 5시 이전에 가면 30% 할인을 해 준다고 적혀 있었는데 막상 가 보니 비싼 패키지 상품에만 적용되는 사항이란다. 종민과 내가 한 도시에서 한 달을 버텨야 하는 '생활 여행자'가 아니었다면 주저 없이 '콜'을 외쳤을 테지만 아껴야 했다. 열기를 내뿜는 거리로 다시 나가야 하는 까닭에 종민은 멈칫했지만 다른 곳을 찾아보자며 팔을 당겼다. 그렇게 찾은 곳은 바로 옆집이었는데 간판에 '바디 마사지 1시간 48링깃 약 15,000원'이

편하다는 이유로
우리가 잃어버린 풍경

거대한 호텔 체인과 쇼핑몰이 있고 엇비슷한 옷을 파는 상점까지.

세계 어느 곳으로 가더라도 도시의 풍경은 점점 닮아가고 있다.

대량 생산된 공산품 같은 이 풍경이 낯선 곳에 대한 두려움을 덜어주는 것도

때때로 그리운 것도 사실이지만 이내 질리고 만다.

익숙하고 편하다는 이유로 우리가 잃어버린 풍경을 찾기 위해서 여행을 하는지도 모르겠다.

라고 써 붙이고 우리를 유혹했다. 비싼 가격에 겁먹고 발길을 돌리는 우리와 같은 사람을 노린 것이 분명하다. 게다가 오후 5시 이전에 입장하면 할인도 받을 수 있었다. 더 재 볼 필요가 없었다. 마사지 방에 들어서니 달랑 큰 수건 한 장을 던져 주고 옷을 다 벗으란다. 종민은 팬티만 입고 마사지를 받아야 한다는 사실이 부끄러웠는지 어찌할 줄을 몰랐지만 나는 오일 마사지까지 받을 수 있다는 것을 알고 쾌재를 외쳤다.

"여기 오일 마사지까지 해 주는 곳인가 봐. 일반 마사지보다 오일 마사지가 비싼데 땡 잡았다!"

어느 마사지사의 침묵

나의 마사지사는 태국인이었고 종민의 마사지사는 중국인이었다. 마사지가 시작되고 처음에는 영어가 그다음에는 중국어가 나오더니 마침내 한국어가 벌거벗은 나와 종민의 몸뚱어리 위로 오가기 시작했다. 둘 다 20대 중반이나 되었을까 싶을 만큼 앳된 친구들이었는데 최대 관심사가 한국 드라마와 연예인이었다. 우리가 한국인이라는 것을 알고 반가워하며 드라마와 연예인에 대해서 이것저것을 물어보기 시작했다.

"드라마에 나오는 한국 남자들은 다 잘생긴 것 같아."
"니가 만지고 있는 나를 봐. 나 같은 돼지가 더 많아."

종민의 셀프 디스에 모두 자지러지고 말았다. 그렇게 마사지를 받으면서 이야기를 조금씩 이어가다 보니 종민을 담당하던 마사지사가 자신의 이야기를 털어놓기 시작했다. 고향은 중국의 구이저우 성 Guizhou이고 돈을 벌기 위해 4개월 전에 말레이시아로 왔는데 비자 때문에 2개월 후에는 다시 중국으로 돌아가야 한다고 했다. 어렵게 받은 비자이지만 말레이시아에서 허락된 시간은 단 6개월이었고 그동안 최대한 많은 돈을 벌어서 고향으로 가야 했다.

"말레이시아는 어때?"
"괜찮은 편이야. 그런데 돈은 잘 안 모이네."
"여기서 일하는 동안 부킷빈탕 시내 구경해 봤어?"

왁자지껄하게 농담이 오가고 마사지를 받으며 마음도 풀어졌는지 괜한 질문을 했다는 생각이 뒤늦게 들었다. 무슨 대답을 기대하고 그런 질문을 했을까? 앳된 얼굴의 그녀는 씁쓸한 미소로 대답을 대신했다. 그 질문을 기점으로 어색한 침묵이 흘렀고 마사지는 끝났다. 마사지를 마치고 들른 거대한 쇼핑몰. 시골 쥐처럼 화려함을 좇아 두리번거리던 눈길이 이제는 다른 곳을 향했다. 잠깐이라도 휴식을 취하기 위해서 작은 의자에 몸을 기대고 쪽잠을 청하는 노동자가 보였다. 누군가는 휴일도 없이 매일 힘들게 일하면서 삶을 꾸려가고 누군가는 팔자 좋게 세계여행을 떠난다.

"종민, 세계여행이라는 게 인간이 할 수 있는 가장 사치스러운 일이 아닐까 싶어."
"그러게 일은 안 하고 매일 먹고 자고 즐기는 거잖아. 게다가 우리는 앞으로 2년을 이렇게 보낼 거야."

행복과 꿈을 생각하며 떠나온 우리의 여행이 사치와 욕망이 더 크게 작동한 결과라는 사실을 종민과 나는 첫 번째 여행지에서 깨달았다.

"우리의 여행은 대단한 것이 아니야. 자랑할 만한 일도 아니고. 우리 겸손한 여행을 하자. 매일매일 성실하게 살아가는 사람들에게 부끄럽지 않게."

행복과 꿈이 아닌 사치와 욕망

"도시의 화려함 이면에는 일하는 자의 고단함도 숨어 있어."

"부킷빈탕 쇼핑몰에서 봤지?

쉬는 곳이 없어서 통로에 있는 의자에 앉아 쪽잠을 청하던 사람들 말이야.

그 모습이 잊히지가 않아."

우리 겸손한 여행을 하자

10%의
설움

글 /

"아저씨, 왕사마주 역이요."

조금 전, 은덕과 나는 바투 동굴 Batu Caves[2] 에 다녀왔다. 바투 동굴의 272개 계단을 오르내리느라 심신이 지친 상태였다. 간신히 택시에 올라타 기사 아저씨에게 무심하게 아니 무성의하게 목적지를 말했다. 그러나 이 기사 아저씨는 동양에서 온 손님에 대한 호기심이 왕성했던 것 같다.

"바투 동굴 어때?"

택시 안을 찬찬히 둘러보니 코끼리 상과 향초 등 힌두교와 관련된 각종 장식물이 가득했다. 백미러를 통해 확인해 보니 기사 아저씨는 인도계였다. 순간 중국계가 운전하는 택시가 아니라면 무조건 조심하라던 깜제 아줌마의 충고가 생각났다. 재빨리 미터기를 가리키며 말했다.

---

2) 쿠알라룸푸르 북쪽에 위치한 커다란 동굴이다. 크게 3개의 주요 동굴과 여러 개의 작은 동굴로 이루어져 있는데 가장 큰 동굴은 272개의 계단이 있으며 계단의 끝에는 힌두교 사원이 있다. 동굴 전체가 힌두교의 성지라고 보아도 무방할 정도로 다양한 형상의 벽화와 조각이 있으며 힌두교 순례자들의 발길이 끊이지 않는 곳이다.

"아저씨, 미터기!"

"벌써 컸어. 뭘 그리 의심이 많아."

"안 켜진 거 같은데요? 켜진 거 맞아요?"

"컸다니까. 요금 올라가는 거 안 보여? 내가 널 속여서 뭐하겠니?"

분명 미터기의 숫자는 택시가 달린 만큼 올라가고 있었다. 괜히 의심한 것 같아 미안했지만 그래도 깜제 아줌마의 충고가 머릿속에서 떠나질 않았다.

"어디서 왔어?"

"한국."

경계하느라 대답이 짧아졌다. 미터기가 언제 스리슬쩍 꺼질지도 모른다.

"오, 한국! 한국은 잘사는 나라 맞지? 경제도 발전했고."

기사 아저씨는 한국에 대해서 계속 무언가를 말했다. 대체로 칭찬이었지만 구체적인 내용은 없었고 그저 살기 좋은 나라라는 말만 반복하고 있었다.

'뭘 안다고 자꾸 이야기하는 거지?'

차 안에서 바투 동굴에서 흘린 땀을 식히면서 조용히 집으로 돌아가고 싶었는데 아저씨는 끊임없이 은덕과 나에게 질문을 했고 대화를 시도했다. 그런 아저씨가 못미더워 미터기를 계속 확인하며 창밖의 풍경을 깜제 아줌마의 집 근처 풍경과 비교했다. 그러던 중에 처음으로 내 관심을 끄는 주제가 나왔다.

"말레이시아는 텄어! 이 나라 지도자는 공평하지 않아. 왜 나한테 세금을 걷어서 말

바루 동굴 어때?

바루 동굴로 들어가기 위해서는 272개의 계단을 올라야 한다.

272라는 숫자는 인간이 저지를 수 있는 모든 죄악의 숫자이고 3개로 구분된 계단은

차례로 과거, 현재, 미래의 시간을 의미한다.

계단에 일단 발을 올리고 나면 목적지에 도착할 때까지 272번의 고비와 포기하고픈

유혹이 찾아오는데 계단의 끝에 있는 사원을 마주하면 역시나 올라오기를 잘했다는 생각이 든다.

주변을 어슬렁거리는 통에 때때로 위협적이거나 귀찮은 존재였던

원숭이와 비둘기의 움직임도 사실은 응원의 메시지가 아니었을까 느껴질 만큼.

레이시아계만 혜택을 주는데?"

불평등, 정부, 세금. 눈이 번쩍 뜨이는 단어들이었다. 이 나라는 어떻게 굴러가는지 우리나라와는 또 어떻게 다른지 궁금했다. 택시 기사 아저씨들이 민심의 척도라는데 말레이시아도 예외는 아닌 것 같다. 좁은 택시 안이 순식간에 말레이시아 정치를 성토하는 청문회장으로 바뀌었다.

말레이시아는 하나가 될 수 있을까?

말레이시아는 크게 토착 민족인 말레이시아계, 청나라 때부터 이주해 온 중국계 그리고 영국의 식민지 시절에 강제로 이주당한 인도계로 구성되어 있다. 그 외에도 필리핀계와 인도네시아계처럼 소위 기타로 분류되는 사람들도 있다. 말레이시아가 이렇게 다양한 인종이 모여 사는 나라라는 것은 말레이시아를 여행지로 결정한 이후 도서관에 드나들면서 새롭게 알게 된 사실이었다. 처음 말레이시아에 도착했을 때는 서로 존중하면서 어울려 사는 듯 보였다. '1 Malaysia: People First, Performance Now'[3] 라는 이름으로 정부가 민족화합운동을 대대적으로 벌이고 있었기 때문이다. 그러나 짧게 스쳤을 뿐이지만 화려한 도심 한복판에서 만났던 앳된 마사지사와 기사 아저씨의 입을 통해 접한 말레이시아는 전혀 다른 모습이었다. 민족과 종교에 따라서 마을을 형성해 살고 물리적 공간 너머로 보이지 않는 선을 긋고 있었다.

---

3) 말레이시아의 제6대 총리로 취임한 나집 툰 라작 Najib Tun Razak이 취임하면서 내세운 국정 철학이다. 말레이시아의 여러 민족과 문화, 종교 간 상호 존중과 수용을 목표로 말레이시아계와 중국계, 인도계 간의 갈등을 예방하고 사회 통합을 추진하는 것이 주요 내용이다. 이 밖에도 범죄 예방과 저소득층 생활 개선 등도 포함되어 있으며 말레이시아계에만 적용되던 우대 정책을 개혁하는 내용도 담겨 있다.

"말레이시아계는 게으르고 정부만 믿고 살아. 기름 팔고 물건 팔아서 번 돈에 세금이 붙는 건 당연혜. 그런데 왜 그 돈으로 말레이시아계를 먹여 살리느냐고! 이 나라 지도자는 말레이시아계밖에 모르는 것 같아."

"그럼 중국계는 어때?"

"걔들은 경제 성장을 돕는 애들이지."

이슬람교, 불교, 유교, 힌두교, 천주교, 기독교 등 각기 다른 종교를 갖고 있음에도 이만큼 서로를 존중하며 살 수 있다는 것은 분명 말레이시아의 저력이다. 그러나 같은 종교일지라도 종파가 다르다며 살육전이 벌어지는 것도 말레이시아의 현실이었다. 또 민족마다 다른 민족에 대해 생각하는 바가 전혀 달랐다. 중국계와 말레이시아계에게 다른 민족과 사이가 어떠냐고 물으면 나쁘지 않다고 답하는 경우가 많았다. 경제력이 탄탄한 중국계와 정부라는 든든한 빽이 있는 말레이시아계에게 이곳은 살만한 곳인 듯했다. 다만 저임금 노동자로 살면서 전체 인구의 10%밖에 되지 않는 힘없는 소수민족인 인도계는 약자라는 설움이 만만치 않았다. 여기에 돈을 벌기 위해서 어렵게 비자를 받은 사람들의 설움까지 더해지자 말레이시아는 이제 막 세계여행을 시작한 은덕과 나의 낭만이 담긴 도시가 아니라 묵직한 현실의 무게가 숨을 틱 막히게 하는 도시였다.

"그런데 말이야. 나는 네가 참 맘에 들어. 우리 계속 연락하자."

집에 다 왔을 때쯤, 기사 아저씨가 뜬금없이 이렇게 말했다. 명함이라도 주면서 아니면 전화번호라도 주면서 연락하라고 해야 하는 거 아닌가? 차 문을 열었을 때 습한 공기가 다시 피부에 닿고 기사 아저씨가 던진 말에 다시금 짜증이 밀려올 무렵 택시는 잠시 멈칫하더니 이내 매연을 뿜으며 시야에서 멀어졌다. 단지 자신의 이야기를 들어주고 한 공간에서 속 깊은 대화를 나눌 수 있었던 이방인이 마음에 들었다는 표현이었을 텐데. 택시가 시야에서 사라지고 잠자리에 들 때까지 둔한 여행객은 그 마음을 알아채지 못했다.

나는 네가 좋고 좋아, 우리 계속 연락하자

처음에는 시큰둥했고 나중에는 귀찮았고

마지막에는 흥미로웠던 말레이시아의 택시 기사 아저씨.

넓고 화려한 도시 곳곳을 누비지만 다리 한쪽도 제대로 펼 수 없는 좁은 공간에서

어쩌다 말벗이 될 사람을 만나면 즐거워하는 그 마음을

한국에서도 이곳 말레이시아에서도 택시의 뒷모습을 볼 때가 되어서야 깨닫는다.

말레이시아 대학생
코스프레

글 /

국내외 구분 없이 여행을 가면 그 지역의 학교를 둘러본다. 음식값도 싸고 학생들의 모습도 볼 수 있기 때문이다. 특히 대학교에 가면 회춘하는 것 같다. 10년은 훌쩍 넘게 나이 차이가 나는 어린 친구들 틈에서 시침 뚝 떼고 노는 것이 재미있다. 그렇다고 20대로 돌아가고 싶은 것은 아니다. 지금의 30대도 나쁘지 않을뿐더러 사고라도 치면 땀을 뻘뻘 흘리며 뒷수습을 해 주는 남편도 있다. 어린 친구들의 생기와 열정이 뿜어내는 기운이 그저 좋을 뿐이다.

말레이시아라고 해서 예외일 수는 없다. 왕사마주에서 버스로 10분 정도 떨어진 곳에 툰쿠 압둘 라만 대학 TARCollege, Tunku Abdul Rahman University College이 있었다. 버스에서 내려 보무도 당당하게 정문을 통과하려는데 경비를 서고 있는 아주머니와 눈이 마주쳤다. 빠르게 주위를 둘러보니 건물 곳곳에 경비원이 서 있었다. 이럴 때일수록 자연스럽게 굴어야 한다는 걸 알고 있다. 허리를 더욱 꼿꼿하게 세우고 정문을 지나치려 할 때 아주머니가 소리쳤다.

"학생! 학생증 차고 다녀!"

아아. 학생이라니요. 교직원도 아니고 선생님도 아니고 학생이라니요. 기쁜 마음

학생! 학생증 차고 다녀!

"학생인 척하면서 학교에 가는 거 재미도 있었지만 걱정도 많았어.

너야 걸리면 잔소리 듣고 잊으면 그만이지만 뒷수습을 해야 하는 나도 생각해 줘.

왜 그렇게 학교를 들쑤시고 다니는 거야?"

"20대로 돌아가고 싶은 것은 아니지만 학생들이 뿜는 에너지가 너무 좋아.

문제가 생기면 해결해 주는 든든한 너를 보는 것도 좋고."

우리 겸손한 여행을 하자

에 아주머니를 꼭 안아 드리고 싶었지만 지체했다가는 들어가지 못할까 싶어 드는 둥 마는 둥 서둘러 섰었다.

학교에서 가장 시원한 곳은 단연 도서관이다. 대학 시절, 강의실이 있던 인문대학 다음으로 내가 가장 많은 시간을 보낸 곳도 도서관이었다. 문학 공부를 하고 싶어서 대학에 들어갔고 도서관에서 원 없이 문학을 탐닉했다. 나에게 도서관은 공부하는 곳이 아니라 책을 읽는 곳이었고 한여름은 물론 한겨울에도 날씨에 구애받지 않고 평온하게 책을 읽을 수 있었다. 그 시절의 기억이 말레이시아에서도 재현되기를 바랐다. 입구에서부터 느껴지는 서늘한 기운이 더위에 지친 종민과 나를 반겼다.

"저희는 한국에서 온 여행객인데요. 도서관에 들어갈 수 있을까요?"

현관을 지키고 있던 직원은 잠시 당황하더니 다른 직원을 데리러 갔다. 뒤이어 등장한 또 다른 직원은 종민과 나를 위아래로 훑어보더니 도서관을 소개해 주겠다며 따라오라고 했다. 아마도 이 학교에 입학하기 위해서 사전 조사를 나온 유학생으로 여긴 듯했다. 가만, 또 학생으로 오해받은 건가? 이렇게 기쁜 일이.

도서관은 총 3층이었는데 규모가 아담했다. 보유하고 있는 책은 많지 않았지만 층 전체를 세미나가 가능한 회의실로 만들어 놓은 것이 인상적이었다. 도서관을 나와서 사이버센터로 발길을 옮겼다. 도서관과 달리 현대적인 외관과 거대한 서버룸이 보였는데 한산했던 도서관과 달리 이곳은 사람들로 북적였다. 안테나를 활짝 펼친 무선 인터넷을 맘껏 이용하다가 슬슬 몸이 근질거릴 즈음 야외 수영장이 보였다.

수영하는 사람은 없었지만 한눈에 보기에도 깨끗했고 레인까지 잘 갖춰져 있었다. 물을 좋아하고 수영도 좋아하는 종민과 나의 눈이 반짝이는 건 당연했다. 주저하지 않고 수영장 관리실을 물어물어 찾아갔다. 관리실에 들어서니 데스크를 지키고 있

언젠가는 우리
이야기도 책으로!

도서관에서 원 없이 문학을 탐닉했던 그 시절.

오로지 책을 읽기 위해 발걸음을 옮기던 그 시절의 기억이 언제나 그립다.

종민과 나의 여행이 끝나갈 무렵 도서관에 우리의 여행 이야기가 꽂혀 있게 된다면

서가 근처에 몰래 숨어서 누군가의 손에 들려 책이 도서관 밖으로 떠날 때까지

그 자리에 우두커니 서 있을 것 같다.

는 담당 직원은 낮잠을 즐기고 있었다. 전 세계 어디에서도 낮잠은 깨우는 게 아니나. 맞은편에 앉아서 *그*가 일어날 때까지 기다려 보기로 했다. 안내 책자를 훑어보니 학생은 1링깃 약 300원, 외부인은 2링깃을 내면 이용할 수 있다고 했다. 눈을 동그랗게 뜨고 뚫어져라 쳐다보는 나와 종민의 시선이 느껴졌는지 이내 담당 직원은 일어났고 수영장을 사용할 수 있는지 물었다.

"학생증 있어요?"

"아뇨."

"여기 학생 아닌가요? 그럼 졸업생인가요?"

"여행객인데요. 왕사마주에서 머물고 있는."

"여긴 졸업생이나 학생증이 있는 학생만 이용할 수 있어요."

"정말 방법이 없나요? 수영장이 너무 좋아 보이는데."

담당 직원은 아쉬워하며 고개를 저었다. 마냥 우길 수도 없어서 발길을 돌리기는 했지만 조금만 더 막무가내로 버텼다면 수영장을 쓸 수 있었을지도 모른다는 생각을 지울 수가 없었다. 왜냐하면, 나이 서른을 넘긴 나와 종민에게 학생증이 있냐고 물었던 착한 눈의 소유자였으니까.

진티엔,
워메이따이라이 슈에셩카

말레이시아 대학생 흉내를 내는 중이니 집으로 돌아갈 때는 셔틀버스를 타 보기로 했다. 집 앞에서 셔틀버스가 지나다니는 걸 봤으니 왕사마주라고 적힌 차를 타면 분명 집에 갈 것이다. 종민은 혹시 기사 아저씨가 학생이 아니면 내리라고 할 수도 있다면서 자기가 하는 말을 잘 따라 하라고 했다.

"진티엔은 오늘, 슈에셩카는 학생증이라고?"
"진티엔, 워메이따이라이 슈에셩카. 今天,我没带来学生卡."
"오늘은 학생증을 안 가지고 왔어요. 맞지?"

영어를 못하는 중국계 학생이라는 치밀한 설정으로 말레이시아 대학생 코스프레의 정점을 찍으려던 참이었다. 만반의 준비를 하고 셔틀버스에 올랐다. 그런데 갑자기 말 거는 아저씨 때문에 힘겹게 외운 중국어를 잊어버렸다. 뒤에 올라타는 종민이 해결하겠지 하는 생각에 철판을 깔고 그냥 의자에 앉았다. 그런데 아뿔싸! 종민도 나와 마찬가지였나 보다. 진티엔은 어디 가고 열심히 학생증을 찾는 명연기를 펼치고 있었다. 급기야 아저씨는 짜증을 내며 자리에 앉아 있는 나까지 앞으로 불렀다. 다음부터 학생증을 갖고 다니라는 말을 하는 것 같았지만 고개를 들고 아저씨를 쳐다볼 수는 없었다. 다행히도 쫓겨나지는 않았지만 버스에 탄 학생들의 따가운 눈초리를 받으며 자리에 앉아야 했다. 민망한 마음에 웃음이 나오기도 했고 무료 셔틀버스에 너무 집착한 건 아닌가 하는 생각도 들었다. 버스는 출발했고 왕사마주에서 무사히 내렸지만 학생으로 줄곧 오해받으며 즐거웠던 마음은 많이 달라졌다.

"종민아. 우리 학생인 척 너무 무리한 것은 아닐까?"
"그래도 조금 아쉽다. 수영장 직원한테 더 어필해 볼걸. 분명 눈빛이 흔들리고 있었어!"

2평 남짓한
공간에서의 이야기

글 /

왕사마주에서의 하루하루도 소중했지만 말레이시아까지 왔는데 더 많은 것을 보고 싶었고 결코 편안하다고 할 수 없는 숙소 때문에 코타키나발루로 떠날 날을 손꼽아 기다렸다. 영혼마저 쉬어가는 곳이라는 수식어가 사실이길 간절히 빌었다.

"60링깃 약 18,000원! 괜찮은 금액이야."

택시비는 미터기로 계산하는 것이 아니라 흥정을 해야 하는데 물론 여행객에 한해서다. 택시 기사 압둘 Abdul은 우리에게 먼저 원하는 금액을 불러 보라더니 그 금액에 가뿐하게 10링깃 약 3,000원을 더했다. 표정은 평상심을 유지하고 머릿속으로는 재빨리 계산기를 굴렸다.

'내일 아침, 숙소에서 우리를 픽업해서 제셀턴 포인트 Jesselton Point 4)까지 적당한 요금인가?'

압둘의 제안은 그리 나쁘지 않았지만 중국인 택시 기사 외에는 모두 조심하라던 깜

---

4) 제셀턴은 코타키나발루의 옛 이름이다. 19세기 무렵 영국이 말레이시아를 식민지로 점령하기 위해 최초로 상륙한 곳이 제셀턴, 즉 코타키나발루였다. 코타키나발루를 여행하는 사람이라면 한 번쯤은 거치는 곳으로 주변의 작은 섬으로 이동하기 쉽도록 선착장이 잘 정비되어 있다.

제 아줌마의 충고가 다시금 떠올랐다. 부킷빈탕에서 만났던 택시 기사는 힌두교를 믿는 인도계였는데 지금 나와 은덕 앞에 있는 사람은 머리에 흰 모자를 쓴 이슬람교도였다. 이때가 아니면 언제 또 이슬람교도와 대화를 나눠 보겠는가 싶어서 다음 날 아침 리조트 정문에서 만나기로 약속했다.

압둘은 약속 시각보다 무려 30분이나 일찍 도착해서 우리를 기다리고 있었다. 산다칸 Sandakan 출신의 압둘은 자신의 고향 이야기를 가장 먼저 꺼냈다. 이어서 어제 만났던 한국인 중에서 말레이시아어를 깜짝 놀랄 만큼 제대로 구사했던 사람의 이야기와 자신도 젊었을 때는 박태환 선수처럼 수영을 잘해서 섬과 섬 사이를 헤엄쳐서 다녔다는 이야기를 들려주었다. 한국에서 온 손님을 염두에 둔 화제였다. 나와 은덕이 원하는 이야기는 그것보다 더 날 것의 이야기였다. 잠시 압둘이 말을 멈추었을 때 질문을 던졌다. 한국에서는 아무리 친한 사이라 할지라도 절대로 꺼내서는 안 된다는 종교와 정치에 관한 이야기를 이곳 말레이시아, 택시 안에서는 과감히 꺼냈다.

영원한 안식을 위한 절제

"이슬람교는 어떤 종교인가요? 라마단 때는 밥도 못 먹는다죠?"

내 질문에 압둘의 눈빛은 바뀌었다. 신념에 가득 찬 눈빛이라는 것이 바로 이런 눈빛을 두고 하는 말일 것이다. 이야기 중간 잠시 딴짓을 하고 있으면 기어를 잡고 있던 압둘의 손이 내 손을 덮쳤다. 낯선 남자의 손이 닿으니 정신이 번쩍 들어서 저절로 집중이 되었다.

"우린 하루에 5번 기도를 올리지. 그리고 매일 절제하면서 살아. 그 절정이 바로 라마단이야. 해가 떠 있는 시간에는 금식과 금욕을 하지. 1년 중에 11개월은 라마단을

우리는
매일 절제하면서 살아

상대방의 종교에 관해서 묻는다는 것은 어찌 보면 짓궂은 질문이다.

그럼에도 압둘은 진지하게 그리고 조심스럽게 대답했고

그런 그의 태도 때문에 이슬람교에 대해 갖고 있던 오해와 편견이 가벼워졌다.

진심을 전하는 방법은 이렇게 단순하다.

제대로 보내기 위해 연습하는 시간이라고 보면 돼. 지금 우리가 사는 것도 죽음 이후의 삶을 위해서 연습하는 것으로 생각해."

죽음 이후에 찾아오는 영원한 안식을 위해서 오늘을 절제하는 삶이라니. 나는 그런 삶을 살 수 있을지 스스로 묻지 않을 수 없었고 압둘의 열정적인 설명에 2평 남짓한 작은 택시 안이 이슬람교에 대한 존경으로 가득찼다. 그동안 '한 손에는 코란, 한 손에는 칼'이라는 메시지로만 알고 있던 이슬람교는 경외의 대상이라기보다는 두려움의 대상이었다. 하지만 압둘의 이야기에 자연스럽게 빠져들고 존경하는 마음마저 들었던 것은 말 한 마디를 할 때마다 신중하게 단어를 고르던 그의 진심, 자신의 종교를 제대로 알리고 싶어 했던 태도 때문이 아니었을까?

코타키나발루에서의
히치하이킹

코타키나발루에서 만난 또 다른 인연, 파릿 Parit은 히치하이킹으로 만났다. 뜨거운 한낮의 태양때문에 머리 위에서는 김이 모락모락 났고 몸은 녹아내리기 일보 직전이었다. 택시도 보이지 않았고 정류장도 없었다. 이대로 가다가는 분명 길바닥에 쓰러질 것 같았고 더 큰 문제는 우리가 길바닥에 쓰러져 있어도 누구 하나 구해 주지 않을 거라는 두려움이었다. 용기를 내서 엄지손가락을 치켜세웠고 몇 차례 시도 끝에 파릿을 만났다. 파릿은 쿠알라룸푸르에 사는 말레이시아계였고 잠시 일이 생겨서 고향인 코타키나발루에 왔다고 했다.

"며칠이나 있어?"

차에 올라 간단히 인사를 나누었을 때 파릿이 우리에게 처음으로 던진 질문이었다.

우리에겐 은인이지만
그에게 우린 어떤 사람일까?

누군가의 기억 속에 은인으로 기억된다는 것은 멋진 일이다.

설사 당사자는 기억하지 못 하더라도 누군가를 생생하게 기억하는 것은

잠시나마 친절을 베풀었던 사람에 대한 최소한의 예의라고 믿는다.

코타키나발루에서 보낼 일정은 4박 5일이었지만 그를 다시 만날 수 있을까 하는 마음에 그리고 만약 다시 만난다면 그때는 우리가 대접할 수도 있겠다 싶어서 한 달을 머물 예정이고 앞으로 2년간 세계여행을 할 것이라는 계획을 살짝 흘렸다.

말레이시아의 국영 에너지 기업인 페트로나스 Petronas에서 일하는 파릿은 계약직 시간제 사원으로 일하고 있었다. 일하는 시간만큼 수입이 생기는 파릿은 휴가를 쓴다는 것은 상상도 못 하는 일이라며 긴 시간 동안 여행하는 나와 은덕을 진심으로 부러워했다. 자동차 뒷좌석에서 파릿의 뒷모습을 보니 미안한 마음이 들었다. 부킷빈탕에서 만났던 앳된 얼굴의 마사지사도 눈앞에 아른거렸고 쇼핑몰 구석에서 쪽잠을 자던 노동자의 뒷모습도 스쳐 갔다. 겸손한 여행을 하자고 다짐했었는데.

"우리 그냥 직장 때려치우고 쉬는 동안에 온 거야. 직장을 또 구하기 전까지만 여행하는 거지."
"맞아. 우리 돈도 별로 없어. 그래서 시내에서 멀리 떨어진 곳에 숙소를 잡았다니까."

이것이 은덕과 내가 파릿을 배려한다고 애썼던 대화의 전말이다. 속뜻은 이러했다.

"우리는 대단한 사람도 아니고 굉장한 부자도 아니니 부러워할 필요도 없고 오히려 미래를 걱정해 주어야 하는 불쌍한 사람들이니 성실하게 일하는 네가 더 멋진 사람이야."

의도가 어떠했든 간에 위협이 될지도 모르는 낯선 이방인에게 호의를 베풀었던 파릿에 대한 예의는 아니었다. 결국, 어색해진 분위기를 풀지 못하고 어느새 목적지에 도착했고 무심한 듯 친절했던 파릿과는 그렇게 헤어졌다. 연락처를 주고받지도 못했다. 나와 은덕은 파릿을 코타키나발루에서 만난 은인이라고 기억하겠지만 파릿은 어떨까? 어쩌면 우리를 만났던 일조차 잊어버릴 수도 있지만 파릿이 마음 편히 여행을 즐기게 된 어느 날, 나와 은덕을 떠올려 주었으면 좋겠다.

아직 우리에겐
갈 곳이 많아!

"종민, 코타키나발루에 있는 며칠 동안 진짜 여행하는 기분이 들었어.

사실 우리는 이미 여행을 하고 있었는데도 말이야."

"그러게 말이야. 아직 우리가 갈 곳은 많은데

벌써부터 하루하루가 소중하다는 걸 자꾸 잊는 것 같아. 긴장하자!"

단골집인데
음식값을 몰라요

글 /

"배고파."

"조금만 참아. 아직 더 버텨야 해. 볶음밥은 12시가 넘어야 나온단 말이야."

"알았어. 최대한 참아 볼게. 근데 오늘은 또 뭘 먹어 볼까?"

종민과 나는 왕사마주에 머무는 동안 생활 패턴이 완전히 바뀌었다. 일찍 일어났어도 이런저런 핑계를 대면서 어물쩍거리는 날이 늘어났다. 우리의 배꼽시계가 어느 이름 없는 식당의 개장 시간에 맞춰져 버렸기 때문이다.

말레이시아에서 만난
혀끝의 행복

언제나 가게 밖까지 길게 줄을 서고 세숫대야만 한 반찬통을 손가락으로 짚으면 아주머니가 그릇이 넘치도록 담아 주는 식당을 발견했다. 당장에라도 들어가고 싶었지만 가게 어디에도 가격표가 없어서 돈 쓰는 일에 인색한 생활여행자로서는 엄두가 나지 않았다. 며칠을 식당 밖에서 기웃거렸지만 원하는 대로 다 담았다가는 값

음식에 마약을 탄 게 아닐까?

"음식에 마약을 탄 게 아닐까? 먹어도 먹어도 질리지 않았어.

특별한 요리도 아니었는데. 역시 맛집은 간판이 없어도 사람이 모인다니까."

"만약 내가 쿠알라룸푸르에 게스트 하우스를 차린다면 손님들에게 이 식당을 꼭 소개해 줄 거야.

아니지. 아줌마랑 제휴 맺어서 게스트 하우스 식당을 맡겨야지.

사업 구상이 절로 되는구나!"

비싼 대가를 치러야 할 것 같았다. 그러던 어느 날, 우리는 결심을 했다. 식당 앞에 매일같이 길게 늘어선 줄은 거짓말을 하지 않는다. 분명히 맛은 보장된 집이다. 돈이 여전히 문제였지만 설마 밥 한 끼 배불리 먹는다고 거덜이야 나겠는가 싶었다.

"까짓것, 비싸 봐야 얼마나 나오겠어? 일단 먹고 보자."

먼저 볶음밥과 볶음면 중에서 골라야 했다. 자장면을 먹을 것인지 짬뽕을 먹을 것인지 고민하지 않고 하나씩 시켜서 나눠 먹는 것이 부부가 누릴 수 있는 특권이다. 이 특권을 말레이시아에서도 사용했다. 나는 면을 종민은 밥을 선택했다. 그다음은 여러 가지 반찬 중에서 감자튀김과 돼지고기를 손가락으로 짚으니 면과 밥 위에 사뿐히 얹어졌다. 호기롭게 레몬티까지 선택하고 나니 슬슬 지갑이 걱정되었지만 가격은 4링깃 약 1,200원이었다. 뒤에 숫자 '0'이 하나 더 붙는다 해도 다행이라고 생각할 작정이었는데 싸도 너무 쌌다.

"종민, 이거 가격은 어떻게 매겨지는 거야?"
"모르겠는데, 일단 더 담을까?"

아주머니가 정해 놓은 가격이 있기는 한 것 같은데 돈을 내는 입장에서는 도통 알수가 없었다. 그저 싸서 고마웠고 맛있어서 감사했다. 그 뒤로 끼니때가 될 때마다 종민과 나는 이곳으로 달려왔다. 먹을 때마다 반찬을 달리했지만 말레이시아를 떠날 때까지 아주머니의 가격 책정 원칙을 알 길이 없었다. 파악한 것이 있다면 고기는 조금 비싸고 2~3개의 반찬까지는 4링깃에서 해결할 수 있다는 것이 전부다.

한번은 종민이 욕심을 부렸다. 아무리 담아도 6링깃을 넘기는 일이 거의 없었는데 그날따라 종민은 무슨 생각이었는지 고기를 5개나 담았고 종민의 접시를 본 아주머니는 처음으로 계산기를 꺼냈다. 그만큼 종민이 고른 반찬 수가 많았다. 도합 10링깃

배불리 먹는다고
게을이야 나겠나

점심쯤 개장하는 식당의 스케줄에 맞춰 하루를 시작했다면 사람들은 우리를 게으르다고 할까?

여행지에서 입에 맞고 가격도 저렴한 식당이 근처에 있다는 사실이

얼마나 큰 행운인지 미리 알았더라면 개장 시간을 앞당기기 위해서

기꺼이 자원해서 그릇이라도 닦았을지도 모른다.

약 3,000원 이 조금 넘었는데 아주머니는 종민과 접시를 번갈아 보면서 이렇게 물었다.

"너, 정말 이거 다 먹을 거니?"

아주머니는 믿기지가 않는다는 표정이었다. 물론 종민은 다 먹었다. 하지만 시간이 지날수록 속이 더부룩하다는 말을 자주 하더니 결국 체했는지 밤새 고생했다. 그럼에도 다음날에 우리는 또 아주머니의 식당을 찾았다. 종민은 이렇게 덧붙였다.

"수원 팔달구 한수저 종민의 부모님이 운영하는 식당 랑 여기가 최고의 식당이라고 생각해."

배가 부른데도 계속 먹게 되고 심지어 배가 아픈데도 계속 먹게 되는 이 식당은 정말 최고였다. 가게 밖으로 늘어선 줄은 전 세계 어디에서나 맛집을 나타내는 최고의 표식이었다. 정해진 양만큼만 만들어서 음식이 떨어지면 어김없이 문을 닫았는데 영업시간은 오후 12시부터 4시, 오후 6시부터 9시까지였다. 음식이 다 완성되어야 문을 열기 때문에 개장 시간이 지나도 문을 열지 않는 때가 잦았다. 12시 10분 전부터 줄을 서서 기다리는 것은 나와 종민뿐이었고, 현지인들은 도대체 어디에 숨어 있는지 도무지 보이지 않다가 문을 열면 귀신같이 나타났다.

"종민, 나는 이 식당이 도대체 어떤 기준으로 가격을 정하는지 궁금해. 중국어로 좀 물어봐 주면 안 되겠어?"
"그게 말이야. 나도 정말 궁금한데, 이 집 음식 앞에 있으면 흥분해서 아무것도 생각이 안 나. 중국어가 한마디도 생각이 안 난다고."

쿠알라룸푸르에 있는 동안 우리는 매일 점심과 저녁을 이곳에서 먹었다. 둘이서 만원이 안 되는 돈으로 하루를 배불리 보낼 수 있었다. 하루에 2번씩 매일 방문하니 아주머니도 우리를 알아보기 시작했다. 물론 종민의 접시를 보고 계산기를 꺼내 들

때 깊은 인상을 받았던 것도 유효하게 작용했겠지만.

"너희, 이거 한번 먹어 봐."

어느 날은 스페셜 메뉴라면서 직접 담근 과일 화채를 테이블에 가져다주셨다. 아주머니와 농담을 주고받으며 이렇게 공짜 음식도 얻어먹으니 종민과 내가 이곳에 머물렀던 시간이 그만큼 오래되었고 이제 곧 떠날 때가 되었다는 것을 실감하게 되었다.

"은덕아. 나 아주머니를 한국으로 모셔 가야 할 것 같은데. 억대 연봉을 드려도 아깝지 않을 것 같아. 어떻게 생각해?"
"응, 나는 단골이었는데 음식값을 모를 수 있다는 게 신기할 뿐이야."

100달러만
남기고 간 사람

글 /

연옥 언니를 생각하면 마음이 아직도 애잔하다. 여행 초반이었던 터라 마음의 여유도 없었고 잘 챙기지도 못했다. 게다가 유난히 불미스러운 일도 많았다. 숙소의 상태를 보고 당황했던 것도 연옥 언니 때문이었다. 나 때문에 표를 사고 귀한 시간을 내서 오는 사람인데 머물 곳이 마땅치 않다니, 게다가 이렇게 무책임하게 사람을 끌어들이고 책임을 제대로 못 진 사람이 바로 나라니! 비좁은 방에서 나는 물론 종민까지 3일 밤을 보내고 나니 떠나겠다는 언니를 잡을 수 없었다. 태국과 코타키나발루, 싱가포르까지 돌고 돌아서 3주 만에 다시 깜제 아줌마의 집으로 언니가 왔을 때 너무 반가웠지만 미안한 마음이 더 컸다.

연옥 언니와 깜제 아줌마 집,
굿이라도 해야 할까?

연옥 언니가 한국으로 돌아가야 할 시간이 다가왔고 마지막 날은 제대로 보내자고 굳게 다짐했을 때 언니와 내 신발이 없어졌다는 걸 알았다. 처음에는 현관에 신발이 많아서 못 찾는 줄 알았고 나중에는 안 신는 신발을 깜제 아줌마가 잠시 치워놓았다고 생각했다. 그러나 그간 지켜본 깜제 아줌마는 우리 물건을 조금이라도 건드렸다면 미리 말을 하거나 메모를 남겼을 사람이었다. 깜제 아줌마는 마침 집에 없었다. 이런 상황에서 엎친 데 덮친 격으로 아랫집 아줌마는 우리를 보자마자 깜제 아줌마에 대한 험담을 어마어마하게 늘어놓았다. 그러면 안 된다고 생각하면서도 깜제 아줌마와 가족에 대한 의심이 자꾸만 고개를 들었다. 게다가 잃어버린 신발 중 하나는 언니가 이곳에 와서 가장 비싸게 주고 산 새 신발이었다. 차라리 내 신발을 몽땅 가져가지. 아니면 종민의 꼬질꼬질한 신발이나 가져갈 것이지. 가져가도 하필이면 연옥 언니의 신발을 가져가다니. 어떻게 외출을 마쳤는지도 모르게 집으로 돌아오니 밤 10시가 다 된 시간이었다. 깜제 아줌마에게 가서 묻지 않을 수 없었다.

"신발이 두 켤레나 없어졌어요. 혹시 치우셨나요?"
"뭐라고? 난 안 치웠는데? 너희가 어디 두고 온 거 아니야? 여태껏 신발 도둑은 없었어."
"분명 여기에 두었고 어제까지도 있었는데 없어졌어요."
"이상한 일이네. 하지만 난 모르는 일이야. 앞으로 신발은 방에 넣고 다니는 게 어때?"

깜제 아줌마는 속 시원한 대답 대신 비닐봉지 몇 개를 주었다. 여기에 신발을 넣어서 방에 모시고 지내라는 뜻이었다. 깜제 아줌마의 집은 현관이 바깥과 트여 있었고 사슬 문양의 철문 하나만 있었기 때문에 누구나 마음만 먹으면 얼마든지 꼬챙이로 신발을 끌어다가 틈 사이로 빼낼 수 있었다. 범인은 끝내 잡지 못했고 연옥 언니는 낡은 신발을 신고 새벽에 떠났다. 떠나기 전까지 연옥 언니는 종민과 나에게 소중한 추억을 남겨 주고 싶다며 거금을 들어서 뷔페에 데려갔고 말레이시아 전통공연도 보여 주었다. 배웅하려 했건만 기척 하나 없이 떠났다. 대신 문틈 사이로 금색 봉투가 빼꼼 얼굴을 들이밀고 있었는데 그 안에는 100달러가 있었다.

"은덕, 종민! 맛있는 거 사 먹어. 건강하게 여행 잘 다녀와."

이 사람, 사람을 이렇게 울려도 되는 건가. 한국에서 다시 만나면 꼭 안아 줄 거다.

이 사람, 사람을 이렇게 울려도 되는 건가

여행이 언제나 핑크빛일 수 없다는 것을 익히 알고 있었지만

누군가의 여행이 점점 흙빛으로 변해가는 과정을

속수무책으로 지켜보는 것만큼 힘든 일이 없었다.

그래도 당신 덕분에 우리의 여행이 조금 더 아름다워졌다고 말한다면

위로가 될까? 그랬으면 좋겠다.

우리 겸손한 여행을 하자

싱가포르의
겔랑 언니들

글 /

여행은 갑작스러울 때 더 감동이 있는 법이다. 그동안 싱가포르를 지척에 두고도 가야 할 이유가 없었지만, 에어비앤비 싱가포르 지사의 초대를 받았다. 이렇게 그 럴싸한 명분도 생겼으니 당당하게 숙소를 검색해도 부끄러울 것이 없었다. 그러나 쓸만한 에어비앤비 숙소는 이미 다 마감이었고 여자만 받는다고 내걸었거나 값비 싼 숙소밖에 없었다. 할 수 없이 호텔 예약 사이트를 뒤적이기 시작했고 시내에서 가까우면서도 비용이 놀랍도록 저렴한 겔랑 Geylang 지역의 호텔을 예약했다.

"종민, 여기도 서민들이 모여 사는 곳인가 봐. 물가도 싸겠지?"

싱가포르에 도착한 지 몇 시간 만에 종민과 나는 말레이시아와는 하늘과 땅만큼 차 이가 나는 물가에 잔뜩 쫄아 있었다. 우리가 알주니드 Aljunied 역에 도착했을 때는 오 후 5시쯤이었고 호텔까지는 20여 분 정도 걸어야 했다. 해도 길었고 천천히 동네 구 경 삼아 거리를 걷기 시작했다. 역시나 저렴한 노천 식당과 과일 가게가 지천에 널 려 있었다. 숙소 선택이 탁월했다며 시시덕거리면서 호텔로 가던 중 거리의 분위 기가 뭔가 심상치 않게 돌아가고 있음을 감지했다. 사람들이 많이 지나다니는 큰길 어귀에 깔아 놓은 좌판에는 온갖 의심스러운 알약들 천지였다.

무엇보다
해는 아직 밝았다

"이게 비아그라인지 어떻게 바로 알아보는거야!

한국에서는 어둠의 경로로만 판다는데!"

"중국에서 많이 봤어. 근데 너는 어둠의 경로에서만 판다는 건 어떻게 알고 있는 건데?"

우리 겸손한 여행을 하자

"저거, 비아그란데?"

좌판마다 빼놓지 않고 놓여 있는 파란색 알약을 보면서 종민이 말했다. 어떻게 대번에 비아그라를 알아채는지 의심의 눈초리로 종민을 바라봤다. 중국에서 많이 봤다고 변명하는데 지금 그것을 따질 때가 아니었다. 우리나라에서는 어둠의 경로로 판매된다는 그 약품을 이렇게 버젓이, 대놓고 팔고 있다니. 그것도 아직 해도 떨어지지 않은 거리에서 말이다.

많이 양보해서 여기까지는 충분히 있을 수 있는 일에 속했다. 알약 판매 골목을 지났더니 이번에는 화장을 곱게 하고 짧은 치마를 입은 언니들이 핸드백을 하나씩 둘러매고 거리에 서 있었다. 그 모습만 봐도 예쁜 언니들이 거리에 나와 있는 목적이 무엇인지 직감할 수 있었다. 태국에서 나이 많은 서양 남자와 어린 태국 아가씨의 조합을 수도 없이 봤기 때문에 그리 놀라운 풍경은 아니었지만 이곳은 싱가포르인 데다 평범한 동네가 바로 지척에 있었다. 언니들도 구태여 관광객만 노리지 않았다. 그리고 무엇보다 여전히 시간은 오후 5시를 겨우 넘겼을 뿐이고 해는 아직 밝았다.

가까이 있지만 아득히 멀었던
두 가지 세계

싱가포르는 정부의 허가를 받은 공창이 존재한다. 라이센스를 소지하고 있는 여성들만 활동할 수 있으며 정부에서는 근무 시간 규제와 에이즈와 같은 성병을 법적으로 관리한다. 싱가포르에 머무는 동안 종민이 혼자 길에 나섰을 때는 언제나 따라붙는 사람이 있었고 많을 때는 3명이나 집요하게 따라와서 난감했다고 한다. 해가 지고 난 후라서 그럴 것이라 마음을 달래고 아침 일찍 나가 봤지만 저녁보다 더 보송보송한

서로의
일을 할 뿐이다

한쪽에서는 학생들이 학교에 다니고 장사로 생계를 이어가는 사람들이 있었다.

신선한 과일과 은밀한 알약이 나란히 놓여 있는 물리적 거리는 가까웠지만

그것을 향해 손을 뻗는 사람들이 딛고 서 있는 세계가 너무나 달라서

멍하니 바라볼 수밖에 없었다.

화장과 아직 물기가 마르지 않은 머리를 흩날리며 또다시 종민을 노렸다고 한다. 혼자 지나가는 남자라면 어김없이 말을 걸고 거침없이 흥정했고 홀연히 자취를 감췄다.

언젠가 친구 녀석이 용산 뒷골목으로 차를 끌고 가서 영화에서만 보던 세계를 직접 보여준 적이 있었다. 그때 친구와 나는 어둠이 깔린 밤에 자동차 안에 숨어서 은밀한 풍경을 침을 꼴깍 삼키면서 훔쳐 봤었다. 그런데 이곳에서는 밤낮 구분이 없었고 한쪽에서는 학생들이 학교에 가고 다른 한쪽에는 장사로 생계를 이어 가는 사람들이 있었다. 신선한 과일을 파는 가게가 한쪽에 있으면 비아그라를 파는 좌판이 반대편에 있었다. 전혀 다르다고 생각했던 세계가 이질감 없이 공존하고 있는 모습이 너무도 생경해서 여러 번 넋을 놓고 보았다. 언니들은 애써 숨지도 않았고 주민들도 애써 외면하지 않았다. 그저 서로의 일을 할 뿐이었다. 그 모습을 보면서 세상 어디에서도 맡을 수 없었던 진한 살 냄새를 맡았다.

그녀는
갱스터에요!

글 /

연옥 누나의 출국을 앞두고 마지막 하루를 멋지게 보내기 위해 시내로 나가려던 때였다. 집에서 나올 때 연옥 누나와 은덕의 신발이 없어진 것을 알았다. 안 좋은 일은 왜 한꺼번에 생기는지 엎친 데 덮친 격으로 아랫집 아줌마가 깜제 아줌마에 대해서 할 말이 있다고 다짜고짜 길을 막아섰다.

"잠깐 얘기 좀 해요."

말레이시아계로 보이는 아줌마 한 분이 밖으로 나왔다.

"당신들이 묵고 있는 집은 정부에서 허가를 받지 않은 곳이에요. 불법이라구요. 불법!"

앞뒤 설명도 없이 우리가 묵고 있는 숙소가 불법이라며 몰아세우는 그녀가 정상으로 보이지 않았다. 신발을 잃어버려 속상해하고 있는 두 여자를 두고 아줌마를 상대할 겨를이 없었다. 발길을 돌리려는데 다시 잡아 세우면서 쏘아붙이기 시작했다.

"이 동네는 말레이시아 사람들을 위한 동네라구요. 그런데 백인, 흑인, 아랍인 그리고 당신들까지 들락거리고 있어요. 내가 원하는 건 평화라구요. 평화!"

이 동네는
말레이시아 사람들을 위한
동네라구요

"깜제 아줌마 집을 생각하면 화장실에 들어갔다 똥 안 닦고 나온 기분이라니까."

"온이 숙소 설명을 제대로 했다면 이 집에 대한 오해도 없었을 거야.

아랫집에 공격적인 성향의 아줌마가 있다는 말도 안 하고 말이야. 그 집은 아들이 문제야."

윗집 여자와
아랫집 여자

조용하던 아파트에 외국인이 찾아오기 시작한 것은 18개월 전, 깜제 아줌마가 에어비앤비 호스트로 생활하기 시작한 때와 맞물린다. 아랫집 그녀는 자신의 아파트에서 조용히 지내고 싶은데 어느 날부터 들락날락하는 여행자들 때문에 불안해졌다며 울분을 토했다.

"이미 여러 번 말했다니까요. 하지만 윗집 여자는 다른 사람이 하는 말을 듣지 않아요! 저기 시장에 가서 윗집 여자에 대해 물어봐요. 다들 그녀를 갱스터라고 한다니까! 갱스터!"

갱스터라는 단어에 귀가 솔깃해졌다. 마침 신발을 도둑맞은 상황이었다. 항상 현관문을 잠그고 외출했기 때문에 내부의 소행이라고 의심하고 있었다. 나중에 은덕이 꼬챙이를 이용하면 밖에서도 신발을 가져갈 수 있다는 가설을 제시하기 전까지 마음속 용의자는 어쩔 수 없이 깜제 아줌마와 그녀의 가족이었다.

"나는 당신들이 이곳을 떠나서 합법적인 장소로 가기를 원해요. 그리고 이 집을 예약했다던 그 사이트에 제발 내 이야기를 전해 주세요!"

나 역시 오래전부터 사건과 사고가 많은 이 집을 떠나고 싶었다. 숙박료는 이미 다 결제했고 떠날 날은 얼마 남지 않아 어쩔 수 없이 참고 있었을 뿐이다.

"다음 주면 이 집을 떠나요. 그때까지 최대한 조심할게요. 지금 당신이 하는 말을 사이트에 바로 전할 수도 있지만 가장 중요한 것은 깜제 아줌마와 직접 말을 해야 한다는 겁니다."

에어비앤비를 이용하기로 했던 데에는 많은 이유가 있었지만 공유경제라는 정신이 마음에 들었기 때문이다. 자신이 소유하고 있는 일부를 나눔으로써 수익을 낼 수 있다고 말하는 그 맑은 정신이 좋았다. 그러나 에어비앤비 서비스를 이용한 지 고작 한 달이 지났을 뿐인데, 은덕과 내 앞에 펼쳐진 것은 지금처럼 불만에 가득한 이웃 주민의 항의였다. 방 한 칸을 나눈다는 것은 내가 소유하고 있는 집의 일부를 공유하는 것만이 아니었다. 이웃 주민과의 소통이 충분하지 않으면 지금처럼 문제가 생길 수도 있었다.

아랫집 아줌마의 말이 모두 허황된 것이라고 할 수 없었다. 갑자기 자신의 생활 공간에 들어오는 외국인을 한없이 열린 마음으로 반갑게 맞이할 사람이 몇 명이나 될까? 또 경계하는 사람들에게 먼저 웃으면서 인사하는 여행객도 그렇게 많지는 않을 것이다. '내 돈 내고 여행 와서 무슨 눈칫밥인가?' 싶다면 에어비앤비 서비스를 이용하지 않는 것이 더 편히 여행하는 방법일 수 있다. 아랫집 아줌마의 항의는 투숙객 중 일부에게 상처받았던 경험에서 비롯된 것일지도 모른다.

깜제 아줌마와 한 달 가까운 시간을 보내면서 우리가 느낀 것은 아줌마가 직선적이기는 했지만 깔끔했고 동네에서는 어떤 평판을 듣는지 잘 모르겠지만 우리에게는 꽤 괜찮은 사람이었다. 물론 한밤중에 아저씨가 병원에 실려가고 따로 살던 아들이 연락도 없이 갑자기 쳐들어오고 무선 인터넷은 먹통이었지만 매일매일 깨끗하게 청소도 해 주셨고 음식도 곧잘 해 주셨다. 그동안 미운 정, 고운 정이 다 들었는데 깜제 아줌마를 의심만 하면서 떠나는 것이 영 찝찝했다. 마지막 날 은덕과 나는 빚잔치를 하는 마음으로 아줌마에게 지난 일들에 대해 솔직하게 물어봤다.

언젠가는
지불해야 했던
비싼 수업료

깜제 아줌마의 집은 깔끔한 어머니의 집 그 자체였다.

시행착오가 많았던 첫 번째 여행에서 그래도 깜제 아줌마에게 많이 의지했었다.

작은 키에 통통한 몸매, 짧은 커트머리, 너무나 자연스럽게 우리를 맞이했던 그 모습을 믿고 싶다.

우리 겸손한 여행을 하자

우리
잘한 일일까?

"여기 열쇠요. 저희 이제 가요."

"벌써 한 달이 지난 거야? 시간 참 빨리 가지? 지낼 만했어?"

"네, 아줌마 덕분에 잘 지내다 가요. 근데, 떠나기 전에 몇 가지 드릴 말씀이 있는데 시간 괜찮으세요?"

"그래, 말해 봐."

어떻게 운을 떼야 하나 걱정했지만 일단 시작하고 보니 봇물이 터졌다. 에어비앤비 사이트에 올려놓은 숙소에 대한 설명과 달리 인터넷을 전혀 사용할 수 없어서 불편했는데 이것은 다른 손님들한테도 중요한 문제니까 아들에게 이야기해서 꼭 고쳐야 한다고 했다. 열심히 설명했지만 깜제 아줌마의 대답은 간단했다.

"인터넷은 잘 몰라. 늙어서 문자도 못 보내. 아들한테 말해 놓을게."

마침내 문제의 그녀, 아랫집 아줌마를 만났던 이야기를 했다.

"그리고 얼마 전에 동네 사람을 한 분 만났는데 저희한테 아줌마는 나쁜 사람이고 여기는 외국인이 드나드는 곳이 아니라고 했어요. 어찌 된 사정인지 궁금해요."

말이 끝나기 무섭게 깜제 아줌마는 알만하다며 대답했다. 이번에 봇물이 터진 것은 깜제 아줌마였다.

"아랫집 여자지? 그 집 식구들 모두 정신병을 앓고 있어. 다른 손님에게도 그런 이야기를 했더군. 미리 말을 해 줬어야 했는데 미안해. 또 그럴 줄 몰랐는데. 아랫집 여

생활 여행의
첫 시작

다음 도시로 떠날 준비를 하면서 생활 여행의 묘미를 느꼈다.

말레이시아에서 우리가 세계여행을 하는 동안 치러야 하는 액땜과 수업료는 모두 지불한 걸로 여기며.

다시 시원하게 목을 축이고 떠나자. 터키로.

우리 겸손한 여행을 하자

자는 이웃 주민을 수시로 경찰에 신고하고 소란을 일으킨다니까. 지난번에는 마작 소리가 신경 쓰인다고 도박장으로 신고해서 동네가 시끄러워 혼났어. 나도 당했다니까! 옥상에 고인 물이 아랫집 여자 창틀에 떨어졌는데 그게 내가 빨래를 덜 짜고 널어서 물이 떨어진 거라고 쫓아 올라온 거야. 난 그날 빨래도 안 했는데 말이야."

두 사람의 이야기가 너무 다르다 보니 누구를 믿어야 할지 몰랐다. 깜제 아줌마가 갱스터처럼 이웃에 시비를 거는 것도 본 적이 없었고 아랫집 아줌마가 이웃 주민을 곤경에 빠트린 것을 본 적도 없으니 무시할 수도 없었다. 잠시 머무는 여행객일 뿐인 우리는 그 속내를 다 알 수 없으니 불편한 마음을 안고 떠날 수밖에. 작은 키에 통통한 몸매, 짧은 커트머리, 너무나 자연스럽게 우리를 맞이했던 그 모습을 믿을 수밖에.

"종민, 한 집에서 한 달을 지내기로 한 게 정말 잘한 일일까? 너무 많은 것을 보고 깊숙이 관계하는 것이 정말 우리한테 도움이 될까?"

한 달에 한 도시씩 머물러 보는 생활 여행의 첫 시작이었다. 말레이시아에서 보냈던 시간은 앞으로 많은 여행을 해야 하는 우리가 언젠가는 지불해야 했던 비싼 수업료와 같았다. 어떤 사람을 만나고 어떤 집에 머무르게 되는가가 우리의 여행에서 얼마나 중요한지를 배웠다. 또 이웃과도 신중하게 관계를 맺어야 한다는 것도 배웠다. 불만이 있을 때 대화를 해야 하고 협상을 해야 한다는 것은 여전히 부담스러운 일이었지만 그 필요성만큼은 절절하게 경험했다.

겪어 보니 알게 된
에어비앤비의 다섯 가지 장점!

01 현지인 호스트와의 만남

에어비앤비가 다른 여행지 숙박 형태와 차별되는 부분이다. 현지인들과 함께 살면서 밥을 먹고, 산책을 하고 대화를 나누며 현지인들의 생생한 생활상을 엿볼 수 있다. 처음에는 게스트와 호스트로 만나지만 헤어질 때는 친구가 되어 떠난다.

02 저렴한 가격

런던, 파리, 뉴욕 등 비싼 숙소 비용을 감내해야 하는 도시에서 일찍 예약만 한다면 좋은 위치의 숙소를 싸게 구할 수 있다. 신혼여행 때는 런던 중심지에서 1박에 2인 기준 65,000원으로 숙소를 해결했다.

03 장기 숙박 할인

한 달 장기 숙박에 한해서는 일일 숙박 대금에 비해 절반 이상까지도 할인해 준다. 그 예로 쿠알라룸푸르에서 1박 결제 시, 30달러였지만 한 달 결제 시 900달러가 아니라 450달러로 해결되었다.

04 검증된 리뷰

에어비앤비의 숙소 리뷰는 반드시 숙소를 예약하고 직접 머물렀던 여행자만이 작성할 수 있다. 리뷰만 꼼꼼히 읽어도 방의 상태, 호스트의 성향 등을 파악할 수 있다.

05 한국어 지원과 결제 보호 서비스

에어비앤비는 글로벌 사이트임에도 불구하고 한국어 번역을 지원한다. 회원 가입부터 숙소 찾기, 예약, 결제까지 한국어로 쉽게 진행할 수 있다. 여행객이 결제를 끝내면 바로 호스트에게 입금하는 형식이 아니라 만약의 사태를 대비해 에어비앤비가 중간에서 지급을 보류한다. 게스트가 숙소에서 이상 없이 체크아웃한 후에야 호스트에게 요금이 지불되니 안심할 수 있다.

어디까지나 주관적이고 편파적인
쿠알라룸푸르 한 달 생활 정산기

 ＊ 도시 ＊
쿠알라룸푸르, 말레이시아

/ Kuala Lumpur, Malaysia

 ＊ 위치 ＊
왕사마주 / Wangsa Maju

(숙소까지 지하철 왕사마주 역에서 하차

후 도보 20분 소요)

 ＊ 주거 형태 ＊
저층 아파트 / 룸 쉐어

 ＊ 기간 ＊
2013년 4월 2일 ~ 5월 3일 (30박 31일)

 ＊ 숙박비 ＊
총 350,000원

(장기 체류 할인 적용,

1박 당 정상 가격은 16,000원)

 ＊ 생활비 ＊
총 800,000원

(체류 당시 환율, 1링깃 = 300원,

코타키나발루 4박 5일 여행 경비 포함)

＊ 2인 기준, 항공료 별도

 ＊ 종민 동남아인데도 생활비가 꽤 들었지? 코타키나발루와 싱가포르에 가면서 추가

경비가 생겨서야. 쿠알라룸푸르에만 있었으면 생활비가 반으로 줄었을 텐데.

 ＊ 은덕 쿠알라룸푸르는 외식비가 저렴해서 생활비가 적게 들었어. 집에서 해 먹는 것보

다 바깥에서 사 먹는 게 싸잖아. 터키부터는 만들어 먹거나 빵쪼가리만 먹었어.

그때마다 왕사마주 식당의 아줌마가 생각나더라.

만난 사람: 13명 + α

전화를 빌려 주고 길을 안내해 주었던 린씨 아저씨, 호스트였던 깜제 아줌마, 깜제 아줌마 남편이자 병원에 실려갔던 아저씨, 나중에는 취업에 성공했던 깜제 아줌마 큰아들, 깜제 아줌마를 갱스터라고 했던 무시무시한 아랫집 아줌마, 화채를 주시던 식당 아줌마, 너무나 고마운 연옥 누나/언니, 우리 몸을 마사지해 주었던 앳된 마사지사 아가씨들, 말레이시아의 정치를 논하던 인도계 택시기사 아저씨, 코타키나발루에서 만났던 이슬람교도 택시기사 압둘, 히치하이킹으로 만났던 건실한 청년 파릿. 그리고 어쨌든 이 모든 사람을 만나게 해 준 온.

방문한 곳: 5곳 + α

도시의 화려함도 잠시, 노동자의 일상을 보면서 겸손한 여행을 다짐했던 부킷빈탕, 272개의 계단을 올라야 했던 바투 동굴, 학생으로 오해받으며 쾌감을 느꼈던 툰쿠 압둘 라만 대학, 압둘을 만나게 된 코타키나발루 제셀턴 포인트, 언니들의 포스가 인상적이었던 싱가포르 겔랑.

우리 겸손한 여행을 하자

에어비앤비
싱가포르 지사 방문기

에어비앤비 최초의
한국인 직원을
소개합니다

2013년 2월, 에어비앤비 한국 런칭 파티에서 인연을 맺게 된 은지 씨. 그녀는 당시 에어비앤비의 유일한 한국인 직원으로 싱가포르 지사에서 근무하고 있었다.

"안녕하세요. 한국인 직원이 있는 줄은 몰랐어요. 저희는 에어비앤비로 2년 동안 세계여행을 다녀올 계획인데요. 제안서를 만들어 봤는데 한번 봐 주시겠어요?"

혼자서 큰 행사를 진행하느라 정신없어 보이는 그녀에게 우리는 제안서를 건넸다. 이를 계기로 나와 종민은 은지 씨와 연락을 주고받게 되었고 여행을 준비하기 위해

도서관에서 여행 에세이를 읽어나가던 중 그녀가 『카우치서핑으로 여행하기』의 저 자라는 것을 알게 되었다. 서른도 채 되지 않은 나이에 책을 내고 잘나가는 해외 스 타트업 기업에 다니고 있는 그녀가 궁금해졌다. 제안서를 건네고 사무적인 연락을 주고받는 관계를 벗어나 인간적인 호기심이 생긴 것이다.

"싱가포르에 오시면 에어비앤비 사무실을 구경시켜 드릴게요."

인사치레로 했을지 모르지만 우리는 이 말 하나를 믿고 싱가포르로 향했다. 마침 쿠 알라룸푸르에 머물고 있었던 터라 어렵지 않게 다녀올 수 있었다. 에어비앤비 싱가 포르 지사는 아시아 전체를 총괄하고 있었고 위치는 싱가포르의 아우트램 파크역 Outram Park에서 5분 정도 떨어진 곳에 있었다. 오래된 건축물이 많이 보였는데 보존 상 태가 좋아서 한국의 삼청동이 연상되는 곳이었다. 에어비앤비 사무실 역시 오래된 건물 하나를 개조해서 만든 곳이었다. 아무리 자유로운 분위기의 해외 기업이라 한 들 사무실을 방문하는데 후줄근한 여행자 차림으로 가는 것은 예의가 아닌 것 같아 서 싱가포르 시내에 도착하자마자 없는 돈을 쪼개어 재킷도 하나 샀다.

"어서 와요. 날이 많이 덥죠? 오느라 고생 많으셨어요."

은지 씨는 파티장에서 잠깐 얼굴 본 게 전부인 우리를 오랜만에 만난 친구처럼 환 한 미소로 반겨 주었다. 사무실에는 아시아 각국에서 모인 20여 명의 직원이 일하 고 있었다. 한국, 일본, 홍콩, 인도네시아, 태국, 말레이시아, 호주 등지에서 모인 다 국적 멤버들이었는데 에어비앤비 아시아 지사가 만들어진 2012년 10월경에 구성 된 창립 멤버들이었다. 새로운 것을 창조하고 시작하는 사람들에게서 보이는 자연 스러운 유대감이 그들을 빛나게 하고 있었다. 이들을 보고 있자니 한국에서 일하면서 만났던 동료들의 얼굴이 스쳐지나 갔다.

"인사해, 이 친구들은 2년 동안 에어비앤비를 통해서 세계여행을 할 거야."

은지 씨의 소개에 사무실에 있던 모든 직원이 환호를 보냈다.

"정말이야? 2년 동안 에어비앤비에서만 머문다고? 어디 어디를 가는데?"
"음, 일단 다음 목적지는 이스탄불이야. 다음은 피렌체고 크로아티아, 파리, 런던,
세비야, 뉴욕인데 앞으로 여기서 한 달씩 살 예정이야."

우리가 읽었던 여행책의
작가이자 우리가 이용하고 있는
에어비앤비의 직원인 그녀
친해지고 싶어.

뭔가 밝고 건강한 냄새가 난다.
킁킁

사무실에서 일하고 있는 직원들에게 제대로 염장을 질렀다. 모두 부럽다고 한마디씩 했고 악수를 청해 오는 직원도 있었다. 어느덧 점심시간이 되었다. 은지 씨와 그녀의 동료인 히토미 Hitomi와 함께 싱가포르에서 가장 맛있다는 치킨라이스를 먹으러 자리를 옮겼다. 밥 위에 밀뚱하니 올라온 닭고기만 봐서는 전혀 맛있어 보이지 않았지만 입에 넣으니 그럴싸한 맛이 느껴졌다. 간장으로 간을 한 부드러운 닭고기가 입에서 살살 녹았다. 은지 씨는 중국식 푸딩과 사탕수수로 만든 음료수까지 대접했다. 아마도 여행하면서 밥도 잘 먹지 못했을 거라는 생각에서 나온 배려였을 것이다. 우리가 이름 모를 식당에서 아주 잘 먹었다는 사실을 알게 되면 조금 실망하려나?

식사를 마친 후 다시 찾은 사무실에서는 생일 축하 파티 준비가 한창이었다. 달력보다 큰 종이에 한 사람씩 돌아가면서 축하 인사를 적고 선물을 준비했다. 직장이 아니라 친한 친구들 사이에서 벌어질 법한 생일 파티 분위기였다. 2층에 마련된 별도의 응접실에서 은지 씨와 차를 마시며 1층에서 벌어지고 있는 생일 파티를 구경하면서 못다 한 이야기를 나누기 시작했다.

"쿠알라룸푸르 숙소는 좀 어때요? 얼핏 봤는데 중병 환자랑 함께 사신다고요?"

그간 우리에게 벌어진 일을 그녀도 어느 정도 알고 있는 눈치였다. 간략하게 숙소에서 있었던 일을 털어놓았다.

"에어비앤비에는 '분쟁해결도구'라는 게 있어요. 체크인하고 24시간이 지났어도 분쟁해결도구를 이용하면 언제든지 에어비앤비에 상담을 요청할 수 있어요. 24시간 내내 상담원이 전화 서비스와 이메일을 통해 대기하고 있거든요. 지금 머물고 있는 숙소의 에어비앤비 등록 주소를 보내 주시면 말레이시아 담당 직원에게 전달할게요."

은지 씨는 긍정적인 에너지를 뿜어내는 밝은 기운의 소유자였다. 우리가 여행하면서 SNS나 블로그에 에어비앤비에 대해 그리 호의적이라고 말할 수 없는 이야기도 몇 차례 올렸던 터라 내심 걱정했었는데 쿨하게 넘어가는 것을 보니 그 밝은 기운이 사무적인 응대만은 아닐 것이라 확신하게 되었다. 우리의 여행이 모두 끝난 후, 아니 여행이 끝나기 전에 제안서를 제출하고 검토했던 관계가 아니라 여행을 좋아하는 사람으로서 인연이 이어지기를 기대해 본다.

우리가 보냈던 제안서는 에어비앤비 본사의 마케팅 부서로 은지 씨의 손을 빌어 잘 전달되었지만 별다른 성과는 없었다. 다만 이를 계기로 에어비앤비 전 세계 직원들이 나와 종민의 존재를 알게 되었고 우리의 여행 중에 새로운 계획이 추가되었다. 바로 유럽에 있는 에어비앤비 사무실을 모두 찾아가 보는 것!

⋯⋯⋯⋯⋯⋯⋯⋯⋯⋯⋯⋯⋯⋯⋯⋯⋯⋯⋯⋯⋯⋯⋯⋯⋯⋯⋯⋯⋯⋯⋯⋯

❶ 에어비앤비 분쟁해결도구 사용법
이후 우리는 이스탄불에서 숙소 예약을 취소해야 했던 과정에서 '분쟁해결도구'를 사용해 봤다. 은지 씨의 설명대로 분쟁해결 절차를 도와주는 에어비앤비 직원들의 노력으로 무사히 환불을 받을 수 있었다. 다만 이 과정에서 계약을 파기할 만한 증거 자료가 필요했고 호스트와 추가적인 협의 과정도 거쳐야 했다. 모든 해결 절차를 거치고 카드 결제가 취소되는 데 한 달이라는 시간이 필요하니 마음의 여유도 장착하고 있어야 에어비앤비의 분쟁해결도구를 이용할 수 있다.

오래된 건물을 개조한 사무실에서는 지구상에서 가장
트랜드한 업무를 하는 사람들이 모여 있었다.

불쑥 찾아온 여행객을 기꺼이 받아 주고 세계여행이라는
말에 눈을 반짝이던 20여 명의 얼굴이 아직도 기억이 난다.

에어비앤비 싱가포르 지사 방문기

3

너희의 여행은
무엇을 위한 거니?

이국적인 풍경과 볼거리에 감탄하는 것도 물론 여행의 중요한 부분이지만 사람이 없다면 여행의 감동은 절반도 못 될 것이다. 사람 때문에 힘들고 사람 때문에 다시 힘을 얻고. 여행이 인생의 축소판이라는 것을 또다시 실감했던 시간이었다.

어쩌면 평생 존재하는지도 몰랐을 터키의 작은 도시, 닷차. 이곳에서 우리 여행은 많은 변화가 있었다. 아름다운 풍경만큼 아니 더 아름다웠던 어느 노부부를 통해 우리의 머지않은 미래를 보았고 좀 더 적극적으로 여행을 완성해 가야겠다는 생각을 했다.

"너희의 여행은 무엇을 위한 거니?"

이 질문을 받고 잠깐 멍해졌는데 머릿속으로 답을 생각하는 동안 마음속으로는 한없이 부끄러웠다. 그리고 우리의 여행이 삶에 어떤 영향을 미칠 것인가를 진지하게 고민하기 시작했다. 여전히 명확한 해답은 없고 안갯속을 헤매는 것처럼 막연한 느낌이지만 그럴 때마다 닷차의 맑디맑은 바다를 생각한다. 그러면 어느덧 안개는 사라지고 조금은 나아갈 길이 보인다.

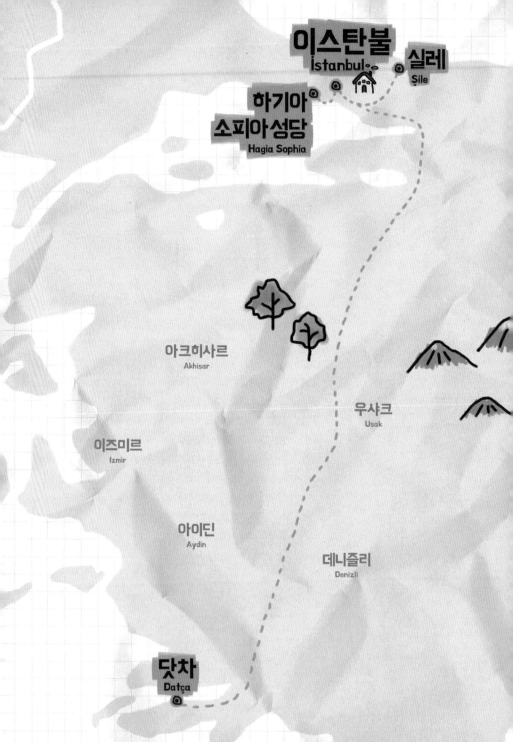

앙카라
Ankara

터키
Turkey

코니아
Konya

아다나
Adana

메르신
Mersin

그래도
이건 아니야

글 /

쿠알라룸푸르를 떠나 이스탄불 Istanbul 에 도착한 시간은 새벽 6시. 이곳에서 묵을 숙소는 6개월 전부터 예약해 두었던 에한 Erhan 의 집이다. 낯선 나라에서, 그것도 새벽 6시에 길을 찾는 것은 쉬운 일이 아니었다. 터키 현지에서 살고 있는 동생, 종선이 없었다면 아마 다음날 새벽 6시가 되어도 길 위에 서 있었을지 모른다. 1시간을 헤매고 나서야 작은 공장이 밀집한 동네, 빌라 2층에 자리한 에한의 집을 찾았다. 아침 7시, 초인종을 누르기에 이른 시간이라는 걸 모르는 바는 아니었지만 몸을 뉘일 바닥이 간절히 필요했다. 그때까지만 해도 어렵게 찾았으니 숙소 상태가 '웬만하면' 짐을 풀 생각이었다. 하지만 비몽사몽 인사를 건넨 에한이 안내한 방은 상당히 불결했고 '웬만하면'이라는 단어조차 쓰기 아까운 방이었다. 빨래와 쓰레기가 뒤엉켜 방 한구석에 모여 있었고 침대에서는 짙은 담배 냄새가 풍겼다. 딱 지저분하고 게으른 성격의 남자 자취생의 방이었다.

에어비앤비를 통한 숙소 예약은 일반적으로 적당한 가격의 숙소를 찾고, 사진과 후기로 집을 선택한 후 호스트에게 요청을 보내면 성사된다. 하지만 나와 은덕에게는 한 가지 핸디캡이 있었다. 바로 한 달이라는 투숙 기간이었다. 한 달이나 머무는 여행객을 아무런 계산 없이 받아 주는 호스트는 생각보다 드물어 최소 몇 개월 전부터 서둘러 예약을 해야 한다. 예약한 날짜와 실제로 방문하는 날짜의 차이가 크기 때

'웬만하면'이라는 단어마저 아까워

미안, 너는 아니야. 정을 붙이려고 했는데 어쩔 수 없었어.

나는 내가 생각했던 것보다 약한 사람이었던 것 같아. 나보다 너에게 어울리는 사람이 있을 거야.

너를 품고 안아 줄 수 있을 만큼 넉넉한 사람이 못 되어서 미안해. 그래도 너는 너무 더러웠어.

너희의 여행은 무엇을 위한 거니?

문에 짐을 쌀 무렵이 되면 늘 초조한 심정이 되었다. 혹시 나와 은덕을 잊은 것은 아닐까, 가 보니 엉뚱한 사람들이 버티고 있으면 어서나 등등. 숙소가 마음에 늘지 않았을 때 예약을 취소하고 환불할 수 있는 정책이 에어비앤비에 마련되어 있지만 손바닥 뒤집는 것처럼 쉽게 결정할 수 있는 일은 아니다. 얼굴을 마주하고 돈 이야기를 하는 것은 국경을 벗어나도 여전히 어려운 일이기 때문이다. 에한의 집에 도착했을 때 더럽다 못해 비참한 숙소 상태를 보니 어렵지만 결정을 내릴 수밖에 없었다.

"에한, 미안하지만 우린 여기서 지낼 수 없을 것 같아. 예약을 취소해 줄 수 있겠니?"

쿠알라룸푸르에서 숙소 때문에 마음고생을 많이 했기 때문에 이스탄불에서는 보통만 되어도 천국일 것이라 생각했었다. 그러나 10시간의 비행 후 도착한 곳에서 또다시 실망하게 되자 막막한 느낌이었다. 나와 은덕은 앞으로 2년이라는 시간을 이렇게 살아야 하는데. 우리 두 사람이 몸을 뉘이고 편히 휴식을 취할 곳을 그저 운에 맡겨야 하는 건가 싶어서 아찔해졌다. 이것이 바로 월세 여행자의 서러움인가!

그리스로 갈까요, 불가리아로 갈까요, 차라리 흑해로 갈까요

숙소가 불결해서 예약을 취소하겠다는 게스트와 그 입장을 이해하고 예약 취소를 받아 주겠다는 호스트. 겉으로는 평화롭지만 속으로는 상당히 껄끄러운 두 사람이 나란히 앉아서 에어비앤비 사이트에 접속했다. 정책상 숙박 당일, 체크인한 상태였기 때문에 호스트도 게스트도 취소가 불가능했다. 한 시간가량 모니터 앞에서 고생하다가 에한이 다음 날 집으로 오면 현금을 주겠다고 제안했다. 하지만 나는 끝까지 시스템 안에서 환불을 받겠다고 고집을 피웠다. 나중에 알게 된 사실이지만 예약을 취소할

이게 우리
어디로 가야 하나

집도 절도 없이 떠돌고 있는데 눈앞에 멋진 풍경이 펼쳐졌다.

아름다운 바다를 보고 감탄했던 순간도 더러운 숙소를 보고 실망했던 순간도

다 지난 일이 될 수 있다는 사실에 안도할 수 있었다.

하지만 모두 한낮 추억거리가 되는 것 같아 안타깝기도 했다.

너희의 여행은 무엇을 위한 거니?

때 호스트가 게스트에게 직접 현금으로 지급하는 방법도 계약서에 있었다. 에한은 경험에 비추어 가장 쉬운 방법을 권했던 것이시만 내가 일을 복잡하게 만들었던 것이다. 다음 날 다시 왔을 때 에한이 집에 없으면 어쩌나, 계속 다음날 다음날 하면서 눈을 피하면 어쩌나, 모든 부정적인 상황이 머릿속에 그려졌기 때문이다. 결국, 한 달이 넘는 시간 동안 영어로 수차례 메일을 보낸 후에야 통장에 숙소 환불 비용이 찍혔다.

"숙소가 없어졌으니 이제 우린 어디로 가야 하나? 호스텔에서 하루 잘까? 아니면 그냥 지금 당장 공항으로 가서 그리스나 불가리아로 갈까?"
"형수, 일단 다른 에어비앤비 호스트에 연락해 놓고 기다리는 동안 흑해나 보러 가죠."

집이 사라진 절체절명의 위기 속에서 은덕과 동생이 나누는 대화의 스케일이 남달랐다. 그리스, 불가리아, 흑해. 선택지만 놓고 보면 호화롭기 이를 데가 없었다. 초조한 마음을 떨치기 위해서 종선의 제안에 따라 우리는 흑해로 떠났다. 종선이는 한국에 있을 때 체대에서 윈드서핑을 전공하고 학생들에게 윈드서핑을 가르치는 강사로 지냈다. 그러다 갑자기 직업을 바꿔 3년 전부터는 이스탄불 근교의 부르사 Bursa 라는 지역에서 한국 기업의 철강 제조와 관련된 일을 하고 있다. 윈드서핑과 철강 제조가 도대체 어떤 연결점이 있는지 알 길은 없지만 자기 일은 늘 알아서 하던 녀석이라는 것은 평생 지켜봤기 때문에 그러려니 할 수밖에 없었다. 그나저나 이 녀석이 말이나 제대로 하고 살까 싶었는데 에한의 집을 찾고 환불 처리를 하는 과정, 새로운 숙소를 구할 때까지 도움을 톡톡히 받았다.

종선과 함께 적당한 지역을 고르고 총 5명에게 예약 문의를 넣었지만 오늘부터 당장 집을 내어 줄 수 있다며 연락이 온 곳은 단 한 곳이었다. 이번에도 아니다 싶으면 당장 이스탄불을 떠나겠다는 군은 결심을 하고 새로운 숙소를 향했다. 시계를 확인하니 오후 5시. 새벽 6시에 이스탄불에 도착했으니 이제 겨우 11시간이 지났을 뿐이다.

아내도 엄마도
안 사 줬어요!

글 /

"삑!"

벨을 눌러도 한참이나 대답이 없었다. 약속 시각은 오후 7시. 한 시간 정도 일찍 도착한 셈이니까 집주인이 잠깐 집을 비운 것일까? 메모를 남겨 놓고 돌아서려는 찰나, 1층 창문이 열리고 얼굴빛이 까만 남자가 고개를 내밀었다.

"잠깐만 기다려요. 지금 내 상태가 이래서."

커튼으로 몸을 살짝 가린 채 반나체로 인사를 건네는 그 모습이 당황스러웠다. 잠시 뒤, 문이 열리자 옷을 갖춰 입은 남자가 아니라 거대한 골든 리트리버 두 마리가 튀어나왔다. 녀석들의 격한 인사를 받고 나니 조금 전 창문의 남자가 나타났다.

"안녕, 나는 메수트 Mesut야. 우리 집에 와서 반가워. 어디, 한번 둘러보겠어?"

메수트는 깔끔한 영어를 구사하며 친근한 미소로 나와 은덕을 반겼다. 그의 안내를 받으며 숙소를 살피면서 다시는 고생하지 않겠다는 각오로 꼼꼼히 집을 뜯어봤다. 어쩌면 무례하게 보였을지도 모르겠다. 흠집을 찾기 위해 혈안이 된 사람처럼 집을 살폈으니 말이다. 이런 우리를 메수트는 너그럽게 받아 줬다. 에한의 집에서 숙소를 취소할 수밖에 없었던 상황을 이야기하니 되려 나와 은덕을 걱정하고 안심시켰다.

"보시다시피 우리 집도 그렇게 깔끔하지는 않아. 우리 집에는 애들이 있어서 말이야. 우리 애들이 힘이 넘치는 게 문제가 될지도 모르겠네. 하하."

메수트는 두 마리의 골든 리트리버를 가리키며 웃었다. 파샤 Paşa 그리고 마야 Maya라는 이름을 가진 두 마리의 골든 리트리버, 파샤는 우리말로 장군이라는 뜻이고 마야는 마야 문명에서 따 왔다고 했다. 메수트에게는 파샤와 마야 말고도 동거인이 한 명 더 있었다. 바로 실제 집주인인 야삼 Yaşam이었는데 둘은 동거 중인 커플로 메수트는 터키 항공사에서, 야삼은 영화 관련 분야에서 일하고 있었다.

메수트의 집은 모다 Moda[1]라는 지역에 있었는데 관광객이 드물고 한적한 분위기가 마음에 들었다. 더구나 골든 리트리버 두 마리를 우리 애들이라 부르며 자식처럼 키우는 사람이라는 점이 끌렸다. 동물을 사랑하는 사람 중에서 악의를 가진 사람은 없다고 진심으로 믿고 있기 때문이다. 은덕과 나는 이곳에 짐을 풀기로 했다.

---

1) 메수트의 집은 이스탄불 아시아 사이드의 카디쿄이 Kadıköy 항구 부근에 있었다. 영화관과 오페라 극장 등 다양한 문화 시설이 모여 있는 곳으로 우리나라의 홍대와 대학로를 합쳐 놓은 곳으로 생각하면 된다. 항구에서 집까지 천천히 걷거나 모다를 순환하는 트램을 타도 좋다. 관광객은 거의 없으며 이스탄불 현지인이 주로 즐겨 찾는 장소다. 대부분 관광지가 유럽 사이드에 몰려 있기 때문에 짧은 시간 안에 이스탄불을 둘러보려는 관광객에게 모다는 추천할만한 곳은 아니다. 하지만 유럽 사이드로 넘어가기 위한 교통 시스템이 잘 마련되어 있어 체류 기간이 긴 여행객이라면 추천하고 싶다.

원초적이었던 우리의 첫 만남

나체로 처음 만난 메수트, 꼬리를 흔들며 반겨 준 파샤와 마야.

어딘가 원초적이었던 우리의 첫 만남은 좋은 추억이 생길 것이라는 막연한 기대감을 심어 주었다.

그리고 그 예상은 틀리지 않았다.

마트에서
생긴 일

어렵사리 숙소를 정한 다음 날, 은덕과 나는 느지막이 일어났다. 메수트와 야삼 커플은 잠에서 막 깬 우리를 데리고 동네 마트부터 찾았다. 모다는 물가가 비싼 곳이었기 때문에 비교적 가격이 싼 마트를 알려 준 것이다. 마트라고 부르기에는 규모가 작았지만 필요한 물건이 빠짐없이 다 있었다. 집주인 커플인 메수트와 야삼은 생필품을 하나둘 고르기 시작했고 은덕은 현지 물가를 확인하느라 마트 이곳저곳을 바쁘게 뛰어다녔다. 나는 마트 한쪽에 있는 특가 상품 코너에 서서 어린애 마냥 물건을 괜히 흩뜨리며 만지작거리고 있었다. 그러던 중 눈을 번쩍 뜨게 하는 물건을 발견했다. 무선조종 헬리콥터였다. 당장 사고 싶었지만 은덕이 허락해 줄 리 만무했다. 가질 수 없다는 것을 너무나 잘 알고 있었기 때문에 더욱 손에서 놓을 수 없었는데 아마 내 눈에서는 레이저가 나오고 있었던 모양이다. 지나가던 메수트가 아는 척을 했다.

"미니 헬리콥터네? 재미있겠는데?"

메수트의 한마디에 속마음이 빤히 들킨 것 같아 재빨리 몸을 돌렸다. 은덕에게 살짝 운을 띄워 볼까 했지만 가격표를 뚫어지게 보고 있는 은덕의 표정과 점점 구겨지는 미간을 보니 입이 떨어지지 않았다. 마트에서 집으로 돌아오는 길, 메수트가 우리에게 점심을 같이 하자고 청했다.

"미안, 사실 오늘 우리 결혼기념일이야. 터키에 사는 내 동생이 식당에서 기다리고 있어. 저녁은 어때?"
"정말? 그럼 저녁을 먹자. 그런데 너희는 결혼했다면서 왜 반지는 안 껴?"

메수트와 야삼은 우리가 결혼했다는 사실을 전혀 알아채지 못했다고 했다. 반지에 대한 의미가 유럽에서는 남달라서 손에 반지를 끼고 있지 않으면 설사 애인이 있다고 해도 적극적으로 관심을 표현한다고 했다. 터키도 예외는 아니어서 처음 은덕과 내가 등장했을 때 반지가 없어서 우리를 연인으로 짐작했다고 한다.

"반지는 한국에 두고 왔어. 둘 다 반지 끼는 걸 귀찮아해서. 네 이야기를 듣고 보니 지금이라도 반지를 사서 껴야 할 것 같은데? 누가 우리 은덕이 채 가면 어째?"

1년 전, 신혼여행으로 처음 터키를 찾았을 때는 춥고 우중충했던 이스탄불이었다. 게다가 지중해 근처에 있는 도시인 안탈리아 Antalya에 머무느라 이스탄불에 머물렀던 시간은 하루가 되지 않았다. 지금의 이스탄불은 그때와 전혀 다르다. 뺨을 스치는 시원한 바람, 맑고 높은 하늘 그리고 따뜻한 햇살이 내리쬐고 있다. 날씨 탓일까? 숙소 때문에 마음고생 했던 시간이 아득한 옛날 일인가 싶다.

메수트,
네가 처음이야!

종선이와 함께 점심을 먹고 집으로 돌아와 메수트, 야삼과 함께 오늘 하루에 있었던 이야기를 간단히 나눴다. 저녁을 준비하는 동안 옷을 갈아입으려고 방으로 들어가려던 찰나, 거실 한쪽에 무언가가 눈에 들어왔다.

'아니야. 아닐 거야. 그럴 리 없어.'

속으로만 생각하고 고개를 저었다. 방으로 얼른 들어가서 은덕에게 물었다.

네가 처음이야!

"에한의 집에서 나왔을 때 너무 막막했어. 집주인에게 쫓겨난 세입자의 마음이 이런 건가 싶었지.
메수트와 야삼이 아니었다면 우리는 어떻게 되었을까?"

"이스탄불을 떠나겠다고 생각했을 때 연락이 왔지.
숙소를 찾았다는 것만으로도 좋았는데 두 사람 때문에 여행이 정말 행복해졌어.
여행의 매력은 역시 사람이야."

"은덕아, 테이블 위에 헬리콥터가 있었어. 내 건가? 아니겠지?"

은덕의 눈빛에 잠시 스친 감정이 질투였는지 감탄이었는지는 모르겠지만 두근거리는 마음으로 다시 거실로 나왔다.

"결혼기념일 선물이야."

두 사람은 저녁을 대접하면서 우리의 결혼기념일 선물로 노트와 헬리콥터를 내밀었다. 야삼은 자신에게 메모지를 한 장씩 얻어 쓰면서 필요한 것을 메모하던 은덕을 눈여겨보았던 것 같다. 그리고 메수트는 마트에서 헬리콥터를 뚫어지라 쳐다보던 나를 잊지 않았다. 노트와 헬리콥터. 비싼 물건은 아니었지만 은덕과 내게 꼭 필요하고 원하던 물건이었다. 게다가 내 평생 헬리콥터를 선물한 사람은 메수트가 처음이었다. 엄마도 아내도 사 주지 않았다. 아마 앞으로도 그럴 것이다. 내 인생 처음이자 마지막 헬리콥터를 받은 것이다.

"우리 집을 찾아 준 손님이 특별한 날을 맞이했는데 그냥 넘어갈 수 있어야지. 작은 선물과 식사를 준비했으니 함께 즐겨 줘."

메수트와 야삼이 없었다면 나와 은덕은 이스탄불을 떠나 다른 도시로 갔을 것이다. 그랬다면 우리 마음속에서 이 도시는 영원히 사라졌을지도 모른다. 아름답고 멋진 도시를 찾아가는 것도 중요하지만 그 안에서 누구를 어떻게 만나느냐가 여행의 질을 좌우한다는 것을 깨달은 시간이었다. 아무래도 은덕과 내가 그동안 착하게 산 것 같다. 아니면 이스탄불을 놓치지 말라고 하늘이 도왔거나.

내 생에
가장 짜릿한 댄싱

글 /

단 한 번도 춤을 춰 본 적이 없다. 친구들의 손에 이끌려 클럽을 드나들기는 했어도 벽에 몸을 기대고 있는 신세를 벗어나지 못했다. 스스로 몸치라 생각하고 있었기 때문에 한 번도 춤을 배우려는 시도를 하지 않았다. 하지만 기회가 된다면 춤을 배워 보고 싶다는 열망이 있었다. 그래서 플라멩코 Flamenco의 도시, 스페인의 세비야 Sevilla에 가면 정식으로 춤을 배우려고 했었다. 그런데 춤을 배울 기회는 예상보다 더 빨리 찾아왔다. 평범한 직장인인 줄 알았던 메수트가 살사댄스 강사를 겸하고 있었기 때문이다.

"오! 메수트. 춤 배우고 싶어. 가르쳐 줄 수 있어?"
"그래? 그럼 일단 내일 강습소로 와. 기본적인 스텝을 가르쳐 줄게. 그리고 이틀 뒤에 라틴댄스 파티가 있는데 거기도 같이 갈래? 장담하는데 춤을 배우면 너희 인생이 달라질 거야."

메수트의 눈빛이 어느 때보다 진지했다. 알고 보니 메수트의 삶에서 춤은 매우 중요한 부분을 차지하고 있었다. 야삼도 살사 동호회에서 만났는데 메수트의 말에 따르면 야삼이 춤을 추는 자신의 모습에 반해서 가르쳐 달라고 먼저 작업을 걸었단다. 야삼은 눈치를 살피니 침묵으로 긍정의 메시지를 보냈다. 메수트는 얼마 전부터 직장에서 정규직으로 전환되어 춤을 추는 시간이 줄어들었다. 하지만 시간이 날 때마

춤을 배우면 인생이 달라질 거야

쑥스러움과 어색함이 금방 즐거움으로 변한 것을 보니

즐거움이라는 감정은 전염성이 강한 것 같다.

마음이 통하는 사람과 대화를 하는 것도 즐겁지만

몸이 통하는 사람과 춤을 추는 것도 굉장히 매력적이라는 사실을 새롭게 알았다.

너희의 여행은 무엇을 위한 거니?

다 여전히 춤을 췄고 퇴근하면 곧장 연습실로 가는 일도 많았다. 나와 종민은 메수트의 특별한 퇴근길에 동행해 살짝 춤을 배우기로 했다.

둥실둥실,
부끄러워요

연습실에는 이미 나와 종민 말고도 4명이 더 있었다. 구석에서 사람들이 어떻게 춤을 추고 있는지 눈치만 보고 있는데 메수트가 속도 모르고 가운데로 와서 따라 해보라고 한다. 아, 부끄러워, 부끄러워, 부끄러워. 쥐구멍으로 들어가는 세상에서 가장 자연스러운 스텝은 없는 걸까.

다시 한번 고백하건대 나는 정말 세상에서 제일가는 몸치다. 마음대로 움직이지 않는 뭄뚱이를 늘 원망하며 살았다. 스노보드를 배워도 수영을 배워도 심지어 요가를 배워도 다른 사람들보다 두세 배의 시간이 더 필요했다. 그러나 그보다 더 큰 문제는 몸을 제대로 가누지도 못하면서 몸으로 하는 것들을 매우 좋아한다는 사실이다. 어기적거리는 나와 달리 다행히 종민은 곧잘 따라 하며 스텝을 밟았다. 신기하게도 이 녀석은 뭐든지 가르쳐 주면 금방 익히고 흉내를 낸다. 둥실둥실 움직이는 종민의 몸놀림에 웃음이 나기도 하고 뭐든지 자신 있게 시도해 보는 모습에 종민이 달리 보였다. 멋있었다! 한 시간이 넘는 시간 동안 단순한 스텝만 반복하는 강습이었지만 탈진할 정도로 힘들었다. 돌아오는 택시 안에서 별의별 생각이 다 들었다.

'메수트가 내일 파티에 오라고 했는데 가야 하나? 아니 그것보다 춤을 계속 배워야 할까? 그래도 파티라는데 가 봐야 하는 건 아닐까?'

다음 날 일을 마치고 집으로 온 메수트는 면도를 하더니 멋진 재킷을 꺼내 입으며 출근할 때보다 더 매끈한 모습으로 변신했다. 나와 종민은 메수트에 비하면 추레한 복장이었지만 최대한 깔끔하게 보이려 애쓰며 따라 나섰다. 춤을 못 춘다고 내쫓기야 하겠나 싶었다. 파티장은 집에서 택시를 타고 10분 정도 거리에 있는 칼라므쉬 마리나 Kalamış marina에 있었다. 우리가 춤을 춘 곳은 머피댄스클럽 Murphy's Dance Bar이었는데 한국으로 치면 고급 요트가 정박해 있는 해운대에서 가장 핫한 클럽으로 생각하면 된다. 럭셔리한 분위기와 명품들의 향연에 잠시 주눅이 들었다. 참 오랜만에 보는 풍경이었다.

파티의 주최자 중 한 명이었던 메수트는 한 시간 먼저 도착해 있었다. 메수트는 먼저 간단하게 기본 스텝을 알려 주었다. 때마침 야삼도 도착해 메수트와 함께 스텝 시범을 보였다. 어제도 오늘도 내 발은 점점 꼬여 갔고 메수트는 파트너를 바꿔서 자신과 춤을 추어 보자고 했다. 춤을 가르쳐 주는 선생님이고 아침에도 인사했던 메수트이건만 갑자기 낯선 사람처럼 느껴져 어쩔 줄 몰랐다. 종민, 종민이 필요했다. 낯선 이의 품 안에 있는 나를 어서 구해 줘.

네 품이
가장 좋구나

겨우 스텝을 익혔을 때 음악에 맞춰 종민과 춤을 추기 시작했고 서서히 재미가 붙었다. 메수트는 다시 야삼의 곁으로 갔고 나는 종민의 품으로 돌아갔다. 종민과 춤을 춰 보니 마음이 편해서인지 응용 동작까지 흉내 낼 수 있었다. 구석에서 종민과 나는 깔깔거리면서 될 대로 되라 식의 스텝을 밟았다. 이런 우리를 메수트가 무대 중앙으로 이끌었다. 현란한 춤 솜씨를 가진 춤꾼들이 겨우 걸음마를 내딛는 우리를 손뼉 치며 격려해 줬다. 한국에서라면 어설픈 동작은 놀림감이 될 뿐이라고 스스로

길거리 아무 데서나
본능적인 스텝

그날부터, 우리는 틈틈이 메수트에게 춤을 배웠다.

바다를 바라보며 춤을 추고 길거리 아무데서나 음악이 흐르면 본능적으로 스텝을 밟았다.

춤을 배운 후로 메수트 말대로 인생이

그리고 여행이 즐거워졌다.

옥죄면서 절대 나서지 않았을 것이다. 그렇지만 외국에서는 용기가 났다. 어쩌면 아줌마의 뻔뻔함일지도 모르겠지만. 춤에서 자유를 느낀다는 표현을 이해할 수 있었다. 잠깐이었지만 무아지경 속에서 춤을 췄고 종민이 사랑스럽고 잘생겨 보이기까지 했으니 말이다. 사람들이 어떻게 보든 상관 않고 내가 즐거우면 그만인 것을 그동안 왜 그렇게 억누르고 살았을까? 오늘 밤 메수트에게 정식으로 청할 생각이다.

"메수트, 나 같은 몸치도 인내를 갖고 가르쳐 줄 수 있겠어?"

춤이라는 것이 그저 몸을 흔드는 동작이라고만 생각했던 것이 내 실수였던 것 같다. 이제서야 춤의 매력, 아니 마력을 알 것 같다. 메수트가 나와 종민을 데리고 클럽에 가지 않았다면 종민의 아름다운 춤사위는 평생 보지 못했을 것이다. 터키에서 최고의 순간을 꼽으라면 나는 망설임 없이 종민과 함께 춤을 추었던 때를 꼽을 것이다.

이번에는 줄이 길어도
꼭 들어가겠어요!

글 /

이스탄불 여행의 꽃이라 불리는 하기아 소피아 대성당 Hagia Sophia. 신혼여행으로 이스탄불을 찾았을 때는 줄이 너무 길어서 문 앞까지 왔다가 되돌아 나왔다. 줄 서 있는 사람들이 우리를 일순간 매우 이상하다는 눈길로 바라보았는데 그때는 그 눈길을 이해할 수 없었다. 다시 찾은 하기아 소피아 대성당은 여전히 줄이 길었고 하루 생활비를 초과하는 입장료를 자랑했지만, 이번에는 작정하고 오디오 가이드까지 빌려 제대로 보기로 했다. 말레이시아에서 떠나올 때 다음 여행지를 묻는 사람들에게 이스탄불이라고 했더니 하나같이 하기아 소피아 대성당을 꼭 가야 한다며 강력히 추천했기 때문이다.

하기아 소피아 대성당은 이슬람교와 그리스정교라는 두 개의 종교가 한 공간 안에 머물러 있는 곳이다. 서로 다른 종교가 한 공간에서 기묘한 동거를 할 수 있었던 것은 역사적 배경 때문이다. 537년, 비잔틴제국의 위대함을 알리고자 세웠던 성당이 1453년 오스만제국에 의해 정복되면서 이슬람 사원으로 변했다. 이때 오스만제국은 하기아 소피아 대성당을 다 부숴 버리고 새로 짓는 것이 아니라 지금으로 치면 건축물 용도 변경에 해당하는 수준에서 성당 바깥에 이슬람 사원을 의미하는 4개의 미나렛 Minaret, 이슬람 사원에 있는 첨탑으로 기둥을 뜻하는 아랍어. 을 세우고 성당 안에 있는 성화 聖畵와 성상 聖像은 회벽칠로 가렸다. 아무리 종교와 국가가 달랐다고 해도 하기아 소피아 대

세상을 보는 눈이 달라졌다

무식하면 용감하다더니 하기아 소피아 대성당을 코앞에 두고 발길을 돌렸던 그때가 너무 아쉽다.

들어가기 전과 나온 후에 나는 분명 세상을 보는 눈이 달라졌다고 느꼈다.

견문이 넓어진다는 말을 하기아 소피아 대성당을 보고 실감한 것이다.

너희의 여행은 무엇을 위한 거니?

성당의 아름다움을 보고는 쉽사리 부숴야겠다는 결정을 내리지 못한 것이 아닐까? 용도 변경이라는 방법을 통해 하기아 소피아 대성당의 아름다움을 보존한 셈이니 수 세기가 흐른 지금, 나와 종민을 비롯해 현재를 살아가는 사람들의 입장에서는 대단한 행운이 아닐 수 없다. 비잔틴제국의 그리스정교, 오스만제국의 이슬람교를 한꺼번에 볼 수 있는 곳은 세상 어디에도 없을 테니 말이다.

소원을 말해 봐

흔히 하기아 소피아 대성당에서 돔 형태의 천장을 충격 그 자체로 표현한다. 높이 54m로 아파트 15층 정도에 달하는데 한없이 올려다봐야 그 끝에 닿는다. 얼핏 보면 기둥 없이 돔만 솟아오른 것 같아 보이지만 벽 안에 감춰진 큰 기둥이 돔을 지탱하고 있다고 한다. 이러한 기술이 고안된 시기를 생각해 보면 감탄하지 않을 수 없다. 이처럼 위대한 대성당은 한동안 전 세계에서 가장 큰 교회였고 모든 교회의 모델이 되어서 건축사는 물론 예술사에서 절대 빠질 수 없을 만큼 중요한 위치를 차지하고 있다. 1년 전 우리는 얼마나 무지했으면 눈앞에 하기아 소피아 대성당을 두고 그냥 돌아 나왔을까?

"저기 좀 봐. 왜 저렇게 줄이 길어?"

1층 구석에 있는 기둥 앞에 사람들이 몰려 있었다. 직사각형 모양의 대리석 기둥은 눈물 기둥 또는 땀 흘리는 기둥으로도 불린다. 내부가 약간 젖어 있는 구멍 안에 엄지손가락을 넣고 손가락이 빠지지 않도록 유지하면서 한 바퀴를 완전히 돌리면 소원이 이루어진다는 전설이 전해진다.

"은덕아, 우리도 저기 가서 소원 빌자!"

꽤 긴 줄을 끈질기게 기다려 종민이 눈을 감고 소원을 빌었다.

"무슨 소원 빌었어?"
"나는 지금 여행이 너무 즐거워. 그래서 앞으로도 쭉 여행하는 삶을 살게 해 달라고 빌었어."
"건강하고 돈이 있어야지 여행을 떠나지. 하지만 걱정하지 마. 건강과 돈을 바라는 기도는 내가 했으니까. 나랑 붙어 있으면 평생 여행하면서 살 수 있을 거야. 잘하거라."

우린 너희의
집사가 아니다!

글 /

그들이 발밑에서 한숨을 푹 쉰다.

"왜 또 그래? 배고파?"

내 걱정 따윈 상관없다는 듯 이내 퍼질러 자기 시작한다. 메수트의 애견 마야는 질투심도 많고 끊임없이 사랑을 갈구하는 성격이지만 아직 똥오줌을 못 가려서 야삼과 메수트한테 엄청난 구박을 받았다. 그 모습이 안쓰러워서 메수트와 야삼 몰래 아침마다 마야의 똥오줌을 치워 놓았다. 마야의 아빠인 파샤는 메수트와 야삼이 동거를 시작하면서 입양한 아이로 두 사람의 애정이 각별했다.

이 집에 머물기로 한 결정적 이유가 두 마리의 골든 리트리버를 가족처럼 생각하는 메수트와 야삼의 성품을 믿었기 때문이었지만 이 집에 머물기를 망설였던 것도 두 마리의 골든 리트리버 때문이었다. 내 키만 한 녀석들이 온몸으로 격하게 반기는 데다 파샤가 종민의 허벅지를 짝짓기 대상으로 생각하고 볼 때마다 붕가붕가를 시도했기 때문이다. 종민은 애써 태연한 척했지만 적잖이 놀란 표정이었고 한동안 파샤를 슬슬 피해 다녔다. 하지만 매일 저녁 메수트와 함께 마야와 파샤를 산책시키면서 정이 들더니 떠날 때는 자신의 강아지인 양 신경이 쓰였나 보다. 아무리 봐도 덩치 크고 힘이

너랑 살아야 평생 여행하며 살지

"종민, 내가 파샤에게 질투를 느껴야겠어? 더구나 수컷이잖아!"

"나는 그저 정성스럽게 돌보는 것뿐이라고. 동물을 사랑하는 따뜻한 남자일 뿐이라고."

"귀찮다가도 사랑스럽고 더럽다가도 귀여운 건 사실이지만 그래도 내가 먼저라는 것만 잊지 마."

"그럼, 너랑 잘 살아야 평생 여행하며 살지."

넘치는 녀석들에게 질질 끌려다니는 모습인데 끝까지 산책이라고 우기면서 말이다.

거실과 부엌, 화장실까지 파샤와 마야의 차지다 보니 우리가 맘 편히 머물 공간은 방 하나가 전부였다. 그것도 소파 겸 침대 하나로 가득 차는 방이라 잠자는 것 빼고는 할 수 있는 게 없지만 파샤와 마야의 극성을 피할만한 장소는 이곳밖에 없었다. 하지만 방문이라도 열어 놓으면 슬금슬금 눈치를 보다가 어느새 안에 들어와 있고 쫓아내면 망부석처럼 문 앞에서 하염없이 기다렸다. 귀찮다가도 사랑스럽고 더럽다가도 귀여운 이 아이들을 대체 어쩌란 말인가!

종민은 우스갯소리로 침을 너무 많이 흘려서 별로라고 관심 없는 척했지만 파샤와 마야를 계속 훔쳐 봤다. 산책에 나서면 골든 리트리버를 두 마리나 데리고 다닌다는 자부심에 어깨에 힘이 들어갔다. 자기 개도 아니면서 말이다. 하지만 똥오줌을 치워 주고 산책까지 시키는 정성을 쏟아도 파샤와 마야는 우리를 주인으로 여기지 않았다. 아마도 밥과 간식은 메수트와 야삼이 주기 때문일 것이다. 밥그릇 쥔 사람이 최고라는 건 동물에게도 통하는 말인가 보다. 우리의 역할에 비추어 볼 때 마야와 파샤는 우리를 집사 정도로 여기지 않았을까?

기억 속에서 발견한
부끄러운 일 하나

파샤와 마야를 산책시키면서 어린 시절, 우리 집을 스쳐 갔던 강아지들이 떠올랐다. 아빠는 개를 좋아했다. 예쁘고 귀여운 강아지일 때는 가족 모두가 관심을 쏟았지만 1~2년이 지나면 몸집도 커지고 자연스럽게 관심 밖의 대상이 되었다. 몸집이 커지면 강아지는 어디론가 떠났는데 시간이 지나면 또 어디선가 새로운 강아지가 나타났다. 어렸을 때를 떠올리면 작고 귀여운 강아지와 함께 지냈던 기억은 많았지만 한 번도 듬직하게 자란 반려견과 끝까지 함께했던 적이 없었다.

어릴 때에는 다른 사람들도 다 이러고 사는 줄 알았다. 1~2년 정도 함께 살던 강아지가 어느 날 갑자기 사라져도 슬퍼하거나 어디로 갔는지 궁금해하지 않고 새로운 강아지를 맞았다. 그렇게 시간이 흘러 나와 같은 사례가 흔치 않다는 것을 알게 된 후에는 한평생 책임질 수 없다면 동물을 키워서는 안 된다고 외치는 어른이 되었다. 가끔은 우리 집을 스쳐 간 강아지들을 끝까지 지키지 못했다는 죄책감이 무의식 중에 꿈으로 나타나기도 했다. 이런 기억이 있었기 때문에 집의 절반 이상을 파샤와 마야에게 양보하고 작은 방에서 지내며 주말이면 모든 시간을 온전히 함께 보내는 메수트와 야샴을 보면서 많은 생각이 들었다. 언젠가 종민과 나도 한 곳에 정착한 다면 메수트와 야샴처럼 동물과 함께 살 수 있을까?

이스탄불을 떠난 후에도 한동안 내 휴대폰 바탕화면은 파샤의 잘생긴 얼굴이 차지하고 있었다. 매일 저녁 함께 산책하면서 내가 생각했던 것보다 훨씬 정이 많이 들었던 모양이다. 나도 이럴진 데 태어나 처음으로 동물과 살아 봤다는 종민은 어땠을까?

"이스탄불을 떠날 때 가장 슬펐던 건 이 녀석들과의 이별이었어. 똥오줌 치우면서 정이 많이 들었나 봐. 근데 다시 찾아가면 녀석들이 나를 기억해 줄까? 똥이나 치워 줘야 기억하겠지? 그래도 보고 싶다."

싸이,
아니라도 그러네!

글 /

빨간색, 노란색 옷을 입은 날은 여지가 없었다. 짐을 줄이려고 여행 경로를 여름 시즌 으로 맞췄고 여름에 어울리는 원색 옷을 챙겨서 한국을 떠났다. 하지만 언제부턴가 옷을 입기가 두려웠다. 어쩌다 원색 옷을 입으면 옆에서 아무리 아니라고 소리쳐도 낯선 사람들이 함께 사진을 찍자며 달려들었다. 터키에 도착한 첫날부터 이상한 조짐이 보였다. 에한의 집을 떠나 새로운 숙소가 나타나길 기도하며 이스탄불 근교에 있는 실레 Şile라는 마을에서 흑해를 감상하고 있을 때였다. 한 소녀가 쭈뼛대면서 다가왔다.

"저기, 저랑 사진 찍어 주세요."

이곳도 동양 사람이 신기한 건가 싶어서 다정하게 포즈를 취했다. 그런데 사진을 찍어 주었던 동생, 종선이가 입가에 수상한 미소를 띠웠다. 사진을 찍고 돌아서는 소녀에게 왜 사진을 찍었는지 물었고 소녀가 뭐라고 대답했는데 그 답을 들은 종선 이가 박장대소를 했다.

"형이 싸이 닮았다네? 페이스북에 올려서 친구들한테 자랑한대."

또 한번은 카르탈 Kartal이라는 지역에 갔을 때였다. 오랜만에 햄버거가 생각나서 버거

킹에 들어서는데 가게가 술렁였다. 이스탄불에 도착한 지 일주일이나 지났을 때였고 수차례 겪은 상황이라 슬슬 감이 오기 시작했다. 쏟아지는 시선에 몸도 마음도 불편했지만, 은덕은 이 상황이 그저 재미있나 보다. 내 기분은 안중에도 없이 목청껏 외쳤다.

"이 사람은 싸이가 아니에요!"

카운터에서 주문을 받던 점원들까지도 일제히 나를 주목하기 시작했다. 어디선가 매장 매니저로 보이는 사람까지 나타나서 나를 자꾸 흘깃거렸다.

"제발, 그만 구경하고 햄버거 주세요!"

햄버거를 기다리는 사이, 한 무리의 아이들이 내 곁으로 다가왔다. 이 순간을 기념하고 싶다면서. 내키지 않았지만 포즈를 취하고 사진을 찍어 주었다. 마치 전리품이라도 얻은 것처럼 의기양양하게 돌아가는 뒷모습을 보며 현실을 인정하고 이러한 상황을 즐겨 볼까 생각도 해 봤다. 하지만 누구를 모사한다는 것이 부끄러웠다. 물론 재상이 형이 싫은 것은 아니지만 그 캐릭터를 따라 하기에는 부담스러웠다. 그저 시간이 얼른 지나서 다른 나라로 갔을 때 지금 이 상황이 반복되지 않기만을 바랄 뿐이다.

급기야
방송 출연

셀 수 없는 사건이 벌어졌지만 그중 최고는 방송 출연이었다. 은덕과 함께 집 앞 해변을 산책하고 있었는데 저 멀리서 나를 콕 찍어서 불렀다.

싸이가 아니래도 그러네!

"내가 사진 속에서 웃고 있지만 속은 타들어 갔어. 터키에 도착한 날부터, 떠날 때까지 지겹게 들었어!

나의 어떤 점이 싸이랑 닮았다는 거야? 알게 모르게 상처 많이 받았다고. 혼자 있고 싶어!"

"그만 현실을 인정하자. 이스탄불 사람들 눈에는 네가 딱 '싸이'인 거야.

네가 춤까지 완벽하게 소화했다면 터키의 TV 스타가 되었을지도 몰라."

"부담스러워 죽겠어. 안경을 벗으면 나을까?"

"안경이 문제가 아닌 것을 알 텐데?"

"거기요. 청바지에 선글라스요!"

이제는 흘러가는 대강의 분위기만 봐도 알기 때문에 못 알아들은 척 지나가려 했는데 뜻밖의 말이 이어졌다.

"저기요. 저희 텐트 치는 것 좀 도와주세요."

고개를 돌려서 자세히 보니 카메라 5대가 있었다. 이스탄불에서 방영 중인 TV 프로그램에서 텐트 치는 미션을 수행하던 중이었는데 지나가는 시민의 도움을 받을 수 있는 찬스의 순간 내가 보였다며 끌어다 카메라 앞에 놓았다. 텐트 기둥도 세우지 못해서 낑낑대는 두 사람은 승부를 포기하고 싸이 닮은 사람으로 방송 분량이라도 뽑자는 셈이었던 것 같은데 내가 누군가! 군대에 다녀온 대한민국 남자다. 두 사람과 함께 텐트를 빠르게 세우고 승부를 뒤집었다. 난감한 상황은 뒤늦게 벌어졌다. 팀을 우승으로 이끌었다면 기념품이나 주고 고이 보내 줄 것이지 승리의 세러모니로 '강남스타일'을 함께 추자는 것은 대체 무슨 경우란 말이냐! 한국은 물론 온 지구가 열광할 때도 한 번도 따라 해 본 적이 없는 춤을 이스탄불의 방송국 카메라 앞에서 처음으로 춰 봤다. 수없이 봐 온 뮤직비디오 덕분에 곧잘 따라 했지만 마음은 영 불편했다.

그날 저녁, 동생에게 전화가 왔다. 자신이 사는 도시, 부르사 Bursa에서 한류 페스티벌이 열린다는 소식을 전했다. 방송까지 탔겠다 제대로 이스탄불을 씹어 먹어 볼까 했지만 포기했다. 조금이라도 사람이 많은 곳에 가면 사진을 찍자고 요청하는 사람이 좀처럼 줄지 않았기 때문이다.

"은덕아. 이스탄불에 괜히 왔나 봐. 싸이 닮았다는 소리만 계속 듣고."
"여기 오고 싶어 한 것은 너잖아. 종선이가 보고 싶다며. 하나를 얻으면 하나를 버려야지. 어, 저기 또 온다! 여기 좀 보세요. 이 사람은 싸이가 아니랍니다!"

이스탄불 방송국
카메라 앞으로

텐트도 치고 춤도 추고 **TV** 출연까지.

이스탄불에 진짜 싸이가 다녀가지 않는 이상

어쩐지 이 장면이 수도 없이 재방송될 것 같다는 그런 느낌적인 느낌.

터키인의
축구 사랑

글 /

우리가 사는 모다에는 터키의 대표 축구 클럽인 페네르바체 Fenerbahçe S.K. 홈구장이 있다. 경기가 없는 날에도 클럽 스토어와 홈 구장 주변은 축구의 성지를 둘러보려는 현지인들로 분주하다. 하지만 오늘따라 유난히 이른 아침부터 분위기가 심상치 않았다. 경기장 주변에 중계차는 물론 경찰까지 있었다. 그렇다. 경기가 있는 날이었다. 그것도 페네르바체의 숙적인 갈라타사라이 Galatasaray S.K.와의 더비 경기 Derby Match, 같은 지역을 연고지로 하는 두 팀의 라이벌 경기! 새벽부터 삼삼오오 모여 있는 팬들의 모습이 인상적이었지만 나와 상관없는 일이었다.

이스탄불 시외에서 반나절 정도 돌아다니다가 집으로 가는 길이었다. 메수트와 저녁 약속이 있었기 때문에 버스에서 내리자마자 빠른 걸음으로 걸으려 했지만 도로는 이미 페네르바체 팬들이 점령하고 있었다. 경기장을 끼고 한 바퀴를 돌아야 집이 나오는데 지금 이 순간만큼은 페네르바체의 땅일 뿐 도로도 아니고 인도도 아니었다. 대한민국이 들썩였던 2002년 월드컵 때에는 군 복무 중이었기 때문에 축구를 응원하는 사람들의 열기를 제대로 겪어 본 적이 없었다. 평소 축구를 좋아하지 않는다고 말했던 나는 한국 경기가 있는 날에는 늘 초소 근무자로 뽑혔다. 가끔 초소까지 들려오던 함성이 궁금하기는 했지만 그때뿐이었다. 그런 나와는 달리 은덕은 조금 흥분한 것 같았다. 마치 2002년, 서울 광화문 광장에서 한국 경기가 있던

축구가 뭐라고

원래도 축구에 큰 관심이 없었지만

온 국민이 열광했던 2002년 한일 월드컵 때는 심지어 군 복무 중이었다.

터키인들의 축구에 대한 열기가 온전히 이해가 되지 않았지만 은덕은 옛 생각이 나는 듯했다.

그리고 무심코 팔에 차고 있던 밴드 때문에 나 역시 본의 아니게 잊고 있던 추억을 소환하게 되었는데…….

날이 떠오른다고 했다. 홈 구장으로 가려는 수많은 인파와 그 행렬을 거꾸로 거슬러 오르는 작은 동양인 2명. 역주행하는 것만으로도 눈에 띄었을 텐데 내 팔목에는 뜻하지 않게 상대 팀인 갈라타사라이를 상징하는 노란색과 빨간색 팔찌가 있었다.

잊고 있었다고
믿어 줘

노란색과 빨간색 팔찌는 3년 동안이나 내 팔에서 떨어진 적이 없었다. 은덕을 만나기 전에 짧게, 정말 짧게 만났던 여자 친구와 인사동에 가서 실로 만든 팔찌를 나눠 찼었다. 인연은 흐지부지되었고 실 팔찌에 얽힌 출생의 비밀을 까맣게 잊어버린 채 은덕을 만나는 동안에도 계속 차고 다녔다. 한번은 은덕이 팔찌를 어디서 샀느냐고 물었고 그렇게 본적을 들킨 팔찌는 거세당하고 말았다.

"네가 지금 미쳤구나. 내가 안 물어봤으면 계속 차고 다녔을 거 아니야! 팔찌가 끊어질 때까지 그년과의 사랑이 지속될 줄 알았냐?"

은덕의 매서운 추궁에 팔찌는 떨어져 나갔지만 몇 개월 동안 팔찌에 익숙해진 내 팔목은 허전함을 견디지 못했다. 그러던 어느 날 인터넷으로 주문한 책에 고무 팔찌가 2개 딸려 왔다. 허전한 팔목에 잘 되었다 싶었다. 결코, 예전 여자 친구가 그리워서 했던 행동은 아니었다. 그렇게 내 팔목에 안착한 팔찌는 3년 동안 계속 그 자리를 지키고 있었다. 신혼여행 때도 터키 리그의 결승전이 한창일 때였다. 그때도 이 팔찌 때문에 상대 팀 팬들에게 여러 차례 불려 갔었는데 그 기억을 완전히 잊고 똑같은 실수를 반복하고 말았다.

다 잊었다만
믿어줘!

"그 팔찌를 차고 여기를 지나겠다니 말도 안 된다."

"이것은 사랑의 징표일 뿐입니다만."

한 무리의 사람들이 나를 불렀다. 페네르바체 응원가를 함께 불러야만 이 길을 지나갈 수 있다며 길을 막았다. 메수트가 기다리고 있었기 때문에 서둘러 가야 했지만 그냥 무시하고 지나갔다가는 어디 하나가 부러져도 이상하지 않을 분위기였다. 거기다 팔찌의 탄생 배경을 은덕이 떠올릴까 봐 조마조마하기도 했다. 저절로 고분고분해졌다.

"네, 제가 뭘 하면 좋을까요?"
"내가 페네르바체하면 너는 '#$^%!@#'라고 하는 거야!"

열심히 뭐라고 설명을 했지만 발음이 어려워서 무슨 말인지 알아들을 수 없었다. 제대로 따라 할 자신이 없었지만 따라 해 보려고 부단히 애썼다. 일면식도 없는 사람이 길을 막고 서서 자신이 응원하는 팀의 구호를 알려 주는 모습은 그 자체로도 흥미로운 구경거리였는데 게다가 나는 이스탄불의 싸이가 아니던가! 점점 주변을 둘러싸는 사람들이 많아졌고 그럴수록 혀는 더욱 굳어 갔다. 오늘 중으로 집에는 갈 수 있을까 싶었다. 겨우 그들의 손아귀에서 벗어나 집으로 가는 중에 문득 궁금해졌다. 메수트는 왜 하필 오늘 저녁을 먹자고 했을까? 집 바로 앞이 축구 경기장이니 분명히 스케줄을 알고 있었을 텐데 말이다.

"넌 축구 안 봐? 오다 보니 난리던데?"
"응, 난 터키 리그 안 봐. 케이블 채널에서 중계권을 독점하는데 시청료가 비싸거든."
"이런 쿨한 자식."

너희의 여행은
무엇을 위한 거니?

글 /

좋은 게 너무 많으면 무엇부터 이야기해야 할지 고민스럽다. 내게는 닷차가 그렇다. 하루는 야삼이 그녀의 어머니인 피겐 Figen과 영상 통화하는 것을 옆에서 지켜보다가 얼떨결에 인사를 나누었다. 피겐은 나와 종민을 당신의 집이 있는 닷차 Datça로 초대한다고 했다. 그냥 지나가는 말이었을 텐데 지중해 어디쯤 있다는 작은 마을에 대한 설명을 듣자 당장에라도 떠나고 싶어 종민을 조르기 시작했다.

"여기 가 보자! 지중해잖아."

닷차로 가는 길은 꽤 복잡했다. 집에서 사비나 괵첸 공항 Sabiha Gökçen Airport까지 버스로 1시간을 이동한 뒤, 다시 달라만 공항 Dalaman Airport까지 비행기로 1시간을 간다. 거기서 마르마리스 Marmaris까지 버스로 1시간 30분을 더 달려 마르마리스에 도착한 다음 숨 돌릴 틈도 없이 다시 닷차까지 버스로 1시간을 가야 했다. 여기서 끝인 줄 알았지만 승용차로 산을 넘어서 30분을 더 가야 겨우 피겐 아줌마의 집에 도착할 수 있었다.

닷차는 동양인은커녕 유럽 사람들에게도 알려지지 않은 조용한 지중해 마을이었다. 주민들은 오래전부터 이곳에 정착해서 살고 있거나 이스탄불과 같은 대도시에서 일하다가 은퇴 후에 이주해 온 터키 사람들이었다. 외부인의 발길이 닿지 않은 곳이라

이토록
보송보송한 바다

"종민, 내 평생 이렇게 투명하고 아름다운 바다는 처음이야.

바다는 다 똑같은 줄 알았는데 이런 바다도 있구나."

"나는 어릴 때 바다에서 놀다가 피부 알레르기가 심해져서 무지 고생했어.

그때부터 바다라면 학을 뗐는데 세상에 이렇게 보송보송한 바다도 있는 거야?"

너희의 여행은 무엇을 위한 거니?

마을은 깨끗하고 조용하기 이를 데 없었다. 앞에는 탁 트인 지중해 뒤에는 빼어난 산세가 펼쳐졌다. 화려한 야경이나 편의시설은 없었지만 닷차의 팔라뮤뷔키 Palamutbükü 해변은 우리가 지중해에 대해 품고 있던 환상을 그대로 보여 주는 곳이었다.

닷차의 끝에서
기다리고 있던 사람들

한적한 시골 마을의 인자한 아주머니를 상상했지만 피겐은 머리를 빨갛게 염색했고 곁에는 빨간 안경을 쓴 콜한 Korhan 아저씨가 있었다. 종민이 작게 말했다.

"은덕아, 좀 독특한 분들인 거 같아."

피겐과 콜한은 1년 전 현직에서 은퇴한 후, 닷차 중심가에서도 20km나 떨어진 제이틴깃 Zeytin Git, 올리브를 키우는 마을이란 뜻 에 자리를 잡았다. 사실 마을이라는 말이 무색할 정도로 산을 깎아 만든 곳에 덩그러니 집 한 채만 있는 곳이 피겐과 콜한의 보금자리였다. 차가 없으면 이동조차 불가능한 시골 중에서도 상 시골이었다. 이곳에서 4박 5일간 무엇을 할 수 있을까 싶었다. 하지만 이런 걱정은 집 안에 들어서자마자 사라지고, 이 집에서 쉬는 것만으로도 감사한 일이란 마음이 들었다. 나와 종민이 머물렀던 방은 1층 게스트룸이었는데 피겐과 콜한은 재혼한 부부였고 각자의 자녀들이 찾아오면 이 방에서 지낸다고 했다. 그동안 메수트의 집에 있는 좁은 소파 침대 위에서 잠을 청하던 우리는 킹사이즈의 침대와 널찍한 방을 보고 환호했다. 청결함과 내부 장식이 호텔 부럽지 않았다.

피겐의 어머니, 즉 야삼의 할머니로부터 물려받은 가구로 꾸며진 내부는 흡사 영화

속 별장 같았다. 시간이 멈춘 것 같은 이 집에서 지금이 21세기라는 사실을 알 수 있게 하는 것은 컴퓨터와 식기세척기뿐이었다. 컴퓨터는 그렇다 쳐도 이 산속에서 식기세척기라니. 그러고 보니 야삼과 피겐 모두 설거지하는 일이 도통 없었다. 아무리 작은 설거지거리라도 꼭 식기세척기를 사용했다. 내가 설거지라도 할라치면 식기세척기가 있는데 왜 손으로 하느냐며 정색을 했다. 설거지하는 시간은 인생에서 소중한 시간을 빼앗기는 것이라고 진심으로 여기는 듯했다.

"너희, 오늘 밤에 우리랑 풀문 파티에 가자."

순간 귀를 의심했다. 태국의 코 팡안 Ko Pha Ngan 은 풀문 파티로 유명한 곳인데 다음날 세상이 끝날 것처럼 흥청망청 노는 것으로 유명했다. 설마 피겐과 콜한이 말하는 파티가 태국의 풀문 파티는 아니겠지 생각하며 주섬주섬 따라 나섰다. 간단한 음식과 직접 담근 와인을 챙겨서 저녁 8시가 되었을 무렵 해변에 도착했다. 해변에는 어둠이 내려앉았고 피겐과 콜한은 자주 가는 해변의 레스토랑 공간을 이미 통째로 빌린 상태였다. 해변에는 피겐과 콜한, 몇몇 이웃과 우리뿐이었다.

깜깜한 해변에서 미리 챙겨 온 랜턴에 의지해 하나둘 선명해지는 별을 감상하고 있자니 서서히 달이 떠올랐다. 그런데 그 달이 참 이상했다. 바다에서 얼굴을 내민 것은 달이 아니라 태양처럼 보였다. 강렬한 붉은빛에 깜깜했던 바다가 환하게 밝았고 달의 모양도 해처럼 동그랬다. 시간이 조금 더 흐르자 달은 붉게 빛나던 모습에서 이내 우리에게 익숙한 노란 빛으로 바뀌었다. 칠흑같이 어두워진 바다는 일렁이는 파도 위에 달빛으로 길을 만들었다. 그 풍경이 너무나 황홀해서 뛰어들고 싶었다. 이스탄불에서 닷차로 가기 위해 새벽에 비행기에 올랐을 때도 밝은 보름달을 한참이나 바라보며 감탄했었는데 바다와 달이 만들어 내는 마술과도 같은 순간까지 보게 되다니. 나와 종민은 한동안 말없이 풍경에 사로잡혀 있었다.

풍경에 사로잡혀 있었다

젊어서는 뜨겁게 일하고 멋진 자연 속에서 노후를 보내는 피겐과 콜한의 인생은

우리가 막연하게 꿈꿨던 이상적인 삶의 모습 그대로였다.

어설프더라도 먼저 시작하는 것이 중요하다고, 시작하면 발전할 수 있다고 말하던

피겐과 콜한의 조언은 우리의 여행은 물론 인생 전체를 든든하게 받쳐 줄 것이다.

여행,
그 이상의 무엇

아침을 먹으며 피겐과 콜한이 우리에게 질문을 던졌다.

"너희의 여행은 무엇을 위한 거니?"

피겐과 콜한은 자신들이 한창 치열한 삶을 살았던 나이에 세계여행을 하는 나와 종민에게 궁금한 것이 많았던 모양이다.

"좀 더 많은 사람을 만나고 스펙트럼을 넓혀서 새로운 무언가를 만들고 싶어요. 도전이라고 해야 할지 무모하다고 해야 할지 모르겠지만 행복한 삶을 살고 싶고요."
"너희의 여행은 좀 더 계획이 필요한 거 같아. 글 대신 영상으로 여행을 담아 보는 건 어때? 우리 역시 한평생 글쟁이로 살았지만 지금은 패러다임이 변했어. 영상으로 남기는 것도 분명 의미가 있을 거야."

콜한과 피겐은 평생 콘텐츠를 만드는 일에 종사했던 사람들이었다. 전문가로서 우리의 여행에 도움을 주고 싶어 했는데 좀 더 직관적이고 사람들이 쉽게 다가갈 수 있는 방법으로 여행의 기록을 남기는 것을 권했다. 콜한은 터키의 한 젊은이가 세계여행을 하면서 찍은 영상을 손수 보여 주기도 했다.

"우리가 살았던 인생은 아날로그에 맞춰져 있었어. 글을 쓰고 활자로 찍었지. 하지만 지금은 달라. 봐! 피겐도 매일 페이스북으로 세상과 소통해. 너희의 기록 방식도 변화가 필요할 거야."
"전문가는 아니니까 완벽할 필요는 없어. 먼저 시작하는 게 중요해. 어설프더라도 말이야. 시간이 지날수록 콘텐츠는 진화할 거야. 기억해야 해. 시작이 중요하다는 걸."

피겐과 콜한은 나와 종민이 이상적으로 생각했던 삶을 살고 있었다. 피겐은 젊어서 매거진을 만들며 글 쓰는 일에 종사했고 은퇴한 지금도 여전히 글을 쓰고 있었다. 아마 예전에도 지금도 분명히 멋진 글을 썼을 것이다. 그리고 그녀는 최소한의 소비를 하면서 지속 가능한 경제 활동을 고민하고 있었다. 콜한은 다큐멘터리 프로그램을 제작해서 방송국에 파는 일을 했었는데 여행하면서 만들 수 있는 다양한 콘텐츠에 대해 많은 자료와 조언을 아끼지 않았다. 피겐과 콜한은 젊었을 때 진보 성향의 저널리스트로서 오랜 시간 함께 일했던 경력도 있었는데 그들이 우리와 비슷한 또래였을 때 만들었던 매거진도 집에 있었다. 그 매거진을 하나둘 들춰 보면서 우리가 보지 못했던 피겐과 콜한의 열정적인 과거가 너무나 궁금했고 또 닮고 싶었다. 피겐과 콜한의 이야기를 듣다 보니 시간이 가는 줄 몰랐고 머릿속에는 여러 가지 생각들이 뭉게뭉게 떠올랐다.

"여행하면서 어떤 콘텐츠를 만들어 낼 수 있을까? 같은 이상을 품은 사람들과 공동체를 이루면서 살 수 있을까? 소비를 줄이면서 가치 있는 삶을 살 수 있을까? 사랑하는 사람들 곁에서 오래도록 머물 수 있을까?"

여행을 준비할 때 돈은 마음만 먹으면 얼마든지 벌 수 있고 무의미한 대상으로 여겼다. 여행을 떠나오기 전 누구보다 열심히 돈을 벌기 위해 일했으면서도 일의 가치에 비해 돈의 가치를 너무나 사소하게 생각했다. 피겐과 콜한을 보면서 좋아하는 일을 하며 돈을 버는 것이 얼마나 근사한 일인지 깨달았다. 그렇게 번 돈으로 하고 싶은 일을 하며 살아갈 수 있다는 것이 매혹될 만큼 멋진 인생이라는 것도 피겐과 콜한을 통해 깨닫게 되었다. 닷차에서 보냈던 4박 5일은 종민과 나의 여행은 물론 삶 전체에서도 중요한 전환점이 되었다. 지중해가 보고 싶어 무작정 찾았던 곳에서 우리는 2년 동안의 세계여행을 통해 풀어야 할 질문을 받았다. 어쩌면 인생을 통틀어서 풀어야 하는 질문일지도 모른다.

You can be
our Airbnb host!

글 /

야삼의 생일이 다가오고 있었다. 야삼에게 뜻깊은 선물을 주고자 그녀를 위한 동영상을 만들기로 했다. 전체적인 기획을 하고 음악과 사진을 선택하는 것은 나의 몫이었고 편집은 종민이 하기로 했다. 하지만 편집은 생각보다 오래 걸리는 일이었고 진도도 나가지 않아서 지쳐가고 있었다. 이때 에어비앤비의 부산 런칭 소식을 접하게 되었다.

"종민, 야삼의 동영상은 잠시 접자. 에어비앤비와 우리의 여행을 접목한 새로운 이야기를 만들어 보면 어떨까?"

피겐과 콜한을 만난 후 무언가 새롭게 시도해야겠다는 생각이 충만해져 있을 때 마침 알게 된 에어비앤비 부산 런칭 소식. 일단 시작하면 발전할 수 있다는 피겐과 콜한의 말을 되새기며 에어비앤비에 근무하고 있는 은지 씨에게 연락했다. 그녀는 부산 런칭 행사에서 총 3번에 걸쳐 강연회가 열리는데 동영상을 보내 주면 그때마다 나와 종민을 소개하는 것은 물론 상영도 할 수 있을 거라고 했다. 아직 우리의 실력은 발전하지 않았는데 우리에게 주어진 기회는 시작하자마자 몸집을 불렸다. 마감 기한은 정해졌고 이제 서둘러야 했다. 동영상 작업은 처음이었기 때문에 마감 시간까지 완성할 수 있을지 걱정되었다. 야삼의 생일 축하 동영상을 제작할 때도 일이 생각보다 더디게 진행되는 것을 겪어 보았

You can be
our Airbnb host!

"이불 뒤집어쓰고 녹음하던 너의 뒤태는 폼은 안 났지만 멋있었다.

동영상을 편집하는 너의 뒤태는 폼은 났지만 참기 힘들었다."

"내가 적당해서 사랑하고 결혼한 건 아니잖아. 적당히는 나한테 통하지 않는단 말이야.

적당히 했으면 우리는 결혼도 못 했을 거고 여행도 못 했을 거라고!"

기 때문에 점점 초조해졌다. 너무 욕심부리지 말자고 약속하며 참고가 될 수 있는 영상물을 찾아보기 시작했다. 50여 편을 뒤적여 본 결과 적당한 콘셉트의 광고를 찾아냈다.

'세계여행을 하면서 만난 에어비앤비 호스트, 그들과 함께하기에 우리의 여행은 훨씬 풍부해졌다.'

콘셉트가 정해지고 참고할 자료도 찾았으니 내레이션 멘트를 구성해야 했다. 사실 종민은 오래전부터 내레이션에 대한 욕심이 있었다. 직장 생활하면서 잠시 다큐멘터리를 공부했었는데 과제를 하면서 자신의 목소리로 내레이션을 넣기도 했었고 가끔이지만 지인으로부터 내레이션 요청을 받은 적도 있었다. 이번에도 성우 뺨치는 목소리를 보여 주겠다며 야심 차게 도전했다. 완성된 멘트를 주니 혼자 방으로 들어가서 이불을 뒤집어쓰고 수차례 녹음을 했다. 이불을 뒤집어쓴 모습을 보면서 과연 잘될 것인가 의심했지만 웬걸! 생각보다 종민의 목소리가 근사했다. 더 연마하면 돈도 벌 수 있을 것 같았다.

사진과 영상을 선택하는 데 반나절이 걸렸다. 하지만 이제부터가 시작이다. 가장 시간이 오래 걸리고 고민해야 하는 동영상 편집 작업이 남았다. 이곳에서도 영상 편집 프로그램을 돌리고 있을지 누가 알았을까? 여행을 처음 시작할 때부터 누가 시키지도 않았고 누가 볼까도 싶었지만 블로그에 여행기를 쓰고 '1city1month'라는 이름의 온라인 매거진도 발행했다. 게다가 지금은 동영상 편집까지 하고 있으니 나와 종민은 정말 사서 일을 벌이는 사람들이 분명하다.

"종민, 이 정도면 됐어. 시간 없으니까 마무리하자."
"무슨 소리야? 대충이 어딨어?"
"마감이 있으니 그 시간에 완성해야 할 거 아니야!"
"난 이대로 보낼 수 없어."

"그럼 계속 그렇게 끌어안고 있을 거야? 대안을 찾아야 할 거 아니야?"
"난들 끝을 내기 싫겠어? 짜증 나니까 들어가 있어. 넌 어차피 편집도 할 줄 모르잖아!"

종민과 나는 일하는 스타일이 전혀 달라서 공동 작업만 시작했다 하면 살얼음판을 걷듯이 예민해졌다. 종민은 최대한 높은 수준의 결과물을 만들기 위해 이것저것 실험을 마다치 않는 편이고 나는 목표가 정해지면 적정선에서 빨리 해치우고 다른 일을 실행해야 속이 편했다. 완벽히 다른 스타일 때문에 함께 무언가를 만들어야 할 때는 꼭 싸움이 났는데 이번에도 말다툼으로 시간을 보내다 새벽이 되었다. 그렇게 꼬박 이틀을 모니터 앞에서 옥신각신한 결과 동영상은 완성되었다. 여행은 완전히 접어 두고 올인했던 만큼 뿌듯하기도 했고 이제는 싸우지 않아도 된다는 생각에 긴장도 풀어졌다. 우리는 무언의 하이파이브를 주고받으면서 잠자리에 들었다.

이날 종민은 오한으로 잠을 설쳤다. 잘해야 한다는 부담감이 종민의 마음을 짓눌렀나 보다. 종민은 과정이 힘들고 고통스러울수록 좋은 결과물이 나온다고 믿는 사람이다. 그래서인지 무슨 일을 할 때 즐겁게 일하는 것이 아니라 자신을 학대하는 경향이 있다. 만드는 과정에서 최선을 다했다면 그것으로 충분하다고 믿는 나와는 전혀 다르다. 원만한 부부 사이를 위해서는 일 벌이는 것을 자제해야 하는 건 아닌가 싶기도 하지만 나와 종민이 치열하게 싸울수록 결과물은 항상 좋다. 이번에도 마찬가지였다. 종민의 건강, 나의 인내심과 맞바꾼 동영상은 폭발적인 반응을 얻었다. 다음 날 도착한 메일에서 우리는 위로를 받았다.

'영상을 보면서 저도 여행하고 있는 것처럼 설레었답니다. 동료들이랑 같이 공유했는데 다들 폭풍 감동했어요. 여행하면서 시간 내는 것이 쉬운 일이 아닌데 이렇게 좋은 이야기 공유해 주셔서 정말 감사드려요.'

* 동영상은 〈You can be our Airbnb host〉라는 제목으로 유튜브에 공개되었다.

나들
폭풍 감동했어요

이런 생각이 든다.

나 혼자였으면 결코 시도조차 못 해볼 것들.

너를 만났기에 꿈을 꾸고 도전해 보고 할 수 있었던 것들.

그래서 고맙다.

너희의 여행은 무엇을 위한 거니?

어디까지나 주관적이고 편파적인
이스탄불 한 달 생활 정산기

 * 도시 *

이스탄불, 터키 / Istanbul, Turkey

 * 위치 *

모다 Moda (아시아 사이드 카디쾨이

함구 근처 / 도보 20분, 트램 5분 소요)

 * 주거 형태 *

빌라 / 룸 쉐어

 * 기간 *

2013년 5월 4일 ~ 6월 3일 (30박 31일)

 * 숙박비 *

총 653,000원

(장기 체류 할인 적용,

1박당 정상 가격은 47,000원)

* 생활비 *

총 843,000원

(체류 당시 환율, 1리라 = 600원)

 * 종민 이스탄불에서는 생활비에 비해 숙박비가 비쌌어. 처음 예약한 에한의 집은

300,000원 정도였는데 갑자기 2배나 뛰었으니까.

 * 은덕 음식도 거의 사 먹었잖아. 터키의 요리가 세계 3대 요리 중 하나라는 말이 괜히 나

온 게 아니었어. 터키 음식 너무 맛있었어. 터키식 아침식사는 물론이고 부르사의

이스켄다르 케밥, 오르타쾨이의 쿰피르, 쫀득쫀득한 터키식 아이스크림 돈두르마

까지. 터키에서는 먹는 돈을 아끼면 안 된다니까!

만난 사람: 6명 + α

이제는 청소를 했는지 궁금한 에한, 훌륭한 춤 선생이었던 메수트, 멋진 어머니의 멋진 딸이었던 야샴, 꽤 멋진 가이드였던 동생 종선, 싸이라고 믿으며 다가왔던 많은 터키인, 우리 여행의 길잡이이자 인생의 롤모델이 되어 준 피겐과 콜한.

방문한 곳: 4곳

에한의 집을 떠나 잠시 흑해를 보러 갔던 실레, 한적하고 깨끗했던 모다, 소원을 빌었던 하기아 소피아 대성당, 온갖 교통수단을 동원해 가까스로 도착한 지중해의 작은 마을 닷차.

만난 동물: 2마리

아직도 딸을 괴롭히는지 궁금한 파샤, 똥오줌은 가리게 되었는지 궁금한 마야.

너희의 여행은 무엇을 위한 거니?

여행자의
자격

"여행하면서 감탄이 끊이지 않았던 순간도 많았고 멋진 풍경에 눈이 호강하는 때도 있었지만 가장 행복했던 순간은 그때가 아니었어."

여행이 곧 일상이 되는 순간을 기다려 왔다. 낯선 나라에서 눈을 뜨고 문밖을 나서면 책에서만 보던 풍경이 펼쳐지는 그런 날들을 말이다. 전혀 다른 생김새의 사람들이 눈을 맞추며 인사하는 날들이 하루하루 반복되자 여행은 정말 일상이 되었지만 우리의 마음은 무뎌졌다. 감사한 마음도 서로를 배려하겠다는 마음도 가물가물해졌다. 그때 찾아온 반가운 손님과 뜻밖의 기회가 이탈리아를 특별한 곳으로 만들어 주었다. 여행자의 자격은 새로움에 설레는 마음가짐만으로는 충분하지 않다. 여행자의 자격은 떠나던 순간의 마음을 얼마나 기억하고 있느냐에 달린 것일지도 모른다.

알렉산드리아
Alessandria

쿠네오
Cuneo

제노아
Genova

Parc National
Du Mercantour

산레모
Sanremo

니스
Nice

리구리아 해
Ligurian Sea

칸
Cannes

바스티아
Bastia

꼬흑뜨
Corte

아작시오
Ajaccio

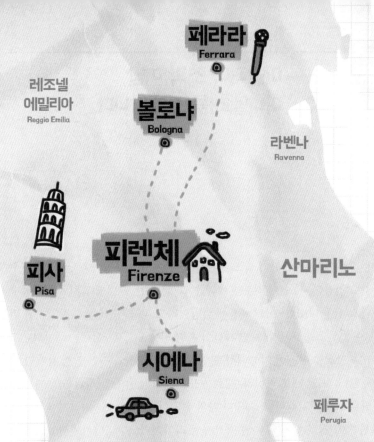

페라라
Ferrara

레조넬
에밀리아
Reggio Emilia

볼로냐
Bologna

라벤나
Ravenna

피렌체
Firenze

피사
Pisa

산마리노

시에나
Siena

페루자
Perugia

이탈리아
Italy

로마
Roma

이탈리아 조각 미남, 다니엘레를 소개합니다

글 /

스마트폰이 없던 시절, 주소 하나 들고 친구 집을 찾아가던 때가 생각난다. 사실 주소라고 할 것도 없었다. 세 번째 전봇대가 있는 집, 골목 안 두 번째 집처럼 두루뭉술한 설명을 믿고 길을 나섰다. 어린 마음에 금방이라도 찾을 수 있을 것 같았지만 비슷비슷해 보이는 골목을 헤매다 보면 시간이 훌쩍 지나곤 했다. 이제는 스마트폰도 있고 어디서나 인터넷 사용이 가능해서 훨씬 쉽게 집을 찾을 수 있을 것 같지만 실상은 그렇지 않다. 매달 새로운 나라, 새로운 도시에서 낯선 주소 하나만 손에 쥐고 집을 찾는 일은 언제나 고행이다. 더구나 나와 은덕이 찾는 숙소는 번화가에 있지도 않았다. 관광객이 거의 찾지 않는 주택가가 우리의 숙소였다. 터키에서의 생활을 마무리하고 피렌체 Firenze에 도착한 우리는 트램을 타고 탈렌티 Talenti 역으로 향했다.

'이번에는 얼마나 헤맬까?'

트램에서 내릴 때부터 걱정이 가득했다. 내색하지 않으려 애쓰며 묵직한 캐리어를 내리는데 은덕이 소리쳤다.

"종민, 저기 다니엘레 Daniele가 웃고 있어!"

멀리서 봐도 비율이 좋고 잘생긴 이탈리아 미남이 우리에게 손을 흔들고 있었다. 다니엘레에게로 향하는 은덕의 발걸음이 빨라졌다.

'나는 안중에도 없나? 나도 이탈리아 미녀를 보면 뒤도 안 보고 달려가야지!'

"안녕, 내 이름은 알고 있지? 피렌체가 처음이라니 걱정돼서 나와 있었어. 알려 준 시간보다 훨씬 늦었네? 무슨 일이 있었어?"

뜻밖의 환영에 기차역에서 여유를 부렸던 것이 마음에 걸린다. 이제껏 만난 에어비앤비 호스트 중에서 누구도 우리를 마중 나온 적이 없어서 늦장을 피웠다. 잘생긴 얼굴도 황송한데 그는 마음까지 곱다.

"은덕아, 이번 달은 집 찾는 고생 없이 편하게 짐 풀겠다! 앗싸!"

다니엘레의 차에 올라타 편하게 숙소로 향하는 길, 그의 스마트폰이 눈에 들어왔다. 4살짜리 아들이 있는 아빠라는 것이 그때야 기억이 났는데 아들이나 부인 사진이 아니라 영화 〈이웃집 토토로〉의 한 장면이 배경화면을 차지하고 있었다.

"토토로 귀엽지? 완전 좋아해. 캐릭터 모으러 도쿄에도 몇 번 갔었어. 한국은 아직 못 가 봤지만."

조각 같은 미남인 데다 다정한 성격인 다니엘레. 거기다 일본 애니메이션을 좋아하는 반전 취미까지. 역시 매력 있는 남자는 빨리 품절되는 법이다.

한 달이라는 긴 숙박 기간 때문에 숙소를 정하는 것은 언제나 힘든 일이었지만 나름의 기준은 있었다. 가능하다면 호스트와 함께 사는 곳일 것! 하지만 몇 차례 거절

모든 것이 착착, 꿈꿔 왔던 대로

시간이 지나야 매력을 느끼는 관계도 있지만

첫 느낌부터 좋았다면 그보다 더 좋은 인연은 없다.

역에서 나왔을 때 우리를 기다리고 있는 다니엘레의 얼굴을 봤을 때

이탈리아와 우리는 시작부터 좋은 인연을 맺게 될 거라 믿어 의심치 않았다.

하지만 피렌체는 결코 만만한 도시가 아니었다.

메일을 받으면 제발 어디든 불러 주기만 해도 좋겠다는 생각이 든다. 더구나 피렌체는 사시사철 관광객이 많아서 아무리 외곽이어도 예약이 완료된 경우가 많았다. 호스트와 함께 살 수 있는 집은 포기해야 했고 저렴한 곳은 내년에나 예약이 가능할 것 같았다. 어쩔 수 없이 비싼 숙소를 구해야 했는데 그나마 위안이 되었던 점은 집 전체를 나와 은덕이 단독으로 쓸 수 있다는 것이었다. 훤칠한 호스트, 친절한 환대, 깨끗하고 넓은 숙소. 모든 것이 착착 꿈꿔 왔던 대로 굴러가고 있었다.

"우와, 은덕아. 집이 엄청 깔끔하다. 인터넷은 안 되지만 우리 둘만 사는 집이야! 이게 얼마 만이냐? 천국이 따로 없다."

이때만 해도 인터넷이 안 되는 것과 은덕과 나, 단둘만 산다는 조건이 얼마나 고생스럽고 위태로운 환경에 노출 시킬지 상상조차 못 했다.

몸은 편한데
마음은 불편해

매주 글을 쓰고 세계여행 소식을 담은 매거진을 블로그에 올려야 하는데 집에서는 인터넷이 안 되니 무선 인터넷을 찾으러 밖으로 나가야 했다. 피렌체는 인터넷 인심이 야박해서 세계적인 햄버거 가게에 가도 인터넷을 사용할 수 없었다. 일이 뜻대로 진행되지 않으니 짜증만 늘어갔다. 은덕과 사소하게 다투는 일이 많아졌다. 차라리 호스트와 함께 살았더라면 서로 화를 참고 조용히 대화로 해결하려 했을 텐데 집에 단둘이 있다 보니 긴장감도 없고 목소리도 높아졌다. 남의 집 살이는 서러워도 부부 사이는 좋았는데. 호스트와 기 싸움을 할 때는 공공의 적을 향한 강한 동지애가 있었고 작은 방에서는 아무리 싸워도 살짝 몸만 돌려도 살이 닿는데 풀어지지 않을 길이 없었다.

여행이
일상이 되는 순간

몸은 편했지만 마음은 불편하기 짝이 없는 숙소였다.

듣는 사람이 없다는 핑계로 소리 지르며 싸웠고 인터넷이 안 된다는 어이없는 이유로 짜증을 냈다.

풍요 속 빈곤이라는 것이 이런 건가 싶었다.

그때 우리는 너무 긴장을 풀었었고 서로에 대한 최소한의 예의를 잊었다.

그러나 이탈리아에서는 달랐다. 눈치 봐야 하는 사람도 없었고 일도 마음대로 되지 않자 사소한 일에도 예민해졌다. 어쩌면 그동안 크고 작은 감정들을 꾹꾹 누르고 참 았다가 한꺼번에 터진 건지도 모른다. 게다가 이탈리아에서는 유난히 불친절한 상 황에 놓이는 일이 많았다. 인종차별을 당하는 건가 싶기도 했고 허술한 시스템으로 금전적인 손해도 이만저만이 아니었다. 당시에는 무척 억울했지만 지나고 보니 여 행자라면 누구나 겪을 법한 일이었다. 예전에는 날을 세우고 으르렁거렸어도 이 또 한 여행의 일부분이라며 넘겼다. 하지만 마음 한구석에는 모든 것이 엄청난 스트레 스가 되어 쌓였고 몸이 편해지니 마음도 풀어져 이탈리아에서 폭발했다. 아무래도 이탈리아에서 있었던 사건과 사고는 한 번에 풀어낼 수 없을 듯하다.

To be continued

여행자의 자격

다이어트라니?
여기는 이탈리아야!

글 /

친절하고 격 없이 대해 주는 다니엘레는 분명 멋진 호스트였지만 피트니스 센터를 운영하고 있었기 때문에 만나기가 쉽지 않았다. 다니엘레는 편하게 와서 운동해도 좋다고 했지만 정당하게 제값을 내고 운동하는 사람들에게 민폐 외국인이 될 것 같기도 했고 그곳에 가득한 이탈리아 몸짱 남녀를 마주할 자신은 더더욱 없었다. 그리고 또 하나 불편한 점이 있었다. 아니 솔직하게 말하면 부담스러웠다고 말하는 편이 더 맞겠다. 다니엘레는 대화를 나눌 때마다 숨소리가 들릴 정도로 가깝게 다가왔다. 커다란 눈, 모난 곳 없이 잘생긴 얼굴, 운동으로 다져진 탄탄한 몸에 놀라 한 발 뒤로 물러서면 다시 한 발 다가오는데 심장은 콩닥거리고 영어는 입으로 나오는지 코로 나오는지 모를 지경이었다. 난 여자가 있는데, 자꾸 이러면 안 되는데. 대화 내내 뜨거운 눈빛으로 나를 뚫어지라 보는 다니엘레를 참지 못하고 결국 말하고 말았다.

"저기, 다니엘레? 좀 떨어져서 이야기하면 안 될까?"
"그래? 이탈리아 사람들은 다들 이 정도 거리에서 이야기하는데? 익숙해지는 게 좋을걸? 하하하."

다니엘레의 뜨거운 눈빛을 피하면서 동네 맛집을 물어봤다.

여기서 무얼 더
바란단 말인가!

지갑이 열릴 때마다 그러지 말아야지 하면서도 머릿속에는 통장 잔고가 떠올랐다.

그렇다고 잔액이 늘어나는 것도 아닌데 말이다. 하지만 이 젤라토 앞에서는 잠시 계산을 잊었다.

더운 날씨와 잦은 다툼으로 힘들었을 때 아무 생각하지 않고

입에서 녹는 젤라토의 달콤함에만 집중하면 여기서 무얼 더 바란다는 것이

사치스럽게 느껴지기도 했다.

여행자의 자격

"저 코너를 돌면 맛있는 파스타 가게가 있어. 그리고 식품점 보이지? 저 집은 좋은 재료만 갖다 놔서 다 맛있어. 빵집은 이 골목 끝에 있는 저 집이 맛있어."

다니엘레가 골목 이곳저곳을 가리키며 맛집을 설명할 때 목소리가 높아졌다. 다니엘레 역시 음식에 대해서는 자존심이 높은 이탈리아인이다.

"참, 종민! 피렌체에 왔으면 토스카나 스테이크하고 젤라토는 꼭 먹어야 해! 저기가 내가 가장 좋아하는 젤라토 집이야. 나는 레몬 젤라토를 좋아하는데 가격도 두 스쿱에 1.5유로밖에 안 해."

피렌체에서 젤라토는 보통 3유로쯤 하는데 천연 과일로 맛을 내기 때문에 가게마다 편차가 컸다. 맛에 대해서는 누구보다 까다롭다는 이탈리아인이 추천한 가게였다. 게다가 가격도 싸니 망설일 이유가 없지 않은가. 사람들이 제법 많았는데 드디어 입에 넣었을 때 가득 퍼지던 맛이란! 한번 맛을 본 이후 이탈리아를 떠날 때까지 시간이 날 때마다 찾아서 1.5유로만큼의 위로를 받았다.

살은
한국 가서 빼!

다니엘레가 알려 준 맛집들은 보기에도, 먹기에도 좋았다. 젤라토도 시간이 날 때마다 줄 서서 먹었더니 점점 몸이 무거워졌다. 여행하다 보면 음식이 맞지 않아 살도 좀 빠지고 몸을 많이 움직이니까 저절로 다이어트가 될 줄 알았다. 하지만 음식은 아무리 나라를 옮겨도 입에 착착 감겼고 몸무게가 줄기는커녕 늘어만 갔다. 다니엘레를 다시 찾아야 할 타이밍이었다. 맛집 탐방이 아니라 다이어트를 위해서. 피트니스 센터 사장님이니 분명 묘수가 있을 것이다. 다음 날, 다니엘레에게 이탈리아에 머무는 동안 살을 뺄 수 있게 도와 달라고 부탁했다.

"무슨 소리야? 여긴 이탈리아라고. 음식의 본고장 이탈리아! 말도 안 되는 소리 그만하고 살은 한국 가서 빼! 너희가 아직 제대로 된 이탈리아 음식을 못 먹었구나. 당장 시내에 가서 스테이크 먹고 와!"

운동보다 먹방을 강요하는 피트니스 센터 사장이라니. 다니엘레는 피트니스 센터 사장이기 이전에 음식을 사랑하는 이탈리아인이었다. 그렇다면 먹어야지. 여긴 이탈리아다!

당장 시내에 가서

스테이크 먹고 와!

"드디어 이탈리아다. 피렌체에 숙소를 잡으려고 20명이 넘는 사람한테 연락했었지.

하나같이 여름 성수기에는 장기 손님 안 받는다고 하는데 확 쥐어박고 싶더라.

방 하나 쉽게 내주지 않는 도도한 피렌체, 이게 내 첫인상이야."

"피렌체는 관광으로 살아가는 도시니까 성수기에 방값 좀 올린다고 뭐라 할 수 없잖아?

유일하게 우리를 받아 준 다니엘레에게 엎드려 절이라도 하자.

맛집 소개도 너무 고맙고. 쩝쩝."

손님의 자격,
여행자의 자격

글 /

어딜 가도 관광객이 많은 피렌체는 현지인과 교류하기가 쉽지 않았다. 더구나 호스트와도 따로 살고 있으니 자연스러운 만남도 쉽지 않았다. 잠시 머물다 떠나는 사람 말고 진짜 피렌체 사람을 만나고 싶다고 노래를 부르다 좋은 수가 떠올랐다.

"주말에 공원이나 마트에 가면 현지인을 만날 수 있지 않을까?"

집에서 트램을 타고 세 정거장 지나면 쿱 Coop이라는 대형 마트가 있었다. 마트 안으로 들어서자 주말을 이용해 장을 보러 나온 사람들로 인산인해였다. 상품을 선전하는 스피커 소리부터 시끌시끌한 이탈리아어에 귀가 다 먹먹했다. 게다가 요리 천국 이탈리아답게 화려한 음식 재료에 눈마저 어지러웠다. 사람이 유독 많이 몰려 있는 코너에는 프로슈토 Prosciutto, 생고기를 소금에 절여 발효시킨 이탈리아 전통 햄를 팔고 있었다. 프로슈토는 전쟁이 한창이던 로마 시대, 전투식량으로 보급되기 시작한 음식인데 생고기보다 2배 이상 비싸다. 그럼에도 사는 사람이 많은 걸 보면 이탈리아 사람들의 입맛은 수천 년이 흐르는 동안에도 크게 변하지 않은 모양이다. 또한, 와인의 나라답게 마트 한 벽면이 와인으로 가득 차 있었다. 자국 와인에 대한 자부심이 강해서인지 우리나라에서 흔히 볼 수 있었던 프랑스나 칠레산 와인은 보이지 않았다. 커피 코너도 마찬가지였다.

화려한 음식에
눈마저 어지러웠다

낮선 여행지에서 전 세계 어디에나 있는 프랜차이즈 음식점이나 백화점을 찾는 사람은

일상에 대한 애착이 많고 균형과 평화를 중요하게 생각한다는

심리 테스트를 본 기억이 있다. 새로운 도시에 도착할 때마다 마트를 찾고

사람이 많은 식당을 찾아다녔던 것은 어쩌면 우리가 한국에 두고 온 일상과 균형을

조금은 되찾고 싶었던 것이 아니었을까?

영수증 도둑
잡아라!

종민과 마트를 둘러보며 이탈리아인들의 식습관을 품평하며 조촐하게 장을 보고 셀프 계산대 앞에 섰다. 이탈리아는 인건비가 비싸다고 들었는데 그 때문인지 조금만 규모가 큰 상점이나 음식점은 대부분 셀프 시스템으로 운영되고 있었다. 앞사람이 어떻게 기계를 만지는지 흘깃흘깃 엿보면서 차례를 기다렸고 본 것 그대로 계산까지 마친 후 막 기계가 뱉어 내는 영수증을 잡으려는 순간이었다. 어디선가 갑자기 아주머니 한 분이 바람처럼 나타나서 우리의 영수증을 낚아채 사라졌다. 처음에는 영수증을 거스름돈으로 착각했나 싶었다. 물건도 아니고 영수증이 값어치가 있을 것이라 생각하지 못했다. 저 사람은 나중에 돈이 아니라 영수증이라는 걸 알면 얼마나 황당할까 등등 속 편한 상상을 하면서 마트를 빠져나오려 할 때였다. 문이 열리지 않았다. 몸으로 밀고 손으로 밀고 종민과 함께 힘을 모아 문을 밀어도 요지부동이었다.

우리가 방문한 마트는 퇴장할 때 문 옆에 있는 바코드 인식기에 영수증을 찍어야만 문이 열리고 밖으로 나갈 수 있었다. 일단 마트 안으로 들어오면 아무리 작은 것 하나라도 사서 영수증을 보관하고 있어야 바깥으로 나갈 자격이 생기는 것이다. 할 일 없는 주말에 사람 많고 볼거리 많은 마트에서 이것저것 구경하고 시식 코너를 돌면서 시간을 보내는 일은 이탈리아에서 상상도 할 수 없었다. 조금 전 우리의 영수증을 낚아채 사라진 아주머니는 딱 봐도 외국인인 나와 종민을 타깃으로 점 찍고 예의 주시하다가 영수증을 집어 들고 사라진 것이다! 이미 그 아주머니는 시야에서 사라졌고 나와 종민은 출구 앞에서 계속 서성이는 수상한 사람으로 몰리고 있었다.

"제길, 종민. 이탈리아어도 할 줄 모르는데 이 상황을 어떻게 설명하지? 우리가 도둑으로 몰리는 건 아니야?"

우리가 도둑으로 몰리는 건 아니야?

"마트 출구에서 고생했지? 영수증에 찍힌 바코드를 인식해야 출구가 열린다니,

이런 생각은 도대체 누가 한 거야? 물 하나라도 사지 않으면 마트에 꼼짝없이 갇히게 되는 거잖아.

뭣 모르는 여행객은 황당할 것 같아. 기막힌 건 버스도 마찬가지라는 거야."

"타기 전에 개찰기로 꼭 체크를 해야 해. 그걸 안 하면 표가 있어도 부정 승차가 되고 벌금도 50유로!

이탈리아, 이러기야?"

사정을 열심히 설명했지만 영어를 모르는 점원은 우리의 해명은 듣는 둥 마는 둥 하면서 애꿎은 기계만 30분째 들었다 놓기를 반복했다. 기계 고장으로 영수증이 나오지 않는 것으로 추측하고 있었던 것 같았다. 점원은 자신이 해결할 수 없다고 판단했는지 어디론가 전화를 걸었다. 잠시 후 매니저로 보이는 사람이 나타나서 똑같은 행동을 반복하더니 결제 내역과 나와 종민이 산 품목을 일일이 대조해 본 후 겨우 마트를 나올 수 있는 자격을 얻었다.

볼로냐에서의
복수혈전

종민과 내가 여행 경로를 짜면서 가장 많이 공부한 곳을 꼽으라면 이탈리아의 피렌체다. 인본주의의 도시, 르네상스의 성지, 유럽 문화와 역사에 큰 영향을 주었던 메디치 가문의 본고장 등 피렌체는 공부하면 할수록 애정이 가는 도시였다. 그러나 막상 마주한 이 도시의 맨 얼굴은 500년 전의 모습은 그대로 박제된 채 전시되어 있을 뿐이었고 오늘을 살아가는 사람과 사회를 지탱하는 시스템은 과거의 융성했던 기운을 모두 잃어버린 것이 아닌가 싶었다.

마트에서 학을 뗀 후에 또다시 좌절했던 기억이 있다. 조기 예매를 하면 할인 티켓을 구할 수 있다는 말에 피렌체와 볼로냐 Bologna를 오가는 열차표를 일찍 결제했었다. 볼로냐는 이탈리아 내에서도 음식의 수도라고 불린다. 다니엘레도 다이어트는 한국에 가서 하라고 했으니 마음껏 먹어 보자 싶었고 더구나 이탈리아를 소개하는 여행 책에서 빼놓지 않고 소개하는 명소가 있는데 14세기에 만들어진 지하 레스토랑 오스테리아 데 뽀에띠 Osteria dè Poeti였다. 볼로냐 전통 요리를 맛볼 수 있는 곳인데 14세기라는 막연한 시간에서 느껴지는 향수와 지하에 있는 레스토랑이라는 말에

먹기 전에 찍자!

"내 평생 삶의 결정적 순간을 찍으려 발버둥 쳤지만 삶의 모든 순간이 결정적 순간이었다고

말한 사진작가가 있었는데, 이름이 뭐더라? 어쨌든 지금이 바로 결정적 순간이야.

종민아, 먹기 전에 찍자! 이 결정적 순간을!"

"이 스파게티는 2억 화소 정도는 되어야 제대로 담길 거야. 찍었다! 먹자!"

나와 종민은 흥분했다. 게다가 볼로냐에는 1088년도에 설립되어 유럽에서 가장 오래된 대학교인 볼로냐 대학교 Università di Bologna도 있다. 배는 물론 머리도 채울 수 있는 곳이라는 생각에 손꼽아 기차를 예매한 날을 기다렸다.

운치 있는 지하 계단을 내려가자 800여 년 전부터 그 자리에 존재했던 공간이 나와 종민을 맞았다. 보존이 잘되어 있어 계단을 하나씩 내려갈 때마다 50년씩 세월이 거꾸로 흐르는 것 같았고 음식도 모두 마음에 들었다. 고기와 내장을 갈아 맛을 낸 볼로냐 스파게티는 고소함이 진하게 배어 있었고 치즈도 훌륭했다. 영어 메뉴판이 없고 오직 이탈리아어로만 대화하는 웨이터들 때문에 주문이 어려웠지만 모든 고난을 덮고도 남을 맛이었다. 이어서 방문한 볼로냐 대학교에서도 감동은 이어졌다. 오랜 역사를 그대로 드러내고 있는 건물과 그 사이를 히피스러운 복장과 색색으로 물든 염색 머리로 누비면서 맥주를 마시는 학생들도 멋졌다.

'이 아이들은 단테 Dante Alighieri, 에라스뮈스 Desiderius Erasmus 그리고 코페르니쿠스 Nicolaus Copernicus가 선배라는 걸 알까? 그리고 자신들을 미치도록 부러워하는 사람이 지금 여기에 왔다는 것도 알고 있을까?'

볼로냐를 둘러보고 피렌체로 돌아갈 시간이 다가왔다. 14세기에서 그대로 배달된 것 같은 음식과 학문의 전당에서 느꼈던 감흥이 순식간에 사라지는 일이 벌어졌다. 2주 전에 미리 결제한 티켓이 사건의 시작이었다. 나와 종민이 산 티켓은 열차와 좌석 번호가 따로 없는 자유석 티켓이었는데 빈자리에 앉으면 될 것이라 생각하고 제대로 알아보지 않았던 것이 실수였다. 이것은 지나치게 낭만적이고 긍정적인 여행자의 생각이었다. 자고로 여행자라면 뭐든지 의심하고 확인하는 것이 필수이건만 말레이시아에서 터키, 이탈리아로 넘어오면서 나와 종민은 지나치게 긴장을 풀었다. 열차에 앉아서 검표하러 온 승무원에게 티켓을 내밀자 그의 표정이 달라졌다. 티켓을 이리저리 살피더니 나와 종민에게 단호하게 말했다.

이탈리아,
이러기야?

학교가 가깝다고 공부 잘하고, 붓이 좋다고 글씨 잘 쓰는 것은 아니라지만

이런 학교에서 공부한다면 저절로 학구열에 불탈 것 같았다.

벽돌 하나에서 느껴지는 시간의 흔적과 먼지 하나에도 묻어 있을 것 같은 석학의 지혜 때문에

한동안 발길이 떨어지지 않았다.

"열차 계속 타고 싶다면 다시 표 끊으세요. 현금이나 신용카드를 주세요."

무엇이 잘못되었는지 알고 싶다고 종민이 어렵사리 되물었지만 다시 표를 끊어야 한다는 말만 되돌아왔다. 추가 요금으로 해결할 수는 없는 것인지 그럼 우리가 산 티켓은 어떻게 사용해야 하는지 환불은 가능한지 등등 종민이 아무리 여러 가지를 물어도 대답은 한결같았다.

"다시 표 끊으세요."

종민이 붉으락푸르락한 얼굴로 나직하게 말했다.

"은덕아, 나 답을 들어야겠어. 아니면 최대한 귀찮게 할 거야."

아뿔싸, 종민의 소심하지만 집요한 복수 본능이 이탈리아에서 부활하고 말았다. 그러나 종민을 상대하는 승무원도 만만치 않았다. 작은 목소리로 그러나 지친 기색 하나 없이 끊임없이 항의하는 종민을 허리를 꼿꼿하게 세우고 상대했다. 계속 불가하다는 말만 반복하는 승무원과 정당한 항의라기보다는 자존심 싸움을 하는 종민 사이에서 나는 어쩔 줄을 몰랐다. 종민의 허리를 꾹꾹 찌르면서 그만하라는 사인을 보냈다. 그대로 두었다가는 1시간이고 2시간이고 이런 상태가 계속되었을 것이다. 결국, 우리는 그 어떤 설명도 듣지 못하고 신용카드를 내놓았다. 여행객을 위한 표지판도 없고 운행 시간과 어긋나게 도착하는 열차들 사이에서 이탈리아어를 모르는 한국인 여행자 부부가 할 수 있는 것은 돈을 내는 일밖에 없었다. 마트에서는 손님의 자격을 열차에서는 여행자의 자격을 얻기 위해 나와 종민은 무던히도 싸워야 했다. 그리고 갈등의 유일한 해결책은 돈이었는데 혀를 내두를 만큼 냉정한 현실을 인간다움이 재발견되었던 인본주의의 도시, 피렌체에서 실감했다는 것이 못내 씁쓸했다.

여행자의 자격

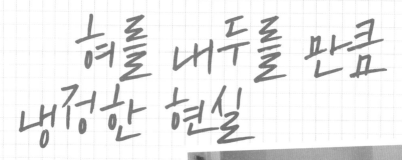

혀를 내두를 만큼 냉정한 현실

"제때 도착하지도 않는 기차로 내 주머니를 털어 가다니 망할 이탈리아! 억울하다!"

"그 말을 이탈리아어로 할 줄 알았다면 달라졌을까? 제대로 조사하지 않은 우리 탓도 있어.

잊자! 우린 여행자야. 누구나 우리에게 호의를 베풀어야 한다는 법은 없어.

우린 그 사람들에게 어쩌다 마주친 달갑지 않은 이방인일 수도 있다고."

도전, 슈퍼모델
피렌체 편

글 /

셀레스테 Celeste. 메일함에 등장한 낯선 이름. 스팸 메일로 분류하려다 이름 뒤에 에어비앤비 메일 주소가 보였다. 스팸 메일이 아닌 것은 분명하니 클릭했다.

"안녕하세요. 저는 에어비앤비 샌프란시스코 San Francisco 본사에 근무하는 셀레스테라고 합니다. 사무실을 이전하면서 특별한 스토리를 가진 분들의 이야기를 모으고 있어요. 종민 씨와 은덕 씨의 이야기를 담아 사진으로 전시하고 싶어요."

아니 이게 무슨 소리인가? 메일을 몇 번이나 되풀이해서 읽었다.

"은덕아, 이게 무슨 말이야? 에어비앤비 본사에서 사진작가를 보내 우리 사진을 찍고 싶다는데? 그리고 그 사진을 사무실에 걸어 두겠대! 비주얼 엉망인 우릴?"

에어비앤비로 2년 동안 세계여행을 하는 우리의 프로젝트를 샌프란시스코에 있는 에어비앤비 본사에서 관심을 보인 것이다. 나와 은덕이 처음 여행을 준비할 때 제안서를 만들어서 어떻게든 전달해 보려 했던 때가 엊그제 같았는데 이렇게 연락이 오다니! 게다가 본사 사무실을 찾는 세계 각국의 손님에게 우리의 사진을 소개하겠다고 한다. 사진작가도 보내 줄 테니 촬영 약속을 잡자는 꿈 같은 이야기가 메일로 도착한 것이다. 에어비엔비 싱가포르 지사에 방문했을 때 은지 씨와 나누었던 이야기가 본사까지 전달된 모양이었다. 은덕과 머리를 맞대고 모니터 앞에 앉아 신중히 영어 단어를 하나씩 골라 우리의 기쁜 마음과 처한 현실을 차분히 전달했다.

"셀레스테, 관심 가져 주어서 고마워요. 그런데 입을 만한 옷이 없는데 어쩌죠? 사진 촬영할 때 잘 차려입을 필요는 없는 거죠?"

인터넷을 사용하기 어려워 하루에 메일 한 통 쓰는 것도 힘들다는 이야기도 덧붙였다. 우리의 사정을 확인한 셀레스테는 시차를 계산해 직접 전화하겠다며 연락처를 요청했다. 전화번호를 메일에 하나씩 입력하면서 나와 은덕은 어깨가 으쓱해졌다. 우리는 에어비엔비 본사가 번호를 따간 첫 번째 한국인이다.

"내일 소피 Sopie라는 사진작가가 갈 거야. 그 친구하고 상의해서 멋진 사진을 찍어 줘."

셀레스테와 통화를 마치고 나니 사진 촬영에 대한 부담감이 밀려왔다. 나와 은덕의 비주얼도 문제라면 문제였지만 더 큰 것은 피렌체를 누비는 행복한 여행자 부부 역할을 카메라 앞에서 제대로 해낼 자신이 없었다. 인위적인 느낌의 사진이 싫어서 결혼 전, 웨딩 촬영도 하지 않았던 우리가 아니던가!

부부지만
부부인 척하기가 힘들어요

초조한 마음으로 기다리고 있을 때 낯선 차 한 대가 시야에 들어왔다. 소피의 차라는 것을 느낌으로 알 수 있었다.

"안녕! 여기는 완전 현지인이 사는 곳인데? 여기에 동양인 여행자가 있으리라고 누가 상상이나 하겠어?"

메일과 문자, 그리고 전화를 여러 번 했기 때문인지 소피가 낯설지 않았다. 피렌체에서 프리랜서로 활동하는 사진작가 소피는 벨기에 태생이었고 토스카나 Toscana 지역의 음식과 그곳에 사는 사람들의 모습을 찍고자 4년 전부터 이곳에 살고 있다며 자신을 소개했다. 자리에 앉자마자 소피는 오늘의 촬영 콘셉트와 이동 경로를 설명했다.

"자, 그럼 옷을 골라 볼까? 가지고 온 옷 좀 보여 주겠어?"

나와 은덕이 가장 우려했던 순간이었다. 우리의 모든 짐은 기내용 캐리어 2개에 충분히 담길 만큼 단출했고 그 안에 촬영에 어울리는 그럴듯한 옷은 없었다. 소피가 옷을 모두 살피는 데 걸리는 시간은 채 2분도 걸리지 않았다.

"2년이나 여행한다면서 옷이 이게 전부야? 이걸로는 힘들겠는데?"

결국, 은덕은 소피가 준비해 온 옷을 입고 나는 가까운 상점으로 달려가서 제일 저렴한 옷을 구입했다. 피렌체는 도시 전체가 르네상스 시대의 작품이기 때문에 사진 촬영 장소로는 최적이었다. 문제는 동양에서 온 비율 좋지 않고 포즈가 어색한 2명의 모델, 즉 나와 은덕이었다. 부족한 외모는 웃음으로 채우기로 하고 카메라 앞에 섰다.

"종민, 너는 웃음이 참 좋아! 잘하고 있어!"

촬영을 위한 거짓말이었어도 힘이 났다. 더 열심히 웃었다. 태어나 처음 해 보는 모델 놀이가 썩 나쁘지 않았다. 도시 곳곳을 거닐면서 뽀뽀도 해 보고 같은 곳을 바라보며 웃기도 하면서 사랑스러운 커플 흉내도 내 보았다. 이런 우리의 모습이 신기

너는 웃음이 참 좋아!

"우리 여행 중에서 가장 감격스러운 순간 중 하나였어. 돈을 벌다니! 게다가 모델료야.

셀레스테와 소피에게 다시 한번 감사해. 멋진 사진과 추억도 모자라 돈까지 벌게 해 줬잖아."

"모델료를 받을 줄 미리 알았더라면 표정이 더 밝았을 텐데. 흐흐"

했는지 지나가던 관광객들도 가던 길을 멈추고 나와 은덕을 찍었다. 촬영은 시간이 지날수록 적응이 되었지만 더운 날씨에 유전이 터진 것처럼 번질거리는 얼굴은 정리가 필요했다. 촬영지를 옮길 때 틈틈이 기름종이로 얼굴을 닦았다. 우리의 이런 모습에 소피가 박장대소했다.

"야! 너희 그 파란 종이로 뭐 하는 거야?"

기름종이로 얼굴을 닦는 것이 그렇게 웃긴 일인가 싶었다.

"우리는 지성 피부라서 이렇게 해 줘야 해."
"그건 그렇다 치고 왜 색깔이 파란색이야? 그걸로 문지르다가 스머프가 되는 거 아니야?"

소피의 놀림에도 굴하지 않고 나와 은덕은 열심히 기름을 닦아냈다. 개기름이 동동 떠다니는 사진을 생판 모르는 사람들이 일하는 사무실에 걸어 둘 수는 없지 않은가? 소피가 촬영 중간중간 찍은 사진을 보여 주었다. 소피의 카메라 속에 있는 우리의 모습은 낯설기도 하고 민망하기도 했다.

"처음 사진을 찍을 때는 다들 재미있어해. 그런데 2시간만 지나면 지치기 때문에 얼굴을 점점 찡그리지. 그런데 너희는 참 잘한다. 조금만 더 힘내! 마지막까지 예쁘게 찍어 줄게."

오늘 찍은 사진 중에서 총 16장이 걸러지고 그중에서 1장은 상반신을 크게 확대해 2m 크기로 걸린다고 했다. 내 키보다 큰 내 사진이라니. 우리 엄마가 봐도 부담스러울 것 같은데 저 멀리 바다 건너에 있는 샌프란시스코에 걸린다니 믿기지가 않았다. 촬영은 기분 좋게 끝났고 소피와도 아쉬운 작별을 했다. 부부이지만 부부인 척

하는 것이 어색한 나와 은덕을 타고난 인내와 탁월한 실력으로 촬영해 준 소피에게 감사의 말을 전하고 싶다. 이제 심판의 시간만 기다리고 있었다. 우리의 사진을 받아 본 셀레스테가 어떤 반응을 보일지 궁금했다.

"차마 이 정도일지는 몰랐다고 하면 어쩌지?"
"셀레스테가 실망만 안 하면 좋겠다."
"안타깝게도 사무실에 걸 수는 없겠다고 해도 우리 상처받지 말자."

2주 후, 셀레스테에게 한 통의 메일이 도착했다. 어떤 내용이 담겨 있을지 걱정 반 기대 반의 마음으로 클릭했다.

"너희는 정말 완벽한 커플이야. 사진 너무 잘 나왔더라. 이번에는 너희를 인터뷰하고 싶어. 시간 내 줄 수 있어? 그리고 지난번 사진 촬영에 대한 감사의 뜻으로 모델료를 보내려고 해."

나와 은덕의 사진을 거부하지만 않아도 다행이라고 생각했는데 모델료까지 준다니! 비루한 비주얼로 평생을 살았는데 모델료라니! 잘난 모습이 아니라서 소피에게 미안한 마음으로 촬영에 임했었는데 나와 은덕이 모델료로 세계여행 넉 달 만에 수입을 올릴 거라 누가 상상이나 했을까? 첫 번째 수익 창출에 나와 은덕은 방방 뛰었다.

"은덕아! 우리 돈 벌었다. 심지어 모델료야."
"종민, 우리 이걸로 나중에 뉴욕 가서 맛있는 거 사 먹자. 호호."

FUN.한 공연
보러 가는 날

글 /

종민이 벼룩시장에서 7유로를 주고 산 '메이드 인 이탈리아' 재킷을 입고 한껏 멋을 부렸다. 소재도 좋고 맞춤옷처럼 태가 제대로 나서 하루 치 생활비를 몽땅 투자한 것이 아깝지 않았다. 오랜만에 멋을 부린 종민과 향한 곳은 렌터카 서비스 센터였다. 나와 종민이 고른 차는 피아트 500 FIAT®500. 외관이 귀엽고 색깔이 화려한 편이라 한국에서는 젊은 여성들에게 인기가 좋은 외제 차에 속했는데 이곳에서는 저렴한 국산 차였다. 한국을 떠나온 지 넉 달 만에 운전대를 잡게 된 종민은 잔뜩 상기된 표정이었다.

"나 원래 운전 되게 못하던 사람이었거든. 군 복무 시절에 맞으면서 운전을 배웠던 게 이렇게 도움이 되네. 하하하."

기분 좋은 종민이 계속 재잘거리는 통에 차 안이 시끌시끌했다. 피아트 500과 멋진 재킷, 오늘 우리가 이렇게 제대로 멋을 내고 큰 지출을 감행한 것은 이유가 있었다. 펀 FUN.[1]의 공연이 있는 날이기 때문이다. 펀은 한국에서부터 좋아했던 밴드다. 그

---

1) FUN.은 미국의 록밴드다. FUN.에 관심을 갖게 된 건 2013년 그래미 시상식이었다. 큰 무대에 오른 울렁거림 때문이었는지 라이브가 많이 흔들렸는데 풋풋하고 귀여워 보였다. 그 모습에 반해 월드투어 일정을 검색했다. 2009년에 〈Aime and Ignite〉, 2012년에 〈Some Night〉라는 앨범을 발표했고 빌보드 핫 100에 1위까지 올랐던 "We Are Young"이 이들의 대표곡이다. 이 노래는 국내의 스마트폰 광고에 삽입되어 널리 알려졌다.

이것은
하늘의 계시

토스카나의 하늘 아래 이탈리아 고성에서 펼쳐질 록 밴드의 공연을 보기 위해 달리는 길.

이때도 충분히 알고 있다고 생각했다. 지금 우리가 누리고 있는 여행의 소중함을 말이다.

하지만 시간이 지날수록 우리의 추억은 점점 더 몸집이 커졌고 곱씹을수록 더 굉장해졌다.

충분히 사진을 찍고 글로 정리하고 있다고 생각했지만

사진으로는 담을 수 없고 미약한 글솜씨로는 표현할 수 없을 만큼

좋은 시절을 보내고 있다는 사실에 감탄하는 날이 많았다.

들이 유럽 투어를 시작한다는 소식을 접하고 혹시 나와 종민이 머물기로 한 도시 중에서 투어 일정과 겹치는 곳이 있지 않을까 기대하면서 일정을 나란히 놓고 비교했었다. 그러던 중 이탈리아에서 만날 수 있다는 것을 알고 정말 뛸 듯이 기뻤다. 이것은 하늘의 계시였다.

"어머, 종민! 이건 꼭 가야 해!"

공연에 흥미가 없는 종민을 설득해서 무려 6개월 전에 공연 티켓을 예매하고 이날을 손꼽아 기다렸다. 공연이 펼쳐질 곳은 피렌체에서 200km 정도 떨어진 북부의 도시 페라라 Ferrara. 토스카나 지역의 목가적인 풍경을 따라 3시간을 달린 끝에 공연이 열리는 도시에 도착했다.

자전거와 학생들의 도시, 페라라

페라라는 유럽 안에서도 일찍 자전거가 보급되어 지역 인구의 80%가 자전거를 이용하는 자전거의 도시였다. 도로를 점령하고 있는 자전거를 피해서 겨우 주차장을 찾았다. 주차장도 역시나 셀프 시스템. 주차를 마치고 정산기에 주차할 시간만큼 요금을 내고 영수증을 차 안쪽에 두고 가면 끝이었다. 요금을 내는 사람의 양심에 맡긴 주차 시스템에 잠시 나쁜 생각을 하기도 했지만 흔들리지 않고 공연이 끝나는 시간까지 고려해 넉넉하게 요금을 냈다. 페라라는 자전거가 많은 도시이기도 했지만 대학교도 많은 곳이라 학생으로 보이는 무리가 눈에 자주 띄었다. 가방을 등에 메고 자전거를 가뿐하게 타고 움직이는 학생들을 보니 피렌체와는 사뭇 다른 활력이 느껴졌다.

페라라에서 살았다면

도시 자체가 젊고 건강한 느낌이 들었던 페라라.

가벼운 몸놀림으로 남녀노소 가릴 것 없이 자전거로 도로를 누비는 모습이 신선했다.

이곳에 사는 사람들은 자전거 바퀴가 굴러가는 속도만큼 일상을 즐기는 듯했다.

200km가 넘는 곳에서 렌터카를 타고 부리나케 달려와 공연을 보면서 소리를 질렀던 우리는

어쩌면 이상한 나라에 도착한 앨리스와 같지 않았을까?

"종민. 이탈리아 대학생들은 여기 다 모여 있나 봐. 피렌체가 아니라 페라라에서 한 달을 머물렀으면 더 좋았겠다."

동네를 가볍게 둘러보고 나니 이제 공연 시간이 임박했다. 공연은 에스텐세 성 Castello Estense 옆에 설치된 임시 무대에서 진행되었다. 공연장에 도착하니 이미 많은 사람이 입장을 기다리고 있었다. 페라라에 도착하자마자 마트에 들러 산 와인 한 병을 홀 짝홀짝 나눠 마시면서 공연이 시작되기만을 기다렸다. 서서히 취기가 올랐고 하늘 은 점점 어둑어둑해지면서 광란의 시간이 다가오고 있었다.

"은덕아. 공간이 특이하긴 한데 이렇게 작은 무대에서 공연한다고? 명색이 유럽 투 어라면서?"

종민은 작은 무대를 보고 약간 실망한 것 같았지만 나는 아니었다. 펀이 인지도를 얻게 된 것은 얼마 되지 않았지만 인디밴드 활동을 10년 넘게 한 관록의 밴드다. 나 는 작은 무대를 바라보면서 회심의 미소를 지었다.

"작은 무대라서 나는 좋아. 이 정도 거리면 목젖이 흔들리는 것까지 다 보이겠다!"

본 무대가 시작되기 전 이름을 알 수 없는 이탈리아 밴드가 분위기를 잡기 시작했고 해가 완전히 떨어진 밤이 되자 드디어 그들이 등장했다. 처음에는 가기 싫다고 투 정부리던 종민이었지만 그들의 음악에 빠져 6개월 전부터 가사를 외웠고 목이 터져 라 떼창에 동참했다. 우리 부부가 미치광이처럼 소리를 지르면서 뛰어놀고 있는데 이탈리아 틴에이저의 반응은 영 시원치 않았다. 상의도 벗어젖히고 물병도 던지고 목이 쉬어라 비명도 지르면 좋을 텐데 애당초 그럴 생각이 없어 보인다. 나는 좋아 하는 외국 밴드가 내한 공연을 오면 온몸이 부서져라 헤드뱅잉을 하면서 소리를 지 르는 공연 문화에 익숙했다. 이탈리아 친구들은 나름대로 호응을 하는 것 같기는 했지만 성에 차지 않았다. 대신 소풍을 나온 것처럼 여유롭고 평화로운 분위기가 공연장을 감싸기 시작했다. 엄마, 아빠와 함께 공연을 보러 온 꼬마들, 키가 작은 아들을 위해서 낚시 의자를 준비해 온 엄마, 딸과 함께 춤을 추는 아빠 뒤에서 소리치고 몸을 흔드는 나와 종민은 외계인이나 다름없었다. 혹시 모를 안전사고를 예방하기 위해 출동한 경찰관과 소방관도 본업은 잠시 접어 두고 공연에 집중했다.

"뭐 이것도 나쁘지 않네."

흥분은 쉽게 가라앉지 않았지만 감동을 바깥으로 분출하는 대신 안으로 새겨 넣기로 했다. 공연이 끝나고 다시 피렌체로 돌아오는 내내 노래를 흥얼거렸다. 조금 전 이탈리아의 고성에서 록 음악을 들었고 지금은 피렌체에 있는 집으로 피아트 500을 타고 돌아가고 있다. 멋진 재킷을 입고 운전 중인 종민 옆에서 창문으로 눈을 돌리면 토스카나의 풍경이 펼쳐졌다. 우리가 방금 떠나온 페라라에서는 자전거를 탄 멋진 대학생들이 계속해서 살아갈 것이고 잠시 다녀간 나와 종민은 그곳에 있었는지도 모른 채 잊히겠지만 전혀 아쉽지 않았다.

이것도 나쁘지 않네

"달빛 내리는 이탈리아 고성에서 들었던 펀의 노래가 생각난다.

네가 공연 티켓 산다고 했을 때 그렇게 반대했었는데, 미안해지는군. 흠흠."

"나는 이탈리아 틴에이저들한테 실망했어. 팬심이 그렇게 없어서야 어따 쓰겠어?

자전거 타면서 기른 근력을 여기서 풀었어야지. 목청껏 떼창을 하고

펜스가 떨어져 나갈 듯이 달려들어야 하는 거 아니야? 나는 조금 심심했어. 다음에는 반드시!"

여행자의 자격

피렌체 스테이크 vs 아르헨티나 스테이크

글 /

서울에서 귀한 손님, 하리가 왔다. 하리와 나는 독서 모임에서 만나 3년 동안 친분을 이어온 사이였고 종민과는 인문학 강독 모임을 함께 한 인연이 있었다. 하리는 언어와 축구에 유달리 관심이 많고 특히 이탈리아 축구팀의 열렬한 팬이다. 축구를 보면서 자연스럽게 이탈리아어를 익히게 되었고 바쁜 직장생활 속에서도 1년에 한 번씩은 이탈리아를 찾고 있다. 이번에도 어김없이 이탈리아로 여행을 왔고 우리와 함께 토스카나 지역을 둘러보기로 약속했다. 더구나 하리는 한국에서부터 이곳까지 나와 종민을 위해 전기장판과 미니 밥솥을 들고 왔다. 정말 귀한 손님, 아니 하리였다. 나와 종민은 하리를 위한 성대한 환영 파티를 계획했다. 제대로 각 잡고 스테이크를 썰어 보기로 한 것이다.

우리가 이탈리아에 도착했을 때부터 다니엘레는 음식별로 가장 맛있게 요리하는 가게를 소개해 주었다. 그중에서 가장 최고라고 치켜세웠던 곳이 스테이크 가게였는데 나와 종민을 볼 때마다 스테이크 먹어 봤느냐고 물었다. 아직이라고 답하면 다니엘레는 도대체 왜 아직도 가지 않았느냐고 성을 냈다. 하지만 우리는 하리가 오면 환영의 의미로 먹겠다고 결심한 후 참고 또 참았고 아끼고 또 아꼈다. 그리고 드디어 나와 종민, 그리고 하리는 그렇게 벼르고 벼르던 스테이크를 먹기 위해 집을 나섰다.

이탈리아,
너 스테이크의 나라였구나!

피렌체는 예로부터 가죽 공업이 성했고 가죽을 얻고 난 후 자연스레 발생하는 고기를 이용한 요리도 발달했다고 한다. 소가죽을 얻고 난 후 티본 T-bone, T자 모양의 뼈가 붙어 있는 스테이크용 고기이라는 부위를 도려내기 시작했고, 그 부위를 화덕으로 익힌 스테이크가 피렌체를 대표하는 요리가 되었다. 처음 다니엘레에게 티본 스테이크가 맛있는 곳을 소개해 달라고 했을 때 다니엘레는 티본 스테이크가 무엇인지 모른다고 했다. 인터넷 검색과 각종 보디랭귀지를 동원한 후에야 티본 스테이크라는 말 대신 피렌체 스타일의 비프 스테이크라는 뜻의 비스테카 알라 피오렌티나 Bistecca alla fiorentina라는 단어를 알게 되었다.

"비스테카 알라 피오렌티나."

이 단어를 막힘 없이 발음하기 위해서 얼마나 숱한 밤을 보냈던가! 그때마다 삼켰던 침을 모두 모으면 과장 조금 해서 도랑 정도는 되지 않았을까 생각해 본다. 다니엘레가 소개해 준 식당 이름은 라 스파다 Ristorante La Spada. 산타 마리아 노벨라 성당 Chiesa di Santa Maria Novella 뒤편 골목에 있는 가게였는데 티본 스테이크 가격은 1kg에 43유로 약6만원였다. 선뜻 지갑이 열리는 가격은 아니었지만 밥솥과 전기장판을 이고 이탈리아까지 날아온 하리와 그동안 꾹꾹 참았던 식욕에 비할 바는 아니었다.

3명에서 스테이크 500g과 파스타, 리소토를 주문했다. 하리는 이탈리아어를 능숙하게 구사할 수 있었기 때문에 우리는 원하는 메뉴를 제대로 주문하는 것은 물론 고기의 굽기 정도도 자세하게 요청할 수 있었다. 어떻게 지냈는지 안부를 묻고 한국은 지금 어떤지도 물어보고 장판과 밥솥을 들고 오는 동안의 무용담을 듣고 싶었지만 화덕에서 풍기는 냄새에 대화가 자꾸만 끊겼다. 드디어 음식이 테이블에 도착했고 우리는 약속이라도 한 듯이 각자의 무기를 들고 음식을 공략하기 시작했다. 조용했

내 생애

가장 맛있는 스테이크

맛있는 음식과 반가운 사람이 있어서 즐거웠던 시간.

기대를 지나치게 많이 하면 실망하기 쉽지만 이날의 음식과 하리와 보냈던 시간은

전혀 실망스럽지 않았다. 익숙한 사람과 낯선 곳에서 만난다는 것은 새로운 인연이 시작됨을 의미한다.

하리와 피렌체의 식당에서 맛있는 음식을 나눠 먹으면서 지난 3년의 세월을 뛰어넘는 인연이

새롭게 쓰이고 있음을 느꼈다. 그리고 정말 스테이크는 맛있었다.

지만 치열했던 음식을 향한 전투가 1차 소강 시기에 접어들었을 때 하리가 말했다.

"언니, 저는 앞으로 피렌체에 오면 세 가지를 먹을 거예요. 와인, 치즈, 그리고 스테이크요."

고기 한 조각을 입에 넣고 오물거릴 때마다 맛있다는 말을 반복했다. 맛있는 음식을 먹고 난 후에 이탈리아 사람들이 꼭 하는 특유의 제스처가 있었다. 손을 입 앞에 가져가서 꽃봉오리가 입을 벌리듯 오므렸다가 펼치는 동작이었다. 조금 낯간지러운 행동이라고 생각하고 있었지만 어느새 내 손은 입 근처에서 꽃봉오리를 터뜨리느라 바빴다. 그렇다. 이 동작은 본능의 발현이었다.

"내 생애 가장 맛있는 스테이크야."

배불리 먹고 집으로 돌아오는 길 종민은 심각한 고민거리가 생겼다고 했다. 너무나 심각해서 우리의 여행 자체가 위협받을 수도 있다고 했다.

"우리가 처음 세계여행을 시작하게 된 이유가 아르헨티나에 가서 스테이크를 먹기 위해서였잖아? 아르헨티나 스테이크가 세상에서 제일 맛있는 스테이크라는 말에 솔깃해서 말이야. 그런데 거기 스테이크가 여기보다 맛있을까? 이보다 더 맛있는 스테이크가 존재할 수 있단 말이야?"

우리의 여행 자체를 위협하는 정말 심각하고 근본적인 고민이었다. 우리는 당장 조사에 들어갔다. 피렌체 스테이크와 아르헨티나 스테이크 중 무엇이 최고인가를 가리기 위해 고기의 부위와 요리법까지 공부하기 시작했다. 가장 열정적으로 분석에 들어갔던 종민이 드디어 혜안을 내놓았다.

"화덕과 숯불이야! 피렌체 스테이크가 화덕에서 구운 소 등심 부위리면 아르헨티나 스테이크는 갈빗살을 숯불에 구운 아사도 Asado, 소고기를 숯불에 구워서 소금을 뿌리는 아르헨티나 전통요리 잖아. 굽는 방법이랑 조리법이 다르니까 비교할 수 없어. 그리고 아르헨티나에서는 소를 들판에서 방목하며 기른다는데 육질이 여기보다 좋지 않을까?"

좌충우돌
렌트記

글 /

스테이크로 거한 환영 인사를 마친 다음 날, 하리 씨의 안내로 피렌체를 벗어나 토스카나 지방으로 떠났다. 3명이 함께 장거리를 움직여야 하니 차를 빌리기로 했다. 운전할 사람은 바로 나였으니 차를 선택하고 렌터카 서비스를 고르는 것도 내 몫이었다. 어디서 차를 빌려야 할까 고민하다가 스마트폰 앱으로도 이용할 수 있는 유롭카 Europcar를 선택했고 당일 일정으로 시에나 Siena와 산 지미냐노 San Gimignano 그리고 피엔차 Pienza를 찍고 오는 여행길 아니 운전 길에 올랐다.

너무나 평화로웠던,
폭풍 전야와도 같았던 그 순간

도로를 따라서 달리는 동안 토스카나는 엽서에서 익히 보아 왔던 고즈넉한 유럽의 교외 풍경 그대로였다. 초록빛 올리브 나무와 초원 그리고 포도밭이 끝없이 펼쳐지는 나지막한 구릉을 지나면 중세 시대에 지어진 성과 집이 나타났다. 높이 솟아 있는 사이프러스 나무와 그 곁을 지나는 바람이 너무 상쾌해서 꿈속을 거니는 것 같았다. 다만 한 가지 불만을 꼽으라면 도로의 굴곡이 만만치 않았다는 것이다. 코너는 급격하

엽서에서 보았던 유럽의 풍경

지평선이 보이는 도로를 따라서 달리니 눈이 시원하게 트였다.

날씨도 풍경도 오직 우리를 위해서 가장 아름다운 때를 감춰 두었다가 한 번에 꺼내 놓은 것 같았다.

몇 가지 감탄사만으로 모든 대화가 이루어졌고 그것으로 충분했다.

풍경에도 고전이 있다면 바로 이곳 토스카나의 풍경이 제일 먼저 이름을 올릴 것이다.

게 휘어졌고 멋진 풍경에 감탄하다 보면 어느새 바닥이 보이지 않는 가파른 비탈면이 나타나 정신이 번쩍 들었다. 지금 내가 운전하고 있는 이 작은 차 안에 나를 포함한 3명의 안위가 달려 있었다. 시간이 지날수록 풍경보다는 오로지 자동차에만 집중하며 토스카나를 통과하고 있었다. 자동차 엔진 소리가 마치 내 심장 박동 소리처럼 느껴졌고 수동 기어와 핸들을 쉴 새 없이 매만지면서 도로가 꺾이는 모양을 온몸에 새겼다.

토스카나는 유럽 화가들에게 영감을 불어넣는 원천이었고 목가적인 아름다움을 오랜 시간 동안 간직한 곳이었다. 우리가 방문한 시에나는 피렌체와 경쟁 구도에 있었던 도시인데 늘 이인자의 도시로 남았다고 한다. 시에나 시민들은 피렌체를 뛰어넘을 수 있는 무언가를 생각하다 고민 끝에 독특한 모양의 광장을 만들었다. 이 광장이 바로 세계 어디에서도 볼 수 없는 조개 모양의 캄포 광장 Piazza del Campo이다. 캄포 광장에 서니 자꾸만 시선이 하늘로 향했다. 마치 청명한 하늘의 표본을 보여 주기로 작정이라도 한 듯이 깨끗한 하늘이 펼쳐졌기 때문이다. 그 옛날, 시에나 사람들이 왜 하필 조개 모양의 광장을 만들기로 했는지 알 것 같았다. 바다보다 푸른 하늘에서 뚝 떨어진 조개 모양의 구름 하나. 캄포 광장을 마주한 우리의 소감이었다.

다음으로 이동한 곳은 해적을 피해서 산 정상에 자리 잡은 작은 마을 산 지미냐뇨였다. 중세에서 시간이 멈춘 것 같은 이곳에서 와인과 치즈로 점심을 대신했다. 종탑에 올라서니 유려한 전망도 감탄스러웠지만 매일 같이 종탑에 올라 해적을 감시해야 했던 파수꾼의 고단함도 느껴졌다. 맛있는 와인과 치즈로 배를 채워서인지 마음이 너그러워진 모양이다. 여기서 멈추지 않고 우리는 남쪽으로 더 달려 피엔차에 도착했다. 은덕은 출발할 때부터 피엔차에 대한 기대가 남달랐다. 많은 화가가 이곳에서 영감을 받아 명작을 남겼고 르네상스 시대의 계획도시로서 그 자체로 인문학적 분위기가 풍길 것이라고 했다. 실제로 마주한 피엔차는 은덕의 설명 없이도 아름답다는 수식어가 절로 떠오르는 곳이었다. 연신 사진을 찍고 있는 은덕과 하리 씨 옆에 가만히 앉아서 춤을 추듯 붓을 움직였던 화가의 마음을 느껴 보았다.

조개 모양의 캄포 광장

"시에나와 피렌체가 라이벌 도시였다는 것이 신기해."

"그 덕에 지금 우리가 캄포 광장에 서 있을 수 있는 거라고."

"왜 하필 조개 모양의 광장이었을까?"

"하늘을 봐, 저 하늘을 보고 바다가 떠오르지 않는 사람이 이상한 사람일 거야.

바닷물이 그대로 쏟아져서 조개 하나를 흘리고 간 것 같지 않아?"

감동은 끝,
갈등의 서막이 오르다

이제는 피렌체로 돌아가야 하는 시간이었다. 다시 자동차에 올라탔을 때가 밤 10시. 깜깜한 도로를 따라서 피렌체로 향했다. 낮에는 몰랐지만 밤에 보니 이정표는 여행객을 전혀 배려하지 않았고 가로등도 없었다. 까닥하다 길을 잘못 들면 우리는 꼼짝 없이 차 안에서 밤을 보내야 했다. 천천히 겨우겨우 고속도로에 올랐지만 가로등이 없었다. 그렇게 가로등 하나 없는 고속도로를 자동차 불빛에 의지해 3시간을 달려 피렌체에 도착했고 마침내 익숙한 도로가 보였다. 이제 허리를 쭉 펴고 잘 수 있는 시간이 얼마 남지 않았다. 시간을 확인하니 새벽 1시. 집이 가까워질수록 몸이 느끼는 피로는 엄청났는데 숙소를 향하는 길이 모조리 통제 중이었다. 근처 공원에서 열린 파티가 피렌체에 사는 모든 젊은이를 불러낸 모양이었다. 게다가 어디서 이렇게 많은 차가 몰려왔는지 도로의 정체는 심각했고 차창 밖으로 펼쳐지는 풍경은 딱 불금의 홍대 앞이었다.

"어쩌지? 내가 아는 길이 다 통제 중이야. 앞으로 갈 수가 없어!"

피렌체의 도로는 차 하나가 간신히 드나들 정도로 폭이 좁고 대부분이 일방통행이다. 앞뒤로 꽉 막혀 좀처럼 움직일 줄 모르는 길 한복판에서 왕복 2차선이 기본인 한국에서 온 나는 낯설다 못해 답답해 죽을 지경이었다. 게다가 횡단보도 하나만 건너면 목적지가 있는데 차에 내장된 내비게이션은 동네 한 바퀴를 돌아야 도착할 수 있다고 안내하고 있었다. 하리 씨가 스마트폰으로 통제 중인 도로를 검색하고 새로운 길을 찾아 주었다.

"저기, 여기서 동쪽에 있는 도로를 달려서 북쪽 끝까지 갔다가 강을 건너서 서쪽에 있는 숙소로 가는 방법이 제일 빨라요. 30분 걸린다고 하네요."

하리 씨의 설명을 듣고 나니 머릿속이 더 복잡해졌다. 그녀의 말은 마치 잠실에서 출발해 강변북로를 타고 홍대로 가면 될 것을 잠실대교를 건너서 내부간선도로에 오른 후에 정릉과 상암동을 거쳐서 홍대로 돌아가야 한다는 것과 다를 바 없었기 때문이다. 이런 안내를 한 치의 의심도 없이 따를 대한민국 운전자는 단 한 명도 없을 것이라는 데에 전 재산의 삼 분의 일 정도는 걸 수 있다.

"에이, 너무 돌아가는데? 저 다리만 건너면 아는 길이 나와요. 5분이면 충분해요. 내 비게이션보다 내가 빠를 걸요?"

무선 인터넷이 잘 잡히지 않는 곳에서 열심히 스마트폰으로 검색해 준 하리 씨의 수고가 고맙기는 했지만 나는 고집을 굽히지 않았다. 다리를 건너서 강을 따라 조금만 가면 숙소가 나올 것이라 생각했다. 한참을 달리니 웬걸, 고속도로 톨게이트가 나왔다.

"어? 이상한데. 왜 다시 고속도로지? 아까 거기로 돌아가 하리 씨 말대로 가 볼까요? 하하."

무려 1시간 30분을 헤매고 나서야 하리 씨가 찾아 준 대로 움직일 생각을 했다. 민망한 마음에 웃어 봤지만 차 안의 분위기는 차갑게 식어 있었다. 은덕은 아까부터 말을 한마디도 하지 않고 창밖만 바라보고 있었고 하리 씨도 1시간이 넘도록 말이 없었다. 등 뒤로 냉기를 느끼면서 나는 어쭙잖은 농담은 접어 두고 운전에만 집중했다. 내가 할 수 있는 것은 빨리 숙소에 가는 일밖에 없었다. 30분 이상을 더 달리고 나서야 숙소에 도착했고 마지막으로 분위기를 풀자고 던진 말은 아니 한만 못했다.

"역시 고집쟁이는 핸들을 잡지 말아야 해요! 하하."

대충 짐을 정리하고 나니 은덕이 마침내 폭발했다.

"30분이면 도착할 거리를 2시간이나 헤맨 걸 어떻게 설명할 거야?"

"아니 길이 그렇게 막힐 거라고 내가 상상이나 했겠어?"

"사방팔방 길을 다 막아 버린 건 피렌체 탓이라 치고. 문제는 너잖아. 쇠심줄을 씹어 먹었냐? 고집이 왜 이렇게 세? 하리가 알려 준 대로 가면 됐었잖아!"

"고집이 문제가 아니라 상식 밖이잖아. 오른쪽에 목적지가 있는데 당연히 오른쪽으로 가야지. 하리 씨는 왼쪽으로 가라고 했던 거잖아. 나도 황당해! 이런 적 처음이라고!"

은덕과 나의 썰전은 쉽게 끝날 기미가 보이지 않았다. 오랜 시간 운전해서 피곤도 쌓였고 길바닥에서 헤매느라 보냈던 시간이 오늘 하루 동안 보았던 아름다운 풍경을 폭풍 전야의 고요함으로 바꿔 버렸다. 은덕과 하리 씨에게 미안해 마음도 무거웠지만 나는 나대로 고민이 생겼다.

'나는 나 자신을 얼마나 잘 알고 있을까?'

스스로 자유롭고 융통성 있는 사람이라고 생각하며 살았다. 하지만 여행하면서 마주친 나는 융통성 있는 사람이 아니었다. 볼로냐행 기차에서 승무원과 옥신각신했던 순간에도 그리고 오늘 자동차 안에서도. 내 고집대로 생각했고 내 생각대로 움직이지 않는다고 화도 냈다. 내 판단이 주변 사람까지 피곤하게 만들 수 있는데도 말이다. 화를 내는 은덕과 눈치 보는 나 사이에서 더 불편했을 하리 씨와 함께 우리는 제대로 감정을 풀지도 못한 채 다음 일정을 논의했다. 일정에 대한 논의는 놀랍도록 빨리 끝났는데 하리 씨의 의견에 모두가 동의했기 때문이다.

"우리 내일은 멀리 가지 말고 이 근처에서만 있어요. 네?"

멀리 가지 말고
이 근처에서만 있어요

빨갛고 귀여운 렌터카.

이 작은 차 안에서 토스카나의 풍경을 볼 때만 해도

여행객이 누릴 수 있는 모든 호사를 누리고 있다 생각했다.

고집만 부리지 않았다면 완벽한 하루라며 두고두고 이야기할 수 있었겠지만

이제는 빨간색 자동차만 봐도 우리는 마음이 따끔거린다.

내비게이션의 말은 무조건 따를 것, 그리고 하루에 3개 지역을 순회하는 일정은

짜지 않는 것으로 여행의 원칙이 새롭게 설정되었다.

수박 화채만큼
행복해

글 /

"종민아, 얼른 집에 가서 냉장고에 넣어 둔 수박 먹자. 너는 수저로 퍼먹는 게 좋아?
썰어 먹는 게 좋아?"

온종일 더위에 지쳐 있던 터라 수박이 식도를 타고 내려가 위벽을 훑는 상상만으로
도 몸이 서늘해졌다. 나와 은덕을 오매불망 기다리고 있을 수박에게 달려가기 위
해 버스표를 꺼내는 순간, 아뿔싸! 열쇠를 넣어 두었던 주머니가 허전했다. 현관문
을 열어야 수박도 먹을 수 있을 텐데. 머리가 아찔해졌다. 바지 주머니가 얕아서 열
쇠를 다른 곳에 넣을까 생각만 하고 행동으로 옮기지 않았던 것이 이렇게 뒤통수를
쳤다. 사고라는 녀석은 늘 불길한 기운을 미리 흘리지만 사람은 언제나 이 경고를
그냥 지나치고 만다. 바로 지금처럼. 도대체 열쇠를 잃어버린 곳이 어디란 말인가?

열쇠 찾아 삼만리

집을 나서서 은덕과 피사 Pisa 행 기차를 타기 위해 플랫폼을 뛰었다. 텅 빈 객실 좌석
에서 우리는 누구의 눈치도 보지 않고 누워서 편하게 이동했고 다시 기차에서 내려

종민

나 잘아 봐라

"이 멋진 곳을 온몸으로 구를 때만 해도 좋았는데 열쇠 찾으러 다시 왔을 때는 정말 막막했어.

내 집 열쇠를 잃어버렸다고 해도 이렇게 초조하지는 않았을 거야.

남의 집 열쇠인 데다 한 푼이라도 아껴야 하니 간이 얼마나 쪼그라들었는지."

"사실, 나 중국에 있을 때도 열쇠 자주 잃어버리는 사람으로 유명했어.

그때는 술 취해서 잃어버렸었는데 이제 보니 맨정신에도 잃어버리네. 나한테 계속 열쇠 맡길 거야?"

"목에 걸고 다녀. 방울도 달아 줄게. 흐흐흐."

피사의 사탑 Leaning Tower of Pisa과 두오모 광장 Piazza del Duomo, Pisa을 찾았다. 나와 은덕은 피사의 사탑보다 광장의 너른 잔디밭이 마음에 들었다.

"이런 잔디라면 노숙도 할 수 있겠다. 종민, 나 잡아 봐라."
"야. 시끄럽고. 우리 저기까지 굴러서 누가 먼저 도착하나 내기나 하자."

어린아이가 된 것처럼 은덕과 나는 두오모 광장에서 레크레이션을 즐겼다. 그때 어디선가 익숙한 멜로디가 들렸다.

"샤이니 노래 아니야?"
"저기, 소녀들이 춤추고 있다! 손이라도 흔들까?"

광장 저편에서 이탈리아 소녀들이 샤이니의 노래에 맞춰 춤을 추고 있었다. 말로만 듣던 한류를 피렌체에서 확인하게 될 줄이야. 아마도 자신들을 쳐다보는 동양인을 의식해서인지 샤이니는 물론 소녀시대, 카라 등 연이어서 K-POP을 틀고 춤을 췄다.

"종민아, 그만 좀 쳐다봐."
"이탈리아 소녀들이 나를 의식하면서 춤을 추고 있다고. 언제 또 이런 일이 있겠어."

터키에서 싸이로 오해받으며 지냈던 숱한 흑역사가 이탈리아에서 모두 사라지는 듯했다. 그렇게 K-POP에 맞춰 은덕과 함께 잔디밭을 한참이나 뒹굴었고 피사의 사탑을 마지막으로 구경한 뒤 시내를 둘러보기 위해 길을 나섰다.

오늘 아침 나와 은덕은 평소보다 분주하게 움직였고 기차는 물론 광장에서도 누워서 뒹굴었다. 보람찬 하루를 마감하고 집으로 돌아가 시원하게 수박을 먹으며 하루를 마감하면 모든 것이 평화롭게 기록될 터인데 그만 열쇠가 사라졌다. 도대체 언제 어디서 잃어버렸는지 감이 오질 않았다. 기차를 타기 위해서 뛰었던 플랫폼이었을까? 사람이 없다고 의자에 길게 누워서 딩굴었던 열차 안이었을까? 소녀시대의 노래에 맞춰 데굴데굴 굴렀던 광장이었을까? 그 어디에서도 열쇠를 찾을 가능성이 그리 높지 않다는 것이 더 아찔했다.

"주말이라 열쇠 아저씨도 일을 안 할 텐데. 다니엘레는 여행 간다고 하지 않았나? 내일이나 온다고 했는데. 우리 오늘 다른 곳에서 자야 하는 거니?"

최악의 상상을 하며 무거운 걸음으로 대합실을 지나서 다시 버스를 타고 피사의 탑까지 왔다. 차근차근 걸어가면서 열쇠를 찾는 것이 나와 은덕이 할 수 있는 유일한 방법이었다. 불과 몇 시간 전만 해도 이 길을 가벼운 발걸음으로 지나쳤는데 지금은 다르다. 눈에 불을 켜고 바닥을 샅샅이 뒤지면서 천천히 움직였다. 열쇠는 보이지 않았고 우리는 광장으로 자리를 옮겼다. 넓은 광장을 보면서 노숙을 해도 좋겠다던 은덕의 말이 현실이 될 위기에 처했다. 우리가 딩굴었던 풀밭은 대강 따져봐도 초등학교 운동장만큼 넓었다. 막막하기는 했지만 집에 들어갈 수 있다면 잔디밭을 뒤지는 것쯤이야 못할 일이 아니었다. 팔을 걷고 은덕과 함께 냇가에서 송사리를 몰듯이 범위를 좁혀 나가기 시작했다. 1시간 동안 살폈지만 열쇠는 보이지 않았다. 찾는 것을 포기하고 다시 피사의 탑 쪽으로 가려 할 때 내 앞에 툭 하고 무언가가 떨어졌다. 열쇠였다. 내 열쇠가 맞는지 얼른 집어서 확인해 봤다.

"은덕아! 열쇠 찾았다!"

모래사장에서 바늘을 찾은 기분이었다. 이리저리 살펴봐도 우리가 잃어버린 열쇠가 맞았다.

"그거, 당신 열쇠요? 여기 떨어져 있었는데 우리 애가 주웠다더군요."

유치원생 정도로 보이는 여자아이가 열쇠를 들고 한참 놀고 있는 것을 힐끗 봤었다. 그게 설마 우리 열쇠라고는 생각도 못했는데 바닥을 뒤지면서 무언가를 찾는 나와 은덕을 보고 던져 준 것이다. 그것도 우리가 지쳐서 막 자리를 뜨려고 할 때 슬쩍 던지면서 어떻게 반응하는지 살피면서.

'정말 빨리 주셨네요. 그동안 구경만 하고 있던 겁니까! 참 못된 부녀시네요!'

평소 같았다면 욕이라도 한 바가지 해 주었을 텐데 모든 말을 삼키고 그저 고맙다는 말만 반복했다. 열쇠를 손에 꼭 쥐고 돌아가는 길에 수박 화채에 넣어 먹을 사이다를 하나 샀다.

"난 이제 집에 가서 수박 화채도 해 먹을 수 있는 사람이다!"

열쇠로 문을 열어서 쉴 수 있는 집이 있다는 것. 그것이 얼마나 큰 행복인지 잃어버린 열쇠를 통해서 깨달았다. 다니엘레의 집은 나와 은덕에게 꽤나 든든하고 의지할 수 있는 공간이었던 모양이다. 에어비앤비로 여행하면서 감격스러웠던 때는 바로 이런 순간이었다. 우리 몫의 편하고 안전한 집이 있다는 사실이 위안을 주었다. 떠날 수 있다는 사실보다 돌아갈 곳이 있다는 사실이 그렇게 좋을 수 없었다. 잃어버린 열쇠를 통해 깨달은 수박 화채만큼의 행복이었다.

수박 화채만큼 행복해

여행하면서 감탄이 끊이지 않았던 순간도 많았고 멋진 풍경에 눈이 호강하는 때도 있었지만

가장 행복했던 때는 하루를 다 보내고 편한 차림으로 밥을 먹거나

누워서 그날의 일상을 돌아볼 때였다. 잠시 머물다 떠나는 것이 아니라

살고 있다는 기분이 들었을 때 아이러니하게도 우리가 제대로 여행하고 있다는 생각이 들었다.

이탈리아에 관한
오해에는 모두 사정이 있다네

글 /

다음 도시로 떠나기 며칠 전, 다니엘레의 집을 찾았다. 피렌체에 도착했을 때부터 여러 차례 초대를 받았지만 그때마다 다른 일이 생겨서 좀처럼 방문할 기회가 생기지 않았다. 어렵사리 약속을 정하고 드디어 다니엘레의 집 앞에 섰다. 현관문이 열리자마자 눈에 들어온 것은 거실 벽면을 가득 채우고 있는 로봇이었다. 내 눈에도 익숙한 모양새는 일본 애니메이션 속에서 숱하게 등장했던 바로 그 로봇이었다. 종민이 다니엘레의 스마트폰 바탕화면이 토토로 사진이었다고 한 것이 생각났다. 다니엘레가 일본 애니메이션 마니아라고 하더니 괜한 말이 아니었다. 이탈리아에서 피트니스 센터 사장인 동시에 일본 애니메이션 마니아를 만나다니.

"우와! 이거 정말 다 네 거야? 대단하다!"

나와 종민의 반응을 보자 흥분했는지 다니엘레가 방 안에도 많다면서 우리를 이끌었다. 안방에는 거실보다 더 많은 로봇이 있었고 인테리어마저 일본의 어느 가정집을 연상시켰다. 심지어 다다미까지 깔려 있었다.

"너 진짜 오덕이구나."
"오덕? 아 오타쿠! 사실 나는 많이 갖고 있다고 볼 수 없지. 이탈리아에는 나보다 더

너 진짜
오덕이구나

"다니엘레는 정말 반전이 끊이지 않는 남자였어.

로띠의 요리도 진짜 좋았고 레오나르도도 귀여웠지."

"이탈리아에서 오덕이라는 단어를 사용할 줄은 정말 몰랐다니까.

이탈리아에서 오덕 취미를 가진 얼짱 피트니스 센터 사장과 밥 먹은 사람 나와 보라고 해."

한 사람도 많아."

이탈리아에 오타쿠가 많다는 말도 태어나서 처음 들었지만 그 단어를 알아듣는 이탈리아인을 만날 줄은 정말 상상도 못 했다. 다니엘레는 벙찐 표정의 우리를 아랑곳하지 않고 수집품을 보여 주었다. 다니엘레는 로봇 말고도 레이저 디스크로 만든 90년대의 일본 게임과 플레이 장비도 완벽하게 갖춰 놓고 있었다. 종민의 말에 따르면 다니엘레는 오덕 중에서도 상위 클래스에 속하는 편이라고 했다. 이탈리아, 그것도 르네상스의 도시 피렌체에서 나고 자란 사람이 오타쿠라니! 이탈리아 여행이 끝나갈 무렵이 아니라 더 일찍 다니엘레의 집에 왔더라면 우리의 여행은 사뭇 다른 모습으로 그려졌을 것이다.

로봇 구경에 한창이었을 때 다니엘레의 아내 로띠 Lotti가 저녁을 먹으라면서 우리를 불렀다. 음식이 차려진 식탁을 보고 나와 종민은 또 한 번 놀라고 말았다. 음식의 종류도 많았지만 그 차림새가 예사롭지 않았다.

"이탈리아인은 다 요리를 잘해?"
"이거 정말 로띠가 다 만들었어? 식당에서 사 먹는 것보다 훨씬 맛있어."

로띠가 만들어 준 음식은 하나같이 훌륭했지만 그중에서도 라자냐와 멜론 프로슈토의 맛이 환상이었다. 소고기를 볶아서 치즈와 토마토소스로 맛을 내고 오븐에 구운 라자냐는 고소해도 너무 고소했다.

"로띠, 라자냐가 볼로냐에서 그렇게 유명하다면서? 지난번에 볼로냐에 가서 라자냐를 먹었는데 거기보다 로띠가 만들어 준 게 더 진하고 맛있어. 그리고 멜론이랑 프로슈터는 원래 함께 먹는 거야?"

로띠가 차려 준 음식을 먹느라 입이 쉴 틈이 없었지만 한 입씩 먹을 때마다 질문을 쏟아내지 않을 수 없었다. 멜론과 프로슈토가 꼬치 하나에 꿰어져 있었는데 그 맛이 충격적이었다. 달콤한 멜론과 함께 먹으니 프로슈토 특유의 향과 맛이 더 살아났다. 그동안 프로슈토를 짭짤하기는 하지만 느끼한 햄이라고 생각했고 역시 햄은 스팸과 줄줄이 비엔나 소시지가 갑이라고 생각했던 나를 로띠가 완전히 프로슈토 팬으로 돌아서게 했다.

다니엘레,
이탈리아를 설명해 줘

다니엘레의 애장품과 로띠가 준비한 맛있는 저녁을 먹고 나니 대화의 주제가 점점 다양해졌고 마침내 100분 토론을 방불케 하는 상황이 벌어졌다.

"종민, 은덕. 너희는 특별한 친구야. 왜냐하면, 우리 집에 와서 저녁을 함께 먹었던 손님은 그동안 한 번도 없었거든."
"정말이야? 영광이야. 다니엘레, 이탈리아에 대해서 궁금했던 것을 물어도 될까?"
"뭐든지 물어봐."
"왜 기차표에 열차 정보가 없는 거야? 열차의 종류, 시간 날짜가 왜 안 적혀 있어? 이탈리아어라도 적혀 있어야 하는 거 아니야?"
"나도 이해가 안 되는 부분이야. 우리나라는 이런 점을 고칠 생각이 없는 거 같아. 다른 유럽 국가의 기차표에는 자국어는 물론 영어도 함께 자세한 설명이 있을 거야. 일본도 기차표에 영어가 찍혀 나오던데 말이지. 나는 이탈리아 정치인들이 제 할 일을 하지 않아서라고 생각해. 사실 지금도 이탈이라 정치는 마피아와 관련이 깊어. 총리였던 실비오 베를루스코니 Silvio Berlusconi 도 그렇고. 나라를 바로 잡아야 할 사람들

이탈리아인은 다 요리를 잘해?

"상다리가 휘어지게 차린다는 말을 영어로 할 줄 알았다면 좋았을 텐데."

"이탈리아를 떠날 때가 되어서야 프로슈토를 즐기게 된 것이 너무 아쉬워."

"고작 한 달 살고서 이탈리아에 대한 불만을 토로하는 여행자를 받아 준 걸 보면

다니엘레는 정말 좋은 사람이야."

"그러게 말이야. 우리를 특별한 친구라고 불렀던 것이 어쩌면 인사치레일 수도 있지만

나는 진심이 느껴졌고 그렇게 불러 줘서 정말 고마웠어."

이 딴짓하고 있으니 고쳐지겠어? 그래서 금융 위기도 온 거라고. 그래도 우리가 그리스나 스페인보다 낫기는 하지만."

"구체적으로 말해 줄 수 있어?"
"우선 세금을 너무 많이 걷어. 무려 58%라고. 북유럽을 제외한 다른 EU 국가들도 40% 전후라고. 문제는 이렇게 많은 세금을 내지만 혜택이 국민에게 충분히 돌아오지 않는다는 거야. 반면에 중국이나 동유럽에서 온 불법 체류자는 세금도 안 내면서 혜택을 누리지. 중국인은 10유로를 벌면 9유로는 중국에 송금하는데 말이야."
"그건 전 세계가 똑같이 겪고 있는 문제인 거 같아. 한국도 마찬가지야. 세금을 그렇게 많이 내면 돌려받을 수는 있는 거야?"
"우리 아버지 세대는 60살만 넘으면 연금을 받을 수 있었어. 10년 전만 해도 그랬지. 그렇지만 나는 달라. 남자는 67살, 여자는 65살이 넘어야 연금을 받을 수 있어. 죽을 때까지 일하라는 소리지. 다른 유럽 국가보다 연금 수령 나이가 5년 이상 높다고!"
"연금은 얼마나 나오는데?"
"한 달에 800유로 약120만원 정도. 여기 물가에 비하면 충분한 금액이 아니야."

"그럼 다니엘레, 네가 생각하는 가장 이상적인 국가는 어디야?"
"역시 독일이지. 정치, 경제, 문화 등 모든 면에서 안정적이고 합리적인 나라라고 생각해. 프랑스나 북유럽 국가도 마찬가지이고."
"그렇다면 왜 경제나 정치 위기가 그리스, 스페인, 이탈리아 등 남부 유럽에 집중된 거라고 생각해?"
"그걸 나도 모르겠단 말이야. 너는 혹시 알고 있니?"
"이건 어디까지나 개인적인 생각인데 '개미와 베짱이' 이야기 알지? 남부 유럽은 예로부터 지중해의 햇살이 과일과 농작물을 저절로 자라게 하는 풍족한 땅이었잖아. 먹을 것이 풍족하니 다른 유럽 국가와 비교하면 땀 흘릴 일이 적었을 거야. 그런 습관이 남아서 경제위기를 맞은 게 아닐까?"

"음, 네 말도 일리가 있네. 정년은 계속 늘어나고 외국 노동자의 싼 임금에 계속 일자리를 빼앗기고 있어. 이민자들은 주말에도 쉬질 않아. 그러니 주말은 반드시 즐겨야 하는 이탈리아 젊은이들이 일자리를 구할 수가 없는 거지."

"피렌체는 중년의 도시 같았어. 박물관에 가도 중년, 선생님도 중년, 마트에도 중년, 젊은 친구가 일하는 모습은 찾기 힘들더라고."

"맞아. 내 아들의 유치원 선생님도 65살이야. 우리 엄마 세대가 내 아들을 가르치고 있다니까."

다니엘레와의 대화를 통해 이탈리아에 대해서 궁금했던 점이 어느 정도 풀리기도 했고 정말 속 시원하게 털어놓는 그가 고맙기도 했다. 이방인에게 이토록 솔직하게 자신이 속한 나라의 사정을 이야기하는 것은 말처럼 쉽지 않다. 그리고 무엇보다 놀라운 것은 우리가 이렇게 깊이 있는 대화를 모두 영어로 해냈다는 점이다. 나도 종민도 그리고 다니엘레도 영어가 그리 능숙한 사람들이 아니었다. 초급 수준의 영어를 사용함에도 척하면 알아들었고 원하는 질문과 원하는 대답을 끌어냈다는 것이 지금 생각해도 놀랍다.

대화가 거의 끝나갈 무렵 이탈리아와 스페인의 축구 준결승이 한창이었다. 다니엘레의 시선이 자꾸만 텔레비전 쪽으로 향했다. 경기는 결국 팽팽한 접전 끝에 승부차기까지 이어졌고 결과는 스페인의 승리였다. 스페인이 결승에 진출하는 것이 확정되자 다니엘레는 나라 잃은 백성 마냥 깊은 탄식을 내뱉었다. 방금 전만 해도 이탈리아 정부를 개탄하며 울분을 토하던 다니엘레는 온데간데없었다. 정부와 축구는 별개의 문제였고 축구 경기 앞에서 애국자가 되는 것은 다니엘레도 마찬가지였다. 우리는 안타까워하는 다니엘레를 위로하며 이탈리아와의 작별을 준비했다.

어디까지나 주관적이고 편파적인
피렌체 한 달 생활 정산기

* 도시 *
피렌체, 이탈리아 / Firenze, Italy

* 위치 *
이솔로토 Isolotto

(피렌체 산타 마리아 노벨라 기차역에서

트램을 타고 여섯 정거장 / 20분 소요)

* 주거 형태 *
빌라 / 집 전체

* 기간 *
2013년 6월 3일 ~ 7월 1일 (29박 30일)

* 숙박비 *
총 867,000원

(장기 체류 할인 적용,

1박당 정상 가격은 72,000원)

* 생활비 *
총 1,300,000원

(체류 당시 환율, 1유로 = 1,500원)

＊ 종민   이스탄불에서 피렌체로 넘어오니 물가가 2배는 뛰더라. 나가서 사 먹는 건 엄두가 나지 않아서 매일 재료를 사서 집에서 만들어 먹었지. 집 전체를 빌려서 눈치 보지 않아도 괜찮았고, 맘대로 요리할 수 있었잖아. 집 앞에 재래시장이 있는 것도 행운이었어.

＊ 은덕   맞아. 피렌체는 식당뿐만 아니라 숙소 비용, 교통비, 입장료까지 다 비쌌어. 맛있는 음식이 눈앞에 있는데 저 맛이 무슨 맛인지 내가 아는데 먹지 못하니까 솔직히 나중에는 짜증이 나더라. 대신 소고기랑 과일이 싼 편이라 원 없이 구워 먹고 깎아 먹을 수 있어서 다행이었어. 아니었다면 우리 여행은 조기 종영되었을지도 몰라.

만난 사람: 11명 + α

우리를 역 앞에서 기다려 준 다니엘레, 요리 솜씨가 일품이었던 그의 아내 로띠, 두 사람을 닮아 미래가 기대되는 레오나르도, 마트에서 영수증을 들고 도망간 아줌마, 달리는 열차 안에서 기 싸움을 벌였던 승무원, 메일로 만난 에어비앤비 직원 셀레스테, 우리의 못난 비주얼을 사진으로 담은 소피, 멋진 공연을 보여준 FUN., 전기장판과 미니 밥솥을 들고 한국에서 날아온 하리/하리 씨, 열쇠를 찾아주긴 했으나 여전히 얄미운 부녀.

방문한 곳: 12곳

다니엘레를 만나고 한 달 동안 소중한 안식처가 되어 준 피렌체, 스트레스가 쌓일 때마다 찾았던 젤라테리아 라 카르라이아, 승무원과 한판 승부를 벌이며 방문했던 볼로냐, 그곳에서 만난 멋진 레스토랑 오스테리아 데 뽀에띠와 학문의 전당인 볼로냐 대학교, FUN.의 공연을 보기 위해 찾았던 페라라, 티본 스테이크로 감동을 선사한 라 스파다, 하리와 함께 누볐던 시에나, 산 지미냐노, 피엔차, 열쇠를 잃어버려서 깜짝 놀랐던 피사의 사탑과 피사 두오모 광장.

다섯 번째 달 / 바카르

세상의 끝에서
온 사람

크로아티아를 찾기 전에는 우리나라와 닮은 점이 없을 것이라 생각했다. 사람들의 생김새도 생각도 문화도 먼 거리만큼이나 차이가 클 것이라 짐작했다. 하지만 직접 마주한 크로아티아는 정치와 사회적 내막까지 우리나라와 비슷한 점이 많았다.

꿈에서나 볼 법한 풍경 속에 편안하게 안겨 있었다. 처음에는 아름다운 자연 때문이라고 생각했지만 떠나고 보니 이 모든 것이 가능했던 것은 우리를 기꺼이 풀어 준 사람들 때문이었다. 먼저 다가와 장난을 치고 속내를 드러내 주었던 고마운 사람들. 그들이 있어 크로아티아는 우리에게 마치 고향과도 같은 곳으로 남아 있다.

"세상의 끝에서 너희가 왔다는 것이 믿기지 않아."

우리를 맞이한 사람들의 첫 인사였다. 이제는 이렇게 답하고 싶다.

"세상의 끝에서 온 우리를 만나 주어서 고마워요."

리즈니야크
국립공원

Nacionalni
Park Risnjak

리예카
Rijeka

오파티야
Opatija

바카르
Bakar

파진
Pazin

풀라
Pula

벨리카 고리차
Velika Gorica

카르로바크
Karlovac

시사크
Sisak

크로아티아
Croatia

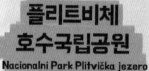

플리트비체
호수국립공원
Nacionalni Park Plitvička jezero

비하치
Bihac

보스니아
헤르체고비나
Bosnia and
Herzegovina

고스피치
Gospic

세상의 끝에서
온 여행자

글 /

피렌체를 떠나 크로아티아의 바카르 Bakar로 향하는 길. 비행기 대신 베니스 Venice까지는 열차를, 그다음은 버스를 타고 국경을 넘기로 했다. 은덕과 나는 각각 기내용 20인치 캐리어 1개씩을 끌고 세계여행을 시작하면서 물욕을 버렸다고 생각했다. 하지만 베니스 골목골목에 숨어 있는 작은 상점에서 파는 액세서리와 가죽으로 만든 수제 노트, 예쁜 옷을 보니 마음이 왈랑왈랑한다. 유리공예로 유명한 무라노 섬 Murano에서 만들었다는 반지와 펜던트는 보는 것만으로도 행복했다. 베니스의 상인은 여심도 모자라 남심도 훔칠 줄 아는 진정 위험한 자들이었다.

이탈리아에서 크로아티아로 향하는 버스가 출발했을 때, 소풍 가는 아이처럼 설렜다. 육로로 국경을 넘는 것은 처음이었다. 삼엄한 경비 속에서 버스가 멈추고 차량에 오른 군인이 여권과 내 얼굴을 번갈아 살피며 긴장감이 흐르는 영화 같은 장면이 벌어질 줄 알았는데 현실은 버스에서 한 발짝도 움직이지 않은 채, 출입국 스탬프를 받는 것으로 싱겁게 끝났다. 여권을 걷어 가던 금발의 여군만이 인상적이었다.

대신 크로아티아의 리예카 Rijeka 버스 터미널에서 펼쳐진 풍경이 나와 은덕을 얼어붙게 했다. 리예카의 버스 터미널은 대합실도, 지붕도 없는 시골의 버스 터미널을 연상시켰지만 그 앞에 줄지어 서 있는 택시는 모두 벤츠, 아우디, BMW 등 고급 세단

경계를
넘는 일

"국경을 넘는 것은 생각보다 시시했어. 긴장도 없고 감동도 없고.

국경보다 호스트의 현관문을 넘는 게 더 어려운 것 같아."

"그러게 말이야. 국경을 넘기 전에는 긴장하지만 막상 넘으면 왜 겁을 먹었나 싶을 만큼 간단하잖아.

사람들은 눈에 보이는 경계는 조심하면서 보이지 않는 경계는 쉽게 생각해.

물론 너랑 나도 마찬가지지만."

"눈에 보이지 않는 경계는 넘기가 힘들잖아. 예를 들면 마음의 경계 같은 것들 말이야.

넘었다고 생각하는 순간 튕겨져 나오기도 하고 나도 모르는 사이에 경계를 훌쩍 침범하기도 하고."

세상의 끝에서 온 사람

이었다. 택시는 타야겠는데 고급 세단만 서 있으니 잔뜩 겁을 먹고 말았다. 자동차 브랜드와 차량의 크기로 요금이 징해질 리 없다는 걸 알면서도 돈이 없는 여행자는 그 앞에서 한없이 위축되어 차 문을 열기가 쉽지 않았다. 고민 끝에 우리가 선택한 차는 폭스바겐이었다. 독일어로 '국민차'라는 뜻이니까.

모두가 친구인 곳, 바카르

"바카르까지 요금이 얼마예요?"

제발 영어가 통하기를 바라면서 조심스럽게 물어봤는데 괜한 걱정이었다. 택시기사 아저씨가 영어를 잘해도 너무 잘한다.

"15유로는 줘야 갈 수 있어요."
"친구 집에 가는 건데 10유로면 충분하다고 했어요. 10유로에 갑시다!"
"나는 거기 가면 빈 차로 돌아와야 한다고요. 15유로는 줘야 해요!"

택시 기사와 영어로 대화를 나누지만 패턴은 한국에서의 그것과 비슷하다.

"10유로에 해 줘요."
"부족한데, 친구가 누군데요?"

말한다고 알까 싶었지만 일단 말했다.

"다보르카 Davorka 요."

"뭐라고? 다보르카 아줌마? 이것 참, 어쩔 수 없네. 알았어요. 10유로!"

무서운 표정으로 가격 협상을 하던 아저씨가 순식간에 얼굴을 풀면서 질문을 쏟아 내기 시작했다.

"어디서 왔어요? 바카르에는 왜 가요? 거긴 어떻게 알았는데요? 다보르카는 또 어떻게 알아요?"

크로아티아에서는 영어가 잘 통하지 않을 수도 있다는 말에 우리는 도대체 어떻게 살아야 하나 싶어 걱정이 많았다. 하지만 이곳에서 가장 먼저 만난 아저씨는 영어에 능통해서 오히려 따라가기 버거웠다. 속사포처럼 쏟아지는 질문에 겨우겨우 답하면서 잠시 틈을 노려 질문 하나를 던졌는데 뱉어 놓고 보니 비루하기 짝이 없었다.

"음, 아저씨. 크로아티아 사람들은 다 영어를 잘해요?"

아저씨는 내 질문을 가볍게 무시하고 바카르에 들어서자마자 마을에 대한 설명을 늘어놓기 시작했다.

"여기가 마을 관청이고 그 옆이 도서관, 저 길 끝에 빵집이 있는데 거기가 맛있어요."

알고 보니 아저씨는 바카르에서 고등학교를 졸업한 토박이었고 우리를 위해 일부러 동네를 한 바퀴 더 돌면서 맛집을 알려 주고 계셨다.

"사실 바카르에 간다고 했을 때 반가웠어요. 당신 친구인 다보르카의 사위가 내 고등학교 은사님이거든요. 저기 다보르카가 서 있네요."

바카르에 간다고
했을 때 반가웠어요

시간은 어디에서나 공평하게 흐른다지만 지구에서 단 한 곳, 예외를 둔다면 단연코 바카르다.

누가 어디에 살고 무슨 일을 하는지 꿰고 있는, 인구 1,500명이 모여 사는 작은 마을 바카르.

세상 어디에나 있는 햇빛과 바다지만 이곳에서는 오직 바카르만을 위해서 내리쬐고 일렁인다.

눈 부신 햇살과 믿기지 않을 만큼 투명한 바닷물을 보면서 자연의 품에 안긴다는 말을 실감했다.

아저씨의 눈썰미가 보통이 아니었다. 거리가 멀어서 마치 점처럼 보이는 그녀를 단번에 알아봤다. 다보르카는 우리가 도착할 시간을 계산해 문 앞에 미리 나와 있었다. 나와 은덕이 짐을 내리는 동안 그들은 반갑게 인사를 나눴다. 누가 어디에 살고 무슨 일을 하는지 꿰고 있는 인구 1,500명이 모여 사는 작은 마을 바카르에 도착한 것이다.

알고 보니 뼈대 있는
교육자 집안이었네

다보르카는 계약이 성사된 후에도 수시로 메일을 보내면서 나와 은덕에게 관심을 보였다. 동쪽 끝에 있는 한국이라는 나라에서부터 찾아와 한 달이나 이 조용한 마을에 머무는 것이 맞느냐면서 묻고 또 물었다. 우리는 그녀와 연락하며 호기심도 많고 궁금한 것을 참지 못하는 성격일 거라 생각했다.

나와 은덕이 머물게 될 다보르카의 집은 3층으로 된 주택이었다. 나무와 벽돌만 사용하는 바카르 지역의 전통 방식으로 지어졌는데 한여름의 뜨거운 태양도 집 안에선 느껴지지 않았고 에어컨이 없어도 될 만큼 시원했다. 집 뒤편으로는 널찍한 정원이 있고 포도와 자두가 주렁주렁 열리고 있었다. 볕도 잘 들어서 반나절이면 빨래가 보송보송 말랐다. 1층은 에어비앤비를 통해 찾아오는 게스트가 묵는 곳이었고 2층은 다보르카가, 3층에는 그녀의 딸인 도냐 Dunja와 남편 보로 Boro가 살고 있었다. 다보르카의 딸과 사위 모두 현직 교사로 각각 영어와 역사를 가르치고 있다. 다보르카 역시 은퇴한 선생님으로 지리를 가르쳤다고 했다. 다보르카에게서는 평생 교직에 종사한 연륜이 곳곳에서 묻어났는데 한 예로 그녀의 목소리는 작았지만 귀에 쏙쏙 들어올 만큼 힘이 있었다. 기분을 상하지 않게 하면서도 선을 분명하게 긋는 성격에 가끔은 학생주임 선생님과 한집에서 사는 것 같았다. 마냥 푸근한 시골 할머니와는 확실히 거리가 멀

온 집안이
교육자료 가득

작은 동작 하나에서, 지나가는 말투에서, 잠시 스치는 눈빛에서

다보르카가 어떤 인생을 살았는지 느낄 수 있었다.

평생 아이들을 가르치며 살아왔기에 자연스레 몸에 밴 습관이 존경스러웠다.

하나의 직업을 은퇴할 때까지 유지하는 것이 얼마나 어렵고 대단한 일인지 알고 있다.

나와 은덕은 다보르카의 나이가 되었을 때 어떤 습관이 몸에 배어 있을까?

그 습관에서 사람들은 나와 은덕이 어떤 인생을 살았는지 읽어낼 수 있을까?

었다. 자꾸만 눈치를 보게 되었고 말을 잘 들어야 할 것 같은 아우라가 강하게 풍겼다.

"나는 영어를 못해. 우리 딸이 영어를 잘하니까 그 아이를 불러올게."

다보르카와 우리는 영어로 연락을 주고받았다. 하지만 모두 딸을 통했던 것이라면서 3층에 있는 도냐를 큰 소리로 불렀다. 나도 영어를 잘 못하니 괜찮다고 해도 그녀는 고개를 절레절레 흔들었고 마치 비밀을 들킨 아이처럼 부끄러워했다. 온 집안이 교육자로 가득하다는 것을 알고 잔뜩 긴장했던 우리의 마음이 풀어지던 순간이었다.

시간이
천천히 흐르다

바카르에서 시내인 리예카까지 가려면 아무리 빨리 움직여도 1시간은 족히 걸렸다. 사실 시간은 나와 은덕에게 그리 중요한 변수는 아니었다. 30분 간격으로 운행하는 시외버스를 기다려서 1시간 동안 버스를 타는 것도 할 수 있었다. 다만 한 가지, 한 사람당 왕복 26쿠나 약 5,200원. 크로아티아는 2013년에 EU에 편입되어 쿠나 Kuna라는 화폐와 유로가 함께 쓰인다 라는 돈이 조금 부담스러웠다. 우리의 고민을 읽은 것인지 도냐가 한 가지 제안을 했다.

"내일 아침 출근길에 시내까지 같이 갈래?"

시내 구경도 하고 차비도 아낄 겸 그녀의 출근길에 동행하기로 했다. 약속 시각은 오전 8시 30분. 도냐와 약속하지 않았다면 침대에 누워서 시간을 보낼 때였다. 졸린 눈을 비벼 뜨고 그녀의 차를 얻어 타고 시내로 향했다. 우리에 대한 관심일까 아니면 영어 선생님이어서일까? 아침부터 입을 풀 생각인지 바카르와 리예카의 인구수,

주요 산업에 대해 설명하고 '북한'에 대한 이야기를 시작했다.

"북한과 교류는 가능하니? 정치적으로 매우 불안해 보이는 나라인데 바로 옆에 사는 너희는 더 불안하겠지?"

교통비를 아끼고자 차를 얻어 탔을 뿐인데 본의 아니게 바카르의 역사는 물론 국제정치 수업과 영어 수업에 강제 소환당했다.

"이렇게 옆에서 대화를 나누고 있지만 난 아직도 믿기지 않아. 세상의 끝에서 너희가 왔다는 것이 말이야."

도냐가 말한 세상의 끝이라는 단어가 가슴에 와 박힌다.

'세상의 끝에서 온 여행자라니…….'

머릿속으로 세계지도를 펼치고 크로아티아에서 한국까지 선을 그어 봤다. 유럽과 터키를 지나 넓은 땅, 러시아와 중국을 거쳐서 육지가 끝나는 바로 그곳에 나와 은덕이 떠나온 나라, 한국이 있었다.

"낭만적인데요? 세상 끝에서 온 여행자라는 말!"

도냐의 차를 얻어 타는 일은 마치 이장님 차를 타고 읍내로 마실 가는 것 같은 신 나는 이벤트였다. 몇 번의 이런 이벤트를 제외한 우리의 일상은 무척이나 단조로웠다. 아침 9시가 되면 일어났고 10시쯤에는 도서관에 가서 우리의 여행 이야기를 정리하며 글을 썼다. 오후 2시가 되어서야 늦은 점심을 먹었고 5시에는 해변을 거닐었다. 8시가 되면 저녁을 먹고 일찍 잠자리에 들었다가 다시 눈을 떠 비슷한 하루

세상의 끝에서 온 여행자라니

외국의 어느 조용한 마을에서 한 달 정도 쉬며

조용히 글만 쓰면서 지내는 일상.

아무것도 하지 않아도 이상하지 않으며

시간이 아니라 마음에 따라 움직이는 일상.

한국에선 주중에는 회사, 주말에는 각종 약속에 시달리면서 우리가 꿈꿨던 하루였다.

바카르에서는 우리의 꿈이 현실이 되었는데 시간마저 우리 편이 되어서 응원했다.

를 보냈다. 여행지에서 이런 일상이 가능했던 것은 우리가 머물렀던 곳이 아주 작은 마을, 바카르였기 때문이다. 한국에선 주중에는 야근과 회식, 주말에는 각종 경조사를 챙기느라 바쁘게 살며 조금이라도 숨을 돌릴 틈이 생기면 이런 생각을 했다.

'외국의 어느 조용한 섬이나 마을에 가서 한 달 정도 쉬고 싶다.'
'조용히 글만 쓸 수 있다면.'
'아무것도 하지 않아도 이상하지도 불편하지도 않은 곳은 어디 없나?'

지금 나와 은덕은 생각만 했던 로망을 실제로 누리고 있었다. 도서관이 문을 여는 시간에 맞춰서 생활 방식이 달라지고 한 달에 한 번씩 낯선 곳에서 낯선 사람들과 익숙해져야 하는 것이 나쁘지 않았다. 그렇게 크로아티아에서의 시간은 천천히 아주 천천히 흐르고 있었다.

잔잔하던 일상에 찾아온
사건 하나

이렇게 조용히 흘러가던 일상에 사건이라 부를만한 일이 벌어졌다. 말레이시아에서 유럽으로 넘어오면서 에어비앤비 호스트가 반려동물을 기르고 있는 경우가 많았다. 호스트의 반려동물이지만 한집에서 사는 이상 나의 반려동물이기도 했다. 친해지려고 노력했고 산책하러 다니면서 정도 쌓아 헤어질 때면 말 못할 서운함에 울컥하는 경우가 많았다. 다보르카의 집에도 알마 Alma라는 이름의 귀여운 강아지가 있었다. 도착한 첫날, 다보르카의 정원에서 처음 만난 알마는 얌전히 내 옆에 자리 잡고 앉는 것으로 환영 인사를 대신하던 녀석이었다. 이 녀석도 이제는 내 강아지라 여기면서 함께 산책하러 갈 생각을 하던 밤이었다. 다보르카가 당황한 얼굴로 방문을 두드렸다.

처음 만난
그 날처럼

마을 분위기 그대로 우리를 조용히 자신만의 방식으로 환영했던 알마.

홀연히 사라져서 모두를 애태우더니 사라졌던 그대로 조용히 나타나 정원을 거닐었다.

나는 무사하다고 별일 없었다고 걱정하지 않아도 된다고 마치 보고를 하듯이 말이다.

세상의 끝에서 온 사람

"다보르카, 무슨 일이에요?"
"알마가 없어졌어. 도냐가 운동힐 때 데리고 나갔는데 잠깐 사이에 사라졌대. 3시간째 행방불명이야."

다보르카는 울음이 터지기 직전이었다. 처음 봤을 때 얌전히 곁에 다가오던 알마의 모습이 눈앞에 아른거렸다. 그대로 문을 닫고 모른 척 잠을 청할 수 없었다. 다시 옷을 챙겨 입고 마을을 뒤지기 시작했다. 워낙 작은 마을이었고 밤이 되니 더욱 조용했는데 가로등마저 많지 않아서 골목길이 무서웠다. 작은 인기척이 날 때마다 움찔 놀라면서 2시간을 넘게 헤매다 집으로 돌아왔다. 알마는 어디에도 보이지 않았다.

그 후로 알마는 일주일간 행방불명이었는데 다보르카를 비롯해 온 식구들이 시간이 날 때마다 알마를 찾아 마을을 헤맸다. 이대로 영영 이별인가 싶었지만 알마는 어느 날 아침, 불쑥 다시 집으로 돌아왔다. 태연하게 정원을 거니는 알마를 보면서 모두가 기뻐했다. 하지만 알마는 우리의 마음을 아는지 모르는지 천천히 걸어와 내 옆에 엎드려 잠을 청했다. 처음 만난 그 날처럼 말이다.

사막여우
길들이기

글 /

은덕이 이탈리아 다음 목적지를 크로아티아로 정했을 때, 다른 나라로 바꾸려고 무척이나 노력했다. 크로아티아는 여름이면 유럽에서 몰려온 여행객으로 발 디딜 틈이 없다고 여행 책자와 인터넷이 입을 모아 강조했기 때문이었다. 풍경이 좋기로 유명한 스프리트 Sprit, 흐바르 Hvar 섬 그리고 두보르브니크 Dubrovnik. 이 중에서 숙소를 찾고 싶었지만 물가를 감당할 수 없었다. 하는 수 없이 숙소가 크로아티아 안에만 있으면 된다고 생각을 바꿔 검색해 발견한 곳이 바로 바카르였다.

바카르는 크로아티아의 북쪽 국경에 가까운 작은 마을인데 도서관도 하나, 호텔도 하나, 우체국도 하나였다. 이렇게 작고 조용한 곳에 에어비앤비 호스트가 있다는 것이 신기할 정도였다. 의외의 반전은 이곳의 바다는 파도가 잔잔해서 호수처럼 보이지만 만(灣)이 깊어서 항공모함도 드나드는 천혜의 요새라는 사실이었다.

"바카르에 오길 잘한 거 같아. 우리가 언제 아드리아 해 Adriatic Sea를 바라보면서 글을 써 보겠어?"

은덕과 함께 도서관을 오가면서 나눴던 대화의 절반 이상은 바카르에 대한 예찬이었다. 이곳에 온 것이 정말 행운이라며 날마다 바카르가 좋은 이유를 하나씩 발견해 나갔다.

자전거 탄 소년

"이봐! 거기 중국인 친구!"

동네 해변을 거닐면서 감동하고 있을 때 뒤에서 나를 부르는 소리가 들렸다. 중국을 떠난 지 벌써 10년이 넘었는데 아직도 나에게서 중국의 향이 남아 있나 싶어서 뒤돌아 목소리 주인에게 또박또박 대꾸했다.

"반가워. 하지만 난 중국인이 아니야. 한국인이야. 정확히 말하면 남쪽의 한국에서 왔다고."

정색하며 말하는 내 반응에 놀랐는지 자전거를 세우고 목소리의 주인공이었던 소년이 나를 돌아봤다.

"미안해. 동양인은 다 중국 사람 같아서."

장난 반 진담 반이 아니라 완벽히 장난으로 받아쳐 본 것이었는데 자전거를 탄 소년은 진심으로 사과했다. 나 역시 농담이었다며 사과했고 그 사과에 자전거 탄 소년은 또 사과를 했다. 그렇게 사과 랠리가 한참 이어진 뒤 자전거 탄 소년과 나는 통성명을 할 수 있었다.

자전거 탄 소년의 이름은 마테오 Mateo. 이 동네에 사는 14살 소년이었는데 마침 방학이라 학교에 가지 않고 자전거를 타면서 동네를 순찰하고 있었다. 그러다 질리면 마을 해변에서 수영하며 하루를 보냈다. 나와 은덕의 하루와 크게 다르지 않았다. 마테오는 언제부턴가 마을에 나타난 동양인을 지켜보며 말을 걸 순간을 노리고 있었던 길까? 통성명한 후로 우리가 공터에 앉아 있으면 동네 꼬마 녀석들을 모조리 데

소년과 친구가 되는 법

"우리가 만약 한국에 있었다면 14살 소년과 친구가 될 수 있었을까?"

"아마 아닐 거야. 옆집에 14살 소년이 사는지 소녀가 사는지도 몰랐을걸?"

"바카르에 오길 잘했지?"

"음, 잘했어."

려와 인사를 시키고 최근 몇 년간 바카르에서 있었던 미올의 이슈를 말해 주었다. 몇 년 전, 항구에 들어왔던 미국 항공모함 이야기도 들을 수 있었는데 녀석의 반짝이는 눈을 보니 14년 인생 중 가장 멋진 순간이었나 보다.

사막여우, 마테오

하루는 마테오에게 동네 식당을 추천해 달라고 했다.

"마테오. 이 동네에서 저렴하고 맛있는 식당 좀 알려 줄래?"
"저기 피자집 가 봤어? 내 친구들이랑 자주 가는 곳인데 싸고 맛있어."
"쌀밥 먹을 수 있는 곳은 없어?"
"아, 리소토! 그건 저 집. 내 소개로 왔다고 말해 주면 잘해 주실 거야."

마테오는 어깨를 으쓱하면서 자랑스럽게 말했지만 고작 14살짜리의 입맛을 믿어도 되는 걸까? 녀석의 소개로 왔다고 말하면 식당에서 우리를 어떻게 볼까?

"은덕, 마테오가 관심받고 싶어서 한국에서 유행이라는 중2병 환자처럼 허세 부리는 건 아니겠지?"

하지만 녀석이 추천한 식당은 기대 이상이었다. 허세가 아니었다. 우리가 마테오를 너무 쉽게 본 모양이다. 피자의 본고장인 이탈리아보다 맛있었고 심지어 저렴했다. 화덕에서 구운 피자는 고소했고 치즈도 쫄깃한 탄성이 살아 있었다. 게다가 크로아티아의 레몬 맥주와 함께 먹으니 느끼함도 사라져 끊임없이 피자를 먹을 수 있었다. 밥을 먹고 싶어서 선택한 리소토는 해산물이 가득했고 마늘 향이 풍겨서 입

그게 어른의 몫이니까

"바다를 보면 가끔 마테오가 생각날 것 같아."

"자전거를 타고 우리에게 온 마테오는 탁월한 미각을 가진 소년이야."

"14살 때를 생각해 보니까 친했던 친구 이름마저 가물거리는데

녀석이 우리 나이가 되면 한국에서 왔던 여행자를 기억이나 할까?"

"대신 우리가 마테오를 기억할 거야. 그게 어른의 몫이니까. 소년은 잊어도 어른은 잊지 않지.

녀석한테는 우리와 보냈던 시간보다 더 좋은 추억이 쌓일 테니까."

맛에 잘 맞았다. 바다 옆에 놓인 테이블에 앉으면 점심을 먹으러 왔다가 이어서 저녁을 머어아 할 만큼 엉덩이를 떼기가 힘들었다. 그렇게 시간을 보내다 보면 어디선가 마테오가 나타나 인사했다.

"어이, 한국에서 온 친구! 오늘은 뭐해? 나는 친구들이랑 동네 노래자랑에 나갈 거야. 너도 올래?"
"내일모레 축제가 있는데 우리 아빠가 대포를 가지고 올 거야. 너도 구경시켜 줄게. 올래?"

가볍게 인사를 건넨 뒤 오늘 하루 자신이 할 일이나 최근의 관심사를 재잘거리다 다시 친구들에게 뛰어갔다. 가끔은 딱 봐도 동네에서 말썽 꽤나 피울 것 같은 말썽꾸러기들을 잔뜩 데리고 와서는 한국어를 가르쳐 달라며 조르곤 했다. 마지못해 가르쳐 주는 척했지만 언제나 즐거웠다.

"자, 따라 해 봐. 보크 Bok는 '안녕'이야. 흐발라 Hvala는 '고마워'. 할 수 있겠어?"
"뭐라고? 아뇽? 안뇽? 안뇽? 어렵다. 그런데 너 지금 여기가 어딘 줄 알아? 말해 봐!"
"크로아티아."
"아니야, 너 정말 모르는 거야? 여기는 크로아티아가 아니라 흐르바츠카 Hrvatska라구!"

크로아티아의 국경을 넘는 순간부터 궁금했던 것이 이제야 풀렸다. 이 나라의 약어를 'HR'이라고 표기하는 이유를 알고 싶었는데 크로아티아어 발음인 흐르바츠카의 약어였던 것이다. 마테오를 따라서 흐르바츠카를 몇 번 발음하고 다시 한국어를 몇 마디 가르쳐 주자 이내 지루해졌는지 녀석은 다이빙하러 가자고 졸랐다. 집중력이 약한 것을 봐서는 학교에서 공부 잘하는 편이 아닐 거라며 은덕과 조용히 속삭였다.

보고 싶어, 마테오

"나도 하고 싶은 말이 많았는데 대화가 마테오의 관심사 위주로 흘러갔어.

그래도 그 모습이 참 귀여웠지. 어렸을 때 나를 보는 어른들의 시선도 그랬을까? 녀석, 보고 싶다."

"몇 년 전에 들어온 항공모함을 기억하고 계속 말하는 것처럼 우리도 기억해 주면 좋겠어.

저 멀리 한국에서 온 아저씨랑 같이 다이빙했었다고 친구들에게 자랑하면서

사춘기를 보내면 정말 좋겠다."

세상의 끝에서 온 사람

보고 싶어, 마테오

돌이켜 생각해 보니 바카르에서 나와 은덕에게 먼저 말을 붙여 준 사람이 마테오였다. 매일같이 자전거를 타고 나타나 오늘 자신이 무엇을 할 것인지 조잘조잘 떠들고 훌쩍 가 버려서 도깨비 같다고 생각했다. 하지만 어느새 녀석이 불쑥 나타나 자기 할 말만 하고 사라지는 것이 이곳에서 보내는 일상 중에서 큰 부분을 차지하게되었다. 생텍쥐페리의 대표작 『어린 왕자』에 나오는 사막여우 이야기처럼 말이다. 아주 조금씩 서로에게 길들여져 유일한 소년과 여우가 되었던 사막여우와 어린 왕자의 우정이 마테오와 우리 사이에도 싹텄다. 처음에는 나와 은덕이 어린 왕자이고 마테오가 사막여우라고 생각했었다. 하지만 길들여진 것은 되려 나와 은덕이었다.

마테오가 식구들과 여름휴가를 간다고 며칠 동안 자랑을 하더니 모습을 보이지 않은지 하루 이틀이 지나고 사흘 나흘이 되었을 때였다. 분명 같은 식당에서 같은 주방장이 하는 음식이었지만 맛이 예전만 못했다. 이곳을 떠날 때가 되어서야 그 이유가 녀석이 보이지 않기 때문이라는 것을 알았다.

"우리가 바카르를 떠나기 전에 마테오가 가족 여행을 마치고 돌아와야 할 텐데. 메일 주소라도 미리 물어볼걸."
"그러게, 곧 있으면 사춘기고 여자친구도 생길 텐데. 그럼 더 재잘거릴 일이 많을 거고."

결국, 마테오와는 재회하지 못하고 바카르를 떠났다. 가족과 떠난 여행이 무척 즐거웠던 모양이다. 제대로 이별하지 못해서 마테오를 생각하면 더욱 아련하다. 우리의 여행이 끝나면 무사히 여행을 마쳤다는 인사를 하면서 도냐에게 메일을 보내야겠다. 우리는 이제 일상으로 돌아왔다고 바카르에서의 하루하루가 너무나 소중했다고 인사하면서 마테오의 연락처를 물어야지. 그러면 도냐는 골목 몇 개를 지나 마테오의 집 문을 두드릴 것이다. 한국에 있는 너의 친구가 너를 보고 싶어한다면서.

축! 전속 미용사 탄생

글 /

하늘을 지붕 삼아 구름을 이불 삼아 전 세계를 떠도는 여행자를 생각하면 어떤 이미지가 그려지는가? 이 물음에 카메라를 목에 걸고 지도를 손에 든 모습을 떠올린다면 당신은 아직 장기 여행자를 제대로 본 적이 없는 것이 틀림없다.

장기 여행자들의 몰골은 정리되지 않은 '털'들 덕분에 참담하기 이를 데가 없는데 여자, 남자 가릴 것 없이 몸에서 자라는 '털'들은 그대로 내버려 두기 때문이다. 여행지에서 마주치는 긴 털의 소유자들은 하나같이 세계여행에 나선 사람들이었고 그들을 볼 때마다 2년 동안의 세계여행을 기획하고 있는 나와 종민도 뭔가를 길러야 할 것 같다는 묘한 의무감이 들기도 한다. 너무 깔끔한 모습으로 집을 나서면 룰을 어기는듯한 기분이 들었기 때문이다. 그나마 여자는 사정이 조금 나은 편이었다. 길게 기른 머리를 하나로 묶으면 정돈된 느낌이 나기도 했고 몸에서 자라는 털들의 종류도 남자에 비해 적으니까. 그러나 남자는 그렇지 않았다. 머리카락과 수염, 코털까지 열심히 세포분열을 하고 있음을 전방 300m 밖에서도 확인할 수 있다.

나와 종민은 옷의 가짓수는 적었지만 깔끔하게 보이려고 노력하는 여행자다. 목이 늘어난 티셔츠, 운동복과 슬리퍼는 집에서만 입었고 밖으로 나갈 때는 운동화를 신고 깨끗한 옷을 꺼내 입었다. 게다가 종민은 꽤나 깔끔한 편이어서 한국에서도 머리를 감지 않으면 집 앞에 있는 슈퍼도 절대 가지 않았다. 빨래가 덜 말랐다 싶으면 드라이기로 보송보송해질 때까지 말렸고 다른 사람이 썼던 그릇이라면 아무리 깨끗하다고 말해 주어도 본인의 손으로 다시 한 번 닦아야 직성이 풀렸다. 게다가 신발에서 냄새가 나면 주저 없이 새 신발을 샀다. 사정이 이렇다 보니 자연스레 나도 깨끗한 사람으로 거듭나는 장점은 있었다.

"은덕, 너 그거 입고 나가면 같이 안 나갈 거야."
"씻었어? 이빨이라도 좀 닦아. 안 닦으면 같이 안 나갈 거야."

이렇게 자타공인 깔끔쟁이 종민이 여행 중에 덥수룩하게 자라는 머리를 꾹 참다가 결국 폭발했다. 더 이상 자라나는 털들을 가만히 내버려 둘 수 없다며 미용실을 부르짖기 시작한 것이다. 그러나 넉넉하지 않은 우리의 예산에서 미용비는 사치 중의 사치였기에 나는 가볍게 무시했다. 여행 중에는 포기할 것이 많은 법이라며, 서울에서처럼 살았다가는 내일모레쯤에는 짐을 싸서 공항에 가야 한다고 설득했다.

"미용실 안 보내 줄 거면 바리캉이라도 사 줘. 앞머리 때문에 눈이 찔린단 말이야."

내 뒤통수를 부탁해

종민은 터키에서부터 바리캉을 사달라고 졸랐지만 꿋꿋하게 무시했다.

"그냥 머리 길러서 묶으면 안 돼? 다른 여행자들도 그렇게 하더만. 돈도 안 들고 얼마나 좋아."
"머리가 길면 지저분해 보인단 말이야! 배용준 머리 유행할 때 길러 봤는데 기름진

두피라 금방 떡지고 산적처럼 보이더라! 절대 안 돼! 바리캉!!"

결국, 크로아티아에서 바리캉을 구입했다. 그동안 구매를 미뤄왔던 것은 사실 종민이 미덥지 못해서였다. 본인은 바리캉만 있으면 여행 중에 미용실에 가지 않아도 된다고 호언장담을 했지만 분명히 혼자서 깎다가 실패할 것 같았다. 바리캉도 사고 미용실도 가야 하는 최악의 시나리오가 뻔히 그려졌기 때문에 차라리 꾹 참았다가 석 달에 한 번, 좀 더 시간이 지나면 반년에 한 번씩 미용실에 데려가는 게 낫겠다고 판단했기 때문이다.

"걱정하지 마. 군대에서도 해 봤어. 이발 담당이 따로 있기는 했지만 나도 몇 번 해 봤다니까!"

역시 더 버텨야 했다. 결국, 경험이 없다는 말이었다. 사기당한 기분이었다. 집으로 돌아오는 길 내내 바리캉 값이 아까워서 딱 죽기 직전까지 후회했다. 저녁을 먹고 나서 종민은 의식을 치르기 위해 세면대로 갔다. 그는 여전히 걱정하지 말라면서 이 역사적인 순간을 동영상으로 찍어 달라고 했다. 꼭 한 번, 영화 〈아저씨〉의 원빈처럼 머리카락 자르는 걸 찍어 보고 싶었다나 뭐라나. 역시 바리캉은 사지 말았어야 했다.

"영상? 그 정도쯤이야. 해 줄게."

원빈 흉내를 내다가 오징어가 되어 숱하게 떨어져 나간 남자들의 슬픈 이야기를 종민은 모르는 모양이다. 종민은 세면대 앞에 자리를 잡더니 이윽고 가르마를 타고 문제의 바리캉을 움직이기 시작했다. 나는 머리카락이 잘려 나가는 모습을 불안한 마음으로 카메라에 담기 시작했다. 어느새 종민은 오른쪽에서 왼쪽으로 바리캉을 옮기면서 마치 마티유 카소비츠 Mathieu Kassovitz 의 영화 〈증오 La Haine 〉의 주인공처럼 읊조리기 시작했다.

세상의 끝에서 온 사람

"그래, 여기까지는 괜찮아. 여기까지는 모든 게 잘되고 있어."

이제 뒤통수만 남았다. 뒤통수도 할 수 있다고 자신만만해했지만 그 모습이 영 시원찮다. 중이 제 머리 못 깎는다는 말을 눈앞에서 목격한 이상 가만히 있을 수 없었다. 찍고 있는 카메라를 내려놓고 바리캉을 인계받았다.

"이리 줘 봐. 내가 해 줄게. 이거 어떻게 쓰는 거야?"

그렇게 생애 처음으로 바리캉을 잡았다. 작동법도 몰라서 헤매는 나를 보면서 그는 의심의 눈초리를 숨기지 않았다.

"내가 널 믿어도 될까? 할 수 있겠어? 밑에서부터 각도를 맞춰서 잘라야 하는 거야. 절대로 가르마를 침범해서는 안 된다고. 난 조만간 파리에 갈 몸이야. 잘해야 해!"

내 남자의 뒤통수에 무시무시한 소리가 나는 물건을 가져가는 것이 떨렸지만 조심스럽게 바리캉을 움직여 보았다. 머리카락이 잘려 나가는 것이 신기하면서도 잘못하다가는 까만 머리카락이 아니라 새빨간 무언가가 나올 수도 있다는 생각에 한 동작 한 동작에 집중했다. 마침내 거사를 마치고 샤워를 끝낸 종민에게 뒤통수 사진을 찍어서 보여 줬다.

"이야! 너 정말 처음이지? 딴 남자 잘라 준 적 없어? 이제껏 내가 자른 머리 중에서 가장 마음에 들어. 나 파리지앵이 된 거 같아. 파리 가서 기죽지 않을 자신이 있어. 홍홍홍."

어깨가 으쓱했다. 종민이 거울 앞에서 떠나지 않는 것을 보니 입에 발린 소리만은 아닌 것 같다. 알고 보면 나는 미용에 엄청난 소질이 있는 것이 아닐까? 그나저나 나는 이날 이후로 앞으로 2년 동안 종민의 전속 미용사가 되어 버렸다. 점점 요구사

이야!
너 정말 처음이지?

"너에게 이런 능력이 있다니 믿을 수가 없어."

"나도 놀라워. 그런데 가만히 생각해 보니까 어렸을 때는

엄마들이 집에서 머리카락을 잘라 주기도 했잖아.

한국 여자들은 머리카락 자르는 능력이 염색체 어디쯤 있는 게 아닐까?"

"앞으로도 잘 부탁해."

"대신 석 달에 한 번이야. 더 이상의 협상은 없다."

세상의 끝에서 온 사람

항이 디테일해 질 것이 불 보듯 뻔하고 만약 질못해 머리를 망치면 그 원망을 어찌 감당할까 싶었다. 또 엉망이 된 머리를 정리해야 한다며 미용비를 내놓으라고 떼도 쓸 것이다. 바리캉은 점점 짐이 되어 부피만 차지하는 애물단지가 될지도 모른다. 머릿속에 몇 가지 시나리오가 차라락 펼쳐지는데 종민은 거울 앞에서 떠날 생각을 않는다. 나는 스스로 무덤을 팠다.

질문지가
필요해

글 /

이탈리아에서 소피와 함께했던 에어비엔비 사진 촬영! 딱 여기까지만 했다면 우리에게는 아름다운 추억만 남았을 텐데 욕심이 과했다. 전화 인터뷰를 하고 싶다는 에어비앤비의 요청을 너무 쉽게 생각하고 수락했다.

"피렌체에서 찍은 사진을 전시하기 전에 너희를 인터뷰하고 싶어. 미술관에 가면 음성 안내로 설명이 나오는 시스템 알지? 그런 거랑 비슷하다고 생각하면 될 거야. 너희의 여행 이야기를 방문객에게도 들려주고 싶어."

은덕과 세계여행을 계획할 때 바쁜 직장 생활 중에도 영어를 배우기 위해서 새벽에 학원에 다녔던 것이 4개월, 퇴직 후에도 2개월 동안 학원에 다니면서 영어를 공부했다. 학창 시절에도 데면데면했던 영어를 다시 붙잡기 시작한 것은 음식이라도 제대로 주문하고 집을 찾아갈 수 있는 최소한의 생존 영어가 필요했기 때문이었다. 마침내 여행길에 올랐고 밥도 굶지 않았으며 집을 찾는 것도 어느 정도 자신이 생겼다. 물론 어설펐지만 상대방이 알아들을 수 있는 수준의 영어 문장 정도는 구사하게 된 것이다. 부족한 영어 실력 때문에 인터뷰 제안에 살짝 겁이 났지만 그래도 미리 준비하면 못하겠나 싶었다. 메일 끝에 질문지를 보내 준다면 인터뷰를 하겠노라고 답장했다.

이봐요,
질문지 플리즈!

질문지를 보내 달라고 그렇게 말했건만 까마귀 고기를 먹었는지 앨리슨 Allison은 다짜고짜 인터뷰를 시작했다.

"지금 질문 내용을 몇 개 줄 테니 준비해 주세요. 10분이면 되죠?"
"이봐요. 앨리슨, 영어를 못하니까 미리 질문지를 달라고 했잖아요!"

당황스럽기도 하고 화가 나기도 해서 따지고 싶었지만 제대로 반박하기도 전에 채팅 창에 질문이 하나둘 올라오기 시작했다.

"왜 에어비앤비로 여행하고 있나요?"
"에어비앤비로 여행하는 특별함은 무엇인가요?"
"여행을 시작할 무렵과 지금을 비교했을 때, 당신들은 어떻게 변했나요?"
"신혼여행 때 처음 에어비앤비를 사용했다 들었는데 그 경험을 이야기해 주겠어요?"

나는 말을 잘하는 사람이 아니다. 한국어로 물어도 대답을 지어내기가 쉽지 않은데 영어로 10분 만에 준비하라니! 답변을 생각하면서도 좀처럼 짜증이 가라앉지 않았다.

"은덕아, 이 친구 일 처리가 엉망인데? 그래도 하기로 했으니까 답변 좀 불러 봐. 내가 영어 문장으로 옮겨 볼게."

따지고 싶었지만 그마저도 영어로 해야 한다는 생각에 내가 택한 방법은 주어진 시간 내에 최대한 은덕의 답변을 간단하게 영어로 옮기는 것이었다. 말은 쉬웠지만 은덕이 한 단어씩 내뱉을 때마다 손가락은 물론 뇌세포까지 쪼그라드는 기분이 들었다.

"음, 왜 에어비앤비로 여행하느냐면. 현지인이 빈방을 여행객에게 내어 주는 시스템인데 하루를 묵는 비용보다 한 달을 묵었을 때 숙박 비용이 월등히 싸지는 숙소가 꽤 있었다. 이동이 많아지면 여행 경비 지출이 많아질뿐더러 두 사람 모두 한곳에 머무르는 여행을 선호하는 사람들이라 과감히 에어비앤비로 한 도시, 한 달을 머무르는 여행을 기획했다."
"월등히, 월등히가 영어로 뭐더라."

"에어비앤비로 여행하는 특별함이 뭐냐고? 음, 현지인들과 함께 문화를 공유한다. 한 도시에서 한 달씩 머물다 보니 생활여행자로서 그 도시에 대해 알아 가는 재미가 쏠쏠하다. 에어비앤비의 장점 중 하나가 현지인의 부엌과 각종 양념 및 조리도구 사용이 가능하다는 것이다. 그 나라, 그 도시에 도착했을 때 현지인들의 주방과 냉장고를 살펴본다. 그들의 레시피를 배우고 음식을 만들어 먹는 것도 재미있다."
"냉장고는 레프리져레이러, 레시피는 뭐였지?"

"여행을 시작할 무렵과 지금을 비교했을 때 뭐가 변했냐고? 혼자였으면 떠나지 못했을 것이다. 24시간을 함께하면서 많은 것을 배운다. 나쁜 점, 좋은 점, 배울 점, 버려야 할 점 등등. 한국에서는 서로 보지 못했던 것이 여행하니 보인다. 하고 싶은 것도 많아졌다. 좋은 옷, 좋은 집 대신 평생 여행하며 살고 싶다."
"좋은 말인데 내 능력으로 번역은 무리다!"

"신혼여행 때 처음 에어비앤비를 사용했을 때 어땠냐고? 기억이 가물거리는데……. 2012년 5월에 결혼하면서 런던으로 신혼여행을 갔다. 그때 처음 이용했는데 호텔보다 저렴하고 호스텔보다 편해서 만족했다. 영국박물관 근처에 숙소를 잡으니 이동도 편했다. 그 경험을 바탕으로 세계여행도 에어비앤비를 통해 해야겠다고 결정했다."
"베러 댄 호텔, 새디스파이스 호스텔. 은덕아, 나 잘하고 있는 거야?"

　　　　　　　　　　　　　　　　　　　　　　　　세상의 끝에서 온 사람

심장이 벌떡거렸다. 1분마다 들려오는 앨리슨의 목소리가 수능 시험의 시작을 알리는 종소리 같았다. 그녀가 영상통화를 걸어왔고 마침내 인터뷰가 시작되었다. 샌프란시스코에서 앨리슨이 질문을 하나씩 읽으면 크로아티아에서 우리가 답변을 읽었다. 인터뷰 시간은 고작 20분이었지만 나의 체감 시간은 1시간이 넘었다. 마침내 통화가 끝났지만 몸에 들어간 긴장은 한참이나 풀리지 않았다.

"은덕아. 앨리슨이 이걸로 과연 음성 파일을 만들 수 있을까? 에라, 모르겠다. 알아서 하겠지, 뭐."

인터뷰가 끝난 후 앨리슨에게서는 어떠한 회신도 없었다. 아마도 나와 은덕의 영어 실력에 실망했으리라. 그래도 혹시 우리의 인터뷰가 어딘가에 소개되지 않을까 기대했지만 그 어디에서도 우리가 육성으로 녹음한 인터뷰를 들었다는 소식을 듣지 못했다. 심지어 나와 은덕에게도 파일이 도착하지 않았다. 얼마 후, 에어비앤비 홈페이지에는 나와 은덕이 소개된 기사가 등록되었다. 내용을 읽어 보니 앨리슨과 인터뷰를 목적으로 통화하고 메일을 주고받았던 내용이었다. 원래는 이 내용을 우리의 목소리 그대로 소개하는 것이 앨리슨의 계획이었지만 실현되지 못했다. 아마도 우리의 목소리는 앨리슨의 컴퓨터 어딘가에 고이 보관되어 있을 것이다.

"Airbnb를 통해 만나는 세계
곳곳의 호스트들은 우리 여행을
더욱 의미 있게 만들어 주죠.
우리를 전 세계를 돌아다니며
친구를 만들고 있는 셈이니까요.
그들은 우리가 떠날 때 항상
이야기 하죠.
당신은 이제 여행객이 아니라
나의 친구로 이 집을 다시
방문해야 한다고요."

여행가
은덕&종민 부부, 한국

"Airbnb를 통해 만나는 세계
트들은 우리 여행을
만들어 주죠.
돌아다니며
는 셈이니까요.

우리가 영어만 잘했어도

"10년 동안 학교에서 공부한 영어는 다 어디로 갔을까?

이제 겨우 표정이나 리액션을 보면서 대화할 수 있게 되었는데 영어 인터뷰라니!

무슨 배짱으로 나는 거기에 응한 거니?"

"우리에게 영어 인터뷰는 가당치 않았어. 여행 와서 이렇게 똥줄 타 보기는 처음이야.

우리가 영어만 잘했더라도 세상을 제패했을 텐데. 음하하."

세상의 끝에서 온 사람

문명을 만나러
가자

글 /

슬슬 문명이 그리워지기 시작했다. 봄에 시작하면 금방 겨울이 온다는 게임 〈문명
〉이 아니라 인류가 그동안 이룩한 수많은 문명의 혜택이 그리워진 것이다. 작은 항
구 마을 바카르에서 문명을 느끼기 위해서는 어디로 가야 하는 걸까? 바카르로 들
어올 때 잠깐 들렀던 리예카에서 스치듯 보았던 대형 쇼핑몰이 떠올랐다. 때는 유
럽이 한창 여름 세일로 들썩이던 7월이었고 비록 크로아티아의 작은 마을이기는 했
지만 이곳도 유럽은 유럽이었다. 한국처럼 세일인 듯 아닌 듯 애매하게 20~30%가
아니라 기본 50%에다 시간이 지날수록 70~80%까지 통 크게 내려간다는 전설의 세
일 기간을 그냥 넘길 수는 없었다.

리예카에 있는 쇼핑몰에서도 세일이 한창이었다. 얼마 전부터 운동화가 필요하다
고 조르던 종민도 쇼핑몰에 들어서는 순간 흥분하기 시작했다. 운동화를 하나 사
면 지금 신고 있는 신발은 버리겠다는 말인데 내가 보기에는 멀쩡한 운동화였다.

"11월까지만 참자. 뉴욕에 가면 지금보다 더 크게 세일을 한다고. 여기보다 더 싸고
예쁜 운동화가 있을 거라니까."
"그렇지만 운동화에서 냄새가 난다고."
"그러면 운동화를 빨면 되지 새로 사는 게 말이 돼?

"난 평생 운동화를 빨아 본 적이 없어. 냄새나면 새로 사면서 살았다고!"
"맙소사. 아무리 그렇다고 해도 지금은 여행 중이라고. 정신 차려! 레드썬!"

내 주문이 먹힌 것인지 스포츠 매장 앞을 떠날 줄 모르던 종민이 움직이기 시작했다. 하지만 이내 다른 매장으로 들어가서 운동화를 매만지는 그. 운동화가 보이는 곳마다 들어가서 한참을 만지작거렸다. 과연 저 사람이 뉴욕에 도착할 때까지 욕망을 참을 수 있을 것인가 궁금해졌다. 종민이 어느 정도 안정을 찾고 나니 이번에는 나의 욕구가 꿈틀거렸다. 영화관이 눈에 들어온 것이다. 영화 감상은 오래된 내 취미였다. 중학생일 때는 매일 새벽에 일어나서 1~2편의 영화를 보고 나서야 학교에 갔다. 고등학생일 때는 영화제를 찾아다니면서 영화에 대한 갈증을 풀었다. 그 시절만큼 무작위로 그리고 거침없이 영화를 보는 것은 아니지만 영화에 대한 애정은 여전했다. 영화관에 당장에라도 뛰어들고 싶었다.

크로아티아에서
영화를

"저기 좀 봐. 극장이야. 무슨 영화를 하는지 보러 가자."

분명히 멀티플렉스 극장인데 오후 2시가 넘어가도록 셔터가 내려져 있었다.

"왜 장사를 안 하지? 망했나?"
"그런데 저기 포스터랑 배너는 전부 최신작이야."

혹시나 하는 마음에 무인 발권기에서 오늘 날짜를 클릭해 보니 늦은 오후부터 상영

이 시작되었다. 관객이 적은 평일 오전에는 셔터를 내려놓은 것이리라. 상영작들을 살펴보니 〈퍼시픽 림 Pacific Rim〉이 들어왔다.

"어머, 이건 꼭 봐야 해. 델 토로 Guillermo Del Toro 아저씨 작품이라고!"
"로봇들이 치고 박는 영화인데 이걸 선택하겠다고?"
"그럼 크로아티아의 극장 문화를 본다고 생각하면 되잖아. 이것 봐. 3D인데 37쿠나 약 7,500원 밖에 안 해. 한국에서는 만 원도 넘잖아!"

고개를 갸우뚱하는 종민을 끈질기게 설득해서 결국 영화를 보기로 했다. 떨리는 마음으로 무인 발권기에 100쿠나 약 20,000원 를 집어넣었다.

"이것 봐라? 거스름돈이 안 나와!"

내 돈 26쿠나 약 5,400원 를 먹고 무인 발권기가 뱉어 낼 생각을 하지 않는다. 우리 주변에는 아무도 없었고 극장 셔터는 닫혀 있었다. 이탈리아 마트에서의 악몽이 떠올랐다. 종민의 신발은 안 사면서 영화는 보겠다고 욕심부린 벌을 받는 건가 싶었다. 벌을 받아야 한다면 받겠지만 이렇게 즉각적으로 받을 필요가 있는지 하늘이 원망스러웠다. 망연자실 서 있었는데 굳게 닫힌 셔터 옆에 벨이 보였다. 깊이 생각하지 않고 무작정 눌렀고 건물 안에서 직원이 천천히 걸어 나왔다.

"무슨 일이시죠?"
"저 좀 도와주세요. 무인 발권기로 표를 샀는데 거스름돈이 안 나와요."
"무인 발권기는 원래 돈을 거슬러 주지 않아요. 거스름돈이 표시된 티켓이 한 장 더 나왔을 거에요. 좀 있다가 매표소가 열리면 거스름돈으로 바꾸면 돼요."
"아, 그렇군요. 그런데 저희는 거스름돈이 찍혀 있는 티켓을 못 받았어요."
"그래요? 확인을 좀 해 봐야 할 거 같네요."

어떤,

이건 꼭 봐야 해

"시골에서 살아 본 적 있어? 난 바카르가 처음이었어.

뼛속까지 도시 여자라 그런지 평화로운 이 마을이 좀 답답하더라.

정크푸드도 먹고 싶고 쇼핑도 하고 싶었어."

"너 겉보기에는 도시 여자 안 같아. 흐흐흐.

난 한적하고 여유로운 바카르가 좋던데? 인터넷만 연결되어 있으면 어디든 상관없으니까.

근데 운동화에서 냄새나는 건 못 참겠어. 은덕아, 운동화 사 주라."

세상의 끝에서 온 사람

직원은 무인 발권기 뚜껑을 열더니 다른 직원에게 전화를 걸었다. 몇 번 기계를 만지작거리더니 우리를 보면서 말했다.

"고장이네요. 잔돈은 내가 줄게요. 티켓 주세요. 100쿠나를 넣었다고요?"

매표소로 가더니 26쿠나를 가져왔다. 예상치 못한 친절에 나와 종민은 감동을 받았다. 만약 이곳이 이탈리아였다면 우리가 100쿠나를 넣었다는 사실을 증명하기 위해 손짓 발짓을 하다가 CCTV까지 판독해야 했을 것이다. 그렇게 무사히 티켓을 사고 나란히 앉아서 영화를 감상했다. 우리는 로봇들이 뛰어다니는 스크린을 보며 전율했고 오랜만에 누린 문명은 만족 그 자체였다. 돌아오는 길에 다시금 운동화를 사야 한다는 종민을 달래느라 진땀 뺀 것만 제외한다면 완벽한 하루였다.

크로아티아의
깊은 한숨

글 /

우리가 바카르에 도착하기 하루 전, 이 나라는 역사적인 순간을 맞았다. EU의 28번째 회원국이 된 크로아티아. 오랜 세월 열강의 위협을 받으면서 스스로 '저주받은 역사'라 부르는 시기를 견뎌온 크로아티아로서는 매우 감격스러운 순간이었다.

1990년대 크로아티아는 민영화법을 통해 국영 재산을 특권층에 헐값으로 팔았다. 자국 경제를 외국 자본에 대규모로 팔았고 농업과 어업에 대한 권리마저 넘겼다. 그 결과 국가 재정이 무너졌고 2000년대 초반, 선거를 통해 들어선 정부가 EU 회원국이 되는 것으로 투자 유치와 경제 활성화에 대한 돌파구를 찾으려 했다. 여러 악조건 속에서 무엇이 크로아티아를 이만큼 성장시켰는지 궁금했다. 나와 은덕이 관찰한 것은 이 나라의 일부분에 불과하지만 한 가지 추측은 할 수 있었다. 상점은 주말에도 아침 6시부터 밤 12시까지 문을 열었다. 하루 2교대 혹은 3교대로 근무자를 바꿔 가면서 운영하고 있었는데 이는 노동자 한 사람당 하루 8시간 이상 일하지 않는다는 뜻이다. 하루에 8시간만 일을 하는 것은 가족과의 삶을 중요하게 여기는 유럽의 사고방식이라고 볼 수 있고, 밤 12시까지 근무하는 시스템을 보면 아시아의 근면 성실함이 엿보인다. 유럽식 사고에 아시아식 근면이 더해진 국민성이 크로아티아를 EU 회원국으로 만든 것은 아니었을까? 하지만 크로아티아에는 여전히 그늘이 있었는데 20%가 넘는 실업률과 높은 세금이었다.

유럽을 움직이는
중요한 국가가 될 거야

"아드리아 해를 끼고 있는 크로아티아는 북쪽으로는 독일, 오스트리아, 헝가리.

동쪽에는 몽골과 중국, 남쪽에는 터키와 그리스가 가까워.

이런 지리적 위치 때문에 수 세기 동안 다른 문명의 지배를 받는 저주의 역사가 되풀이되었다고 해."

"동유럽 공산권이 붕괴되면서 1991년 국민투표에 따라 독립을 선포했지만

크로아티아의 독립을 반대하는 세력과 부딪혀 전쟁이 터졌어.

이 때문에 많은 희생이 있었지. EU 회원국이 된 크로아티아는 이제부터 시작이야.

앞으로 10년 안에 유럽을 움직이는 중요한 국가가 될 거야."

피자 앞에서
벌어진 난상토론

"한국에서 왔다고? 믿을 수 없어!"

마테오의 추천으로 첫걸음을 한 후 출근 도장을 찍듯 식당을 찾은 지 일주일이 지났을 때였다. 식당 주인이 호기심을 참지 못하고 우리에게 말을 걸었고 한국에서 왔다는 말에 소스라치게 놀랐다. 그는 당연하게 일본인이나 중국인으로 생각했다고 한다. 한국이라는 나라에서 외국으로 여행을 떠날 수 있다고는 꿈에도 몰랐다는 것이다. 물론 우리도 그 사람이 사장이라는 말에 깜짝 놀랐다. 껄렁거리는 말투와 추레한 행색, 직접 서빙을 하는 걸로 봐서는 종업원인듯했기 때문이다.

"난 한국에 대해서는 김정은과 핵밖에 몰라."

그에게 대한민국의 정치, 경제, 문화를 설명해 주었다. 차분하게 우리의 이야기를 듣더니 말이 끝나기가 무섭게 크로아티아의 경제와 정치에 대한 설명을 시작했다. 이런 주제를 나와 은덕은 피하지 않는 편이다. 오히려 듣기를 원하고 제대로 이해하기를 바란다. 그리고 아저씨를 통해 우리가 짐작만 할 뿐인 크로아티아의 속을 좀 더 들여다볼 수 있기를 원했다.

"내 친구 이야기를 해 줄까? 평생 어부로 산 녀석인데 배 한 척 갖고 바카르 앞바다에서 생선을 잡으면서 살았어. 근데 그 바다를 뺏겼어. 친구 배보다 3배나 큰 이탈리아 어선이 와서 싹 쓸어간다는 거야. 이제 그 친구는 어떻게 살아야 해? 나라에서 책임져 주나? 아니면 EU에서? 나도 마찬가지야. 세금이 갑자기 26%로 올랐어. 네가 먹고 있는 36쿠나 _{약 7,200원}짜리 피자 팔면 10쿠나 _{약 2,000원}가 세금이야. 나머지 26쿠나로 전기세와 기름값 내면서 먹고사는 거야. EU 가입해서 손님이 많아졌느냐고

한국에서 왔다고?
믿을 수 없어!

우리가 한 도시에서 한 달을 살겠다는 계획을 세울 때부터 염두에 둔 것이 있다.

여행하면서 그 나라의 문화유산과 자연을 감상하고 현지인과 친구가 되는 것도 중요하지만

여행이 아니라 생활을 하는 이상, 골치가 아프다는 이유로 그 나라의 속사정을 피하지 말고

최대한 이해하려고 노력하자는 것.

우리가 보고 들은 것은 극히 일부고 오해일 수도 있지만 감성에 젖어 흘려 버리지 말고

이해하려 하는 노력이 조금씩 쌓이면 한국으로 돌아갈 무렵 우리는 분명

세상을 보는 눈과 가치관이 달라져 있으리라 믿는다.

물었지? 외부에서 손님이 오는 날은 몇 번 안 돼. 1년에 한두 번 정도 평소보다 벌이가 좋다고 생활이 변할 리 없잖아."

아무 생각 없이 먹고 있던 피자에 나도 은덕도 아저씨도 시선이 꽂혔다. 긴 한숨이 이어졌고 아저씨는 다시 이야기를 시작했다. 이번에는 정치였다.

"크로아티아가 민주주의 국가라고? 아직 멀었어. 나라의 근간이 유고슬라비아이고 독일 나치의 잔당이야. 나치 알지? 그 악마 같은 놈들. 과거를 정리하지 못한 채 독립했고 여전히 그 사람들이 기득권인데 과거와 달라진 게 뭐가 있겠어? 주변 사람들이 직접 나서서 바꿔 보라고 하지만 혼자 해 봐야 뭐가 변하겠어? 그저 힘만 빠지는 거지. 더 문제는 이렇게 사는 것밖에 방법이 없다는 거야."

아저씨는 자조 섞인 한마디를 내뱉고는 다시 주방으로 돌아갔다. 깊은 한숨과 크로아티아에 사는 소시민이 겪는 절절한 삶의 무게만 남겨둔 채 말이다. 근면하고 성실한 시민이 있지만 사회 제도나 정치 개혁으로 받쳐 주지 못하는 정부. 제대로 청산하지 못한 역사, 민영화로 바뀐다는 소문이 무성한 각종 국가사업 등. 한국을 세상의 끝이라고 부르는 크로아티아에서 이토록 피부에 와 닿는 이야기를 듣게 될 줄은 몰랐다. 매번 맛있게 먹던 피자가 오늘따라 씁쓸했다.

이 산행은 보통 산행이 아닙니다, 사과의 산행입니다

글 /

"종민 일어나 봐. 8시 30분이야!"
"아이고, 알람이 무음이었나 봐."
"도냐는 떠났을까?"

눈 뜨자마자 시간을 확인하고 허겁지겁 2층으로 올라갔다. 정원에는 다보르카의 친구 미키 Miki 할아버지가 신문을 읽고 있었다.

"할아버지! 도냐 집에 있어요?"

할아버지는 안타깝다는 표정으로 방금 나갔다고 말했다. 어제, 도냐 가족과 함께 등산하기로 약속하면서 아침 8시에 집 앞에서 만나기로 했다. 등산에 관한 이야기를 2주 전부터 했고 준비도 열심히 했건만 정작 당일 아침에 늦잠을 잔 것이다.

약속은 내 삶에서 중요한 부분이다. 약속이라는 단어가 주는 책임감 때문에 나는 꽤나 스트레스를 받아 왔다. 타인이 약속을 어기는 것에도 관대하지 못했고 내가 약속을 못 지켜도 굉장한 죄책감에 시달렸다. 종민과 연애할 때도 약속 때문에 잦은 언쟁이 있었다. 언제나 종민은 약속한 시각보다 20분 정도 늦게 나왔기 때문이다.

"길이 너무 막혔어."

"길이 막히는 것까지 생각하고 일찍 나와야지. 앞으로는 30분씩 약속 시각을 앞당겨서 생각해 줬으면 좋겠어. 예를 들어서 우리가 만나기로 한 시간이 2시라면 너한테는 1시 30분인 거야. 알겠어?"

이런 내가 외국에 나와서 한 사람도 아니고 도냐 가족 전체와 한 약속을 어겼다. 머리채를 쥐어뜯으며 이 상황을 어떻게 풀어야 할지 고민하기 시작했다.

그녀에게 사과해야 해요

도냐가 출발하기 전 우리가 머무는 방의 문을 두드렸을지도 모른다. 문이 침대와 멀어서 그 소리를 못 들었던 걸까? 도냐에 대한 미안함과 죄책감 때문에 방 안을 오가며 '어떡해!'를 수십 번 되풀이하는 나와 달리 종민은 덤덤했다. 지금 당장은 어쩔 수 없으니 돌아오면 정식으로 사과하자고 했다.

"엽서를 써서 도냐가 오자마자 줄까?"

"지금이라도 전화해서 따라갈까?"

죄책감을 덜기 위해서 갖은 방법을 생각해 보지만 종민은 천하태평이었다.

"이미 떠나고 집에 없잖아. 오후에 만나면 늦잠 잤다고 말하고 사과하면 된다니까. 걱정은 그만하면 됐어."

갑자기 연애 시절이 떠오르면서 종민에게 화풀이할 뻔했지만 극강의 인내심으로 참고

약속이라는 단어가 주는 책임감

"약속, 중요하지. 너랑 데이트할 때 몇 번 늦은 건 정말 차가 많이 막혀서였어.

나도 약속 중요하게 생각하는 사람이라니까!"

"믿을 수 없겠지만 나는 학교 다니면서 지각 한 번 안 해 본 사람이야.

선생님한테 불려 가는 걸 싫어하기도 했지만 등교 시간에 맞춰 가는 것도 일종의 약속이라고 생각했어.

그런 내가, 도냐와 한 약속을 못 지켰어. 이건 말도 안 되는 일이야!"

발을 동동거리며 도냐가 오기만을 기다렸다. 오후 4시, 드디어 그녀가 왔다. 바로 따라 올라가고 싶었지만 종민은 짐 정리하느라 정신이 없을 거라면서 내 발목을 잡았다. 30분을 더 죄책감 속에서 견딘 후 밖으로 나왔다. 여전히 미키 할아버지가 신문을 읽고 있었다.

'할아버지는 아침부터 지금까지 신문을 읽고 있는 건가?'

그 자리에서 똑같은 모습으로 앉아 있는 할아버지를 보면서 고개를 갸우뚱하며 3층에 있는 그녀의 집으로 가려는데 할아버지가 청천벽력 같은 말씀을 하셨다.

"도냐, 나갔는데?"

사과도 때가 있는 법인데 이를 어쩐다. 절망스러운 얼굴로 종민을 쳐다봤다. 종민은 어깨를 으쓱할 뿐이었다.

"이미 떠나고 집에 없으니 사과는 나중에 하면 된다는 말할 거면 입 다물어."

종민은 입을 달싹 하려다 말고 잠자코 있었다. 터덜터덜 방으로 돌아오면서 미키 할아버지가 도냐에게 전해 주기를 바랐다. 아랫집 처자가 오늘 너를 계속 찾으며 사과하려 했으니 용서해 주라고.

이 죽일 놈의 산행

바카르를 떠나는 날이 하루 앞으로 다가왔다. 다보르카에게 우리가 만든 영상을 보여주기 위해 2층으로 올라갔다. 다보르카는 보이지 않았고 도냐와 보로를 만났다. 차를 함

네발로 바위 타 봤어?

"보로의 취미가 유도라고 했을 때 알았어야 해.

가벼운 산행이라고 해서 철석같이 믿었는데 네발로 바위를 탈 줄이야."

"우리는 4시간 만에 1,528m 봉우리에 올라간 거야. 우리나라로 치면 오대산 정상이라고!"

께 마시면서 영상을 보여 줬다. 영상을 보고 나니 우리를 이렇게 보내는 것이 너무 아쉽다며 지난번에 못 갔던 등산을 오늘 하면 어떻겠냐고 제안했다. 머릿속이 복잡해졌다.

'늦잠 자서 약속을 못 지켰으니 이번에는 거절하면 안 되겠지?'
'그런데 내일은 하룻밤 차 안에서 노숙해야 하는데? 산행은 무리지 않을까?'
'내일 멀리 떠나야 한다고 하면 이해하실 거야.'

이렇게 생각은 했지만 막상 내 입에서 나온 대답은 정반대였다.

"정말요? 너무 좋아요. 몇 시에 갈까요?"

종민이 기겁하는 것이 느껴졌지만 나는 약속을 지켜야 했고 사과도 해야 했다. 보로는 학교에서 역사를 가르치는 선생님이지만 전직 유도 선수였다. 보로의 말대로라면 가벼운 산행이어야 했지만 그가 챙기는 장비는 지리산 종주를 방불케 하는 것이었다. 조금 걱정이 되었지만 그간 여행하며 길러진 체력을 믿어 보기로 하고 길을 나섰다.

네발짐승 체험기

크로아티아는 우리나라의 지형과 유사했다. 백두대간과 동해가 나란히 있는 것처럼 벨레비트 산맥 Velebit과 아드리아 해가 마주 보면서 남북으로 길게 뻗어 있다. 우리가 향한 곳은 발레비트 산맥에 위치한 리즈니야크 국립공원 Nacionalni Park Risnjak 정상이었고 등산로 입구까지는 차를 타고 1시간을 가야 했다.

"올라가는 데 2시간, 내려오는 데 2시간 정도 걸릴 거야. 힘든 코스는 아닌데 정상 직전에 잠깐 가파른 바위를 타야 하는데 너희 고소공포증은 없지?"

"고소공포증이요? 그런 거 없어요."

"다행이다. 어떤 사람은 못 올라가겠다며 울기도 해."

이때 눈치를 챘어야 했는데 맑은 공기와 풍경에 취해서 잠깐 이성을 잃었던 것이 화근이었다. 시원한 숲의 바람을 맞으며 시작된 산행, 처음에는 행복했다. 산길도 평지라고 해도 될 만큼 완만했다. 대화도 평화로웠다.

"은덕, 겨울?"

"겨울? 아~ 춥냐고요?"

"은덕, 계단?"

"계단이 어딨어요? 아~ 오를 수 있냐고요?"

보로는 영어가 부족했지만 계속 다정하게 말을 걸었다. 자갈길과 흙길, 낙엽 길을 차례로 지나면서 꽃과 나무의 이름을 알려 주었다. 그 마음이 고마워 열심히 대꾸하고 싶었지만 점점 숨이 가빠왔다. 어느덧 평지가 사라지고 발걸음을 옮기기가 힘들었다. 체력의 한계에 가까워졌을 때 산장이 나타났다. 그곳에서 5분 정도 쉬었을까? 보로는 다시 올라갈 준비가 되었느냐고 물었다.

"도냐, 남편 좀 말려 봐요. 여기도 충분히 좋잖아요. 저기에 길이 어딨어요. 바위밖에 안 보여요!"

그들을 따라 떨어지지 않는 엉덩이를 간신히 들어 올렸다.

'정녕 저 바위 위를 두 손을 짚고 올라간다는 말인가?'

'내가 여길 왜 따라온다고 했는가? 다시는 가벼운 산행이라는 말에 속지 말아야지.'

크로아티아는 바다보다 산이 최고!

평탄한 산길이 돌연 모습을 바꿔서 험난한 바윗길로 변했다.

함께 오르지 않았다면 분명 되돌아갔을 것이다.

약간의 죄책감과 의무감 때문에 힘든 산행을 시작했지만 그 결과,

우리는 생에 다시 볼 수 없는 장관을 보았다.

크로아티아는 바다가 멋지다고? 천만의 말씀이다. 산이 최고다!

'아니 다시는 약속을 어기지 말아야지.'

입 밖으로는 숨을 내뱉는 것도 벅차서 종민의 눈동자를 쳐다보았다. 우리는 눈으로 말하고 있었다. 종민의 마음이 내 마음이었고 내 마음이 종민의 마음이었다. 부부 일심동체를 이렇게 실감했다. 마침 산행을 마치고 내려오는 가족이 있었다. 일행 중에는 7살이나 되었을까 싶은 어린아이가 있었다. 갑자기 마음이 비장해졌다. 어쩌면 우리는 이 산의 정상을 정복한 최초의 한국인이 될지도 모른다. 한국인이 크로아티아의 바카르에서 바위산에 올랐다는 말은 아직 듣지 못했다.

크로아티아의
진짜 자랑은 무엇?

누가 크로아티아에 아름다운 바다만 있다고 말했던가? 바위산 정상에 오르자 우리 눈앞에 펼쳐진 풍경은 장엄한 산맥이었다. 보로와 도냐가 우리에게 보여 주고 싶어 했던 풍경이 바로 이것이었다. 잠시 할 말을 잊고 한참 동안 멍하니 산맥을 감상했다.

"크로아티아는 산도 멋진데 사람들은 바다만 보려 해. 너희가 떠나기 전에 꼭 이 산을 보여 주고 싶었어. 저 멀리 보이는 봉우리는 슬로베니아야. 멋지지?"

산에서 내려가는 것이 아쉬울 정도로 멋진 풍경이었다. 만약 우리가 이 집에서 일주일을 머물다 떠났다면 이런 경험을 함께할 수 없었을 것이다. 한 달 가까이 함께 살다 보니 정도 들었고 관계도 자연스러워졌다. 나와 종민은 크로아티아에서 다보르카와 바다를, 도냐 그리고 보로와 신을 만났다. 평화로운 바카르에서 많은 사람을 만나고 추억도 많이 만들었다.

산에 오르다가
울 뻔했어

"바위산을 네발로 오른 다음 날 우리, 플리트비체 국립공원을 들렀다가

차에서 노숙하고 파리로 갔었지. 우리 정말 고생 많았다."

"산에 오르다가 울었다는 이야기가 이해가 되었어.

처음에는 무서워서 울 뻔했지만 산에서 내려올 때는

이제 정말 이별이구나 싶어서 눈물이 나올 뻔했으니까.

크로아티아에 관련된 마지막 기억이 도냐, 보로와 함께한 산행이어서 다행이야."

세상의 끝에서 온 사람

어디까지나 주관적이고 편파적인
바카르 한 달 생활 정산기

＊ 도시 ＊

바카르, 크로아티아 / Bakar, Croatia

＊ 위치 ＊

바카르 Bakar

(리예카 시내로부터 버스로 40여 분 소요)

＊ 주거 형태 ＊

단독 주택 / 집 전체(부엌 제외)

＊ 기간 ＊

2013년 7월 1일 ~ 7월 21일 (20박 21일)

＊ 숙박비 ＊

총 496,000원

(장기 체류 할인 적용,

정상 가격은 1박 당 33,000원)

＊ 생활비 ＊

총 650,000원

(체류 당시 환율, 1유로 = 1,500원)

＊ 2인 기준, 항공료 별도

＊ 은덕 　방은 독채나 다름없었어. 화장실, 욕실까지 따로 썼으니까. 다만 부엌 사용이 안
　　　　　돼서 고생 좀 했지. 여름이 성수기여서 방 구하는 데 애를 먹었어. 정확히 3주를
　　　　　머물렀는데 적정한 숙박비였다고 생각해?

＊ 종민 　여행 초반이라서 호스트와 협상하는 법을 몰랐어. 지금이라면 숙박비 좀 깎아 달
　　　　　라고 말했을 거야. 바카르에서는 할 게 없으니까 상대적으로 생활비를 아낄 수
　　　　　있었어. 물가는 이스탄불 정도인데 그때처럼 매일 음식을 사 먹어도 부담이 없었
　　　　　지. 부엌 사용만 가능했더라도 생활비를 반으로 줄일 수 있었을 텐데.

만난 사람: 9명 + α

처음에는 경계했지만 친절하게 마을 안내를 해 주었던 택시 아저씨, 영어를 못해 수줍어했던 다보르카, 아직도 그 자리에서 신문을 보는지 궁금한 미키, 영어 수업을 받고 싶었던 영어 선생님 도냐, 유도 선수 출신의 역사 교사 보로, 질문지를 보내지 않아 당황하게 만들었던 에어비엔비 직원 앨리슨, 우리를 길들였던 소년 마테오, 속내를 털어놓은 식당 아저씨, 극장에서 우리가 맘 편히 영화를 볼 수 있게 한 이름 모를 영화관 스태프까지.

방문한 곳: 7곳

국경을 넘기 위해 잠시 들렀지만 낭만적이었던 베니스, 황량했던 리예카의 버스 터미널, 편안한 휴양지 같았던 바카르, 마테오가 소개했던 식당, 영화도 보고 문명을 만끽하게 해 주었던 쇼핑몰 겸 영화관, 네발짐승이 되어 보았던 리즈니야크 국립공원, 요정의 호수라는 별명이 아깝지 않았던 플리트비체 호수 국립공원.

만난 동물: 1마리

처음 봤을 때부터 정이 갔던 개, 알마.

파리대첩,
사랑이 먼저냐?
여행이 먼저냐?

이번 여행에서 파리는 어디까지나 영국에 가기 위한 중간 거점이었다. 파리에서 일주일을 머문 후에 1파운드짜리 할인 버스를 타고 도버해협을 건너서 영국으로 갈 계획을 세웠다. 일주일이라는 시간은 한 달에 한 도시씩 살아 보기로 한 우리의 여행에서 특별한 에피소드를 기대하기 어려운 조건이었지만 나는 일주일 만에 파리를 사랑하게 되었다. 공항에 도착해 지하철을 타고 지상으로 나와 파리에 발을 내딛는 순간부터 아드레날린이 요동치기 시작했다. 거리를 걷는다는 사실 자체만으로 흥분되었던 도시는 파리가 처음이었다. 몇몇은 파리가 더럽고 지하철에서도 오줌 냄새가 난다며 싫어하던데 나는 더러운 파리의 거리에서 이것이 진짜 파리라고 느꼈다.

'좀 지저분하면 어때? 중요한 것은 겉모습이 아니라 개인의 행복이고 자유이지!'

파리에서 발견한 자유는 꿀맛과도 같았다. 여행 전 한 친구가 이런 말을 했다.

"사람은 저마다 자신과 맞는 소울메이트 같은 도시가 있대. 비행기가 착륙하는 순간부터 느낄 수 있다는데 너는 어떤 도시에서 그런 기분을 느낄지 궁금해."

내게 영혼의 도시는 파리였다. 발을 디딜 때부터 짜릿한 느낌이 들었다. 그런데 머무는 기간이 겨우 일주일이라니. 파리를 등지고 영국으로 떠날 때 수없이 사과했다. 여행이 끝나면 꼭 다시 온다고. 그때는 한 달이고 일 년이고 함께할 거라고 거듭 말했다.

사람들은 저마다 자신과 맞는
도시가 있다고 한다.
마치 소울메이트처럼 첫발을 내딛는
순간부터 전기가 짜릿! 통한다던데.
그게 파리일 줄이야. 일주일이라는
시간이 원망스러웠던 그곳.
다시 찾아오겠다며 수없이 인사한
우리를 파리는 기억할까?

아름다운 파리,
그러나 아름답지 못했던 우리의 어떤 하루

😊 "좀 기다려 보자고! 주소도 모르고 밖에 나가서 어쩌자고! 가뜩이나 긴장되는데 재촉할 거야?"

짧은 체류 기간 동안 파리에 있는 에어비앤비 지사를 방문하기로 했다. 약속 날, 우리는 아침부터 기대와 설렘 대신 신경질을 주고받았다. 낯선 사람들과 영어로 대화한다는 것은 여행을 계속하면서도 언제나 부담스러운 일이었고 이번에도 그 부담감 때문에 잠을 설쳤다. 정확한 주소를 알려 주겠다는 담당자의 연락을 기다리고 있었는데 은덕은 내 속도 모르고 빨리 나가자고 재촉했다. 얄미웠다. 결국, 주소를 확인하지 못하고 약속 시각이 다 되었고 대략적인 위치만 파악하고 길을 나섰다.

"어쩔 거야?
"뭘?"
"사무실을 못 찾겠잖아! 확인하고 오자고 했지! 니가 찾든가, 연락해 보든가 해! 나한테만 맡길 거야?"

"그만하자."

"뭘 그만하자는 거야? 그 얘기는 다시 하지 말라고 했지!"

아침부터 흘렀던 불편한 기운이 결국 파리 한복판에서 터지고 말았다. 은덕을 향한 짜증이 분노로 변했고 감정을 주체할 수 없었다. 은덕의 '그만하자'는 말에 '네가 나 없이 숙소나 찾을 수 있는지 보자'는 속 좁은 생각으로 혼자 발길을 돌렸다. 하지만 이역만리 타국에 그녀를 혼자 둘 수 없어 열 걸음도 가지 못했다. 공원에 앉아서 파리지앵들이 점심을 먹는 동안 우리는 한참을 더 싸웠다. 서로 화가 나서 소리 지르고 온갖 상처 되는 말을 주고받았다. 한 시간 정도 소리를 질렀을까? 마음이 조금 진정되니 그제야 은덕이 울고 있는 게 보였다. 눈물을 보자 정신이 번쩍 들었다. 모든 것이 미안했고 좀 더 참지 못했다는 사실이, 좀 더 이해하려 하지 않았다는 사실이 마음에 걸렸다. 이때 은덕이 먼저 나를 다독였다. 그 순간 이것이 사랑인가 싶었다. 마음이 심하게 울렁거렸다.

"우리가 처음부터 대단한 걸 만들려고 여행을 시작한 건 아니잖아. 상대방 마음이 움직일 때까지 조금만 기다리자. 그러면 다 괜찮을 거야."

우리가 이렇게 피 터지게 싸우고 눈물 나게 화해하는 동안 연락이 늦어서 미안하다는 메시지와 함께 에어비앤비 파리 지사의 정확한 위치와 찾아오는 방법이 담긴 메일이 도착해 있었다. 안내에 따라 찾아간 곳에는 엘리베이터 앞까지 마중을 나온 소피 Sopie 가 기다리고 있었다.

사무실을 내 방처럼

파리를 여행하면서 에어비앤비 지사를 방문하는 것은 원래 계획에 없었다. 우연히 은지 씨의 초대로 싱가포르에 있는 에어비앤비 사무실을 방문하게 되었고 그들의 환대를 받고 나니 다른 곳도 방문하고 싶어졌다. 마침 우리가 한 달씩 살아 보기로 한 도시와 그 부근에 에어비앤비 지사가 곳곳에 있었다. 찾아가도 되겠느냐고 메일을 보낸 뒤, 답변이 오면 가고 아니면 말고 하는 심정으로 연락했는데 긍정적인 메시지가 와서 우리도 신기해하던 참이었다.

"잠깐! 여기 모두 주목! 이 두 사람은 에어비앤비로 세계를 여행하는 종민과 은덕이라고 해요. 무려 2년 동안 여행한대요!"

소피의 소개에 모든 직원이 환호성을 질렀다. 집에서 남는 방 한 칸을 빌려 주자는 작은 아이디어에서 시작해 공유경제를 실현하고 있는 에어비앤비. 파리 지사도 회사의 비전을 반영해 마치 내 방처럼 아기자기하게 꾸며 놓았다. 소피의 안내로 파리 지사의 짧은 역사도 알 수 있었다.

"2012년 초반에 오픈했는데 그때는 책상도 없었어요. 직원들이 하나씩 꾸미기 시작해서 지금의 모습이 되었죠. 꽤 괜찮죠?"

에어비앤비 파리 지사에서 근무하는 직원은 약 30명 남짓이다. 분위기는 몇 달 전 방문했던 싱가포르 사무실과 비슷했다. 이곳에서는 프랑스와 아프리카 일부 국가를 담당하고 있었는데 이들이 관리하는 호스트만 해도 1만 4,000명이었다. 규모로만 따지면 미국 동부 지역을 담당하고 있는 뉴욕 지사 다음이었다. 슬리퍼도 신지 않고 맨발로 일하는 직원, 킥보드를 타고 오피스를 누비는 직원이 눈에 들어왔다. 자유로운 분위기의 근무 환경과 살짝 봐도 개성 넘치는 사람들을 보니 앞으로 우리가 만나게 될 에어비앤비의 직원들과 사무실이 기대되었다.

"여기서 일하는 친구들은 모두 젊고 똑똑해요. 함께 일하는 것 자체가 흥분되죠. 일이 힘들고 어려울 때도 있지만 이것 또한 이들과 함께 풀어 가야 할 도전과제죠. 문제를 해결하다 보면 서로에게 끊임없이 자극을 받고 기대하지도 않았던 결과물을 만들어내기도 해요. 우리가 하는 일이 공유경제라는 새로운 가능성을 실험하고 있다고 생각하면 그 모든 과정이 소중하죠."

짧은 사무실 탐방을 마치고 숙소로 돌아가는 길, 한바탕 전쟁을 치른 후 극적인 화해를 한 부부가 오랜만에 의견 일치를 보았다.

"은덕아, 한국 가면 회사 생활 못할 것 같아. 너도 그렇지?"
"응. 나도 다시 직장인이 될 수 있을까 싶어. 하지만 에어비앤비 같은 회사라면 생각해 볼 것 같아."
"나도 그래. 나는 이런 분위기의 자유로운 회사를 만들고 싶어."

에어비앤비 파리 지사 방문기

들어갈 때는 한없이 어색하고 부끄러웠지만 사무실을 나올 때는 우리가 무엇을 원하는 사람인지 확신을 얻고 나왔다. 이제 겨우 두 번째 방문이지만 에어비앤비 사무실을 방문할 때마다 이런 생각을 반복해서 하게 될 것이라는 예감이 들었다.

모든 과정이 소중하다는 말.
미래의 불확실함이 오히려 새로운 가능성이라는 말.
함께 있다는 것이 흥분, 그 자체라는 말.
이런 말이 한 울타리 안에서 일하는 사람들 사이에서
나올 수 있다는 것이 신기했다.

그리고 그 말은 우리에게도 고스란히 적용되었다.
우리의 여행도 당장 내일 어떤 일이 벌어질지 불안하지만 기대되었다.
게다가 우리도 모든 과정을 함께하고 있지 않은가?

에어비앤비 파리 지사 방문기

내 이웃의
얼굴을
돌아보라

여행이 계속될수록 우리의 적은 낯선 도시, 낯선 나라가 아니었다. 한 달이라는 시간이 우리의 적이었다. 짧다면 짧은 기간, 길다면 또 한없이 긴 시간 동안 우리는 누군가에게는 소중한 친구로 기억되기도 했고 또 누군가에게는 성가신 이방인이기도 했다. 친구와 이방인 사이에서 어찌할 바를 모르고 눈치만 보던 때 영국에 도착했다. 우리를 날카롭게 경계하기도 했고 의아할 정도로 친절하기도 했던 영국. 그 속에서 우리가 익힌 것은 시간을 제대로 보내는 방법이었다. 누군가의 친구가 되고 이웃이 되기 위해서는 어떻게 행동해야 하는지, 어떻게 다가가야 하는지 어렴풋하게 알 수 있었다. 아직 정답이라고 말할 수는 없지만 그 비법을 묻는다면 이렇게 말하고 싶다.

"내 이웃의 얼굴을 돌아보라."

내 이웃의 얼굴에서 무언가를 느끼기 시작했다면 시간은 더 이상 적이 아니다. 떠나 보내기 아쉬운 친구를 만들어 준 선물일 뿐.

오반
Oban

던디
Dundee

에든버러
Edinburgh

영국
England

스트랜라
Stranraer

슬라이고
Sligo

아일랜드
Ireland

더블린
Dublin

맨체스터
Manchester

홀리헤드
Holyhead

워터포드
Waterford

코크
Cork

브리스톨
Bristol

엑서터
Exeter

플리머스
Plymouth

그림즈비
Grimsby

노리치
Norwich

암스테르담
Amsterdam

케임브리지
Cambridge

네덜란드
Netherlands

입스위치
Ipswich

런던
London

에인트호벤
Eindhoven

브뤼셀
Bruxelles

브라이턴
Brighton

 칼레
Calais

벨기에
Belgium

프랑스
France

이래도 영국을
사랑할 텐가

글 /

'파리에서 런던까지 버스 요금 단돈 1파운드 약 1,700원'

저가 항공, 아니 저가 버스인 메가버스 Megabus.com를 타고 파리와 런던을 거쳐 에든버러 Edinburgh로 향했다. 파리 개선문 근처에서 출발한 버스는 3시간을 달려서 출입국 사무소가 있는 칼레 Calais에 멈춰 섰다. 유럽과 영국을 이어 주는 도버해협 Strait of Dover 의 시작이 바로 이곳이다. 이곳을 지나면 프랑스에서 영국으로 건너간다. 먼저 프랑스 출입국 사무소에서 출국 도장을 받았다. 붙잡는다면 못 이기는 척 더 머물려고 했지만 프랑스는 자유연애 주의자인가 보다. 들어올 때나 나갈 때나 잡지 않는다. 다시 버스에 오른 뒤, 바퀴가 10m쯤 굴러갔고 이번에는 영국 출입국 사무소 앞에 내려 주었다. 조금 전 평화로웠던 프랑스와의 작별 분위기만 생각하고 아무런 긴장도 하지 않은 채 영국에 들어설 준비를 했다.

영국과 우리는 구면이었다. 나와 은덕이 신혼여행 때 들렀던 곳이 바로 영국이었다. 어느덧 1년이라는 시간이 흘러 다시 영국에 발을 디딜 수 있다는 생각에 살짝 흥분도 되었다. 그러나 안면이 있는 사이라고 여겼던 것은 나만의 착각이었다. 나와 은덕의 여권을 받아 든 출입국 사무소 직원은 심각한 얼굴로 꼼꼼하게 여권을 살폈고 말은 하지 않았지만 눈빛에서 '나는 당신네를 의심하고 있다'는 포스를 강하게 풍겼다.

나는 당신네를
의심하고 있다

"난 영국인의 조심스럽고 배려하는 성향이 좋아. 내 성격과 잘 맞거든.

내가 얼마나 영국을 그리워했는지 알지? 멀리 두고 온 첫사랑처럼 생각했다고.

그렇게 1년을 그리워했는데 환상이 너무 컸나 봐. 이번엔 상처받았어."

"무직이라는 이유로 출입국 사무소에 한참 잡혀 있었어.

작년 신혼여행 때는 그렇게 친절하던 영국이었는데. 애끓는 첫사랑이 변한 것 같아.

첫사랑은 다시 만나는 게 아니라더니."

내 이웃의 얼굴을 돌아보라

들어는 봤나?
조건부 입국

"당신들, 영국에 왜 가는 거죠? 세계여행이라고요? 영국 다음에는 어디를 가나요? 향후 일정을 증명할 자료를 주세요."

'당장 3개월 후에 묵을 숙소를 예약하는 일도 쉽지 않은데 어떻게 2년간의 숙소와 항공권을 예매할 수 있겠습니까?'라는 말은 속으로만 삼키고 보여 줄 수 있는 자료를 뒤져 보았다. 우리 손에 있는 것은 2개월 후 영국을 떠나 더블린 Dublin 으로 향하는 항공권뿐이었다.

"이 티켓만 가지고는 당신들의 계획이 명확하지 않아요. 안 되겠어요! 예정된 일정이라도 보여 주세요."
"무선 인터넷만 열어 주면 다 보여 줄 수 있어요."
"그건 안 됩니다. 결국, 보여 줄 수 없다는 건가요? 당신들은 안 되겠네요!"

나와 은덕을 한참 추궁하던 직원은 상사와 상의해 보겠다는 말을 남기고 사무실로 들어가더니 도통 나올 기미가 보이지 않았다. 잠시 후 모습을 드러낸 직원은 무척이나 못마땅한 얼굴로 말했다.

"나는 내키지 않아요. 그렇지만 내 상관이 도장을 찍어 주라는군요. '조건부 입국'이니 조심하세요."

조건부 입국이 대관절 무엇이란 말인가! 입국 금지라는 말은 들어 봤어도 조건부 입국이라는 말은 처음이었다. 영국을 떠날 때까지 우리를 예의 주시하겠다는 뜻인지 여차하면 찾아와서 나가라고 하겠다는 것인지 묻고 싶었지만 어쨌든 입국이라니 한 발 물러설 수밖에 없었다. 우리 때문에 1시간 넘게 버스에 갇혀 기다리고 있는 승객들이 있었기 때문이었다. 허겁지겁 다시 버스에 오르니 승객들은 나와 은덕을 향해 환호와 박수를 보냈다. 느낌일 수도 있지만 박수 속에서 야유와 비난이 느껴졌다. 멋쩍게 자리에 앉아 조건부 입국 도장은 어떻게 생겨 먹었는지 여권을 열어 보았다. 하지만 어디에도 '조건부 입국'이라는 표식이 없었다.

"너 이래도 영국을 사랑해?"

버스가 도버해협을 건너는 동안 은덕이 빈정거렸다. 신혼여행으로 처음 방문했던 영국은 정말 최고의 나라였다. 코벤트 가든 Covent Garden, 코벤트는 수도원이라는 뜻으로 과거 수도원에 부속되어 있던 야채시장이 있던 자리에 오늘날은 의류와 수공예품을 판매하는 시장이 생겼다. 에서 쇼핑하고 차이나타운에서 맛있는 밥을 먹고 저녁에는 로열 오페라 하우스 Royal Opera House 에서 오페라와 발레를 봤다. 아니면 웨스트엔드 West End, 극장이 밀집된 지역으로 미국의 브로드웨이와 함께 세계 뮤지컬의 중심지로 꼽힌다. 에 가서 뮤지컬을 봤다. 이때는 까다롭기로 유명한 히드로국제공항 Heathrow Airport 의 출입국 심사도 가뿐하게 통과했는데 이번에는 유달리 까탈스럽다. 오랜만에 왔다고 튕기는 걸까? 이미 다른 여행자에게 마음을 줘 버려 나를 밀어내는 걸까? 태도를 바꿔 버린 변덕쟁이 영국을 나는 계속 사랑할 수 있을까?

두 얼굴의 영국

도버해협을 건너 3시간을 더 달린 버스는 런던의 빅토리아 버스 터미널 Victoria Coach Station 에 우리를 내려놓았다. 에든버러행 버스로 갈아타기 전까지 7시간 정도가 남았다. 조건부 입국도 했겠다, 당장에라도 신혼여행 때 머물렀던 블룸스버리 Bloomsbury, 런던의 중심부로 영국박물관을 비롯한 대학이 밀집되어 있어 학생을 비롯한 예술가들이 많이 사는 곳이다. 로 달려가고 싶었지만 몸집보

내 이웃의 얼굴을 돌아보라

다 큰 짐이 발목을 잡았다. 터미널에 얌전히 앉아서 우리가 타고 갈 버스를 기다렸다.

나와 은덕은 예정된 승차 시간보다 1시간 일찍 줄을 섰다. 런던에서 에든버러로 향하는 야간 버스는 자유 좌석제이기 때문에 조금이라도 좋은 자리에 앉아서 편히 가고 싶었기 때문이다. 버스 도착 시각이 다 되었지만 에든버러행 버스 2대 중 1대가 길이 막혀서 제시간에 도착하지 못했다. 1시간 동안 착실하게 기다리고 있던 줄은 흐트러져 버렸고 버스를 기다리던 사람들이 혹시라도 버스를 타지 못하는 불상사가 생길까 싶어 너나 할 것 없이 앞으로 돌진했다. 나와 은덕은 속수무책으로 뒤로 밀리고 말았다. 맨 앞줄에 있었는데 맨 꼴찌로 타야 하는 건 너무 하지 않은가! 기를 쓰고 앞으로 나가기 시작했다. 갑자기 버스 앞으로 몰려드는 손님들 때문에 곤욕을 치르던 터미널 직원들이 나와 은덕에게 소리치기 시작했다.

"너희 때문에 줄이 엉망이 됐어!"

'맨 앞에 있던 사람이 납니다. 봤잖아요? 일을 이렇게 만든 건 당신인데 왜 나한테 뭐라고 해요!'

이렇게 말하고 싶었지만 속으로만 삼켰다. 어수선한 상황 속에서 화풀이 대상이 필요했던 터미널 직원들에게 영어를 못하는 우리가 제대로 걸려든 것이다. 억울하고 화가 나서 뭐라고 대꾸해야 하는지 생각이 나지 않았다. 괜히 항의하다가 버스 줄에서 완전히 쫓겨날까 봐 겁도 났다. 더군다나 우리는 영국에 조건부 입국을 한 몸이었다. 괜히 말썽부리다가 문제가 생기면 더 큰 일이 벌어질지도 몰랐다. 몸을 사려야 했다. 좋은 자리는 고사하고 겨우 버스에 올라 에든버러로 향했다. 우여곡절 끝에 오른 버스는 밤새 달려서 새벽녘이 되어서야 멈춰 섰다. 버스에서 내리자 영국 특유의 춥고 우중충한 분위기가 느껴졌다. 출입국 사무소에서 한 번, 터미널에서 또 한 번. 연달아 마음에 타격을 입은 후라 새로운 도시에 대한 설렘보다 우울함이 먼저 찾아왔다. 그러나 나와 은덕은 한 번 더 버스를 타야 했다. 호스트의 집까지 무사히 도착하기 위한 마지막 관문이었다.

"버스 타려면 어디로 가야 하나요?"
"어데예? 와카는 데예? 따라 오이소!"

스코틀랜드 Scotland의 강한 악센트, 말투만으로도 어질어질했다. 얼굴에 웃음기가 하나도 없는 무뚝뚝한 아저씨였지만 별다른 말 없이 길 안내를 시작했다. 그러나 우리가 머물기로 한 숙소는 워낙 외곽이어서 버스가 드문 지역이었다. 낯선 스코틀랜드 억양을 구사하던 아저씨는 간간이 열려 있는 상점에 들어가서 일일이 버스 번호와 정류장을 묻고 있었다. 내가 해야 할 수고인데 떠넘긴 것 같아서 미안해졌다.

스코틀랜드에서
부산을 떠올리다

오래된 추억 하나가 떠올랐다. 입대 전, 홀로 전국 일주를 하며 부산을 찾았다. 경상도 사람을 한 번도 만나 본 적이 없었던 경기도 샌님이었던 터라 감정 표현이 거칠고 억양이 강한 사람들이 다른 나라 사람처럼 느껴졌다. 처음 방문한 낯선 도시에서 익숙하지 않은 말투로 대화를 나누는 사람들 속에서 길을 제대로 묻지도 못하고 얼어붙어 있던 경기도 샌님에게 어느 부산 아저씨가 말을 걸어왔다.

"니 어데 갈라고? 부산 처음이가?"

아저씨는 어수룩하고 말도 제대로 붙이지 못하는 나를 목적지까지 직접 데려다 주

애증이라는 것은
바로 이런 것

"처음 에든버러에 도착했을 때 들었던 생각은 '잘못 왔다!'였어.

거뭇거뭇한 건물 외벽에 아침 이슬까지 내리니까 어찌나 음산하던지."

"그래도 친절한 아저씨 덕에 금방 마음이 풀렸어.

여행자는 자신에게 친절한 도시와 사람에 빠지는 것 같아.

아름다운 자연이나 운치 있는 광경은 그저 보너스로 느껴질 정도야."

시고 고맙다는 인사를 할 틈도 없이 사라지셨다. 이 짧은 기억으로 나는 누군가 부산에 대해서 물어보면 친절한 사람이 많은 도시라고 말하곤 했다. 지금 부산에서 한참이나 떨어진 곳, 스코틀랜드에서 또다시 비슷한 상황이 연출되고 있었다. 30분이 넘도록 동분서주하던 억센 스코틀랜드 억양의 아저씨는 마침내 버스 번호와 정류장을 알아냈다. 나와 은덕이 버스에 오르는 것을 도와주고 버스 기사님에게 목적지까지 이 사람들을 잘 부탁한다는 말까지 전했다. 버스가 출발한 후에도 나와 은덕은 창문 뒤로 사라지는 아저씨를 한참이나 쳐다봤다. 작은 호의 하나로 도시 전체에 대한 인상이 바뀌었다. 어제는 동경의 대상이었다가 몇 시간 전에는 냉혹하게 변심한 애인이었다가 이제는 다시금 살랑살랑 손을 흔드는 영국. 애증이라는 것은 바로 이런 것인가 보다.

봄 춤 추는 호스트,
안느

글 /

영국의 정식 명칭은 그레이트 브리튼 북아일랜드 연합왕국 United Kingdom of Great Britain and Northern Ireland 이다. 잉글랜드 England, 스코틀랜드 Scotland, 북아일랜드 Northern Ireland, 웨일스 Wales 가 한데 모여 영국, 즉 그레이트 브리튼 Great Britain 을 구성하고 있다.

에든버러는 스코틀랜드의 수도로서 2개의 언덕을 중심으로 건설된 거대한 도시다. 최근에는 『해리 포터』 시리즈의 작가 조앤 K. 롤링 Joan K. Rowling 이 에든버러성 Edinburgh Castle 이 보이는 카페에 앉아서 소설을 집필했다는 것이 알려지면서 유명세를 타기도 했다. 에든버러는 나와 종민이 계획한 세계여행 중에서 가장 북쪽에 위치한 도시였다. 계절은 여름이었지만 바람이 매섭게 불어 쌀쌀했고 일교차도 커서 적잖이 당황했다. 한낮에는 반소매를 입어야 할 만큼 햇빛이 쨍쨍하다가도 금방 구름이 껴서 하루에도 몇 번씩 태양과 구름이 숨바꼭질하듯 술래를 바꿨다. 변덕스러운 날씨 때문인지 이곳에 사는 사람들은 본인이 체감하는 기온에 따라 대중없이 옷을 입었다. 반소매를 입은 사람과 외투를 입은 사람이 똑같이 거리를 활보하는 모습을 자주 볼 수 있었다.

날씨는 마법을 부리고
우리는 머글의 거리를 걷는다

"해리 포터가 이곳에서 탄생했다는 말이지?

내가 지금 머글의 도시를 걷고 있는 건가?"

"저 성을 보고 있으니 호그와트가 저절로 생각나.

이렇게 외쳐야 할 것 같아.

그리핀도르!"

내 이웃의 얼굴을 돌아보라

봉 춤을 춘다고요?

에든버러에서 만난 호스트, 안느 Anne의 집은 거실은 1개, 방은 3개였는데 거실은 안느와 토끼가 사용하고 모든 방을 에어비앤비에 내놓았다. 사람이 많을 때는 안느를 포함해 총 7명의 사람과 토끼 한 마리가 한 집에 머물렀다. 피렌체를 시작으로 바카르, 잠시 들렀던 파리까지 집 전체를 사용했기 때문에 심심하던 차였는데 오랜만에 북적북적한 집에서 사람들과 어울리니 불편하기는 했지만 사람 사는 맛이 났다. 마침 에든버러는 페스티벌[1] 기간이어서 안느의 집에는 페스티벌에 참여하는 아티스트는 물론 공연을 보러 스페인에서 온 대학생 커플까지 구성도 다양했다. 지금까지 만났던 호스트들은 모두 독특한 직업을 가지고 있었다. 살사 강사가 부업이었던 이스탄불의 메수트, 피트니스 센터 사장님이었던 피렌체의 다니엘레, 가족 모두가 선생님이었던 크로아티아의 다보르카까지. 그러나 이 사람들의 직업은 안느의 직업에 비할 바가 못 됐다. 그녀는 사진까지 보여 주면서 친절하게 자신의 직업을 설명했다.

"나는 봉 춤을 춰."

종민의 얼굴이 빨개졌다. 밤무대에서나 볼 법한 야한 춤이 떠올랐는지 꿀 먹은 벙어리가 되었다. 당황한 것은 나도 마찬가지였다. 그러나 안느는 얼음이 된 우리 두 사람을 전혀 아랑곳하지 않고 오후에 있을 경연 대회에 올 수 있느냐고 물었다.

---

1) 에든버러에서는 해마다 8월 중순부터 3주 동안 세계 최대의 공연 축제가 열린다. 에든버러 국제 페스티벌 Edinburgh International Festival이 공식 명칭으로 1947년에 시작되어 지금까지 이어지고 있다. 제2차 세계대전으로 상처받은 사람들의 마음을 치유하기 위해 시작된 이 행사는 클래식, 연극, 춤, 행위예술을 비롯한 다양한 분야에서 활약하는 공연 단체가 참여해 총 100여 개의 무대가 펼쳐진다. 페스티벌이 본격적으로 시작되기 전부터 에든버러는 축제의 도시로 탈바꿈한다. 페스티벌이 처음 열렸던 1947년, 공식 행사에 초청받지 못한 공연팀이 자발적으로 공연을 펼쳤는데 이것이 별도의 페스티벌로 발전해서 오늘날에는 에든버러 프린지 페스티벌 Edinburgh Fringe Festival이라는 이름으로 많은 사람에게 사랑받고 있다. 오히려 에든버러를 축제의 도시로 만든 것은 프린지 페스티벌이 더 큰 몫을 하지 않았을까?

"오, 정말? 가 보고 싶어. 어디로 가면 될까?"

살면서 내가 언제, 어디를 가야 봉 춤을 볼 수 있겠나 싶었다. 그녀는 준비를 위해 먼저 가야 하니 경연이 열리는 장소와 시간만 적어서 우리에게 건넸다.

"진짜 업소에서 추는 봉 춤일까?"

그녀를 처음 봤을 때 우람한 팔 근육과 남다른 상체를 보고 피트니스 강사가 아닐까 추측했다. 피렌체의 미남 오덕 다니엘레에 이어 안느까지, 나와 종민은 몸짱과 인연이 깊구나 싶었다. 이번에도 트레이닝을 받아 볼까 싶었는데 봉 춤이라니! 흥분되고 떨리는 마음을 숨기지 못한 채 경연장에 도착했다. 그런데 입구에서 입장료를 받는다고 했다. 한 사람당 무려 12파운드 약 21,000원. 10파운드로 하루를 살아가고 있기 때문에 엄청난 출혈이었다. 안느에게 보러 가겠노라 약속했고 봉 춤의 실체도 확인해야겠으니 어쩔 수 없었다. 큰마음을 먹고 경연 대회 입장권을 샀다.

실내는 작은 클럽을 일시적으로 무대로 바꿔 경연장처럼 꾸며 놓았다. 무대 위에 설치된 봉 3개가 아니었다면 술 한잔 마시기 딱 좋은 평범한 주점이었다. 어디선가 익숙한 목소리가 스피커에서 나왔다. 안느가 사회를 보고 있었다. 에든버러 현지인이 가득한 작은 술집에서 나와 종민은 호기심 가득한 눈으로 무대에 집중했다.

"정말 우리가 생각하는 야한 춤을 추는 걸까?"
"봉 춤으로 어떤 경연을 하는 거지? 누가누가 더 야한가를 겨루는 건가?"

상상의 나래를 펼치면서 경연이 시작되기를 기다렸고 마침내 선수가 등장했다. 나는 도대체 무얼 상상하고 온 것인가? 우리의 눈앞에서 펼쳐진 봉 춤은 야시시한 춤이 아닌 스포츠였다. 선수들은 육감적인 몸매를 드러내는 야한 옷 대신 근육의 움직임이

종민의 얼굴이
빨개졌다

"에든버러는 8월이 여름이야? 겨울이야? 하루에도 봄, 여름, 가을, 겨울 날씨가 다 있어.

변덕쟁이 날씨 때문에 스코틀랜드 사람 중에 괴짜가 많은 건가?"

"날씨 때문에 괴짜가 많다고? 성급한 일반화의 오류일세!

하지만 안느와 그 이웃들을 보면 맞는 말인 것 같기도 하고.

안느의 실체를 확인하러 봉 춤 경연 대회까지 갔었잖아. 온갖 상상을 하면서."

잘 보이는 심플한 옷을 입었다. 봉이 없었다면 관능적인 춤이었겠지만 봉에 오르는 순간 스포츠가 되었다. 팔의 근력을 이용해 봉에 오르고 회전하며 중력을 이기고 몸을 지탱했다. 힘을 줄 때마다 보이는 팔 근육에는 오랜 시간 흘린 땀이 고스란히 보였다. 피부가 봉에 쓸릴 때마다 찰과상을 입었는지 빨갛게 부풀어 올랐지만 아랑곳하지 않고 춤을 췄다. 아마추어팀, 프로팀, 심사위원의 공연까지 이어진 후에야 안느가 무대에 올랐다. 안느는 집에서 볼 수 없었던 가장 행복한 표정으로 춤을 추기 시작했다.

방은 사람에게
거실은 토끼에게

어느 날 아침, 안느가 뜬금없이 물었다.

"너 지금 행복해?"

만약 우리가 여행하면서 행복에 대해 고민하지 않았더라면 그 자리에서 아무 대답도 못했을 것이다. 그러나 여행 중에 만난 모든 사람이 우리에게 지금 행복하냐고 물었다. 그때마다 우리는 지금 이 순간 최고의 호사를 누리고 있다는 기분을 느끼기도 했고 때로는 행복이 여행의 의무처럼 느껴지기도 했다.

"응, 당연하지. 그런데 갑자기 그런 걸 왜 물어?"
"그냥 물어본 거야. 긴 여행을 하는 너희가 지금 행복한지 궁금했어."
"그럼 넌 어때?"
"물론 행복하지. 지금 하고 있는 봉 춤이 너무 좋아. 에어비앤비로 방을 빌려 주면서 새로운 사람을 만나는 것도 좋고. 돈도 벌 수 있잖아? 그리고 그 돈으로 나는 하고 싶은 일을 하고 있다고."

가까이에서 지켜본 안느의 삶은 나로 하여금 많은 생각을 하게 했다. 먼저 안느는 자신의 집에서도 독립된 공간이 없었다. 3개의 방을 게스트에게 주고 거실에서 생활했는데 그마저도 그녀가 키우고 있는 토끼 무수코 Mushuko 차지였다. 거실에는 수시로 사람들이 드나들었고 안느는 간신히 잠만 잘 수 있었다. 사람에 따라서 안느의 삶은 전혀 이해할 수 없는 형태일 것이다. 나 역시도 안느처럼 살 자신은 없다. 그러나 안느는 지금의 생활 방식에 전혀 스트레스를 받지 않는다고 했다. 아무리 사람과 어울리는 것을 좋아하는 외향적인 성격의 소유자라고 해도 안느에게는 뭔가 특별한 것이 있었다.

어쩌면 안느는 지금 자신의 행복을 위해서라면 이 정도는 감내하고 양보할 수 있다는 생각을 하는지도 모르겠다. 좋아하는 춤을 추면서 생활을 유지하기 위해 편히 쉴 수 있는 방보다는 거실을 택했고 에어비앤비에 집을 내놓았다. 또한, 좋은 옷, 좋은 음식을 먹는 대신 춤을 추면서 행복을 찾았다. 실제로 안느가 입는 옷은 해질 대로 해져 있었고 휴지를 비롯한 모든 비품은 최소한의 양만 사용하고 있었다. 누군가는 비싼 차를 타고 아파트 평수를 넓히며 좋은 가방을 사는 것이 인생의 즐거움일 수 있다. 하지만 안느가 택한 것은 좋은 집과 가방이 아닌 봉 춤이었고 그 행복을 위해 포기해야 하는 수많은 조건을 기꺼이 받아들이고 극복하고 있었다.

사람들은 세계여행을 떠난 우리를 '자유로운 영혼'이라고 부르며 '부럽다'고 말한다. 하지만 우리가 이 여행을 위해서 어떤 것을 포기해야 했는지 알고 있을까? 불안과 절박함이 그림자처럼 항상 따라다닌다는 것도 알고 있을까? 그럼에도 우리가 여행하는 이유는 '행복'이다. 안정된 생활보다는 세상 밖으로 나오고 싶었던 욕망이 강렬했고 그 욕망을 따라가는 것이 행복이라고 믿었다. 그 결과 나와 종민은 지금 여기에 있다. 안느의 생활은 모든 걸 버리고 떠나 온 우리의 상황과 비슷했다. 그녀가 늘 지금처럼 행복하기를, 그리고 우리도 지금처럼 여행이 끝나는 날까지 행복하기를 바랐다.

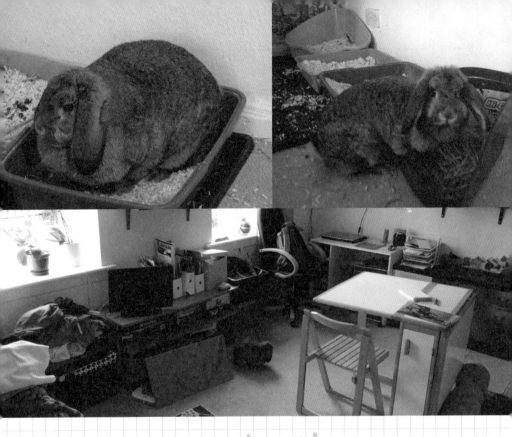

너 지금 행복해?

느릿느릿 거실을 걸어 다니던 토끼, 무수코와

뭐든지 조금씩 부족했지만 행복하다고 말하는 안느.

안느의 생활을 보면서 한국을 떠나는 우리를 바라보던 사람들의 시선이 오랜만에 생각났다.

행복하기 위해 포기해야 했던 것들을 나름의 방법으로 대처하는 그녀를 보며

우리가 원하는 행복을 다시 한번 생각해 보았다.

내 이웃의 얼굴을 돌아보라

8월에는
에든버러에 가겠어요

글 /

종민과 나는 2009년 겨울, 서울국제여성영화제에서 처음 만났다. 우리는 5개월 동안 영화제를 함께 준비했지만 사적인 대화는 한 번도 나눈 적이 없는 삭막한 사이였다. 영화제가 끝난 후 서로 다른 일을 하면서 각자의 삶을 살아가다가 우연한 전화한 통으로 연애가 시작되었다.

"은덕, 너 요즘 뭐하니? 부산국제영화제 초청팀에서 사람을 구하는데, 너 혹시 생각 있어?"
"백님 연애 진 호칭, 제안은 고맙지만 지금 다니고 있는 회사를 그만둘 수 없어요."

이 통화를 계기로 일주일에 한 번, 이틀에 한 번, 전화하다가 하루에도 열 번씩 연락하는 사이가 되었다. 종민은 부산에서 일했고 나는 서울에서 일하면서 전화로만 감정을 확인하다가 부산과 서울의 중간, 제천에서 열리는 영화제에서 만나 본격적으로 연애를 시작했다. 그 후 우리는 2년 동안 연애하고 결혼도 했으며 세계여행까지 함께하며 인생을 공유하고 있다. 종민과 내가 페스티벌에서 만나 이어진 만큼 여행 중에도 가능한 많은 페스티벌을 보고 싶었다. 에든버러를 여행지로 고른 것도 페스티벌 때문이었다. 다양한 분야의 공연이 열린다는 것은 알고 있었지만 직접 마주한 페스티벌은 상상을 초월하는 규모였다. 비록 내수용이기는 했지만 페스티벌이라면 볼 만큼 본 관록 있

축제 분위기에 흠뻑
예술가의 생기가 팔딱팔딱

공연과 축제를 좋아하는 사람에게 일생에 한 번은 8월의 에든버러를 권한다.

공연하는 사람도 공연을 보는 사람도 축제 분위기에 말 그대로 흠뻑 젖는다.

전 세계에서 꿈을 안고 찾아온 예술가들의 팔딱팔딱 살아 숨 쉬는 생기만으로도 행복해진다.

내 이웃의 얼굴을 돌아보라

는 관객이라 사부했건만 무엇부터 봐야 하는지 도통 감이 오지 않았다. 카탈로그에 빼곡하게 들어차 있는 영어에 속은 울렁거렸고 안내 부스는 어디에 있는지 찾을 수가 없었다. 하루를 꼬박 페스티벌이 열리는 로열 마일 Royal Mile, 이름에서 알 수 있듯이 예전에는 오직 왕가만 걸을 수 있는 거리였지만 현재는 에든버러의 구시가지 중심부에 해당하는 곳으로 고풍스러운 건물과 카페가 많아서 관광객이 많다. 을 헤매고 버스노선도를 한참이나 들여다본 후에야 겨우 공연이 열리는 시각과 장소가 파악되었다.

자고로 축제라면

에든버러에서 벌어지는 페스티벌은 크게 사무국의 초청작으로 꾸며지는 에든버러 국제 페스티벌과 초청받지는 못했지만 자체적으로 준비해서 무대를 구성하는 프린지 페스티벌로 나뉜다. 프린지 페스티벌은 참가 제한이 없어서 공연 수가 1,000개가 훌쩍 넘었고 공연을 소개하는 카탈로그의 두께가 서울시 전화번호부 책자에 버금갔다. 따라서 공연장은 부족할 수밖에 없고 그 결과 자연스럽게 도시 전체가 무대가 되어 쉴 새 없이 공연이 열렸다. 고개를 돌릴 때마다 거리에는 전혀 다른 공연이 펼쳐지고 있었다. 직접 보고 즐기면서도 매 순간이 놀라웠다. 밤이 될 때까지 무언가에 홀린 듯 공연장을 찾아 헤맸고 날이 밝기가 무섭게 시내로 나가서 다시 공연을 봤다. 순간순간 직업병이 돌아 이런 축제를 진행하려면 어떻게 해야 하나 생각하다가 고개를 젓기를 수십 번이었다. 지금 내가 관객이어서 얼마나 다행인가! 자고로 축제라면 이 정도 매력은 뿜어야 하는 게 아닐까?

지금 내가 관객이어서
좋지 아니한가!

페스티벌 동안 가장 표정이 밝은 사람은 공연을 보는 사람이 아니라 공연을 직접 하는 사람들이었다.

같은 꿈을 꾸고 같은 미래를 그리는 사람들이 한곳에 모여서 서로를 응원하고 있었다.

전화번호부만큼 두꺼운 공연 책자와 쏟아지는 사람들은 그 자체로 압도적인 감동이 느껴졌다.

이렇게 많은 사람이 하나의 목적으로 모여서 행복한 웃음을 짓고 있는데

이것이 기적이 아니면 뭐가 기적이겠나 싶었다.

내 이웃의 얼굴을 돌아보라

프린지 페스티벌, 싸게 그리고 잘 보는 방법!

프린지 페스티벌에는 유료 공연 말고도 다양한 무료 공연과 전시도 있다. 페스티벌을 제대로 즐기기 위해서는 카탈로그 정독이 필요하다. 전화번호부보다 두꺼운 두께와 빼곡한 영어 때문에 엄두가 나지 않지만 특별히 관심 있는 분야가 있다면 인내심을 갖고 찬찬히 들여다볼 필요가 있다. 알짜배기 공연을 추릴 수 있는 것은 물론 돈도 절약할 수 있다.

Tip 1 프리뷰 공연 티켓

프린지 페스티벌 초반 2~3일은 프리뷰 공연이 열린다. 본 공연에 앞서 관객의 반응을 살피고 연기자들이 몸을 푸는 목적으로 진행하는 공연인데 티켓이 본 공연보다 저렴하다. 운이 좋다면 반값에도 관람할 수 있다.

Tip 2 하나 사면 하나가 공짜

마트에만 1+1이 있는 게 아니다. 프린지 페스티벌에도 1+1이 있다. 'friends of the fringe 2 for 1 ticket'이라 적혀 있는 티켓을 구매하면 1인 가격으로 두 사람이 볼 수 있다.

Tip 3 당일 반값 티켓

프리뷰 공연과 2 for 1 티켓 이외에도 매일 'Half Price Hut'라는 이름의 부스에서 당일 공연 중 반값 할인 표를 판매한다.

우리에게
리즈 시절이 있다면

에든버러 페스티벌을 찾는 사람이라면 반드시 관람하는 공연이 있다. 에든버러 페스티벌의 꽃이라고 불리는 로열 에든버러 밀리터리 타투 The Royal Edinburgh Military Tattoo다. 1950년, 스코틀랜드 경기병이 전통의상인 킬트 Kilt를 입고 군악 퍼레이드를 벌인 것이 계기가 되었는데 오늘날에는 스코틀랜드 군악대는 물론 세계 각국의 군악대를 초대해 함께 공연하고 있다. 오직 이 공연을 보기 위해서 20만 명의 관객이 찾는다는 통계도 있었지만 티켓이 유난히 비쌌고 군악대 공연이 뭐가 그리 대단할까 싶어서 볼까 말까 망설였다. 그런데 이 공연을 건너뛰었다면 우리는 어디 가서 에든버러 페스티벌에 다녀왔다는 말을 감히 꺼낼 수도 없었을 것이다.

"은덕아, 내가 죽기 전에 이 공연을 다시 볼 날이 있을까? 지금 이 순간이 우리 인생에서 가장 찬란한 리즈 시절이 아닐까?"

아닌 척하고 있었지만 공연을 보는 동안 나도 종민과 같은 생각을 하고 있었다. 밀리터리 타투에는 '감동적인 공연'이라는 수식어로는 부족한 마음을 울리는 무언가가 있었다. 조명도 뛰어났고 음향도 훌륭했다. 좌석 배치도 세심하게 고민한 주최측의 노력이 보였다. 매일 밤마다 만 명이 넘는 관객이 모이는데도 사고가 단 한 번도 없었고 관객의 시선을 일사불란하게 사로잡는 내공이 만만치 않았다. 몇 차례 페스티벌을 진행했던 경험에 비추어 볼 때 공연 자체를 화려하게 만드는 것보다 관객을 정리하고 행사를 매끄럽게 진행하는 것이 더 어려운 일이었다. 심지어 야외라면 그 내공이 몇 곱절은 더 필요한데 밀리터리 타투는 완벽에 가까웠다.

밀리터리 타투는 3주 동안 진행된다. 6세기에 만들어진 에든버러성이 무대가 되고 전 세계에서 초청받은 군악대가 차례로 공연하는데 마침 올해는 한국이 주빈국으

우리의 찬란한
리즈 시절

"밀리터리 타투를 보러 거대한 인파가 에든버러성으로 일제히 진격하던 거 기억나?

내 귀에는 아직도 북소리가 들리는 것 같아."

"공연 티켓도 굉장히 비쌌고, 군악대 공연이라 처음엔 '글쎄?'라고 생각했잖아.

에든버러성을 배경으로 달빛이 내리던 무대와

일사불란했던 전 세계 군악대의 움직임은 평생 잊지 못할 것 같아."

로 초청되어 공연을 펼쳤다. 공식 자료집에도 한국 군악대가 표지를 장식하고 있었다. 외국에 나가면 모두 애국자가 된다더니 한국 군악대의 공연 순서가 다가올수록 기대와 걱정이 앞섰다. 혹시 실수할까, 사고가 날까 공연 내내 눈을 뗄 수가 없었다. 그러나 모두 기우였다. 한국의 전통 검무와 사자춤을 중심으로 화려하고 열정적인 무대가 이어졌고 한국전쟁을 기리는 순간을 연출한 공연 구성도 훌륭했다.

텅 빈 무대를
바라보며

화려한 조명 아래 다채로운 공연이 모두 끝나면 아쉬움과 애잔한 마음이 어느 때보다 짙어진다. 도대체 이런 기분은 어디서 밀려오는 걸까? 밀리터리 타투 공연에는 유난히 할머니, 할아버지 관객이 많았다. 자녀들의 부축을 받으면서 자리를 끝까지 지켰다. 야외 공연인 데다 밤이 되면 날씨가 쌀쌀해져서 체력이 많이 떨어질 텐데도 말이다. 마치 생애 마지막 공연을 보는 것처럼 한 장면도 놓칠 수 없다는 비장함마저 느껴졌다. 공연이 모두 끝나고 집으로 돌아오는 길, 쉽게 가시지 않는 공연의 감동과 페스티벌을 즐기는 사람들의 모습을 보면서 지금 이 순간을 오래도록 기억할 것이라는 예감이 들었다. 아주 힘들거나 또는 아주 기쁠 때나 상관없이 불쑥불쑥 가슴 속에서 치밀어 오르는 뜨거운 기억으로 말이다.

"종민아, 우리가 백발이 되어도 지금처럼 공연을 볼 수 있을까?"
"너 잊은 거 아니지? 우리가 어떻게 만났어? 페스티벌의, 페스티벌에 의한 페스티벌을 위한 커플이라고!"

내 이웃의 얼굴을 돌아보라

이웃집 그녀들이 수상하다

글 /

쿠알라룸푸르에서 한 달 머물렀을 때 아래층에 살았던 이웃이 계단을 내려가던 우리를 붙잡고 하소연을 가장한 협박을 한 적이 있었다.

"너희가 머무는 그 집은 정부에 세금도 안 내고 불법으로 방을 빌려 주고 있어. 조만간 경찰에 신고할 거야. 그러니 이 내용을 꼭 모두에게 알려 줘!"

이 사건이 있은 후로 주민들의 시선이 불편해서 하루빨리 떠나고 싶었다. 그리고 새로운 고민이 생겼다. 에어비앤비가 모토로 삼고 있는 공유경제가 어쩌면 허울 좋은 비즈니스가 아닐까, 이웃도 설득하지 못하는 공유경제가 무슨 의미가 있을까 싶었다.

한 달이라는 기간을 한곳에 머무르다 보니 이웃들이 에어비앤비와 여행자를 대하는 태도가 자연스럽게 느껴졌는데 대부분은 우리를 반기지 않았다. 자신의 영역에 들어온 불청객이 우리가 맡은 포지션이었고 그런 불청객을 끌어들인다는 곱지 않은 시선이 호스트가 감당해야 하는 몫인 것 같았다. 그런데 에든버러에서 만난 안느의 이웃은 달랐다. 처음 안느의 집을 찾기 위해 골목을 헤맬 때 멀리서 한 아저씨가 다가와 먼저 말을 건넸다.

"너희, 누구네 집을 찾아왔니?"

"혹시 안느라고 아세요? 주소는 이 근처인 것 같은데 못 찾겠어요."

아저씨는 안느의 이름을 듣자마자 앞장서서 집까지 안내했다. 안느의 집은 벨을 눌러도 답이 없었다. 짐을 밖에 세워 두고 어쩔 줄 모르고 있을 때 지나가던 또 다른 이웃이 다가왔다. 낯선 사람이 집 근처에서 서성거리면 의심부터 해야 할 텐데 친절하게 다가오는 것이 이상하다 싶었지만 이때만 해도 안느가 이웃과 조금 친한가 보다 생각했다. 그런데 하루, 이틀 머물다 보니 이전에 머물렀던 숙소들과 분위기가 달랐다. 안느의 집에는 에어비앤비 게스트는 물론 주변 이웃들이 수시로 찾아왔다. 안느가 집에 있을 때는 물론 없을 때도 스스럼없이 들어와서 한두 시간씩 머물다가 집으로 돌아갔다. 몇몇 이웃은 안느의 집을 청소하거나 빨래를 하기도 했다. 처음에는 안느가 일손이 모자라서 도우미를 부른 것이 아닐까 싶었는데 그들은 정말 순수한 이웃이었다.

"하하하. 맞아. 이 빌라에 사는 모든 주민이 도우미나 마찬가지야. 우리 집이 좀 이상하기는 하지. 이웃들이 심심하다면서 나 대신 청소도 하고 빨래도 해 주니까. 처음에는 여행객이 왔다 갔다 하는 걸 불편해했지. 하지만 이제 여행객과 대화하는 걸 좋아해. 내가 밖에 있을 때 급한 일이 생기면 대신 해결해 주고 청소해야 하는 데 시간이 없으면 그들에게 전화 한 통만 하면 된다니까!"

그녀가 떠난 후

한번은 안느가 스페인의 이비자 Ibiza 섬으로 갑자기 휴가를 떠났다. 한창 페스티벌 기간이라 오가는 게스트도 많았는데 훌쩍 떠난 것이다. 휴가를 간다는 안느의 말에 청소는 누가 하고 게스트 맞이는 누가 해야 하나 걱정이 많았다. 안느를 제외하면 이

마을 전체가

우리를 반기는 느낌

호스트의 이웃에게 이런 환대를 받아 본 적이 없었다.

호스트와 이웃이 사이가 좋으니까 덩달아 마음이 편했다.

시내 구경을 마치고 집으로 돌아갈 때 설레는 마음마저 들었다.

마을 전체가 우리를 반기는 느낌,

아직도 안느보다 이웃에 살았던 아저씨, 아주머니가 기억나는 걸 보면

우리가 정말 그곳에서 '살았다'는 기분이 든다.

집에서 가장 오래 산 사람이 나와 종민이었는데 안느가 집을 비운 사이 우리가 호스트 노릇을 해야 하는 건가 싶었다. 우리를 너무 가족처럼 여기는 것 같다고 생각할 무렵 동네 주민들이 안느의 거실로 모이기 시작했다. 그들은 주인도 없는 집에서 티타임을 갖고 한참 수다를 떨더니 청소 순번을 정했고 오늘 당번이 된 사람이 남아서 집을 치우기 시작했다.

눈앞에서 벌어진 이 기이한 광경에 고개를 갸우뚱했다. '무엇이 이 사람들을 이렇게 만든 것일까?'라는 주제로 종민과 한참 동안 토론했을 정도였다. 안느는 주민들이 심심하기 때문이라고 했지만 그것만으로는 설명이 충분하지 않았다. 당연히 안느가 해야 하는 일을 아무런 대가 없이 분담하고 있었고 안느의 손님인 우리를 자기 손님처럼 대해 주는 이들을 타고난 성품이라고 보기에는 어딘가 넘치는 게 있었다. 토론 끝에 그럴듯한 가설을 하나 세웠다. 안느는 이 지역의 홍반장 같은 존재가 아니었을까? 마을에 무슨 일이 생기면 제일 먼저 나서서 자기 일처럼 도와주는 홍반장처럼 안느도 마을의 궂은일을 마다치 않았기 때문에 안느의 집을 찾는 우리까지 기꺼이 품어 준 것이 아닐까?

누군가의 이웃이
된다는 것

에어비앤비를 이용하면서 이웃과 어떤 관계를 맺어야 하는지 고민이 많을 때 안느의 집을 찾게 되었다. 타국에서 보내는 한 달이라는 시간은 나와 종민에게 때때로 눈깜짝할 만큼 짧은 시간이었지만 우리를 곁에서 지켜보는 호스트와 지역 주민에게는 꽤 긴 시간이라는 것을 알게 된 때이기도 했다. 마냥 모른 척할 수도 없었고 그렇다고 속없이 다가갈 수도 없었다. 피부색도 머리카락 색도 다른 우리가 그들에게 위협이

친구의 집에 온 것처럼 편안하게

"에어비앤비를 처음 이용할 때는 누구나 실수를 하는 것 같아.

우리도 처음에 호스트와 말도 잘 안 하고 방구석에만 박혀 있었잖아.

쿠알라룸푸르의 깜제 아줌마가 제발 좀 거실로 나오라고 했던 거 기억하지?"

"거실에 나가서 피해 주고 싶지 않았으니까.

하지만 이제는 호스트에게 마음을 열고 다가가는 것이 중요하다는 걸 알아.

호스트의 이웃에게도 말이야. 마음의 문을 열고 먼저 다가가야 해.

친구의 집에 온 것처럼 편안하게."

될 수 있음을 몇 번의 경험을 통해 깨달았기 때문이다. 호스트와 함께 집 안에 있을 때는 친구의 집에 온 것처럼 편안했지만 집 밖을 나서면 우리를 예의 주시하는 사람들의 시선이 느껴져 눈치 보기에 바빴다. 적절한 해답이 보이지 않던 찰나에 만난 안느와 그녀의 이웃은 우리에게 신선한 충격이었다. 친절한 주민들 덕에 정말 내가 이곳에 살고 있다는 느낌을 수시로 받았다. 하지만 안느가 휴가를 떠난 지 반나절이 지났을 때 바로 사건이 터졌다. 나와 종민이 마트에 가려고 집을 나서던 때였다. 새로운 게스트를 태우고 안느의 집 앞에 선 택시 한 대가 좀처럼 손님을 뱉어 내지 못하고 있었다. 집을 나서는 우리에게 택시 기사님이 의심 가득한 눈초리로 질문을 던졌다.

"여기서 얼마나 묵었어요? 여기 안전해요?"

택시 기사님이 이 지역의 치안이 궁금할 리는 없었다. 뒷자리에서 팔짱을 끼고 앉아 곁눈질하고 있는 손님이 시킨 것이 분명했다. 짐도 내리지 않고 불만을 얼굴 가득 표현하던 그들, 불길한 예감이 들었다. 오늘 게스트 안내를 담당하는 사람은 윗집 아줌마였다. 그녀가 아침 청소를 끝내고 잠시 마실 나간 사이에 예정보다 일찍 게스트가 찾아온 것 같았다. 당번 아줌마 대신 옆집 린다 Linda 아줌마가 나왔다. 하지만 그녀의 노력에도 불구하고 새로운 손님은 택시에서 내리지 않고 그대로 떠나 버렸다.

"원래 내가 담당하는 날이 아닌데……. 알지? 오늘은 윗집 여자라고."

린다 아줌마는 나를 붙잡고 하소연을 시작했다. 예약 취소는 흔한 일이지만 집주인인 안느도 없고 담당이었던 윗집 아줌마도 자리를 비운 상태에서 벌어진 일이라 그녀는 어쩔 줄을 몰랐다.

"숙소가 마음에 안 든다고 그냥 갔어. 이런 일이 생긴 건 처음인데 어쩌지? 나중에 안느에게 얘기 좀 잘해 줘."

"물론이죠. 아줌마 실수가 아닌 거 다 알아요."

린다 아줌마를 달래면서 택시 안에 있던 손님의 마음을 추측해 보았다. 그들은 유행을 좇아 에어비앤비로 예약은 했지만 막상 실제로 마주한 집은 그 홈페이지에서 본 것처럼 멋진 곳이 아니어서 실망했을 것이다. 그리곤 택시 기사님이 추천하는 시내의 호텔에서 짐을 풀며 에어비앤비에 대해 험담을 할지도 모르겠다. 에어비앤비에 등록된 숙소는 평범한 가정집이 대부분이다. 길에서 흔히 마주치는 그런 사람들이 사는 집이기 때문에 호텔에서 묵는 마음가짐으로 찾는다면 실망하게 된다. 게다가 돈을 지불했으니 뭘 해도 상관없다는 생각이 조금이라도 있다면 에어비앤비 사용자로는 적합하지 않다. 내 친구의 집에 놀러 온 것처럼 지내야 하고 내 친구가 앞으로도 계속 살아야 하는 집이라는 생각이 있어야 한다. 린다 아줌마는 잠깐 이야기를 나눈 우리가 마음에 들었는지 30분 간격으로 다가와서 말을 붙였다.

"나는 너희처럼 친근한 손님은 처음이야."
"저희도 이웃 주민들이 이렇게 편하게 대해 주는 경우가 처음이에요. 아마 오래도록 잊을 수 없을 것 같아요."

전 세계를 여행하며 여러 마을에서 살아 봤지만 이렇게 이웃 주민과 많은 이야기를 나눈 곳은 에든버러가 처음이었다. 말레이시아에서 받았던 상처가 모두 치유되는 기분이었고 앞으로 우리가 머물게 될 곳에서 이웃에게 어떻게 다가가야 하는지 조금은 알 것 같았다.

에어비앤비 예약 시 주의사항 1

01 호스트와 적극적으로 대화할 것

호스트와 문제가 발생한 경우, 먼저 직접 해결하는 노력이 필요하다. 모든 문제는 대화 부족에서 나온다. 영어가 안 된다고 속으로 꿍꿍 앓고 오해를 쌓아 가는 것보다 직접 말해야 한다. 대화가 힘들다면 편지나 메모를 활용해도 좋다. 지금까지 경험에 비추어 볼 때 호스트는 문제를 해결하고 싶어 하고 문제 제기에 대해서도 불쾌하게 받아들이지 않는다.

02 에어비앤비는 호텔이 아니다

에어비앤비는 호텔과 호스텔 등 기존 숙박과는 개념이 다르다. 호스트가 살고 있는 집에서 방 한 칸을 빌려 주는 개념이기 때문에 예의를 갖춰야 한다. 호텔과 같은 서비스를 기대하거나 호스트를 고용인처럼 대해서는 안 된다. 내 친구의 집을 방문했다는 생각으로 그들의 공간을 존중해 주고 깨끗하게 사용해야 한다.

03 이웃에게는 먼저 눈인사할 것

호스트의 이웃은 자신들의 거주 지역에 낯선 외국인이 왔다 갔다 하면 불안감을 느낄 수 있다. 그들과 눈을 맞추고 환하게 인사하는 습관을 들이자. 먼저 마음을 열고 다가가면 이웃들의 반응도 조금씩 달라진다.

04 예약 취소, 환불 등은 끈기 있게

에어비앤비는 호스트나 게스트에게 발생할 수 있는 불미스러운 일에 대해서 대안을 마련하고 있다. 예약 취소나 환불 등을 고민하고 있다면 '에어비앤비 도움말' 메뉴를 꼼꼼히 읽어 보자. 도움말 안에는 모든 상황에 대처하는 방법이 적혀 있다. 한 가지 예를 들어 설명한다면 '숙박 취소'는 호스트와 합의 후 진행하는 것이 가장 좋다. 감정적인 이유가 아니라면 호스트도 충분히 이해하고 결제 취소를 진행한다. 단, 취소 금액에는 에어비앤비 수수료가 포함되지 않으며 최종 환불까지 한 달여의 시간이 걸린다는 것을 기억하자. 호스트와 숙박 취소를 두고 의견 차이가 좁혀지지 않는다면 에어비앤비 홈페이지 내 '분쟁해결도구'를 이용하자. 단, 사진이나 음성 파일 등의 증거 자료가 필요하다.

내 이웃의 얼굴을 돌아보라

어디까지나 주관적이고 편파적인
에든버러 생활 정산기

 ＊ 도시 ＊

에든버러, 스코틀랜드

/ Edinburgh, Scotland

 ＊ 위치 ＊

뮤얼하우스 / Muirhouse

(에든버러 북부 바닷가 근처에 위치,

시내에서 버스로 30분 소요)

 ＊ 주거 형태 ＊

빌라 / 룸 쉐어

 ＊ 기간 ＊

2013년 7월 30일 ~ 8월 11일 (12박 13일)

 ＊ 숙박비 ＊

총 400,000원(1박 당 29,000원)

 ＊ 생활비 ＊

총 379,000원

(체류 당시 환율, 1파운드 = 1,700원)

공연비: 총 250,000원 ＊ 2인 기준

 ＊ 은덕   영국 물가는 역시 만만치가 않아. 스코틀랜드라고 예외가 아니네. 제일 저렴한 곳

에서 머물렀는데도 2주에 40만 원이나 들었어.

 ＊ 종민   하지만 생활비는 선방했지. 점심에 샌드위치 사 먹는 거 빼고는 집에서 해 먹었

으니까. 공연을 10편 정도 봤는데 다 합쳐서 1인당 15만 원쯤 썼나? 공연비만큼

은 영국이 한국보다 싸네.

만난 사람: 10명 + α

조건부 입국을 허락해 준 출입국 사무소 직원, 억울하게 우리를 몰아붙였던 런던의 버스 터미널 직원, 강한 스코틀랜드 억양으로 무심한 듯 친절하게 안내해 준 이름 모를 아저씨, 페스티벌을 함께 즐긴 수많은 사람. 봄 춤 추는 호스트 안느, 안느의 집에 함께 머물렀던 게스트들, 안느의 집을 찾았다가 택시에서 내리지 않고 돌아간 이름 모를 게스트, 소심하지만 귀여웠던 린다 아줌마와 동네 주민들,

방문한 곳: 4곳 + α

프랑스와 영국의 경계였던 칼레, 온갖 구박을 받으며 새치기 아닌 새치기를 해야 했던 런던 빅토리아 버스 터미널, 페스티벌을 즐길 수 있었던 에든버러 일대, 안느의 봄 춤을 구경했던 클럽.

만난 동물: 1마리

까만 눈동자와 접혀 있던 귀, 좀처럼 뛰지도 않아 토끼라는 정체성을 오직 식성으로만 증명했던 무수코.

내 이웃의 얼굴을 돌아보라

부엌 출입 금지

글 /

프라이팬을 달구면 요리가 시작된다. 오늘의 요리는 소고기 양파 볶음이다. 에든버러를 떠나 맨체스터 Manchester로 숙소를 옮겼지만 역시 영국은 다른 음식보다 고기가 싸다. 고기만 계속 굽다 보니 일취월장해야 하는 요리 실력이 계속 제자리걸음이었다. 호스트들이 하는 요리를 어깨너머로 배울 수 있지 않을까 기대했지만 여행 중인 우리와 다르게 호스트는 바쁜 일상을 살아가는 생활인이었기에 요리하는 모습을 보기 힘들었다. 그저 우유에 시리얼을 말아먹거나 빵만 하나씩 먹을 뿐이었다. 호스트도 쓰지 않는 주방을 쓰겠다고 오래 있는 것이 여간 눈치가 보이는 일이 아니었다. 언제부턴가 요리의 핵심이 빠른 시간 안에 조리할 수 있느냐 없느냐가 되었고 재료도 값이 싼 고기가 중심이 되었다. 그래도 채소를 조금이라도 먹어야 하는 것은 아닐까 하는 생각에 곁들인 것이 양파였다.

매일같이 기계적으로 고기와 양파를 굽다 보니 눈감고도 할 수 있을 것 같았다. 그러다 사고를 쳤다. 어느 때처럼 달궈진 프라이팬에 기름을 두르고 양파부터 볶았다. 그런데 그날따라 양파에서 진득한 즙이 많이 나왔다. 양파가 오래된 것인가 보다 생각하고 소고기를 투척했다. 옆에 있던 종민이 자신이 마저 할 테니 쌀을 씻으라고 했다. 원래 종민이 주로 요리를 하고 나는 재료나 다듬고 설거지를 하는 편이있는데 이날은 반대였다. 아마도 이때부터 일이 틀어지기 시작한 것 같다. 종민이 볶은 양파에 소

요리에 무슨 짓을 한 거야?

"소고기는 어떻게 먹어도 맛있지만 양파랑 같이 볶으면 매일 먹어도 질리지 않는 것 같아. 그렇지?"

"그렇지. 소고기는 언제나 옳으니까. 그렇지만 아무리 소고기라도 세제랑 먹으면 안 되는 거야.

그럼 죽어. 생활 영어가 아니라 생존 영어를 익혀야겠어. 세제와 기름은 구분해야지?"

고기를 넣고 요리를 마무리할 때쯤 나는 옆에서 쌀을 씻어 밥을 했고 식탁을 차렸다. 종민이 소금과 후추를 넣어서 마지막 혼을 불어넣고 있었다. 화려하게 움직이던 프라이팬과 종민의 손동작이 멈췄다. 이제는 손이 아닌 입을 움직여야 할 시간이었다.

너 소고기에
무슨 짓을 한 거야?

"은덕, 다 된 거 같아. 냄새도 좋아."
"그래? 맛 좀 볼까? 아니 요리에 무슨 짓을 한 거야? 거품이 너무 많아!"
"나도 좀 이상하기는 한데……. 그래도 맛이나 볼까?"

종민이 고개를 갸우뚱하며 젓가락을 가져갈 때야 내가 만회할 수 없는 실수를 저질렀다는 것을 깨달았다.

"으아악!! 종민, 그거 먹으면 안 돼!"

프라이팬을 달구고 기름을 둘러야 하는 순간 나는 그만 세제를 넣고 말았다. 스스로도 어이가 없어서 박장대소를 하며 웃었지만 종민의 표정은 굳어져 갔다.

"너 인지 장애라도 있는 거야? 아무리 색깔이 비슷해도 그렇지 기름 대신 세제를 넣을 수가 있어? 영어라 못 읽은 거야? 내가 요리하면서 맛보기라도 했으면 어쩔 뻔했어? 소고기에 무슨 짓을 한 거야?"
"실수도 할 수 있지 뭐."
"앞으로 부엌에 들어오지 마! 설거지만 해!"

종민은 좀처럼 화를 누그러뜨리지 못했다. 나는 민망하기도 하고 웃기기도 해서 어떤 표정을 지어야 할지 몰랐다. 남편으로부터 부엌 출입 금지라는 말을 들었으니 기분이 좋아야 하는 것이 맞다는 결론을 내리고 종민의 화를 달래기 위해 다시 프라이팬을 달궜다. 쓰레기통으로 들어간 소고기와 양파를 애도하며 계란 프라이를 만들어 먹기 위해.

그들이 사는 방

글 /

맨체스터의 호스트, 아담 Adam은 체코 사람이다. 그는 맨체스터로 넘어온 체코인을 대상으로 부동산 중개업을 하면서 에어비앤비 호스트를 겸하고 있었다. 숙소에는 나와 은덕처럼 여행객도 있었지만 아직 집을 구하지 못한 체코인도 있었다. 그중 한 명이었던 가브리엘라 Gabriela는 대학 전공과 무관하게 웨이트리스와 호텔 메이드로 일하면서 돈을 벌고 있었다.

"영국에서 사는 게 어떠냐고? 체코보다 돈은 많이 벌어. 하지만 여기서 사는 건 쉬운 일이 아니야. 나는 여기에 아는 사람이 아무도 없어서 친구들과 수다 떨거나 공원으로 놀러 가는 일이 불가능하지. 매일 매니저에게 업무 지시를 받고 일만 해. 감정을 나눌 상대가 없는 거야. 내 꿈은 여기서 2년 정도 더 일하다가 너희처럼 세계여행하는 거야. 호주도 가고 싶고 미국도 가고 싶어."

나와 은덕도 세계여행을 떠나기 위해서 악착같이 돈을 모으고 전세금도 뺐다. 가브리엘라의 마음이 이해가 갔다. 그래도 우리는 외국에 나가서 돈을 벌지는 않았으니 가브리엘라에 비하면 수월하게 여행 준비를 마친 셈이다. 외국에서 여행자가 아니라 노동자로 산다는 것은 어떤 의미인지 가브리엘라를 통해서 생각해 봤다. 그녀가 순간순간 느끼는 외로움은 여행자가 느끼는 것과 비교할 수 없을 것이다. 감정을

여행자가 아니라
노동자로 외국에 산다는 것

"여행하면서 정말 다양한 사람을 만났지만 가브리엘라처럼 가슴 아픈 이야기를

들려준 사람은 없었어. 감정적인 교류가 전혀 없다는 말이 마음에 남더라.

여행자가 아니라 노동자로서 외국에 산다는 것,

진지하게 생각해 본 적이 없었는데 정말 외로운 일인 것 같아."

"대화 상대가 업무 지시하는 매니저밖에 없다는 말이 기억에 남아.

가브리엘라가 꼭 여행을 갔으면 좋겠어. 여행이 대단한 특권이나 혜택이라 생각하지는 않지만

그녀는 여행을 누릴 자격이 충분해."

내 이웃의 얼굴을 돌아보라

나눌 상대 없이 오직 업무 지시만 받는다는 말에 마음이 울컥했다. 오직 꿈 하나만을 바라보며 사는 가브리엘라의 고단함이 고스란히 느껴졌다.

한 지붕 다른 생각,
다른 마음

아담의 집에는 가브리엘라 외에도 루카스 Lukas라는 청년이 살고 있었다. 고향인 체코에서 IT를 전공했지만 국제경영학을 공부하고 싶어 이곳에 왔다고 했다. 내년 입학을 목표로 어학연수 중이었는데 영어 실력이 나와 견줄만했다. 전공 수업을 들으려면 지금 실력으로는 턱없이 부족할 텐데 어학연수보다는 돈벌이가 더 급했던 모양이다. 시간이 날 때마다 아르바이트를 하는 눈치였는데 부족한 영어 실력에도 호감 가는 외모와 타고난 배려심 덕에 찾는 곳이 꽤 있는 것 같았다. 나 역시 루카스에게 호감이 가서 이야기를 나눠 보고 싶었다. 무엇보다 영어를 유창하게 해야 한다는 부담감이 없어서 좋았다.

"지금까지 일하고 온 거야? 저녁은 먹었어?"
"응. 오늘은 중동 사람 결혼식에서 서빙을 했는데 늦게까지 사람들이 놀더라고. 남은 음식 좀 가져왔는데 같이 먹을래?"

음식은 사양했지만 혼자 밥 먹는 루카스가 마음에 걸려서 밥을 다 먹을 동안 말동무가 되어 주기로 했다.

"한국의 여름은 어때? 수영하기 좋아?"
"한국은 정말 더워. 더위를 피하려고 사람들이 전부 휴가를 간다니까. 그리고 한국은 작은 나라여서 어디에서 출발해도 넉넉잡아 3시간이면 바다에 갈 수 있어. 너는 취미가 뭐야?"

"내 취미? 나도 여행을 좋아해. 체코에 있을 때는 여기저기 많이 다녔어. 다음 달에는 스페인 남부로 간다고 했지? 작년 여름에는 모로코로 여행을 다녀왔는데 너무 더웠어. 스페인 남부도 비슷할걸? 참, 아프리카는 갈 거야?"

"아프리카는 이번 계획에 없어. 체코 사람들도 여행 많이 다니나 봐?"

"내 고등학교 동창은 북한도 다녀왔어. 여행 내내 단체로 움직여야 하고 감시원도 늘 따라다녔대. 북한 사람들하고 대화도 거의 불가능하고."

"정말? 체코 사람들이 가도 그래? 너희도 한때 공산권이었잖아?"

한때 북한처럼 철저히 통제되었던 시절도 있었지만 지금은 모든 것이 자유롭다고 했다. 시장경제를 도입한 지 오래되었고 EU 회원국이라 이젠 제법 시스템이 잘 갖춰져 있다고도 했다. 체코와 북한의 역사에 대해 서로 알고 있는 것을 전부 털어놓다 보니 시간이 어느새 새벽 4시를 가리켰다. 내일을 위해 침대로 가야 한다는 나를 보고 루카스는 무척 아쉬워하는 눈치였다. 오랜만에 말동무가 생겨서 좋았던 것 같다. 이때만 해도 루카스가 가브리엘라처럼 감정을 나눌 상대가 없다가 오랜만에 친구를 만나 기분이 좋은가 보다고 생각했다. 방으로 들어가는 나에게 루카스가 말했다.

"내일 아침 몇 시에 떠나? 배웅해 줄게."

다음 날 아침, 런던으로 갈 준비를 하는데 루카스가 졸린 눈을 비비며 내려온다. 3시간밖에 못 잤을 텐데 약속을 지킨 것이다. 역시 루카스는 좋은 사람이었다. 그런데 어제와 다르게 말수가 적다. 졸려서 그런가 보다 했는데 은덕이 잠깐 짐을 챙기러 자리를 비우면 어제처럼 옆에 다가와 재잘거렸다.

'자식, 은덕이 앞에서 영어 하는 게 부끄러운 거구나. 나한테는 어제 영어 실력을 다

보여 주었다는 건가? 하하하.'

루카스의 행동이 너무 귀여워서 짐을 다 챙긴 후 연락처를 주고 기회가 닿으면 또 보자는 말을 남겼다. 우리가 런던에 있을 때 혹시 런던에 올 기회가 있으면 연락하라고 신신당부도 했다. 흐뭇한 마음으로 아담의 집을 떠나면서 은덕에게 새로 사귄 친구에 대해 자랑했다.

"그런데 루카스가 너랑 있으면 말을 잘 못하더라. 나 모르는 일이 있었던 거 아니지?"
"음, 종민. 내가 루카스에 관해서 이야기 안 한 것이 있는데 말이야. 나는 루카스가 가브리엘라랑 사귀는지 알았거든? 그런데 가브리엘라가 루카스는 자기를 안 좋아한대. 루카스한테는 자기가 이성이 아니라는 거야. 그리고 다른 여자도 이성으로 느끼지 않을 거라고 하더라고."

은덕의 말을 듣고 나자 루카스가 가장 인상 깊게 봤던 축제가 맨체스터 프라이드 Man-chester Pride, 매년 8월 중순 맨체스터에서 열리는 세계적인 성 소수자들의 축제 라고 했던 것이 생각났다.

"귀여운 녀석. 난 여자가 있다고!"

에어비앤비 예약 시 주의사항 2

05 언어 걱정은 이제 그만

에어비앤비 호스트 대부분이 영어로 소통이 가능하다. 많이 사용할 것 같은 간단한 문장을 영어로 외워 가면 좋다. 혹시 외우기 힘들다면 우리에게는 보디랭귀지와 번역 프로그램이 있으니 기죽지 말자. 보디 랭귀지는 생각보다 강력하며 번역 프로그램은 나날이 진화하고 있다. 언어 때문에 현지인의 집에서 살 아 볼 수 있는 기회를 놓치지 말자.

06 리뷰와 룸 상태를 꼼꼼히 볼 것

싸다고 무조건 결제해서는 안 된다. 집의 위치와 리뷰, 호스트 소개 등을 꼼꼼히 읽어 봐야 한다. 리뷰 가 많은 집은 안전하지만 그만큼 많은 게스트가 머물렀기에 호스트의 열의가 부족할 수도 있다. 손님을 매번 똑같이 대하기란 힘든 일이니까 말이다. 긍정적인 리뷰가 10개 정도 되는 집을 추천하며, 호스트 가 여행을 좋아한다면 좋은 추억을 함께 만들 확률이 높아진다. 이 외에 세탁기, 무선 인터넷, 부엌 사 용 등이 가능한지도 살펴보자.

07 원한다고 모두 예약할 수 없다

내 돈 주고 자겠다는데 예약을 받아 주지 않으면 마음이 상한다. 하지만 에어비앤비 안에서는 흔히 있 는 일이다. 가격이 저렴하고 위치가 좋은 집은 그만큼 다른 게스트와 경쟁이 치열하고, 호스트 사정에 따라 예약을 안 받는 경우도 왕왕 생긴다. 그럴 때는 주저 말고 여러 숙소에 예약 문의 메시지를 보내자. 그리고 에어비앤비는 호텔이 아님을 다시 한번 명심하자.

08 사기꾼 조심

호스트가 에어비앤비 사이트 외로 결제를 유도하면 사기꾼일 확률이 높다. 따라서 수수료가 아깝다고 호스트에게 직접 돈을 송금하면 안 된다. 또한 에어비앤비는 사이트 외부에서 발생된 거래에 대해서 는 절대 책임지지 않는다.

어디까지나 주관적이고 편파적인
맨체스터 생활 정산기

 ＊ 도시 ＊
맨체스터, 잉글랜드
/ Manchester, England

 ＊ 위치 ＊
달튼 / Dalton (남부 맨체스터에 위치,
시내에서 버스로 20분 소요)

 ＊ 주거 형태 ＊
빌라 / 룸 쉐어

 ＊ 기간 ＊
2013년 8월 11일 ~ 8월 20일 (9박 10일)

 ＊ 숙박비 ＊
총 350,000원(1박 당 33,000원)

 ＊ 생활비 ＊
총 302,600원
(체류 당시 환율, 1파운드 = 1,700원)
＊ 2인 기준

 ＊ 은덕
맨체스터는 영국 내에서도 물가가 저렴한 곳 중 하나야. 대학교가 몰려 있어서 그
런가? 음식의 종류도 다양해서 피쉬앤칩스 Fish & Chips부터 인도, 중국 음식까지 싸
고 맛있는 식당들이 즐비하지.

 ＊ 종민
과거에는 산업혁명의 도시였지만 지금은 대학의 도시야. 그래서 '다행'이었달까?
어느 나라나 대학생들의 지갑은 가볍잖아. 맨체스터 대학 앞 펍에 가면 1+1 메뉴
로 배를 채울 수 있었어. 집에서 해 먹는 시간보다 밖에 나가서 먹는 날이 많았어
도 식비 지출이 생각보다 적었네.

만난 사람: 3명 + α

부동산 중개업을 하는 체코인 호스트 아담, 외국인 노동자로 일하며 세계여행의 꿈을 키

우고 있는 가브리엘라, 종민에게 약간의 사심을 가졌던 루카스.

방문한 곳: 2곳

세제와 식용유를 착각해서 종민을 혼돈에 빠트린 부엌, 매일 밤마다 감정을 교류하며 가

브리엘라와 루카스의 말동무가 되어 주었던 거실.

내 이웃의 얼굴을 돌아보라

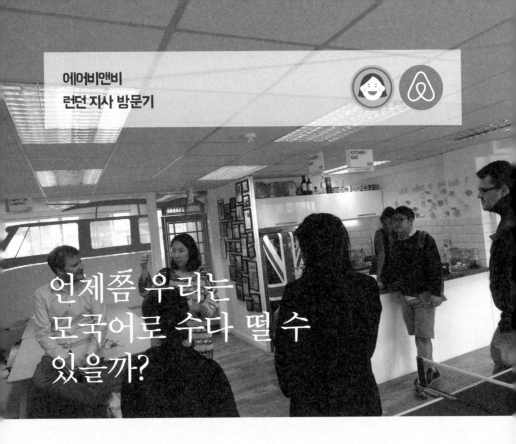

언제쯤 우리는
모국어로 수다 떨 수
있을까?

지금 생각하면 정말 무모한 제안이었다. 2년 동안 에어비앤비로 여행하겠으니 경비를 대 달라니. 우리의 기막힌 제안은 당연히 거절당했지만 대신 전 세계 에어비앤비 지사에서 우리의 존재를 알게 되었다. 그리고 이 모든 과정에 은지 씨가 있었다. 은지 씨는 내가 알고 있는 사람들의 범주에서 한참이나 벗어나 있었다. 내게는 악당의 기운이 있다. 냉소적이고 괴짜에다 삐딱한 구석도 있으며 착해 빠진 성격을 답답해한다. 이런 기질 때문에 만나는 사람도 한정적이었고 나와 비슷한 성향을 가진 사람들과 있을 때 편했다. 그래서 주변 사람들은, 그리고 가끔은 나조차도 나와 기질이 정반대인 종민과 결혼했다는 것이 믿기지 않는다. 이렇게 선하고 모든 사람에게 친절한 사람이 왜 나랑 결혼했을까?

런던에서 만난 썸남썸녀

은지 씨도 종민과 비슷한 기질의 소유자였다. 그녀를 만나고 오는 길이면 유기농 과일이나 요구르트를 먹은 것처럼 몸과 마음이 건강해지는 기분이 들었다. 이토록 건강한 에너지를 강하게 풍기는 사람은 만난 적이 없었다. 그런 은지 씨가 휴가 차 런던을 방문한다는 메일을 보내왔다. 우리는 함께 밥도 먹고 에어비앤비 런던 지사를 방문하자고 약속했다. 싱가포르 지사에서 마지막으로 봤으니 6개월 만이었다. 한국에서 한 번, 싱가포르에서 한 번, 그리고 런던에서 한 번. 꽤 여러 번, 여러 나라에 걸쳐 만났지만 대화를 나눈 시간은 반나절이 못되었다.

돌이켜 보면 낯선 사람을 만나는
것도 우리에게는 쉬운 일이
아니었는데 여행이 계속되면서
점점 면역력이 생기고 있다.
물론 영어 울렁증까지 극복한 것은
아니지만 일단 시작하면 생각보다
괜찮다는 것을 깨닫는다.
함께 있는 것만으로 분위기가
부드러워지는 그와 그녀들의
영향이 크지만.

은지 씨는 늘 혼자인 법이 없었다. 외국인 친구가 꼭 끼어 있어서 한국말로 수다 떨고 싶은 우리의 마음을 심란케 했다. 이번에도 헬기 Helgi라는 친구와 함께였다. 헬기는 아이슬란드 태생으로 20살 이후부터 쭈욱 런던에 살고 있었다. 헬기는 우리처럼 세계여행을 한 적이 있었는데 그때, 은지 씨와 카우치서핑을 통해서 인연을 맺었다고 했다. 헬기는 모국어가 영어가 아니었는데 그 때문에 영어가 서툰 종민의 어려움을 이해했고 대화가 통했다.

"헬기, 은지와 어떤 사이야? 2주 동안 함께 여행할 거라며?"
"은지는 좋은 친구야. 여행하면서 어떤 사이로 발전할지는 아무도 모르지. 하하하. 너희는 부부라며? 싸우지는 않아?"
"우리? 엄청 싸우지. 한국에서는 퇴근하고 잠깐 보거나 주말을 함께 보내는 정도였는데 지금은 매 순간 붙어 있으니까 답답하고 한국어로 대화할 수 있는 상대가 옆에 있다 보니까 언어도 늘지 않아. 너는 영어를 엄청 잘한다."
"그래? 고마워. 그런데 종민, 네 발음도 나쁘지 않아. 정확해. 언어 때문에 너무 고민하지 마."

곁에서 대화하는 것을 잠깐 엿들어 본 것이 전부지만 헬기는 배려가 몸에 기본적으

로 장착된 사람이었다. 하지만 헬기도 파란 눈의 외국인인지라 종민은 헬기와 대화하느라 진이 다 빠져 버린 상태였다. 종민은 헬기를 상대하느라 은지 씨와 이야기를 나누지 못했다며 아쉬워했다. 나도 마찬가지였다. 우리는 언제쯤 그녀와 모국어로 질펀하게 수다를 떨 수 있을까?

런던의 날씨는 우울하지만
사람은 그렇지 않다네

심상치 않은 기운을 풍기는 이들과 함께 런던의 북동쪽에 위치한 쇼디치 Shoreditch에 있는 에어비앤비 런던 지사로 향했다. 싱가포르, 파리에 이어서 세 번째 방문이었지만 매번 어색했다. 영어로 대화했기 때문에 나도 종민처럼 방문 자체가 커다란 숙제처럼 느껴졌다. 하지만 우리를 환영해 주는 런던 지사 직원들과 대화를 나누고 서로 궁금한 것을 묻다 보면 어느새 시간이 훌쩍 지나갔다.

"에어비앤비는 사무실마다 독특하게 꾸몄던데, 런던 사무실의 콘셉트는 뭐니?"
"저기 회의실 보여? 윔블던을 생각하며 테니스 코트를 만들었어. 사무실 중앙에는

탁구대도 있고. 런던은 날씨가 우울한 편이라 사무실이라도 역동적이고 활기차게
만들고 싶었어. 너희의 여행 콘셉트는 뭐야? 한 도시에서 한 달?"
"응. 우리는 체력이 저질이라서 빡센 여행은 힘들어. 그래서 한 곳에서 진득하게 머
무르면서 느긋하게 여행을 즐기고 싶었어. 게다가 에어비앤비라는 서비스가 있어
서 한 도시, 한 달 여행이 가능해졌지. 하하하."

사무실 문턱을 넘을 때만 해도 부담감에 머리가 복잡했지만 떠날 때에는 마음이 한
결 가벼워졌다. 세계적으로 주목받고 있는 기업의 초대를 받는 것은 흔한 일이 아
니다. 지금이 아니라면 내가 언제 또 런던과 파리 사람들이 일하는 풍경을 엿볼 기
회를 잡을 수 있을까?

에어비앤비 파리 지사는 프랑스어를 사용하는 지역을 모두 다루다 보니 규모가 컸는데 런던 지사는 총 8명의 직원이 근무하는 소규모 사무실이었다. 규모가 그리 크지 않아서 전체적으로 아기자기한 느낌이 들었고 곳곳에 마련된 스포츠 시설을 보니 생활 체육을 좋아한다는 영국 사람들의 취미를 엿볼 수 있었다. 사무실 구경을 마치고 은지 씨와 헤어지는 것은 아쉬웠지만 그녀와 헬기의 여행을 방해하고 싶지 않았다. 부랴 부랴 헤어지게 되었는데 숙소에 돌아와서 생각하니 화장실에 갔다가 뒤를 안 닦고 나온 것마냥 마음이 찝찝했다. '볼일 다 봤으니 이제 우리 그만 찢어집시다!'라는 뉘앙스로 은지 씨가 받아들이지는 않았을까? 그날 밤, 나쁜 짓을 한 사람처럼 전전긍긍하다가 겨우 잠이 들었다. 다음 날 아침 눈을 뜨자마자 은지 씨에게 메신저로 말을 걸었다.

"은지 씨, 어제 너무 급하게 인사하고 헤어져서 미안했어요. 여행 잘하고 있죠?"

당연히 '그렇다'는 내답이 돌아올 줄 알았는데 은지 씨는 런던의 유난스러운 날씨 때문에 몸살이 걸려 집에 누워 있다고 했다. 아뿔싸, 내 가족이 아픈 것 마냥 마음이 저렸다. 그리고 한편으로는 이런 내 감정이 낯설었다. 얼굴을 마주한 시간만 따지면 반나절도 안 된 사이인데 이런 마음이 드는 것이 이상했다. 나는 원래 악당 기질이 다분한 사람인데 말이다. 여행이 나를 변하게 한 것인지 은지 씨가 나를 변하게 한 것인지 아니면 종민이 나를 변하게 한 것인지 모르겠지만 분명 나는 변하고 있었다.

작은 사무실에서 가족처럼 일하고 있던 런던 지사의 사람들.
우울한 날씨에 지지 말자고 사무실을 활기차게 꾸미고 서로를 독려하는
모습에서 단순한 직장 동료 이상의 정을 느꼈다.
런던 지사 사람들의 다정한 기운을 받아서일까?
마음의 온도가 1도쯤 올라간 기분이다.

런던에서
처음부터 그대로
다시 살아 보고 싶어

열 길 물속은 알아도 한 길 사람 속은 모른다는데 이 말을 런던에 적용하고 싶다. 런던의 1존 속은 알아도 3존 속은 모른다고 하면 적당할까? 런던의 중심부에서 동심원을 그리며 넓어지는 이민자들의 삶과 역사가 우리의 여행을 풍부하게 만들었다. 여행하러 온 것인지, 싸우러 온 것인지 헷갈리는 나날이었지만 언제나 그럴듯 지나고 보면 즐겁고 그리운 시간이다. 이제는 익숙해졌을 법한데 몇 개의 글로 런던을 정리하고 보니 다시는 돌아가지 못할 시간이 된 것 같다. 모래시계를 뒤집듯이 시간을 되돌릴 수 있으면 얼마나 좋을까?

"다시 런던에 가면 뭘 하고 싶어?"
"런던에서 처음부터 그대로 다시 살아 보고 싶어. 처음 만났던 그 느낌 그대로."

멀링가
Mullingar

더블린
Dublin

홀리헤드
Holyhead

아일랜드
Ireland

브래이
Bray

웩스포드
Wexford

워터포드
Waterford

피쉬가드
Fishguard

밀퍼드 해븐
Milford Haven

뉴키
Newquay

웨이크필드
Wakefield

맨체스터
Manchester

그림즈비
Grimsby

영국
England

버밍엄
Birmingham

우스터
Worcester

케임브리지
Cambridge

옥스퍼드
Oxford

레딩
Reading

런던
London

브리스톨
Bristol

사우샘프턴
Southampton

브라이턴
Brighton

본머스
Bournemouth

1존 너머의
사람들

글 /

신혼여행으로 런던을 처음 찾았을 때, 우리는 영국박물관 The British Museum이 있는 블룸즈버리에 숙소를 잡았다. 이때도 에어비앤비를 이용했고 1존 안의 모든 지역을 걸어서 다녔기 때문에 런던을 알 만큼 안다고 생각했다. 그러나 1년 후, 다시 찾은 런던은 전혀 다른 얼굴을 보여 주었다. 우리가 한 달을 살게 된 숙소는 템스 강 River Thames 남쪽 3존 지역이었다.[1] 런던 시내, 즉 1존에서 3존까지는 버스로 1~2시간이 걸리는데 이동하는 버스 안에서 바깥을 바라보면 다른 나라로 떠나는 듯한 느낌이 든다. 런던에서 만난 호스트 에드리스 Edris는 3존에서도 흑인 거주 지역인 캣포드 Catford에 살고 있다. 캣포드에서 버스를 타면 나와 은덕 그리고 기사 아저씨를 제외하고 모두 흑인이다.

"은덕, 우리 숙소를 잘못 잡은 게 아닐까? 흑형들이 덤비면 어쩌지?"

처음 캣포드에 도착했을 때, 흑인들의 행렬을 보며 몸과 마음이 위축되어서 숙소를 옮

---

1) 런던에는 6명의 존, 아니 6개의 존이 있다. 런던의 행정구역은 6개의 존으로 나뉘는데 주요 시설 및 관광지는 1~2존 안에 집중되어 있다. 런던의 중심부인 1존을 중심으로 동심원처럼 퍼지면서 차례로 존이 배치되어 있다. 6존 안에 5존이 있고 5존 안에 4존이 있다고 생각하면 이해가 쉽다. 1존으로 갈수록 생활비와 숙소 비용이 높아지고 6존으로 갈수록 비용은 낮아진다. 1존과 2존은 관광객과 유학생의 비중이 높은 편이고 3존을 넘어서면 이민자의 비중이 높아진다.

행운은 아주 작은
용기에서부터

정원에 가만히 앉아 있으면 어디선가

여우가 홀연히 나타나는 마법 같은 순간이 우리에게 벌어질 줄이야.

그 여우를 따라가면 토끼를 따라나선 앨리스도 만날 수 있을 것 같았다.

거리에서 마주치는 사람들의 겉모습이 낯설다는 이유로 이곳을 떠났다면 어땠을까?

일상에서 행운을 만나는 방법은 어쩌면 아주 작은 용기에서 비롯되는 것일지도 모른다.

런던에서 처음부터 그대로 다시 살아 보고 싶어

길까 고민했다. 하지만 에드리스의 집 마당은 어디선가 여우가 나타나 잠시 놀다 갈 정도로 호젓하고 조용했다. 나는 그 분위기가 좋았다. 또한, 캣포드는 런던의 살인적인 물가를 이겨 낼 수 있는 좋은 조건을 갖추고 있었다. 숙박료는 저렴했고 에드리스는 나와 은덕의 아침 식사를 꼬박꼬박 챙겨 주었다. 특별한 조리법이 있는 것도 아니고 메뉴도 다양하지 않지만 먹고 나면 영양제라도 먹은 듯, 힘이 났다. 이런 에드리스의 배려 덕분에 식비가 줄어서 런던의 악명 높은 물가 속에서 숨통이 트였다. 냉장고에서 음식이 떨어질 때가 되면 넉넉하게 채워 넣는 에드리스의 마음 씀씀이는 에어비앤비 게스트들 사이에 소문이 난 듯했다. 런던의 중심부에서 꽤 떨어져 있음에도 불구하고 여행객이 끊이질 않았다. 그것도 1주일 이상 머무는 장기 손님들로 말이다.

런던 타임즈

런던에 도착하자마자 종이 한 장을 찢어 달력을 만들었다. 삐뚤빼뚤 줄을 그어 칸을 만들고 날짜를 적으면서 런던에서 해야 할 것과 봐야 할 것을 정리했다. 다른 도시라면 느긋하게 일상과 여행을 오갔겠지만 런던은 달랐다. 공연, 전시, 음악, 문학, 영화 등 둘러봐야 할 것이 끝도 없이 나왔다. 빈칸 하나 없이 꽉 채워진 스케줄을 보면서 런던이 대단한 도시라는 생각을 다시 한번 했다. 아침 8시에 일어나 에드리스가 챙겨 놓은 아침을 먹고 집을 나서도 관광지가 몰려 있는 시내에 도착하면 점심때가 되었다. 샌드위치를 먹으면서 끼니를 때우고 빽빽한 스케줄을 소화한 후 집으로 돌아오면 밤 10시. 간신히 세수만 하고 그대로 침대로 돌진했다. 꿈도 꾸지 않고 잠에 빠져 있다가 다시 눈을 뜨면 에드리스가 요리한 아침이 우리를 기다리고 있었다.

1존과 3존을 왕복하는 일을 매일 4시간씩 반복하다 보니 우리는 자연스럽게 3존에 대해 생각하기 시작했다. 1존에서 보이지 않는 것이 3존에는 있었다. 2011년 런던

매일 아침 자메이카 가정식 먹고 런던 탐험

"종민, 에드리스의 집에서 가장 기억에 남는 게 뭐야?"

"에드리스가 살아온 이야기, 이민자들 이야기, 그리고 무엇보다 직접 만들어 준 밥."

"나도, 밥. 그녀가 만들어 주는 자메이카 가정식은 잊지 못해. 우리가 런던에서

부지런히 돌아다닐 수 있었던 이유 중 팔 할은 에드리스가 준비해 준 아침 식사 덕분일 거야."

런던에서 처음부터 그대로 다시 살아 보고 싶어

인구 조사에 따르면 흑인을 비롯한 이민자의 수는 런던 총인구의 절반이 넘었다. 1 존은 완벽하게 백인 거주 지역이었고 2존은 아시아인, 모슬렘, 그리고 인도계 사람들이 살고 있었고 3존으로 들어서야 흑인이 거주하는 지역이 나타난다. 관광지는 대개 1존에 몰려 있고 숙소도 2존에서 구하는 경우가 많아서 3존까지 오는 관광객은 매우 드문 편이다. 만약 에드리스의 집에 머물지 않았다면 나와 은덕도 런던은 백인들의 사회라 여기고 돌아갔을 것이다.

나는 런던 사람입니다

에드리스는 1960년대에 자메이카에서 영국으로 넘어온 이민 1.5세대다. 지금은 아들과 딸을 모두 출가시킨 후 남자 친구인 아이작 Issac과 함께 살고 있다.

"처음 런던으로 왔던 게 1968년이었어. 내 나이 17살이었는데 그때 너희는 태어나지도 않았지? 지금이야 노팅힐 Notting Hill이나 브릭스톤 Brixton이 젊은 사람들이 찾는 멋진 동네가 되었지만 원래 나 같은 이민자들이 정착한 마을이었어."

1960년대 후반, 영국 정부가 식민지국의 자치권을 보장하고 이민 허용 정책을 실시하면서 런던의 이민자 수가 폭발적으로 증가했다. 특히 영어를 사용했던 자메이카와 카리브 해 인근의 국가에서 흑인 이민자들이 몰려들기 시작했는데 그들이 정착했던 곳이 당시에는 런던 외곽에 속하던 노팅힐과 브릭스톤이었다. 지금은 그곳에 정착해 살던 이민자들은 3존 바깥으로 밀려나고 문화만 남아서 오늘날 런던의 핫 플레이스를 형성하고 있다.

"친구가 에어비앤비 호스트를 해 보니까 좋다며 나에게도 권하더라고. 아들, 딸이

우리가 짐작할 수도 없는
에드리스의 시간들

넉넉한 인심으로 우리를 품어 주었던 에드리스.

지금은 여유가 넘치는 모습으로 옛이야기를 담담하게 풀어내고 있었지만

낯선 나라에서 지금까지 살아 내는 과정이 어찌 녹록하기만 했을까?

에드리스의 말처럼 우리가 태어나기도 전, 우리의 부모님이 아직 만나지도 않았던 그때,

치열하게 살았던 에드리스의 시간이 귀하게 느껴졌다.

런던에서 처음부터 그대로 다시 살아 보고 싶어

브릭스톤의 역사가
이민자들의 역사

백인 사회가 전부라고 믿었던 런던에서 이민자들의 굴곡 많은 역사를 만난 것은 행운이었다.

런던의 1존에서 3존으로 옮겨 왔을 뿐인데 생각의 범위가 이전과는 비교할 수 없을 만큼 넓어졌다.

이때부터 세계여행이 끝났을 때를 상상하면 그리 아쉽거나 슬프지 않다.

오히려 '세상을 보는 눈이 얼마나 넓어져 있을까' 기대된다.

다 결혼해서 나가고 방이 남았을 때라 시작했는데 벌써 2년이나 지났네."

친구의 제안으로 시작한 에어비앤비 호스트였지만 많은 게스트가 에드리스를 찾았고 그녀의 집에 다녀간 사람들이 남긴 후기는 모두 호평 일색이었다. 에드리스는 집에 있는 시간이 이전에 만났던 호스트에 비해 긴 편이었다. 덕분에 이야기할 시간이 많았는데 런던 생활에 대한 조언은 물론 까마득한 런던의 생활사를 들을 수 있었다. 그 시간이 우리에게는 좋은 추억으로 남았고 앞서 다녀간 사람들도 비슷한 기억을 공유했을 것이라 어렵지 않게 짐작할 수 있었다.

"브릭스톤에 다녀왔다고 했지? 지금은 어떠한 식재료도 구할 수 있는 큰 시장이지만 내가 처음 이곳에 왔을 때는 작은 동네 시장이었어. 브릭스톤의 역사가 바로 이민자들의 역사야."

지금은 세련되고 멋있는 브릭스톤이지만 30년 전만 해도 런던으로 밀려드는 이민자들이 사는 우울한 마을이었다고 한다. 다양한 국가에서 온 이민자들이 고향에 대한 향수와 고된 노동의 피로를 고국의 음식으로 달래기 위해 식재료 시장이 형성되기 시작했고 점차 몸집이 커지면서 현재의 모습이 되었다고 한다. 지금은 쓸쓸했던 과거의 분위기는 사라지고 전 세계에서 밀려드는 식재료와 이국적인 요리법이 쌓여 세상의 모든 맛을 모은 다국적 먹자골목으로 변신해 사람들의 발길을 사로잡는다. 런던 인구의 절반 이상이 이민자라는 사실, 휴 그랜트와 줄리아 로버츠가 멋지게 어울렸던 영화 속 노팅힐 그리고 핫 플레이스라 여겨졌던 브릭스톤이 사실은 흑인 이민자들이 정착하면서 발전한 곳이라는 사실을 에드리스를 통해 처음 들었다. 런던의 첫 번째 존에서 벗어나 세 번째 존으로 옮겨 왔을 뿐인데 런던을 바라보는 시각이 전과 비교할 수 없을 만큼 넓어졌다.

노팅힐
카니발

글 /

"너희, 이번 주에 노팅힐 카니발 Notting hill Carnival [2]이 열리는 건 알고 있지? 거기는 꼭 가 봐야 해!"

"그럼요. 아줌마랑 아저씨도 가실 거죠?"

"에이, 우리 같은 늙은이들은 이제 힘들어서 못 가. 거기 가면 자메이카 음식도 많이 팔아. 매콤한 닭다리도 파는데 내가 해 준 음식들보다는 별로겠지만 먹을만할 거야."

8월의 마지막 주 월요일과 화요일, 뱅크 홀리데이에 열리는 노팅힐 카니발. 뱅크 홀리데이라고 해서 은행만 쉬는 날인 줄 알았는데 법정 공휴일이라 모든 상점과 회사가 문을 닫았다. 노팅힐은 동명의 영화로 유명해졌지만 본래 카니발이 열리는 축제의 동네였다. 노팅힐 카니발은 브라질에서 열리는 리우 카니발 Rio Carnival과 함께 거리 축제를 대표하는 카니발이다. 리우 카니발이 비싼 입장료를 지불해야 하는 것과 달리 노팅힐 카니발은 몇몇 프로그램을 제외하면 무료로 진행된다. 세계적인 카니발을 공짜로 볼 수 있다는 말에 나와 종민은 이틀 내내 노팅힐을 찾기로 했다.

---

2) 노팅힐 카니발은 노팅힐 지역에 거주하던 이민자들이 1964년에 자신들의 문화와 전통을 알리자는 취지에서 시작한 거리 축제다. 매년 8월 마지막 주에 진행되며 이민자들이 만들어 먹었던 음식이 길거리에 가득하고 밴드들은 전통과 현대 음악을 끊임없이 연주한다. 화려한 가장행렬이 백미로 꼽히는 노팅힐 카니발은 유럽에서는 가장 규모가 큰 거리 축제이고 세계 10대 축제 중 하나로 꼽는다.

지구의 중심이 노팅힐로

매년 8월의 마지막 주가 되면 노팅힐에는

오직 카니발을 보기 위해 세계 각국에서 100만 명의 사람들이 찾아온다.

이 시기가 되면 지구의 중심이 영국의 노팅힐 쪽으로 살짝 이동하지 않을까 싶다.

이처럼 많은 사람이 하나의 목적으로 모였다는 것이 신기하다.

말도 잘 통하지 않고 생김새도 천차만별이지만 그 자리에 함께 있는 것만으로 통하는 감정이 있다.

이러한 감정들이 모여 수없이 폭발하고 사그라지는 과정이 곧 카니발, 축제가 아닐까?

런던에서 처음부터 그대로 다시 살아 보고 싶어

카니발 첫째 날, 버스를 3번이나 갈아타고 2시간 만에 노팅힐에 도착했다. 몰려드는 인파를 감당할 수 없어 지하철은 역에 정차하지 않고 지나갔다. 카니발을 보기 위해서는 오로지 버스를 이용해야 했기 때문에 그 안의 북적거림과 들썩거림이 평소보다 몇 배는 더 심했다. 종민은 수원, 나는 인천이 고향이어서 서울 시내로 진입할 때마다 왕복 3시간을 기본으로 버텨야 했고 그렇게 버스를 타고 기른 체력이기에 노팅힐까지 가는 2시간은 아무것도 아니리라 생각했다. 그러나 막상 겪어 보니 인파 속에서 노팅힐로 향하는 길은 멀어도 너무 멀었다. 하지만 노팅힐 카니발을 보기 위해 비행기를 타고 날아오는 사람들도 있지 않은가? 그에 비하면 버스를 타고 움직이는 나와 종민은 행운아였다. 매해 100만 명이 넘는 관광객이 찾는다는 말이 과언이 아니었다. 인산인해라는 말이 아마도 여기서 비롯된 것이 아닐까 싶었다.

"종민, 사람이 이렇게 많은데 우리 카니발을 제대로 볼 수나 있을까?"

카니발을 마음껏 즐기고 싶었지만 나는 사람이 많이 모인 장소에 트라우마가 있었다. 1990년대 후반, 크라잉넛의 단독 공연에 가서 젊은 혈기에 펜스 앞까지 진출했다가 압사 직전까지 갔던 경험이 있다. 그때 이후로 사람이 많이 모이는 공연장, 축제에 가게 되면 언제든 도망갈 수 있는 퇴로를 확인하는 것이 습관이었다. 불안과 초조가 섞인 마음으로 종민의 손을 꼭 잡은 채 인파에 휩쓸려 카니발이 열리는 거리에 발을 들여놓았다.

검고 뜨거운 축제,
노팅힐 카니발

노팅힐 카니발의 시작은 카리브 해 인근의 국가에서 이주한 흑인 이민자들이 1964

년, 8월 뱅크 홀리데이에 벌인 거리행진이었다. 자메이카, 쿠바, 아이티, 도미니카 공화국, 바하마 등지에서 온 흑인들이 억압된 자유와 일자리 부족, 가난 등 힘든 상황을 통과하고 있을 때, 단 이틀 동안이라도 춤과 음악으로 자신들의 감정을 폭발시키듯 표현해낸 것이다.

인파에 기가 눌려 걱정했지만 정작 나를 위협했던 것은 밀물처럼 몰려들던 사람이 아니었다. 눈앞에서 펼쳐지는 흑인들의 화려한 춤사위에 넋을 놓고 말았다. 엉덩이 살과 근육만을 이용해 춤을 추는 트월킹 Twerking과 남녀가 몸을 맞대고 위아래로 움직이는 야이킹 Yiking까지 목격하니 별에서 온 축제를 보고 있는 것 같았다. 고개를 돌릴 때마다 현란하게 흔들리는 흑인들의 남다른 몸을 보고 있자니 정신이 절반은 나간 상태가 되었다. 눈에 보이지도 않는 유전자 하나 때문에 피부색이 달라지고 체형이 결정된다고 한다. 하지만 흑인들의 문화와 몸놀림을 보고 있자니 그 문화의 뿌리와 전개 양상은 유전자 하나 때문에 결정된 것이라 보기에는 설명이 부족했다. 지구 상에 존재하는 인류는 어쩌면 흑인과 그 외의 인종으로 구분되는 것일지도 모르겠다. 영화에서만 보던 것보다 훨씬 더 자극적인 춤을 피해 눈 둘 곳을 찾기 위해 쉴새 없이 고개를 돌렸다.

노팅힐 카니발의 첫날은 어린이의 날 Children's day로 어린이들도 무대에 오른다. 트월킹과 야이킹도 거침없이 추는 어린이들을 보고 있자니 조금은 익숙해졌다 싶었던 충격이 배가 되어 돌아왔다. 영화 〈스텝업 4 Step up Revolution〉에서도 트월킹을 추는 장면이 등장한 적이 있었다. 이때 춤을 목격하게 된 어린이의 눈을 가리는 장면이 비쳤는데 이곳에서는 아이들도 어른 못지 않게 트월킹과 야이킹을 추면서 축제를 만끽하고 있었다.

미국에서도 트월킹과 야이킹은 선정성 때문에 환영받지 못하는 춤이라고 한다. 문화의 일부인 춤을 자극적이라고 손가락질하는 사람을 마치 조롱하듯 수많은 사람이 모인 자리에서 여과 없이, 보란 듯이 춤을 추는 것을 보니 노팅힐 카니발의 시작이 이민자들의 서러움과 자국 문화에 대한 향수였다는 사실을 다시 한번 떠올리게 되었다. 흑인 이민자에 대한 핍박, 고향에 대한 그리움, 고유한 문화에 대한 자부심이 똘똘 뭉쳐서 이런 무대를 이어 왔던 것이 아닐까? 이 와중에 종민은 과감하게 카메라를 들이밀고 영상을 찍었다. 지금의 민망함이 조금 가라앉으면 나중에 보여 달라고 해야겠다. 흠흠.

별에서 온 축제

"노팅힐 카니발에서 만난 흑인의 문화를 보고 충격에 휩싸였어.

한동안 말을 잃었지. 눈앞에서 보니까 춤이 훨씬 선정적이더라고."

"동물들의 짝짓기를 본떠서 인간의 원초적인 본능과 감정을 격하게 표현한 거 같아.

흑인들 특유의 솔직함으로 말이지. 춤이 야해서 이름이 야이킹인가 봐. 허허허."

잃어버린 오이스터 카드를 찾아서

글 /

런던의 교통체계는 서울에서 온 우리에게는 꽤 복잡하다. 시간대별로 결제 요금도 달라서 시간과 이동 거리를 계산해 어떤 결제 방식의 교통카드를 이용할 것인지 신중하게 선택해야 한다. 우리는 오이스터 카드 Oyster Card를 사용했는데 이 카드는 지갑 속에 넣고 다니면서 요금을 결제하는 USB라 생각하면 된다. 그 안에 어떤 결제 파일을 넣을 것인지는 사용자가 결정할 수 있고 정기권 격인 'Travelcard'는 지하철과 버스를 탈 때 사용할 수 있다. 또 다른 정기권인 'Bus & Tram'은 런던의 상징인 빨간색 버스와 트램을 이용할 수 있다. 일정 금액의 현금을 넣고 사용할 때마다 결제하는 충전식 'Pay as you go'도 있다. 나와 은덕이 고른 것은 'Bus & Tram'이었다.

시내에 나갔다가 집으로 돌아오는 길, 은덕이 그만 오이스터 카드를 잃어버렸다. 은덕이 민망할까 싶어서 통 큰 남자 흉내를 내 봤지만 속마음은 그렇지 못했다. 집까지 환승도 한 번 더 해야 했고 주머니에는 현금도 없었다. 엎친 데 덮친 격으로 잃어버린 카드 안에는 이틀 뒤부터 사용할 수 있는 정액권을 막 충전해 놓은 상태였다. 가격은 19.6파운드, 한화로 바꾸면 고작 4만 원이었지만 하루에 10파운드 약 17,000원 로 살아가는 우리에게는 큰돈이었다.

어두운 밤, 가로등도 없는 런던 3존의 길을 걷고 또 걸어서 집으로 갔다. 다행히 잃어버린 카드는 사용자 등록이 되어 있어 다음 날 새 카드를 구입하고 정액권을 옮기면 그만이라고, 번거롭지만 해결할 수 있다고 은덕에게 이야기했다. 나도 그럴 것이라 믿었다. 적어도 그날 밤에는 말이다.

카드를 받을 수 있다면
영혼이라도 내놓겠어요

다음 날 아침, 집에 있던 에드리스에게 사정 이야기를 하니 집 앞에 있는 편의점부터 가 보라고 했다. 편의점 주인에게 가니 여기서는 해결할 수 없으니 가까운 기차역으로 가라고 했다. 가까운 기차역까지는 버스로 30분이었다. 일이 꼬이는 조짐이 느껴졌다. 버스를 타고 도착한 기차역에는 그동안 운영해 오던 오이스터 카드 관련 업무가 하필 오늘부터 중단되었다는 안내문이 대문짝만하게 박혀 있었다.

"뭐야? 왜 하필 오늘부터야? 은덕, 넌 왜 어제 잃어버린 거냐?"

예상과 달리 일이 쉽게 풀리지 않으니 나도 모르게 은덕에게 빈정거렸다. 내 실수도 아닌데 왜 이렇게 고생해야 하나 싶었다. 창구 직원에게 상황을 설명하니 가까운 지하철역으로 가 보라는 예상 가능한 답변이 돌아왔다. 또다시 버스를 타고 30분 거리에 떨어져 있는 지하철역에 도착했다. 그리고 돌아온 대답은 오늘은 휴일이어서 중심가에 있는 지하철역에서만 오이스터 카드 관련 업무를 해결할 수 있다고 했다.

'제길, 제길, 제길!!'

욕이 나오고 부아가 치밀었지만 지금 이 상황을 어떻게든 수습할 수 있다면 참을 수 있었다. 적어도 이때까지만 해도 말이다. 반나절을 더 헤매다 런던 브릿지 _{London} _{Bridge} 역 창구 앞에 섰다.

"어제 오이스터 카드를 잃어버렸어요. 그래서 새 카드에 우리가 충전한 내역을 옮기고 싶어요."
"뭐라구요?#%$^@%$"
"네? 저기 잘 못 알아듣겠는데 천천히 말씀해 주시겠어요?"
"에휴, 당신이 카드를 잃어버린 건지 아닌지 내가 어떻게 알아요. 이 업무는 고객센터에 전화해서 해결하세요."
"카드를 등록해 놨어요. 여기 구매한 영수증도 있구요. 등록된 카드는 복구할 수 있다고 들었는데요?"
"내가 할 일이 아닙니다. 전화로 해결해요."

이탈리아에서의 악몽이 떠올랐다. 창구 직원의 빈정거리는 태도에 종일 참았던 분노가 터졌다.

"다른 지하철역에서 이곳에 오면 해결할 수 있다고 들었어요. 그런데 할 수 없다니요?"
"무슨 말인지 못 알아듣겠네. 영어로 해요. 영어!"
"영어가 서툴러요."
"전!화!로!해!요!"

창구를 뚫고 들어갈 기세였던 나를 말린 것은 은덕이었다. 은덕의 말대로 모든 사람이 내게 친절해야 할 필요는 없다. 하지만 홈페이지에서도, 다른 지하철역의 직원들도 이곳에 오면 해결할 수 있다고 말했다. 왜 안 되는지, 어떻게 해결할 수 있는지 최소한의 설명은 해야 하는 것이 아닐까? 나는 친절이 아니라 설명이 필요했다.

왜 잃어버렸어!

"잃어버린 오이스터 카드 가격 4만 원. 그 돈이 과연 하루를 버릴 만큼 큰 돈이었을까?

오이스터 카드를 살 수 있는 모든 종류의 매표소를 다 돈 거 같아.

매표소 직원에게 친절을 바란 것은 아니었지만

먼 길 떠나온 여행자에게 조금만 더 자세한 설명을 해 줄 수는 있잖아."

"그러니까 왜 잃어버렸어! 왜! 시간도 버리고, 자존심도 상하고!

왜 돈 4만 원에 나를 잃어버리게 하냐고!"

런던에서 처음부터 그대로 다시 살아 보고 싶어

이건 내가 아니야

"알았어요. 내가 알아서 할 테니 오이스터 카드나 팔아요."
"보증금 5파운드에 최소 충전 비용 5파운드까지 총 10파운드."
"이 카드 등록이나 해 줘요. 그건 할 수 있죠?"

대답 대신 돌아온 것은 종이로 된 가입서였다.

"여기 기재해서 우편으로 보내요."
"이것도 안 되나요? 당신 정말 친절하게 설명하네요."
"별말씀을."
"처음부터 자동판매기에 물어볼 걸 그랬어요. 당신이랑 별 차이도 없는데 말이죠."
"그러지 그랬어요?"

분을 이기지 못하고 가입서를 집어 던지고 말았다. 집으로 돌아오는 길, 왜 이런 대우를 받으면서 여행해야 하는지 스스로 되물었다. 완벽한 이유를 찾아야만 폭발할 것 같은 감정을 삭일 수 있었다. 통 큰 남자 흉내도 여기서 끝났다.

"야! 김은덕! 이게 다 너 때문이잖아. 내가 왜 고작 4만 원 때문에 이런 무시를 당해야 하는데? 거기다 내가 잃어버린 것도 아니잖아. 처음부터 네가 잃어버린 거니까 네가 해결할 것이지 왜 나한테 미뤄! 아! 미치겠네! 제길!"
"뭘 그렇게 화를 내? 그냥 그런가 보다 하면 되지. 다른 나라에서 이 정도 무시도 안 당할 줄 알았어? 그렇게 순진해?"

한국에서는 목소리를 높이는 일이 없었다. 은덕과 티격태격 말다툼은 했지만 일방적으로 화를 낸 적도 없었다. 처음 만나는 사람에게 사람 좋아 보인다는 말을 듣고 살았고 그 말이 좋아 늘 다른 사람에게 양보하고 착한 얼굴로 한평생을 살았다. 나는 정말 그런 내가 좋았다. 하지만 긴 여행을 시작하고 나니 나의 진짜 얼굴을 바라볼 시간이 많아졌다. 다른 사람을 배제하고 오롯이 나만 바라보는 시간, 나를 위한 선택을 하는 일이 많아지다 보니 나의 진짜 얼굴을 보게 되었다. 나는 착한 사람도 아니었고 늘 친절한 사람도 아니었다. 나는 본래 비열하고 시샘도 많지만 다른 사람에게 잘 보이고 싶은 마음에 가짜 얼굴을 쓰고 살아왔던 것은 아닐까? 내가 사랑해 마지않았던 런던에서, 고작 교통카드에 불과한 플라스틱 앞에서 나의 진짜 얼굴을 마주했다. 깊은 우물에 감춰 둔 진짜 얼굴이 나타난 것이다. 그동안 알고 있던 '나'라는 사람은 어디에 간 것일까? 지금껏 내가 알던 나를 잃어버린 이 여행은 나에게 독이 될 것인가? 약이 될 것인가?

기다렸다!
레딩 페스티벌!

글 /

드디어 그 날이 왔다. 얼마나 기다렸던가? 레딩 페스티벌 Reading Festival! 한국에서 열린 록 페스티벌 외에는 참가해 본 적이 없었기 때문에 외국에서 열리는 록 페스티벌에 대한 동경이 있었다. 게다가 록의 본거지나 다름없는 영국에서의 록 페스티벌은 상상만 해도 짜릿했다. 글래스턴베리 페스티벌 Glastonbury Festival이 열리는 6월과 레딩 페스티벌이 열리는 8월 중 어느 때에 영국을 방문할 것인가를 두고 고심하다가 항공권 가격과 도시 이동 거리를 생각해 레딩 페스티벌을 골랐다. 얼리버드 티켓이 풀리던 날, 두근두근한 마음으로 새벽에 티켓을 예매하고 무려 6개월을 기다렸다. 세계여행을 떠나기 전, 한국에서 예매하지 않았다면 줄어드는 통장 잔고의 압박에 공연을 볼 엄두를 내지 못했을 것이다.

오른쪽 운전석에서
길을 잃다

공연 날 아침, 들뜬 마음으로 렌터카를 빌렸다. 운전석이 오른쪽에 있어서 낯설었지만 종민은 걱정하지 말라고 했다. 런던부터 레딩 Reading까지는 1시간 30분 거리였고 오랜만에 교외를 달린다는 사실에 종민은 살짝 흥분한 것 같았다.

"오른쪽 운전석은 처음이잖아. 정말 괜찮겠어?"

"나 양손잡이야. 왼손으로 스틱 기어도 가능해. 군대에서 2년 동안 맞으면서 배운 운전이라니까. 15년 무사고라고."

자신감이 자만으로 변하는 순간 나락으로 떨어지는 법인데, 평소보다 들뜬 종민을 잘 달랬어야 했다. 운전하는 내내 종민은 바짝 긴장했다. 나 역시 왼쪽 조수석이 매우 어색했다. 결국, 사고가 나고 말았다. 주전부리를 사러 마트 주차장으로 들어설 때였다.

"까아악! 어떻게 옆 차 백미러가, 백미러가……. 긁혔겠지?"

앞차를 피해 가려고 핸들을 돌린 순간 둔탁한 소리에 나와 종민 모두 깜짝 놀랐다. 다행히 양쪽 차 모두 상처는 없었다. 종민은 차 넓이가 계산이 안 된다고 했다. 마음을 가다듬고 다시 큰길로 나섰다. 길 위에는 차가 많았고 도로 폭은 내가 보기에도 좁았다. 옆 차를 신경 쓰며 운전하느라 종민의 얼굴에는 식은땀이 흘렀다. 이정표도 볼 겨를이 없는지 내가 알려 줘야 했다. 그러지 말아야지 하면서 옆 차선에 차가 지나갈 때마다 비명이 저절로 나왔고 '조심해'를 연발했다.

"픽!"

이번에는 소리가 더 둔탁하고 불길했다. 왼쪽 차선을 지나던 트럭과 스친 것이었다. 불과 10분 전에 일어났던 사고의 여운도 가시지 않았는데 두 번째 사고라니! 심장이 쿵, 내려앉았다.

"보험 회사 전화번호가 뭐지? 아, 맞다. 우리 휴대폰도 없잖아? 보험을 어떻게 불러? 사고 났을 때 먼저 쏘리라고 하면 덤탱이 쓴다고 했던 거 같은데?"

종민은 짧은 순간에 수십 개의 질문을 쏟아 냈다. 하지만 무엇보다 석정되는 것은 돈이었다. 수리 비용이 얼마나 나올지 막막했다. 머리는 하얘지고 손은 덜덜 떨렸지만 마음을 굳게 먹고 트럭 운전수를 쳐다보았다. 그런데 이게 어쩐 일인가? 그냥 가라는 손짓을 보였다.

"맙소사! 우리가 불쌍해 보였나? 이렇게 보내고 딴소리하는 건 아니겠지?"
"종민, 이건 아닌 거 같아. 지금이라도 차를 반납하자. 기차 타고 가자!"
"아니야. 이제는 잘할 수 있어. 이 봐, 하늘도 우리 편이야. 그냥 가라잖아."

이미 사고가 2번이나 났으니 더 이상의 사고는 없을 거라는 것이 종민의 논리였다. 우리는 그 흔한 여행자 보험 하나 들지 않았기 때문에 만약 사고라도 나면 현지에서 발생하는 어마어마한 병원비를 감당할 수 없다. 어딘가 아프거나 다치면 귀국하는 것 외에는 방법이 없다. 차를 타는 것이 겁은 났지만 반납하기 위해서라도 어차피 운전은 해야 했기 때문에 우리의 운명을 하늘에 맡기고 다시 레딩으로 향했다. 1시간 30분이면 충분한 거리를 무려 3시간 동안 달렸지만 이후 별다른 사고는 없었다. 차에서 내리자마자 나와 종민은 서로를 꼭 껴안았다. 심장이 쫄깃쫄깃했던 드라이브였다. 록 페스티벌은 아직 시작도 안 했지만 몸과 마음은 머리카락까지 쭈뼛하게 서는 스릴로 이미 흥분 상태였다.

싫다고 할 때는 언제고

레딩 페스티벌은 1961년부터 매년 8월 말, 주말과 뱅크 홀리데이 기간에 열리는데 전 세계 록 페스티벌 중에서 가장 긴 역사를 자랑한다. 다른 페스티벌보다 헤비메탈과 록 음악의 라인업에 중점을 두는 레딩 페스티벌은 글래스턴베리 페스티벌, 우

여행이
강제 종료될 뻔

"런던에서 하루에 2번씩이나 접촉 사고를 내다니! 한국에서 벌어졌어도 놀랄 일인데

여긴 영국 땅이잖아. 레딩에 도착하고 우리 둘 다 10년은 늙은 거 같더라."

"그때 말은 못 했지만 런던 한복판에 차를 버리고 싶었어. 생각처럼 차가 안 움직여 주니까

답답해서 미쳐 버리겠더라고. 사고 난 운전자들이 쿨하게 넘어가 주었으니 천만다행이지.

롤스로이스 같은 고급 차를 받았으면 어쩔 뻔했어?"

"그랬다면 우리 여행은 강제 종료되었겠지."

드스톡 페스티벌 Woodstock Festival 보다 먼저 시작되었다. 총 3일간 펼쳐지는 페스티벌 중 내가 고른 날은 그린데이 Green Day가 헤드라이너로 나오는 날이었다.

내가 처음으로 레딩 페스티벌을 알게 된 것은 1992년의 헤드라이너였던 너바나 Nirvana 의 공연 실황을 DVD로 접했을 때였다. 무려 17년 만에 공개된 이 공연 실황을 통해 너바나의 전성기 시절과 레딩 페스티벌의 폭발할 것 같은 현장 분위기를 생생하게 느낄 수 있었다. 나와 달리 종민은 록 페스티벌을 좋아하지 않았다. 아니, 록 페스티벌을 싫어한다기보다는 시끄러운 소리와 지저분한 환경을 싫어한다. 종민은 비가 많이 오면 진흙밭에서 구를 수도 있다는 이야기를 어디서 들었는지 계속 불만이었다.

"낚시 의자 사 달란 말이야. 그거 안 사 주면 안 갈 거야. 난 그냥 낚시 의자에 앉아서 책이나 볼래."
"오늘은 비가 안 온다니까. 한 번 쓸 건데 낚시 의자는 과하잖아. 그냥 돗자리 같은 거 하나만 사자. 돗자리에서도 책 볼 수 있어."

몇 차례 협상과 협박 끝에 돗자리 대용으로 쓸 담요를 사는 조건으로 종민을 겨우 어르고 달래서 도착한 레딩 페스티벌이었다. 입구에 도착하자마자 웃음이 났다. 입장하는 곳을 시작으로 뱀처럼 길게 줄을 서 있는 사람들의 모습 때문이었다. 나와 종민은 하루였지만 대부분 3박 4일 동안 캠핑을 하면서 공연을 볼 각오를 하고 온 사람들이었다. 그들은 무거운 짐을 한가득 메고 입구를 향해 걷고 있었는데 얼마나 꼬불꼬불 꼬아 놓았는지 우리는 30분이 넘도록 입장하지 못했다. 여유가 넘치고 신사적이라는 영국 사람들은 온데간데없고 모두 비장한 표정이었다. 뙤약볕에 힘겨운 발걸음을 옮기는 사람들의 모습이 애처로워 보이기까지 했다.

한국의 록 페스티벌에서는 질긴 재질의 종이 팔찌가 입장권이다. 조심스레 늘리면 손목에서 뺄 수 있어서 공연을 다 보지 못하고 돌아가는 사람은 늘어난 팔찌를 저렴한 값에 팔기도 하고, 팔찌 2개로 3명이 공연을 보기도 한다. 물론 잘못된 방법이다. 레딩은 세계에서 가장 오래된 록 페스티벌답게 얌체족을 원천 봉쇄하는 노하우가 있었다. 반세기가 넘는 동안 행사를 운영하면서 변칙적인 방법에 대한 대처법을 완벽하게 숙지한 모양이다. 우선 팔찌의 재질이 나일론이었다. 제아무리 능력자라해도 늘릴 수가 없다. 게다가 한 치의 여유도 없이 팔목에 꼭 맞게 채우기 위해 공장에서나 볼 법한 프레스 기계로 단단히 조여 준다. 이것도 모자라 팔찌가 잘 고정되었는지 무려 3명이 확인하고 어디선가 2명이 또 나타나 당일 입장이 가능한 팔찌가맞는지 확인하고 또 확인했다.

"뭐가 이렇게 빡빡해? 누가 보면 백악관이라도 들어가는 줄 알겠네. 권총 검사는안 하냐?"

종민의 빈정거림이 극에 달했지만 선선한 날씨에 담요를 깔고 자리를 잡으니 이내잠이 들었다. 운전하느라 긴장했던 몸이 그제야 풀리는지 깊은 낮잠에 빠져들었고나는 굳이 종민을 깨우지 않았다.

"은덕, 이 밴드 이름이 뭐야?"

종민의 낮잠을 깨운 강력한 사운드의 주인공은 미국의 메탈 밴드, 시스템 오브 어다운 System of a down이었다. 록을 사랑하는 사람 중에서는 이들의 공연을 보는 걸 평생의 소원이라고 말하는 사람도 있었다. 메탈을 좋아하지 않는 나도 그들의 격렬하면서도 높은 완성도와 센스를 갖춘 멜로디 라인이 마음에 들었다. '메탈은 강력할 뿐이지 시끄러운 음악이 아니다'라는 배철수 아저씨의 말을 실감했다. 이런 경험이 가능했던 것은 레딩 페스티벌의 사운드가 한몫했다. 음을 하나하나 짚어내는 사운드의 디테일이 훌륭했다. 그동안 국내 록 페스티벌에 쏟아부은 돈이 아까울 정도였다. 내 생애 가장 멋진 라이브 공연이었다.

양장권을 목에 걸어도 보고 싶은 공연들

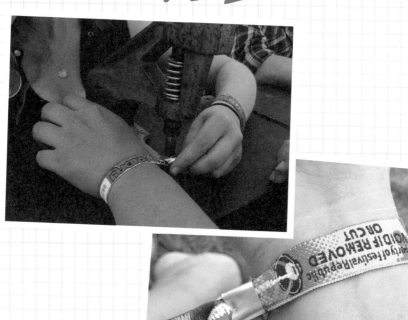

까다롭고 철저했던 레딩 페스티벌의 팔찌 관리.

뭐 이렇게까지 하나 싶었지만 공연을 보니 팔찌를 목에다 멘다 한들 기꺼이 받아들였을 것이다.

6개월 기다리고 교통사고 2번을 감수한 보람이 차고도 넘쳤다.

그린데이의 무대가 시작되기 전 장비 점검 시간에 퀸 Queen의 '보헤미안 랩소디 Bohemian Rhapsody'가 흘러나왔다. 마지막 공연을 앞두고 분위기를 고조시키기 위한 노래 중에 이만한 곡이 있을까? 불이 꺼진 메인 무대에서 퀸의 음악이 나오자 영국인들의 합창이 시작되었다. 흩어져 있던 사람들이 음악에 맞춰 무대 앞으로 거리 행진을 하듯 모여들었다. 도대체 이 나라는 무슨 복을 받았길래 이리도 훌륭한 밴드가 많은 걸까? 몸에 소름이 돋을 만큼 감탄하며 공연을 보고 있을 때 종민이 말했다.

"은덕, 나 레딩 페스티벌이라면 또 오고 싶어. 비가 와도 좋을 것 같아."

이 양반, 눈만 높아져서 큰일이다.

레딩 페스티벌이라면 또 오고 싶어

"넌 결국 나를 속였어. 한국에서부터 낚시 의자도 사 주고 장화도 사 준다더니 담요 하나로 퉁 치고.

네 행동은 괘씸하지만 앞으로 록 페스티벌은 종종 가겠어.

스피커 앞에 앉아 있어도 하나도 안 시끄럽던데?"

"나는 너를 설득하는 게 제일 어려워. 레딩 페스티벌에 가자고 한 달은 꼬셨을 거야.

해 보지도 않고 겁부터 내지 말았으면 좋겠어. 낚시 의자도 장화도 필요 없는 날씨였잖아.

그리고 데리고 다니기 힘들어서 앞으로 너랑은 안 갈 거야. 흥!"

런던에서
살아남기

글 /

런던을 여행지로 고르면서 나는 몇 번을 망설였다. 비싼 물가와 맛없기로 소문난 음식, 그리고 우중충한 날씨 때문이었다. 아마 우리를 비롯한 모든 여행자가 같은 마음일 것이다. 하지만 맨체스터와 에든버러를 포함해 영국에서 2달을 머물러 보니 이 모든 단점을 극복할 수 있는 노하우가 생겼다. 우리가 영국에 머물면서 먹었던 음식과 비싼 물가에 대처하는 방법은 마트와 시장을 이용하는 것이었다.

런던에는 대형 체인으로 운영되는 마트가 많다. 테스코 Tesco를 비롯해 세인츠버리 Sainsbury's, 막스앤스펜서 M&S Simply Food, 리들 Lidl, 모리슨 MORRISONS 등 그 종류도 많고 찾기도 쉽다. 매장 규모가 큰 것은 외곽에 있고 규모가 작은 마트는 주변에 흔히 있어서 편의점처럼 이용할 수 있다. 식당에서 먹으면 음식 가격이 10파운드를 훌쩍 넘기에 우리는 주로 마트를 이용했다. 샌드위치와 음료, 과일 또는 과자로 구성된 세트 메뉴가 2~3파운드였다. 저녁이 되면 그 날 팔고 남은 음식을 저렴하게 팔았다. 우리나라 마트에서도 흔히 볼 수 있는 땡처리 제품이 영국에도 있었다.

런던의 맛집은
시장에 모여 있다

햄버거와 샌드위치 등 빵 쪼가리 말고 진짜 음식이 먹고 싶어질 때면 우리는 시장에 갔다. 런던에는 장소와 시간에 따라 열리는 시장의 수가 100개가 넘는다. 빈티지 의류부터 액세서리, 유기농 식재료 등 품목도 다양했는데 특히 정성스럽게 만들어 파는 음식이 백미였다. 중국, 베트남, 이탈리아, 프랑스, 자메이카까지 전 세계의 모든 음식을 먹을 수 있는 곳이 바로 런던의 시장이었다. 5파운드만 있으면 각국을 대표하는 음식을 배부르게 먹을 수 있었다.

런던 이스트엔드 East End of London에 위치한 브로드웨이 시장 Broadway Market은 매주 토요일 오전 9시부터 오후 5시까지 열린다. 시장에서 파는 품목이야 비슷비슷하지만 런던 시장 특유의 분위기를 느끼고 싶다면 이곳을 추천한다. 관광객이 넘쳐나는 포토벨로 시장 Portobello Road Market, 버로우 시장 Borough market과 달리 런던의 젊은 친구들이 모이는 곳이다. 사진기를 들고 어슬렁거리는 사람이 나와 종민밖에 없었다. 시장 근처 공원에 앉아 수다를 떨거나 맛있는 음식을 사다 먹고 있으면 어딘가에서 라이브 음악이 들려왔다. 주로 현지인들이 찾는 곳이라 음식 가격도 거품이 없었다.

런던에서 만난 사람

여행지를 한 달 간격으로 옮기는 우리를 보기 위해 기꺼이 먼 곳까지 오는 지인이 있다는 사실은 험난한 여행자의 삶을 버티게 하는 큰 힘이었다. 이탈리아까지 전기밥솥을 가지고 온 하리 덕분에 하루 한 끼는 편하게 밥을 먹을 수 있게 되었는데 런던에서도 반가운 손님이 우리를 찾아왔다. 런던에서 만나기로 한 정희 언니는 하리

세계의 모든 음식은
런던의 시장에

"영국에서 살인적인 물가를 견디면서 2개월을 버텼어.

우리 두 사람이 하루에 10파운드로 생활하다니. 이런 자린고비가 또 있을까?

먹는 거에 돈 안 쓰고 대신 좋은 공연은 원 없이 봤잖아."

"자린고비보다 궁상이 아니었을까? 하지만 이렇게 살아 보는 것도 나쁘지 않지.

먹는 것 아껴서 문화생활을 즐겼다니! 우리 좀 있어 보인다. 하하."

런던에서 처음부터 그대로 다시 살아 보고 싶어

와 함께 독서 모임을 했던 멤버였다. 정희 언니는 우리가 닭갈비를 먹고 싶다고 하자 한국에서부터 이곳까지 닭갈비 소스를 비롯해 각종 반찬을 챙겨서 왔다. 이것 때문에 짐이 2배는 더 많아졌을 텐데도 싫은 소리 한 번 없었다. 런던의 날씨는 변덕스럽고 추웠지만 정희 언니 덕분에 마음은 따뜻했다.

이토록 반갑고 고마운 정희 언니이건만 그녀가 오는 날에 하필이면 지난 3주 동안 한 번도 내리지 않았던 비가 내렸다. 그동안 런던의 날씨가 늘 화창했기에 옷차림은 얇았고 우산도 없이 마중 나갔다가 나는 된통 감기에 걸리고 말았다. 몸은 아팠지만 정희 언니가 런던에 대한 첫인상을 비는 몰아치고 콧물을 쏟는 내 얼굴로 기억하는 것을 원치 않았기 때문에 열심히 런던을 변호했다.

"엊그제까지만 해도 날씨가 진짜 좋았어. 언니 오면 같이 갈 공원도 엄청 많은데 이게 무슨 일이지?"

정희 언니도 12시간 동안의 비행으로 몰골이 말이 아니었다. 점점 악천후로 치닫는 날씨와 서로의 컨디션을 고려해 멀리 옥스퍼드 Oxford로 가려 했던 일정은 과감히 포기했다. 대신 무료로 개방하는 런던의 미술관과 박물관을 그녀와 함께 다시 한번 둘러봤다. 이탈리아와 프랑스에서는 미술관에 갈 때마다 입장료 때문에 손이 벌벌 떨렸다. 반면 영국의 박물관과 미술관은 기부금으로 운영되고 있어서 몇 번을 들락날락 거려도 부담이 없었다. 한국어가 지원되는 오디오북을 빌리거나 안내 책자를 살 때는 빼고 말이다. 정희 언니가 떠날 무렵 나와 종민에게 런던은 더 이상 비싼 물가와 맛없는 음식의 도시가 아니었다. 한국에서 공수한 닭갈비도 먹을 수 있었고 조금만 부지런하면 전 세계 음식으로 배를 채울 수 있었다. 눈부신 문화유산을 언제든지 무료로 볼 수 있는 멋진 도시가 바로 런던이었다.

엊그제까지만 해도
날씨가 좋았어

비에는 두 가지 종류가 있다고 한다. 있으라는 이슬비, 가라는 가랑비.

그녀가 런던에 도착했을 때 내린 비는 있으라는 이슬비였다.

오래오래 우리 곁에 있으라는 뜻에서 런던이 비를 내렸고

그 덕분에 우리는 같은 우산을 쓰고 바짝 붙어서 거리를 거닐었다.

런던에서 처음부터 그대로 다시 살아 보고 싶어

그 남자,
그 여자의 사정

글 /

종민의 이야기, 하나

두 번째 인터뷰였다. 2012년 5월, 결혼식을 앞두고 〈한겨레 21〉과 대안 결혼식에 대한 이야기를 주고받았다. 당시 인터뷰를 진행했던 기자님이 〈한겨레〉 신문으로 자리를 이동했고 우리의 여행 이야기를 궁금해하면서 두 번째 인터뷰가 시작되었다. 그리고 이 인터뷰를 진행할 수 있었던 것은 은덕의 실행력 덕이었다. 은덕은 우리의 이야기가 더 많은 사람에게 공유되길 원했다. 그래서 결혼식과 여행 이야기를 여러 매체에 알리기 위해 노력했고 기자님들과 접촉을 시도했다. 결혼식 인터뷰는 그렇다 쳐도 여행 이야기까지 소개될 것이라고는 생각하지 못했다. 지난번 인터뷰보다 잘해 보자며 은덕과 함께 예상 질문지를 뽑아 보았다. 5시간 정도 머리를 맞대고 철저하게 준비했다. 이대로 물어보길 기대하며 잠자리에 들었다.

은덕의 이야기, 하나

지금 시각 오전 7시 45분, 미치고 팔짝 뛰기 직전이다. 〈한겨레〉 신문과 메신저로 인터뷰하기로 약속한 시간은 영국 현지 시각으로 오전 8시. 알람 소리에 깨서 반사적으로 메일을 체크해 보는데 뭔가 이상하다. 스마트폰이 고장이 난 것인지 한참이나 주물럭거리고 껐다 켜 보기를 여러 번, 아뿔싸! 인터넷이 먹통이다. 런던 숙소에서 처음으로 겪는 일이었다. 인터뷰 시간까지 이제 겨우 10분 정도 남았다. 발을 동동거리면서 초조해하고 있는데 종민이 졸린 눈으로 하는 말.

"어젯밤부터 인터넷 안 됐어."
"뭐라고? 그럼 어제 말했어야지. 에드리스한테 말했어야 하잖아!"
"에드리스가 뭘 어떻게 하겠어. 기술자가 와야 할걸?"
"뭐라고? 일단, 빨리 옷 갈아입고 시내로 가자!"

종민의 이야기, 둘

알람이 울리기가 무섭게 일어나서 스마트폰을 만지작거리는 은덕. 긴장하고 있는 모습이 귀여웠다. 그런데 가만히 보고 있자니 인터뷰 때문에 긴장한 것이 아니라 특유의 예민함이 발동을 걸고 있었다. 혼자서 안절부절못하더니 급기야 신경질까지 부렸다. 도대체 뭐가 문제일까? 잔소리도 피할 겸 샤워하고 나왔더니 은덕이 진짜로 폭발해 버렸다.

은덕의 이야기, 둘

상황이 매우 급한데도 이 사람은 꿈쩍을 안 한다. 이미 약속 시각이 임박했다. 나 같

이 사람도
꿈쩍을 안 한다

"기자님과 메신저로 인터뷰할 시간은 다가오는데 하필 인터넷이 고장 났어.

밖으로 나가야 제시간에 인터뷰할 수 있는데 너는 일어날 생각을 안 하고.

그만 억눌렀던 화가 터져 버리고 말았지."

"난 9시로 들었다니까! 앞뒤 설명도 없이 고집부리는 태도, 고쳐 주세요.

그리고 이번 일은 둘 다 잘하고 싶어서 욕심부리다 생긴 일이니 잊어버립시다.

인터뷰도 잘 끝났잖아요. 안 그래요, 은덕 씨?"

으면 간단히 양치만 하고 나갈 준비를 할 텐데 샤워까지 하고 천천히 옷을 갈아입는다. 참았던 화가 터지고 말았다.

"도대체 무슨 생각이야? 빨리 준비하고 나가도 모자랄 판에 왜 이렇게 꾸물거려?"
"너야말로 뭐가 그렇게 급해? 아직 1시간이 남았잖아!"
"무슨 소리야? 아침 8시에 인터뷰하기로 했잖아!"

그제야 종민은 시계를 들여다본다. 그래 놓고 멋쩍게 한다는 소리가 가관이다.

"아침 9시 아니었어? 그럼 일찍 좀 깨우던가!"

종민의 이야기, 셋

정말 9시인 줄 알았다. 시간을 잘못 알다니 나도 내가 한심했다. 그래도 그렇지. 늦었다고 하면 될 것을 앞뒤 설명도 없이 화를 내면 되겠는가? 인터뷰에 늦은 것보다 나한테 화를 내는 은덕이 더 참을 수 없다. 덩달아 나도 화를 내기로 한다. 왜냐면 나는 소심하니까!

은덕의 이야기, 셋

종민이 적반하장으로 화를 냈다. 맙소사! 그래, 내 잘못이 컸다. 이 사람이 무슨 죄가 있겠는가? 어젯밤, 인터뷰 시간을 한 번 더 말하지 않은 내 잘못이 컸다. 이러고 있을 시간이 없다. 약속한 시간은 벌써 지났고 열심히 뛰어서 인터넷 사용이 가능한 시내에 있는 카페로 가야 했다. 그런데 여기서 또 싸움이 발생했다. 나는 아침 시간에 차가 막히는 걸 감안해서 빨리 뛰어가는 편이 낫다고 생각했지만 종민은 버스가 빠르니 타고 가자고 했다. 도보로 갈 것이냐, 버스를 탈 것이냐를 두고 이견이 쉽게 좁혀지지 않았다. 간신히 종민을 설득해서 8시 40분에 겨우 시내에 도착했다.

종민의 이야기, 넷

걸어서 30분, 버스를 타면 10분이면 충분했다. 늦었으니 무조건 버스를 타야 한다고 조르고 화도 냈지만 한 번 정한 것을 절대 바꾸지 않는 은덕이다. 그녀를 내가 이길 수 없으니 걷기로 했다. 화가 나서 서로 멀리 떨어져 걸었다. 걷다 보니 은덕의 말이 맞았다. 출근길 정체가 심해서 걷는 것이 빨랐다. 망할 러시아워! 세상에 내 편은 아무도 없구나. 카페에 도착하자마자 메신저를 확인했다. 아직 아무런 연락이 없다. 우리는 도대체 왜 이토록 싸우면서 이곳에 왔는가?

은덕의 이야기, 넷

카페에 도착하자마자 아무런 말도 없이 자리를 잡고 컴퓨터를 켰다.

"이상한데? 아직 연락이 없어."
"은덕아, 이것 좀 봐. 메일이 와 있어."

메일을 확인하고 나는 허탈한 마음에 털썩 주저앉고 말았다. 메일의 내용인즉슨 이러했다.

'은덕 씨. 메일 보니 제가 실수했군요. 오전 9시를 8시라고 말했네요.'

왜 하필 오늘 같은 날, 인터넷이 고장 나다니 황당했다. 종민과 아침부터 싸우면서 이곳에 왔는데 인터뷰 시간이 애초에 잘못 전달된 것이다. 그나마 위안이 된 것은 우리가 인터뷰 시간에 늦지 않았다는 사실이었다. 종민은 물론 나도 인터뷰는 아직 시작도 안 했건만 진이 다 빠져 버렸다. 어제 예상 질문을 준비하지 않았다면 인터뷰는 엉망진창이 되었을 것이다. 1시간이 조금 넘는 시간 동안 준비했던 말을 다 쏟아 놓고 보니 우리의 몰골은 더욱 처참했다. 어찌 되었든 두 번째 언론 인터뷰는 이렇게 끝이 났다. 인터뷰가 끝나고 집으로 가는 길, 마음이 무거웠다. 앞서 걷고 있던 내가 종민을 돌아봤다. 고개를 푹 숙이고 걷고 있는 모습이 안쓰러웠다. 두 손으로 종민의 볼을 감쌌다.

"미안해. 그래도 잘 끝났잖아."
"응. 나도 고집부려서 미안해. 그런데 나 이제 걷기 싫어. 이제는 버스 타자."

미안해, 그래도 잘 끝냈잖아

"은덕아, 이리 좀 와봐. 기사 떴다."

"뭐야, 이거 나 완전 못된 년으로 나왔잖아."

"기자님 매의 눈이야. 너는 효율만 중시하고 나는 느긋한 사람인 걸 어떻게 캐치했을까?
말한 적도 없는데. 하하."

"안 되겠어. 기자님께 당장 항의 메일을 보내야겠어. 흠!"

살고 싶은 도시,
살기 좋은 도시

글 /

런던이 다른 유럽의 도시들과 다른 점 중 하나는 공원이 많다는 것이다. 런던에서
는 푸른 잔디만 있다면 모두 공원이 되었다. 영국인이 가장 선호하는 취미가 정원
을 가꾸는 것이라고 하던데 잘 가꾸어진 잔디와 나무를 보면 거짓말이 아닌 것 같
다. 게다가 런던은 면적의 3분의 1이 녹지인데 이는 전 세계 수도 중에서 가장 높은
비율이라고 한다. 이곳에서는 서울에서 편의점을 발견하는 빈도로 공원을 만날 수
있다. 버스나 지하철을 타고 작정하고 찾아가야만 만날 수 있는 공원이 아니다. 말
그대로 생활밀착형 공원이 런던에는 있었다.

6차선 대로변에서 갑자기 공원이 나타나고, 버스에서 내리면 다섯 발도 못 가서 공
원 입구에 도착한다. 어디를 가더라도 공원 하나쯤은 가로질러야 한다. 공원은 여
행자에게 최고의 쉼터다. 공원에 누워 흙에서 올라오는 기운을 온몸으로 느꼈다.
숨을 깊게 들이마시며 맑은 공기와 흙냄새로 오감을 깨웠다. 잔디밭에 가만히 눕거
나 공원 벤치에 멍하니 앉아 있어도, 바람에 흔들리는 잎사귀 소리와 흘러가는 구름
을 보는 것만으로도 시간 가는 줄 몰랐다.

"종민, 난 런던의 공원이 맘에 들어. 파리의 공원과는 달라. 파리는 가르마를 탄 것
처럼 날렵하게 나란히 줄 선 나무와 한 치의 오차도 없이 똑같은 모양으로 잘라 놓

런던의 공원이 맘에 들어

우리는 틈만 나면 공원에 갔다.

가난뱅이 여행자가 마음껏 사치를 누릴 만한 공간으로 공원만 한 곳이 없었기 때문이다.

우리가 머물렀던 기간 동안 아주 잠깐을 제외하면 런던의 우중충한 하늘을 보지 못했다.

대신 공원에서 팬티 한 장만 걸친 할아버지와 비키니 차림의 영국 여인들을 마주했다.

햇살을 만끽하는 현지인 틈에서 우리도 잔디밭에 누워 하늘을 보았다.

은 모양이 보기에는 예뻤지만 인간미가 없었거든."

"맞아. 런던의 공원은 사실 조경이라고 부를만한 게 없어. 최대한 인간의 손이 닿지 않은 것처럼 보이게 하려고 애쓴 걸지도 몰라."

한 듯 안 한 듯 자연스러운 화장을 하고 있지만 화려한 색조 화장으로 멋 부린 여자보다 빛나는 매력적인 여자. 런던의 공원은 바로 그런 여자 같았다.

도서관 문턱이
마르고 닳도록

런던의 도서관은 공원만큼 문턱이 낮다. 서울에서는 도서관에 가기 위해 대중교통을 이용해야 한다. 버스나 전철을 타고 도서관 근처까지 가면 신호등이 다시 한번 길을 가로막는다. 간신히 도서관에 진입하면 이제 책을 빌릴 수 있는 열람실로 가기 위해 계단을 오르거나 엘리베이터를 타야 한다. 그렇게 겨우 열람실에 도착하면 집을 나선 지 1시간이 훌쩍 넘는 일이 대부분이었다.

반면 런던은 도서관이 곳곳에 많아서 집이나 회사를 나서면 금방 걸어서 갈 수 있었다. 버스를 탄다고 해도 정류장에서 가장 가까운 건물이 도서관이었다. 때로는 정류장이 도서관 입구였고 도서관에 들어서자마자 열람실로 진입할 수 있다. 또한, 여행객도 쉽게 드나들 수 있다. 책을 대여하지 않는다면 도서관 직원들이 눈치를 주는 일도, 말을 건네는 일도 없다. 런던의 도서관에서는 누구나 간섭을 받지 않고 온전히 섬처럼 존재할 수 있다. 이런 무관심이야말로 도서관을 출입하는 사람들이 가장 원하는 배려가 아닐까? 조용히 책을 고르고, 고요히 책을 읽는 나만의 시간을 바라는 사람에게 런던의 도서관은 천국이나 다름없었다.

런던의
도서관은
천국이다!

"어디서나 쉽게 찾을 수 있고 누구나 편하게 들어가 책 읽다 나올 수 있는 분위기.

도서관을 좋아하는 나에게 런던은 천국이었어. 공원 좋아하는 너에게도 부족함이 없었지?"

"살고 싶고 또 살기 좋은 도시를 만드는 방법이 도서관과 공원에 투자하는 것이 아닐까?

내게 천국을 만들어 보라고 하면 공원 안에 도서관을 만들 거야."

런던 도서관에서 풍기는 오래된 책 냄새와 고풍스러운 건물 분위기도 마음에 들었다. 맨체스터에서 잠시 들렀던 존 라이랜즈 도서관 The John Rylands Library이 유난히 기억에 남는다. 영국의 3대 도서관 중 하나로 꼽히는 곳이었는데 무려 100년 전에 개관한 도서관이었다. 기업가였던 존 라이랜드의 부인이 남편의 죽음을 기리고자 소장하고 있던 책을 기증하면서 도서관이 되었다고 한다. 네오고딕 양식을 따른 이 건물은 흡사 교회에 들어온 것 같은 느낌이 들었는데 도서관 내부를 가만히 살피면 경건한 마음이 들었고 엄숙함마저 느껴졌다.

도서관의 입구는 2000년대 초, 새로 리모델링을 해서 현대식 건축 기술이 적용되었다. 하지만 실내에 들어서 계단을 오르는 순간, 묵직하게 다가오는 시간의 무게에 절로 탄성이 나왔다. 도서관 안에는 100년이 넘는 시간 동안 축적된 분위기가 남달랐고 성서를 비롯한 귀한 자료가 전시되어 있었다. 특히 가장 오래된 신약성경의 사본으로 알려진 요한복음 18장 파피루스 본이 이곳에 있다. 성인이 직접 썼다고 전해지는 복음서의 실물을 볼 수 있다는 것만으로도 이 도서관이 이 땅에 존재하는 이유가 충분하지 않을까? 현재는 맨체스터 대학 The University of Manchester에서 인수해 연구 공간으로 활용하는데 학생들은 이곳에 앉아서 지식의 끈을 이어 가고 있었다. 역사가 깊은 공간이 장식과 과시용이 아니라 끊임없이 학문의 전당으로서 과거와 현재를 잇고 있다는 사실이 놀라울 뿐이었다.

그를 만난 후
우리가 달라졌어요

글 /

우리의 여행 이야기가 기사화되고 지인을 통해 알려지면서 관심을 표현하고 SNS 로 연락하는 사람들이 생겨났다. 정아 씨는 그중 한 명이었다. 당시 한 기업의 디자 인팀에 재직 중이었던 그녀는 런던에 가게 되면 '지홍 씨'를 꼭 만나보라며 일면식도 없는 우리와 그를 연결해 주었다. 약속을 잡기 전 지홍 씨가 소개된 신문을 읽고, 출 연했던 방송도 챙겨 보고 나자 우리도 관심이 저절로 생겼고 어색할까 걱정되어서 주저하던 마음 대신 용기가 생겼다. 지홍 씨는 한국에서 옷걸이로 만든 독서대, 어 린이 교통안전 옐로우 프로젝트 등을 선보이며 공공 서비스 디자인에 바탕을 둔 발 명품을 만들어 왔다. 현재는 펀드로 마련한 학비로 런던에 위치한 영국 왕립예술학 교 Royal College of Art에서 공공 디자인을 공부하고 있었다.

은덕과 종민의 대화, 하나

 "어제와 다를 바 없는 오늘이지만 어쩐지 좀 달라진 것 같아. 눈을 뜨자마자 제 일 먼저 컴퓨터를 켰어. 해야 하나, 말아야 하나 고민만 했던 일을 실행하려고."

😊 "그래. 어제 지홍 씨를 만나서 나눴던 이야기가 너와 나의 답답한 부분을 깨워 준 것 같아. 난 그동안 내 실행력이 얼마나 부족했는지 깨달았어. 은덕이 네가 답답해한 부분이 뭐였는지 알 것도 같고."

은덕과 종민의 대화, 둘

😊 "아침에 네가 일어나서 한 일을 브리핑해 주는데 깜짝 놀랐어. 내가 막 쪼아야지 실행에 옮겼던 사람인데 말이야. 지홍 씨 말 한마디에 아침부터 그렇게 많은 일을 해치웠다는 게 믿기지 않아. 아내의 말보다 낯선 이의 한마디가 더 중요하다니. 충격인데?"

😊 "너야말로 나를 너무 디스하는 거 아니야? 내가 비록 실행력은 부족하지만, 가만 보자. 착하고, 귀엽고, 사진도 좀 찍고, 길도 잘 찾고, 영어도 좀 하고, 중국어는 놀랄 만큼 잘하고. 하하. 지홍 씨와는 겨우 4시간 이야기를 나눴지만 그 에너지가 오늘 아침까지 남아 있었는지 눈 뜨자마자 그동안 미뤘던 일을 해야 할 것 같았어."

은덕과 종민의 대화, 셋

😊 "열심히 산다는 게 어떤 의미인지 다시 생각해 보게 되었어. '이 정도면 됐지'라는 마음으로 뭐든 적당히 해결하려고 했던 나를 돌아보게 되더라고. 머리로는 알고 있지만 실천할 때 주저했던 부분에 대해서도 확신하게 되었고. 하고 싶은 걸 하면서 산다는 게 얼마나 근사한 일인지도 다시금 느끼게 되었지. 지홍 씨와도 이야기했지만 누군가는 평생 이런 기분을 느끼지 못하고 살 수도 있다고 했잖아. 그런 점에서

열심히 산다는 의미

여행이었기 때문에 가능했던 만남을 가졌다.

한국이었다면 아무리 우리가 절박하더라도

일면식도 없는 사람을 만나기 위해 먼저 연락하는 일은 없었을 것이다.

짧은 시간이었지만 지홍 씨를 통해 우리의 삶이 조금은 달라졌다.

그도 우리로 인해 무언가 바뀌었을까?

우리는 행복하다고 말할 수 있겠지. 지금이라도 발견했으니 말이야."

"지홍 씨의 이야기를 들으며 나와 기질이 비슷한 사람이란 걸 느꼈어. 여러 가지에 관심 많은 오지라퍼! 하지만 나는 실행력이 부족하고 그는 뛰어나지. 부끄럽다는 이유로 못 했던 행동이 많았는데 지홍 씨와 이야기를 나눠 보니까 부끄러움이라는 것이 얼마나 보잘것없는 감정인지 알겠더라고."

은덕과 종민의 대화, 넷

"맞아. 지홍 씨의 실행력은 우주 최강이 아닐까 싶어. 내가 이런 사람을 살면서 딱 2명 만났는데 그중 1명이 전에 일했던 회사의 대표님과 다른 1명이 지홍 씨야. 대표님과 지홍 씨는 인맥을 형성하는 데 탁월한 능력을 갖고 있었어. 내가 절대로 못하는 일 중에 하나지. 인맥을 위해 사람을 만나는 걸 회의적으로 보거든. 그런데 여행하면서 생각이 바뀌었어. 세상에는 배울 점도 많고 내 삶에 조언을 줄만 한 사람들이 많이 있더라고. 그저 내가 마음의 문을 열면 이분들의 귀한 이야기를 들을 수 있었는데 편협하고 협소한 인간관계를 맺으며 살아온 거 같아. 그리고 이제 직업도 없고 돈도 없는 여행자가 되어 보니 내가 원하는 삶을 살기 위해서는 타인의 조언과 도움이 절실히 필요하다는 것도 알게 되었어. 아직도 도움받는 것이 어색하지만 이제 조금 더 적극적으로 나를 알리고 사람들을 만나고 그들의 이야기를 들어 보고 싶어."

"그런 생각을 했다는 건 너무 반갑다. 하지만 좀 전에도 어떤 분에게는 연락을 못 하겠다고 했잖아. 지홍 씨는 만남의 대상이 다르더라. 우선 어느 회사를 이야기하면 그 회사에서 근무하는 지인을 찾는 게 아니라 대표님을 얘기하더라고. 직장생활을 좀 했다면 사장님, 대표님 타이틀은 우선 부담스러운 존재잖아. 그런데 그런

게 없어. 그리고 그 우체국 영수증은 충격 그 자체였어. 내표님, 사장님을 비롯한 지인들에게 매번 소식을 알리고 그 영수증을 간직하고 있는 거 말이야. 그건 마케팅 방법으로 쓰겠단 생각은 단 한 번도 안 했거든."

은덕과 종민의 대화, 다섯

"단순한 방법이지. 실제로 우리가 일했던 영화제에서 할 수 있는 가장 기본적인 연락 방법이기도 하고. 우리도 영화제 참석 여부를 수천 명의 사람에게 일일이 전화해서 확인하고 메일 보내고 그러잖아. 이제 직장을 위해 일 하는 게 아니라 나 자신을 위해 일해야 하는데 가장 기본적인 것을 망각했어. 일은 그렇게 열심히 했으면서 나 자신을 위해 그 정도 일도 못 하겠어? 결국, 시작을 해야 기회가 조금씩 열리는 것일 텐데 말이야."

"지홍 씨는 직장을 다닌 적이 없는 대신 자기 자신이 하나의 기업인 거야. 그러니 필요한 것을 스스로 찾아서 하는 것이지. 회사에서 그렇게 지겹게 시키는 사소한 일들, 결국 자신이 회사라 생각하면 누군가 해야 하는 일인 거지."

은덕과 종민의 대화, 여섯

"그러니까 말이야. 사장이 시키는 일은 죽을 만치 하기 싫어했는데, 결국 우리도 사장처럼 스스로 찾아서 일해야 한다고 생각하게 되다니."

👤 "그럼 넌 지홍 씨처럼 살라고 하면 살 수 있어? 쉽게 말해서 자기 자신이 항상 이슈거리가 되고, 남들에게 홍보하고 이슈메이커와 트러블메이커의 경계를 왔다 갔다 하는 삶 말이야."

👤 "솔직히 말하면 나는 그렇게 못 살 거 같아. 누구나 그와 이야기를 하고 나면 그의 열정에 탄복하고 자신에 대해 반성하는 시간을 가지게 될 거야. 하지만 그처럼 살 수 있는 사람은 그밖에 없을 거 같아. 자극은 되지만 기질적으로 그것이 가능한 사람이 있고 없는 사람이 있을 텐데. 그러기에는 난 너무 소심하거든."

👤 "나는 조금은 가능할 것 같아. 좀 전에 얘기했듯 지홍 씨와 나는 같은 기질의 사람이라고. 근데 항상 이슈의 중심에 서 있는 건 힘들 것 같아. 그건 지홍 씨만 할 수 있는 능력인 것 같아."

은덕과 종민의 대화, 일곱

👤 "맞아. 우리도 할 수 있는 것과 하고 싶은 것 사이에서 길을 잃는 시간이 분명 있을 거야. 하지만 여행이 끝나는 시점에서는 조금은 또렷해지지 않을까 싶어. 지홍 씨와의 만남은 우리에게 새로운 자극이었고 그와는 다른 삶을 살게 될지라도 뜻깊은 만남이었음은 확실해."

👤 "지홍 씨 말대로 짧게 만났지만 분명히 다시 만나게 될 거야. 혹시라도 이 여행 끝에 한국에서 우리가 원하는 삶을 살게 된다면 지홍 씨와의 만남이 큰 부분을 차지할 거야."

세계를
여행하는 책

글 /

"종민, 진하 씨가 지금 세계여행 중이래! 시간 맞으면 만날 수도 있겠는데?"
"진하 씨? 아, 그 진하 씨!"

페이스북을 보던 은덕이 말했다. 두 사람의 인연은 10년 전으로 거슬러 올라간다.
은덕이 충무로영상센터에서 일하던 때 인연을 맺어 지금까지 이어 왔다고 한다. 진
하 씨는 회사를 그만두고 로모카메라 하나만 들고 세계여행을 하고 있었다.

필름을 가득 짊어지고 세계여행을 하는 그녀. 모두가 디지털을 외치는 시대에 아날
로그 카메라와 필름을 들고 여행하는 진하 씨와의 만남을 앞두고 나의 첫 번째 배낭
여행이 떠올랐다. 당시에는 나도 가방 가득 필름을 채웠다. 외국에 나가면 필름 값
이 비싸고, 질도 좋지 않다는 이야기를 들었기 때문이었다. 부피는 물론 무게도 만
만치 않은 필름을 몇십 통씩 짊어지고 다녔다. 그러다 습기와 자외선의 무차별 공
격에 필름이 망가졌고 여행의 기록도 모두 사라지고 말았다. 당시 필름이 아까웠던
것인지, 사라진 추억이 아쉬웠던 것인지 정확히 알 수는 없지만 여행이 끝난 후에도
한참 동안 밤하늘을 올려다보며 눈물을 흘리기도 했다.

어디가 제일 좋았어요?

진하 씨는 3개월간의 남미여행을 마치고 이제 막 더블린 Dublin에 도착했다.

"다녀온 곳 중에서 어디가 제일 좋아요?"
"쿠스코 Cusco 요."

진하 씨는 기다렸다는 듯이 페루의 쿠스코라 답했다. 나와 은덕이 남미에서 방문하기로 한 여러 도시 중에 쿠스코는 없었다. 이야기하는 내내 여전히 꿈꾸는 듯한 진하 씨의 표정을 보니 나도 쿠스코에 방문하고 싶다. 필름으로 사진을 찍는 여인의 마음을 훔쳤다면 분명 따뜻한 색감을 지닌 도시리라. 그러나 걱정도 앞섰다. 남미는 내게 두려움의 땅이다. 스페인어밖에 통하지 않고 치안 상태도 좋지 않다고 들었다. 한번 걱정과 불안이 싹트기 시작하면 안드로메다까지 뻗어 나가는 나로서는 남미가 내키지 않았다. 게다가 진하 씨는 브라질에서 겪었던 도난 사건을 털어놓았다.

"브라질에서 현지인 친구 집에 놀러 갔어요. 재미있게 놀고 나왔는데 집 앞에 주차해 놓은 차가 없어진 거에요. 저는 엄청 놀랐는데, 걔들은 그런가 보다 하고 신고하는 거에요. 비일비재한 일이라 놀랍지도 않다면서요."

이뿐만이 아니었다. 자동차 도난 사건으로 액땜해서인지 브라질에서 출국할 때까지 별다른 사고가 없었는데 더블린으로 와서 제대로 폭탄을 맞았다는 것이다.

"더블린에 도착해서 카드 내역을 확인해 보니 이상한 결제 내역이 있는 거에요. 100만 원 넘게 말이죠. 카드 회사를 통해서 알아보니 제 카드가 브라질에서 복제 당했대요. 다행히 사고로 인정되어서 환급은 받았지만 새 카드를 받을 때까지 출금할 수 없어서 친구한테 돈을 빌려서 지내고 있어요."

런던에서 처음부터 그대로 다시 살아 보고 싶어

지금 난 더블린에 있고, 남미는 지구 반대편에 있다는 것을 알고 있지만 벌써부터 두려운 마음을 감출 수 없었다. 나는 설렘과 호기심만 품고 낯선 대륙을 밟는 용자가 아니다. 고민에 고민을 거듭하고 걱정에 걱정을 이어 간다. 은덕에게 솔직하게 말했다.

"은덕아, 우리 남미에 꼭 가야 하나?"
"무슨 소리야? 아르헨티나에 가서 소고기 먹기로 한 거 잊었어?"

은덕은 일단 가 보자며 내 입을 틀어막았다. 흔들리기 쉬운 나에게 은덕의 결단만큼 좋은 약은 없다.

이제는 책도
여행하는 시대

맥주 한 잔을 마시면서 여행에서 벌어진 다양한 에피소드를 교환하고 있었는데 진하 씨가 가방 속에서 책을 꺼냈다.

"선물이에요."
"우와! 이석원의 『실내인간』이네요. 읽고 싶었는데."
"친구가 보내 줬는데 쉽게 잘 읽혀요. 계속 가지고 다니면 무겁기도 하고 더 많은 사람이 읽었으면 했어요. 다 읽고 나면 다른 여행자에게 주세요."

진하 씨가 말을 마치자마자 반짝이는 아이디어가 생각났다. 이렇게 여행자에게서 여행자로 책이 옮겨 다니면 얼마나 많은 사람의 손을 거치게 될까? 이 책이 얼마나 많은 나라에 가게 될까? 그리고 이걸 기록으로 남긴다면 어떤 일이 벌어질까?

우리 낱개에
꼭 가야 하나?

이 책은 더블린을 시작으로 스페인의 세비야를 거쳐 발렌시아로 이동했다.

우리와 함께 대서양을 건넜고 과테말라와 볼리비아에도 잠시 머물렀다.

현재는 부에노스아이레스에서 누군가와 함께 행복한 여행을 하고 있다.

런던에서 처음부터 그대로 다시 살아 보고 싶어

"진하 씨, 우리 재미있는 놀이 할래요?"

책의 마지막 장에 진하 씨의 이름과 SNS 주소, 그리고 책을 받은 장소를 적었다. 나와 은덕도 이 책을 모두 읽고 난 뒤 한국인 여행자를 만나면 우리의 이름과 SNS 주소, 그때 당시 머물고 있는 도시의 이름을 적어서 전달할 것이다. 이렇게 책이 여행자의 손에서 손으로 이어지면 우리가 여행을 멈춘 순간에도 끊임없이 세상을 여행하지 않을까? 이름하여 세계를 여행하는 책!

숙스 예약을 통해 본 도시별 호스트의 특성

도쿄 / 쿠알라룸푸르

아시아 지역의 에어비앤비 호스트들은 대부분 친절하다. 질문이 올 때 최대한 길게, 자세한 답변을 해 준다. 나보다는 상대방의 감정을 배려하는 문화에서 비롯된 것이 아닐까?

이스탄불

손님의 방문을 기쁜 일로 받아들이는 그들의 모습을 엿볼 수 있었다. 이스탄불 사람들은 오래된 친구처럼 극진한 환대 인사를 담아 메시지를 보냈다. 과연 형제의 나라답다.

피렌체

피렌체에서는 10명의 호스트에게 문의 메시지를 보냈다. 대부분은 그 기간에 방을 빌려줄 수 없다는 내용이다. 이유는 간단하다. 한 달 장기로 방을 주면 방값이 싸지는데 수요가 많은 성수기에 굳이 그렇게 할 필요가 없다는 것이다. 관광업으로 살아가는 사람들이니 방값 좀 올린다고 뭐라 할 수 없지만 그들이 돈에 밝은 사람임은 확실하다.

바카르

크로아티아는 유럽 사람들에게 여름 피서지로 오래전부터 사랑받아왔다. 이탈리아 사람들은 자신들의 나라보다 아름다운 풍경이 없다고 말하면서도 여름만 되면 이웃 나라인 크로아티아로 휴가를 떠난다. 성수기에는 휴양지답게 기본적으로 3배 이상은 숙박 비용을 더 부른다. 다만 성수기를 피한다면 가격 면에서 융통성을 발휘한다.

런던 / 맨체스터 / 에든버러

에든버러에서는 에든버러 페스티벌, 맨체스터에서는 맨체스터프라이드, 런던에서는 노팅힐 카니발 등 축제 기간에 방문하였지만 숙박료 인상이나 까다로운 조건 없이 단 한 번에 맘에 드는 숙소를 잡을 수 있었다. 영국 호스트들은 메시지를 보내면 취소든, 승인이든 24시간 안에 답장해 준다.

세비야

정열의 스페인답게 호스트의 성격도 화끈하다. 방을 빌려줄 수는 없지만 만나서 밥 먹자는 호스트부터 길 안내를 해 주겠다는 호스트까지 적극적으로 관심을 표현한다.

어디까지나 주관적이고 편파적인
런던 한 달 생활 정산기

＊ 도시 ＊

런던, 영국

/ Londonl, England

＊ 위치 ＊

캣포드 / Catford (런던 남동쪽 3존에 위

치, 런던 시내에서 버스로 약 2시간 소요)

＊ 주거 형태 ＊

단독주택 / 룸 쉐어

＊ 기간 ＊

2013년 8월 20일 ~ 9월 17일 (29박 30일)

＊ 숙박비 ＊

총 890,000원

(장기 체류 할인 적용,

1박당 정상 가격은 55,000원)

＊ 생활비 ＊

총 1,140,000원

(체류 당시 환율, 1파운드 = 1,700원)

＊ 2인 기준, 공연비/항공료 별도

＊ 종민　　그 비싼 런던에서 1인당 생활비가 550,000원이라니! 물론 레딩 페스티벌이나

뮤지컬과 같은 관람료를 더하면 더 올라가겠지만 생활비를 아껴서 공연을 관람

했던 것은 정말 잘한 일이야.

＊ 은덕　　우리에게 서브웨이 샌드위치가 없었다면 어땠을까? 다른 패스트푸드점은 비싸

서 들어가지도 못했잖아. 여기만 프로모션하는 게 있어서 매일 샌드위치로 끼니

를 때웠지. 그렇다고 굶고 다닌 것도 아닌데 왜 런던만 생각하면 이렇게 서럽고

배가 고픈 걸까? 에드리스가 들으면 섭섭하겠다.

만난 사람: 7명 + α

호스트였던 에드리스와 그녀의 남자 친구인 아이작, 레딩으로 가는 길에서 만났던 인자한 트럭 운전기사님, 오이스터 카드를 발급하며 만났던 창구 직원, 노팅힐 카니발에서 현란하게 춤을 추었던 사람들, 레딩 페스티벌에서 함께 노래했던 사람들, 닭갈비를 선사하고 떠난 정희 언니/누나, 우리를 시험에 들게 했던 남은주 기자님, 그리고 세상을 보는 관점을 바꿔 준 지홍 씨.

방문한 곳: 8곳 + α

숙소가 있었던 캣포드, 페스티벌을 즐겼던 노팅힐, 오이스터 카드를 받았던 런던 브릿지역, 록 페스티벌의 진수를 맛보았던 레딩, 런던 젊은이들이 즐겨 찾는 브로드웨이 시장, 먹거리가 많았던 브릭스톤, 수없이 찾았던 도서관과 정원들.

만난 동물: 1마리

정원에서 홀연히 나타난 여우.

런던에서 처음부터 그대로 다시 살아 보고 싶어

내 사진을 가지고
무슨 짓을
한 거야?

우리가 피렌체에서 찍은 사진은 어떻게 되었을까? 에어비앤비 샌프란시스코 본사가 사무실을 이전하면서 갤러리에 걸어 둔다고 사진을 찍어 간 지 석 달이 지났다. 사진작가 소피가 B컷 사진을 보내 줘서 살짝 볼 수는 있었지만 어떤 사진이 최종 선택을 받았는지 궁금했다.

"갤러리에 걸어 두겠다고 했으니 이상한 사진은 아닐 거야? 응?"
"피렌체 할머니한테 길을 물어보는 사진이 나는 제일 마음에 드는데."

이런저런 상상만 하고 있을 때 사진 촬영을 담당했던 셀레스테에게 메일이 도착했다.

"안녕, 잘 지내고 있지? 너희 더블린에 간다고? 지난주에 더블린 지사에 다녀왔는데 너희가 반가워할 만한 선물을 두고 왔어. 꼭 가 봐!"

안 그래도 더블린 지사에 방문해도 되겠느냐는 메일을 보내려던 참이었는데 지사에 직접 가서 우리를 소개하고 선물까지 놓고 왔다는 그녀. 샌프란시스코에서 만나면 꼭 안아 주고 싶다.

"은덕아. 에어비앤비 본사 직원들은 전 세계 지사로 출장을 많이 다니나 봐."
"그러게. 서울에서 런칭 행사를 할 때도 샌프란시스코에서 직원들이 많이 왔었잖아."
"우리 이번에는 당당하게 들어갈 수 있겠지?"

말은 그렇게 했지만 막상 더블린 지사 문 앞에 서자 쉽게 문을 두드릴 수가 없었다. 마음이 심란했다. 늘 환영해 주는 그들이지만 영어로 대화를 나누다 보면 진이 빠져서 무슨 말을 했는지 기억도 잘 나지 않았다. 언제쯤이면 편해질 수 있을까 한숨을 쉬고 있을 때였다.

"오 마이 갓! 애들아, 그들이 왔어!"

매일 지켜보고 있었다!

1층 주방에서 점심 준비를 하던 알렉산드라 _{Alexandra}가 우리를 보자마자 사무실로 뛰어들어 갔다.

'처음 본 사이인데 인사도 안 하고 소리부터 지르다니.'

자고 일어나니 스타가 되었다는 말.
우리와는 거리가 먼 이야기라고
생각했는데 현실이 되었다.
적어도 에어비앤비 안에서는.
그들은 우리더러 스타라며
추켜세웠지만 우리가 그들의
스타일 수 있어서 더 영광이었다.

이제껏 접하지 못한 환대에 우리는 뒷걸음질을 치고 있었다. 현관 입구에서 동료를 부르러 안으로 간 알렉산드라를 기다리다가 셀레스테가 남겨 놓고 갔다는 선물의 정체를 확인했다.

"은덕아, 저거 우리 사진 맞아? 우리가 사장도 아닌데 입구 한가운데 우리 사진을 걸어 놨어!"
"저 사진, 장난삼아 찍은 건데. 잘 나온 사진 다 놔두고 하필 저걸."

피렌체에서 찍은 사진이 1m 크기로 출력되어 걸려 있었다. 더블린 지사의 직원들은 응접실과 현관을 지날 때마다 우리의 사진을 보고 있었다. 알렉산드라가 우리를 발견하고 소리부터 질렀던 이유를 알 것도 같았다. 사진 속에만 있던 사람들이 갑자기 눈앞에 나타났으니 얼마나 놀랐을까?

우리는 스타였다

함께 밥을 먹자고 해서 밖에 나가 적당한 식당에서 사 먹는 것을 상상했었다. 하지만 더블린 지사 사람들은 매일 케이터링 업체에서 준비한 음식을 사무실에서 먹고 있었다. 싱가포르와 파리, 런던 사무실에서는 볼 수 없었던 복지였다. 새롭게 합류한 직원이 많은 더블린 지사의 특징을 고려한 본사의 배려였다. 우리나라에서는 직장 동료끼리 삼삼오오 모여서 점심을 먹는 것이 당연하지만 유럽에서는 이런 경우가 드물고 대체로 자기 자리에서 혼자 먹는 경우가 많았다. 회식 문화도 없어서 직원 전체가 교류하는 시간이 없는 데다 서로가 낯설다 보니 업무에도 차질이 생길 수 있다는 판단에서 나온 결정이라고 했다.

더블린 지사는 아일랜드 전통가옥 한 채를 통째로 시무실로 개조해서 쓰고 있었다. 1층 거실은 회의실과 응접실로 사용했고 2층에 있는 침실은 사무실로 리모델링한 상태였다. 원래 기능을 보존하고 있는 것은 화장실과 주방뿐이었다.

"저기 정원 보이지? 어떻게 꾸밀까 고민 중이야. 염소를 키울까? 수영장을 만들까? 네 생각은 어때?"
"무슨 소리야? 정원은 흡연자들의 공간이라고!"

점심을 먹으면서 정원을 어떻게 바꿀 것인지 자유롭게 논하고 적합한 아이디어가 나오면 자연스럽게 벽에 적었다. 그 모습에서 사무실이 어느 한 사람의 소유가 아니라 구성원 모두의 것이라 생각하고 있음을 알 수 있었다. 스페인과 미국, 독일, 프랑스, 이탈리아 등등 세계 각국에서 모인 사람들이 꿈꾸는 에어비앤비의 모습은 무엇일까?

2012년 6월에 문을 연 더블린 지사는 유럽의 에어비앤비 허브를 목표로 하고 있었다. 지금은 30명이 근무하고 있었지만 매주 4명씩 새로운 인원이 합류하고 있었고 2014년 말까지 150명이 근무하는 거대한 사무실로 성장할 예정이었다. 우리의 여행이 모두 끝날 때면 더블린 지사는 지금과는 전혀 다른 모습일 것이다. 그때 다시 한번 찾고 싶다. 그때도 우리의 사진이 걸려 있을까? 더블린 지사의 사람들은 우리가 떠날 때까지 환대를 멈추지 않았다. 마치 그들의 마스코트가 된 듯한 기분까지 들었다. 계속 앉아 있으면 어느덧 우리에게도 책상 하나가 생겨도 전혀 이상하지 않을 분위기였다. 아쉬운 작별을 할 때 그들은 우리에게 한 가지 부탁이 있다고 했다.

"본사에서 주기적으로 뉴스레터를 보내 주고 있어. 특별한 호스트는 많지만 너희처럼 굉장한 이야기를 가진 게스트는 없어. 그래서 너무 반가워. 너희는 에어비앤비

전 직원이 알고 있는 스타야. 에어비앤비로 2년 동안 여행하기로 한 너희의 계획, 포기하지 말고 꼭 완주해 줘. "

여행을 포기하지 말고 완주해 달라며 그들은 부탁한다고 했지만 그것은 태어나 지금껏 들어본 적이 없는 최고의 칭찬이었다. 우리가 그들의 스타라니. 믿을 수 없었다.

에어비앤비 더블린 지사 방문기

8

내일이 빨리
왔으면 좋겠어

신대륙을 발견한 콜럼버스가 항해를 시작한 곳이 바로 세비야였다. 콜럼버스가 목숨을 걸고 떠났던 두 달여의 항로는 이제 칵테일 한 잔을 손에 들고 보름이면 당도하는 길이 되었다. 스페인의 찬란했던 영광은 빛이 바랬고 '정복'이라는 이름의 '침략'도 이제는 냉정한 평가를 받고 있다.

"유럽 일정의 끝이 어딘가 싶었는데 어느새 마지막 도시야."

우리도 스페인에서의 일정이 모두 끝나면 그 항로를 따라 대서양을 건너서 미국으로 이동할 예정이었다. 에스파냐 광장을 바라보면서 자연스레 아직 발을 딛지 않은 땅을 떠올렸다. 미지의 세계로 다가가고 싶었던 용기와 호기심이 우리에게 조금이나마 전해지기를 바라면서.

레온
Leon

부르고스
Burgos

바야돌리드
Valladolid

소리아
Soria

포르투갈
Portugal

세고비아
Segovia

살라망카
Salamanca

마드리드
Madrid

카세레스
Caceres

스페인
Spain

바다호스
Badajoz

코르도바
Cordoba

세비야
Sevilla

우엘바
Huelva

그라나다
Granada

말라가
Malaga

헤레스
Jerez de la
Frontera

안도라
Andorra
우에스카
Huesca
바르셀로나
Barcelona
레우스
Reus
발레아레스 해
Valeares
팔마
Palma
이비자
Ibiza
알제리
Algeria

내 호스트의
방은 어디인가?

글 /

유럽에서의 마지막 한 달, 그 시간을 함께할 도시로 스페인의 세비야 Sevilla를 선택했다. 스페인 안에서도 가장 '스페인'스러운 안달루시아 Andalucía 지방의 중심도시 세비야. 각 지역마다 문화가 다르고 자연환경이 다른 만큼 현지인이 사는 집의 형태도 달랐는데 세비야는 좀 더 인상적이었다.

현관문처럼 열리는 엘리베이터를 타고 3층 A호 앞에 섰다. 밤 12시가 넘어서 도착했기 때문에 최대한 소리를 내지 않도록 조심하며 방을 찾아갔다. 우리가 선택한 숙소는 그동안 보지 못했던 색다른 매력이 있었다. 어둡고 긴 복도가 집을 가로지르는 기이한 구조였다. 우리가 묵을 방은 복도 중앙에 있었다. 오래된 문을 열고 들어서니 침대와 옷장 그리고 소파까지 있는 넓은 공간이 나타났다. 잠자리에 들기 전, 화장실을 찾아서 다시 방을 나섰다. 긴 복도 끝으로 화장실이 보였다. 더듬더듬 벽을 짚으며 발걸음을 세어 봤다.

'하나, 둘, 셋……. 열아홉, 스물, 스물하나……? 마흔??'

화장실에 가기 위해 무려 마흔 걸음을 걸었다. 살면서 지금껏 방과 화장실 사이를 오갈 때 열 발자국 이상을 걸어본 적이 없었는데, 집 안에 있는 복도가 이렇게 길어

더듬더듬 벽을 짚으며

"그동안 머물렀던 수많은 숙소 중 이렇게 복잡한 집은 없었어.

방문은 다 똑같고, 직선으로 긴 구조라서 어디가 우리 방인지 헷갈렸어.

저택에서 머무니 이런 애로사항이 있네."

"저택은 무슨! 그냥 평범한 세비야의 아파트라고. 여기 사람들은 이런 구조를 좋아하나 봐.

난 방에서 화장실에 한 번 가려면 복도를 뛰어다녀야 해.

은덕아, 여긴 요강 없나? 화장실 가는 거 너무 귀찮다."

"내 말이. 너는 가뜩이나 배변 활동이 잦은 사람인데. 가능하면 물 먹지 마."

내맘이 빨리 왔으면 좋겠어

도 되는 건가! 나와 은덕의 방은 하필이면 화장실하고 제일 먼 방이었다. '이곳에 사는 동안은 화장실 한 번 가는 것도 일이겠다'고 생각하며 다시 방으로 돌아갔다. 돌아오는 길에서 5개의 문을 지나치면서 다시 혼자 중얼거렸다.

'그럼 호스트의 방은 어디지?'

집 구경 아니 집 탐험

아침이 밝았다. 방문을 열고 다시 긴 복도와 마주했다.

"집이 뭐 이렇게 길어? 은덕아, 이 집 구경 좀 해 보자."
"그렇지? 롤러스케이트 타고 다녀도 되겠어. 우선 화장실 반대편으로 가 볼까?"

미지의 공간을 탐험하듯 은덕의 손을 붙잡고 조심스럽게 남의 집 구경을 시작했다. 우리 방을 기준으로 왼쪽부터 살폈다.

"방이 하나고 거실은 2개네? 테라스도 있어. 반대쪽으로 가 볼까?"
"하나, 둘, 셋……. 마흔여덟, 마흔아홉. 끝에서 끝까지 거의 쉰 걸음이야. 조금만 더 하면 100m인데?"
"여기는 방이 3개, 화장실이 2개, 창고랑 주방도 있다. 그런데 환기 팬이 없어. 통풍이 되나?"
"주방 안쪽에 공간이 또 있어. 여긴 세탁실에 건조실까지 있어."

그렇게 집에 있는 모든 방문을 열면서 찾아낸 공간은 총 14개였다. 주방부터 다용도실까지 그 종류도 다양했다. 입이 쩍 벌어졌다. 긴 복도를 따라서 한 층에 이렇게

새로운 집을 만나는 즐거움

호텔은 세계 어디를 가더라도 비슷비슷하다.

바로 이 점 때문에 매번 익숙해지려고 노력하지 않아도 되었고 같은 이유로 편하고 안락했다.

아무리 즐거운 여행이라 해도 긴장과 피로가 쌓이다 보면

호텔의 편리한 시스템이 그립기도 했지만 새로운 호스트를 만나는 것만큼이나

새로운 집을 만나는 것도 어느덧 우리에게 큰 즐거움이 되었다.

많은 공간을 숨겨 놓다니! 그렇다고 우리가 머물렀던 집이 세비야에서 특별히 으리으리한 편에 속하는 저택은 아니었다. 세비야에서는 이런 구조의 아파트가 흔했다.

호텔이나 민박이 아니라 에어비앤비를 이용하면서 얻게 된 뜻밖의 수확은 나라별로 미묘하게 다른 집의 구조를 볼 수 있다는 점이다. 열대 지역은 통풍과 환기에 중점을 두고 지중해 지역은 햇볕을 피하려고 창문에 차단막을 치고, 천장을 높게 만든다는 것을 책이 아니라 직접 눈으로 보고 몸소 겪었다. 말레이시아에서 묵었던 깜제 아줌마의 집은 비가 와도 문을 열고 환기할 수 있는 블라인드형 창문이 있었고 크로아티아에서 묵었던 다로브카의 집은 두꺼운 외벽과 작은 창문으로 햇볕을 철저하게 차단하고 있었다. 세비야에서 만난 집은 말레이시아와 크로아티아의 장점을 모두 모았다.

뜨거운 태양을 피하고 그늘을 만들기 위해 집의 형태가 폭이 좁은 대신 길었다. 통풍도 잘되어야 하니 긴 복도를 사이에 두고 방을 마주 보게 한 후 창문을 최대한 많이 만들었다. 그리고 옆 건물의 그림자로 태양을 막을 수 있었다. 네모 반듯하고 공간의 목적에 따라 동선만 고려해 만든 한국의 아파트에서만 살아왔던 터라 이런 구조의 집이 기이하기만 했다.

그나저나 스페인 전체가 경제 위기로 휘청거리고 있다고 하는데 우리의 호스트, 알바로 Alvaro는 어떻게 이런 큰 집을 마련한 걸까? 아무리 봐도 우리 또래고 오후에 티셔츠 입고 나갔다가 12시가 넘어서 들어오니 매일 아침 출근하는 직업을 가진 사람은 아닐 터. 통장 잔고를 확인하며 착실히 돈을 모았을 리 없는데 어떻게 집을 장만했을까?

"이 집? 할아버지가 줬어. 부럽지?"

그렇다. 알바로는 말로만 듣던 상속자였다. 입에 은수저를 물고 태어난다는 그 전설의 상속자! 알바로의 타고난 행운을 부러워하며 세비야 적응을 시작했다.

안달루시아의
낮잠

글 /

"야, 그만 좀 일어나 봐."

평소에도 잠이 없는 편인 종민은 낮잠까지 꼬박꼬박 챙기는 내가 탐탁지 않나 보다. 나역시 세비야에 와서 생긴 낮잠 자는 버릇 때문에 스스로 놀라고 있던 참이었다. 그러나 세비야에서는 어쩔 수 없었다. 도착한 지 일주일 만에 어느새 세비야 사람들의 생체리듬이 내게도 전이되었다. 이름도 찬란한 시에스타 La Siesta. 한낮의 뜨거운 태양을 피해낮잠을 자는 스페인 사람들의 문화를 제대로 체험하고 있었다. 이렇게 달콤하고 매력적인 문화이건만 오늘날 스페인에서 시에스타는 점차 사라지고 있다고 한다. 바르셀로나와 마드리드 Madrid 등 대도시를 중심으로 낮잠 없이 종일 바쁘게 움직이는 일상이 퍼지고 있다는 것이다. 하지만 세비야에는 아직도 점심시간이면 한낮의 휴식을 찾아 떠나는 사람들이 있었다. 왜냐하면 이곳은 가장 '스페인스러운' 도시니까.

우리가 머물렀던 숙소는 현지인들의 거주지이자, 쇼핑의 거리에 있었다. 보행자 전용의 널찍한 도로 양옆으로 1층에는 상점이 있고 그 위로는 주거지인 아파트가 빼곡히 쌓여 있었다. 동네 주민들과 쇼핑을 나온 현지인들로 이곳은 언제나 북적거렸다. 그동안은 주로 도시 외곽에 위치한 베드타운에 머물러서 거리에 나가면 그 지역사람들은 모두 시내로 떠나고 텅 빈 마을에 나와 종민만 덩그러니 남겨져 있는 경우

꿀맛 같은 낮잠
시에스타

"한국도 한여름에는 굉장히 덥잖아. 세비야처럼 시에스타를 만들면 진짜 좋을 텐데.

꿀맛 같은 낮잠 타임 말이야. 더워서 능률도 안 생기는데 낮잠으로 원기를 회복할 수 있잖아?"

"아닐걸? 가뜩이나 야근도 많은데 낮잠 좀 잤다고 자정이 넘도록 일하는 게 당연해질 거야.

한국의 여름이 야외 활동을 못 할 정도로 덥진 않잖아. 여긴 타 죽겠더라. 살기 위한 선택이었을 거야."

가 많았다. 세비야에 도착한 첫날, 자정 무렵임에도 발 디딜 틈 없이 빼곡한 사람들 사이에서 밥을 먹으면서 오랜만에 사람 사는 냄새가 난다며 종민과 함께 기뻐했다.

낮져밤이, 세비야

언제나 활기 넘치는 골목이었지만 죽은 자들의 도시 마냥 바뀌는 시간이 있었다. 한국 이었다면 모두 공부나 일에 한창 열을 올리고 있을 시각인 오후 2시부터 5시. 이 시각 에 유일하게 움직이는 것은 정수리 꼭대기에서 이글이글 타오르며 모든 생명체를 녹 여 버릴 기세로 내리쬐는 태양이다. 이 시간이 되면 상점들은 바깥에 걸어 두었던 표 지판을 거두고 셔터를 내렸다. 그리고 태양에게 먹히기 전, 자전거를 타고 모두 집 안 으로 사라졌다. 골목에서 어슬렁거리는 사람들은 영문을 모르고 서성이는 몇몇 관광 객뿐이었다. 몇 분 전까지만 해도 활기가 가득했던 동네는 온데간데 사라지고 없었다.

3시간 정도 시에스타를 만끽한 후 도시가 깨어나면 새로운 하루가 시작된다. 시에 스타 이전이 하루 중 전반부에 해당한다면 시에스타 이후는 후반부에 해당한다. 영 화나 드라마를 보면 전반부에는 등장인물과 배경을 소개하고 후반부에 본격적인 갈등과 사건이 폭발하는 클라이맥스가 몰려 있다. 세비야도 마찬가지였다. 배부르 게 먹고 낮잠도 자고 나온 터라 사람들의 얼굴은 살짝 기름져 보였고 머리도 헝클 어져 있었지만 표정만은 활기로 가득했다. 작렬하는 태양의 기세가 완전히 꺾이면 고된 하루를 보낸 사람들이 퇴근해 쏟아져 나왔고 밤 공기를 쐬기 위해 나온 사람 들과 기분 좋게 한잔 걸친 사람들이 뒤섞여 골목은 광장으로 변신했다. 도시 전체 가 클라이맥스를 향해 페달을 밟는 것 같았다. 밤이 짙어질수록 활기는 더욱 강하 게 요동쳤는데 한밤중에 마라톤이나 각종 행사가 치러지는 것을 보니 세비야는 낮 보다 밤이 강한 도시임이 분명했다.

강한 도시, 세비야

"알모도바르 영화를 처음 봤을 때 중학생이었어.

스페인이라는 나라를 영화 속에 등장하는 이미지 그대로 받아들였지.

우리나라를 박찬욱, 김기덕, 나홍진 감독 영화로 처음 접한 외국인들은 무슨 생각을 할까?

한국인은 모두 폭력적이라고 생각하겠지?"

"서울을 고담 시티처럼 생각할 수 있겠지. 각종 범죄가 득실거리는. 그런데 중학생 때 왜 그런 영화를

본 거야? 기괴한 스페인 영화를 찾아보는 너의 취향은 이해가 안 간다. 너 혹시 변태니? 정체를 밝혀라!

자고로 그때는 달빛의 요정이여, 빛으로! 문 크리스탈 파워! 세일러문!"

스페인에 관한
짧은 필름

스페인에 대한 최초의 기억은 영화에서 시작됐다. 지금은 영화 마니아와 평단으로부터 사랑받는 감독이 되었지만 페드로 알모도바르 Pedro Almodovar의 초기작인 〈신경쇠약 직전의 여자 Mujeres Al Borde De Un Ataque De Nervios, 1988〉, 〈욕망의 낮과 밤 Atame!, 1990〉, 〈하이힐 Tacones Lejanos, 1991〉 등은 한국 관객에게 낯설었다. 반면 영화광이었던 나는 중학생 때 페드로 알모도바르의 영화를 한 편씩 보면서 영화 속 세계에 빠져들었다. 싸구려 원색 옷을 입고 소프라노처럼 높고 빠른 말로 쉴 새 없이 수다를 떠는 등장인물은 매력적이었고 이들을 둘러싼 사건은 예상치 못한 방향으로 뻗어 나갔다. 때문에 스페인은 우스꽝스럽고 기괴한 나라라고 생각했었다. 주인공의 외모나 행동은 처음에는 몰입하기 힘들었지만 시간이 지날수록 스페인은 내게 기상천외한 일이 빈번하게 벌어지는 환상의 나라가 되었다. 루이스 부뉴엘 Luis Bunuel Portoles의 〈안달루시아의 개 Un Chien Andalou, 1929〉는 이런 생각에 확신을 준 작품이자 나에게 안달루시아란 지명을 최초로 인식하게 했던 영화였다. 조각난 이미지로 가득한 화면과 면도날로 여자의 눈을 도려내는 장면은 아직도 생생하다.

영화가 아닌 현실에서 만난 안달루시아의 세비야는 전혀 달랐다. 태양을 피하려고 느긋하게 낮잠을 자고 길거리 아무 데서나 플라멩코를 추는 사람이 넘쳤다. 스페인어라고는 안녕이라는 뜻의 올라 Hola밖에 할 줄 모르는 이방인에게 끝까지 모국어로 말하는 고집과 함께 먼저 대화를 거는 친근함이 있었다. 게다가 실제로 만난 스페인 사람들은 영화 속에서처럼 괴짜가 아니었다. 기괴한 패턴의 옷과 형광으로 염색된 옷을 좋아하기는 했지만 알모도바르 영화 속 인물들과 달리 아름답고 잘생겼다. 수다스러웠지만 목소리가 그리 크지 않았고 먹고 즐기는 데 돈을 아끼지 않으며 본능에 충실한 삶을 살고 있었다.

태양의 축복을
받은 곳

글 /

개와 늑대의 시간에 맞춰 메트로폴 파라솔 Espacio Metropol Parasol [1] 전망대에 올랐다. 붉게 물든 노을, 검푸른 빛이 짙어지는 밤하늘 그리고 주황색 조명으로 빛나는 세비야의 아름다운 성당. 기이한 모양의 전망대에 올라서 자연과 인간이 만든 도시를 내려다 보았다. 세비야는 스페인 전통의 색깔이 강하게 남아 있는 도시였다. 집시의 한을 담은 정열의 플라멩코, 피로 물든 투우장의 모래 그리고 하몽 Jamón과 타파스 Tapas. 사람들이 흔히 생각하는 스페인의 이미지는 안달루시아 지방이었고 세비야는 그 중심에 해당하는 도시였다.

안달루시아 견문록

안달루시아는 태양의 축복을 받은 땅이었다. 안달루시아의 땅은 비옥했고 풍부한 과실은 자연스러운 결과였다. 때문에 이웃 국가로부터 많은 공격을 받을 수밖에 없

---

1) 세계 최대의 목조 건축물이다. 도심 속에서도 자연의 그늘을 느낄 수 있었으면 좋겠다는 생각에서 출발한 이 건축물은 총면적이 5,000m²가 넘어서 메트로폴 파라솔 아래를 지나는 사람들은 넓은 그늘에서 잠시 쉬어갈 수 있다. 내부에는 쇼핑몰과 식당이 있고 전망대에 오르면 세비야의 전체 모습이 한눈에 들어온다.

태양에게로
인사하고 싶었어

조립식 장난감처럼 생겼던 메트로폴 파라솔.

파라솔이라는 이름에 맞게 거대한 그늘로 세비야를 품고 있다.

한낮에는 그늘을 찾아 메트로폴 파라솔 아래로 사람이 모이지만

해가 지면 전망대에 올라 도시를 내려다본다.

해가 뉘엿뉘엿 저물어가는 모습을 바라보면서

세비야를 녹여 버릴 기세로 들끓던 태양에게도 작별 인사를 했다.

"안녕, 내일 또 봐."

내일이 빨리 왔으면 좋겠어

었고 결국, 수많은 전투 끝에 로마제국이 안달루시아를 차지했다. 로마제국의 세력이 약해진 뒤에는 무어인 Moors, 중세 시대에 이베리아 반도와 북아프리카에 거주하던 이슬람교도를 가리키는 말 으로 기억되는 이슬람교도 세력이 안달루시아의 새로운 주인이 되고 이후 800년 동안 군림하며 곳곳에 이슬람 양식의 건축물을 세웠다. 당시의 안달루시아는 이슬람 교도의 땅이었고 동시에 유대인들의 상점이었다. 무어인은 이슬람 건축과 유목민의 지혜를 안달루시아에 심었다. 유대인은 무어인의 재산을 관리하고 의술을 전파했다. 그 틈에서 집시는 자신의 처량한 삶을 플라멩코로 승화시켰다. 이후 안달루시아를 차지하기 위한 가톨릭과 이슬람 문화권의 길고 치열한 전투가 이어졌고 그 결과 스페인 왕국이 탄생했다.

600년 전, 이탈리아 출신의 콜럼버스 Christopher Columbus가 자신의 야심 찬 항해를 지원할 후원자를 찾아 스페인에 찾아왔다. 레콩키스타 Reconquista, 로마 카톨릭 왕국이 이슬람교도가 점령한 이베리아를 정복하려던 운동 를 이룩한 이사벨과 페르난도 Isabel and Fernando, 이베리아 최후의 이슬람 국가를 제압하고 통일 스페인 왕국을 이룬 가톨릭 부부왕 는 콜럼버스의 역사적인 항해를 지원하고 신대륙 정복을 통해 스페인의 황금시대를 열었다. 훗날, 콜럼버스는 자신이 발견한 아메리카 대륙에서 잠들고 싶어 했지만 스페인은 황금시대를 열어 준 영웅을 보낼 수 없었다. 이것이 세비야 대성당 Cathedral de sevilla에 콜럼버스가 스페인의 역대 왕들에게 떠받들려 잠들어 있는 이유다.

세비야의 에스파냐 광장 Plaza de España의 중심에 서면 100여 년 전, 세계 제일의 광장을 만들고자 했던 건축가의 야심이 보인다. 20세기 초반에 만들어진 이곳에는 무어인이 남기고 간 건축과 예술의 흔적 그리고 아메리카를 발견한 세비야의 자존심이 녹아 있다. 에스파냐 광장은 1929년, 바르셀로나에서 열린 세계 박람회의 번외 행사인 '이베로-아메리카 박람회 Exposición Ibero-Americana'를 위해 만들었다. 이 박람회는 스페인이 식민지로 지배했던 남미 국가들과 관계 회복을 목적으로 열린 행사인데 당시 전시관은 지금도 각국의 영사관으로 사용 중이다. 콜럼버스가 이 도시에서 출발해 아메리카 대륙을 발견했으니 화해의 장소로 이만한 곳도 없으리라.

시작과 끝이
공존하는 곳

세계에서 세 번째로 큰 교회라는 세비야 대성당.

이곳에는 신대륙을 발견한 콜럼버스가 잠들어 있다.

처음 야심 찬 항해를 기획하고 세비야에 첫발을 디뎠을 때

콜럼버스는 자신이 이곳에 묻히리라 생각이나 했을까?

새로운 기회와 새로운 땅을 찾아 나선 그가 출발했던 곳에서 영원히 잠들었다는 사실은 아이러니하다.

세비야는 어쩌면 시작과 끝이 공존하는 도시일지도 모르겠다.

내일이 빨리 왔으면 좋겠어

며칠 후면 우리도 콜럼버스가 신대륙을 발견한 항로를 크루즈를 타고 따라간다. 콜럼버스가 목숨 걸고 떠났던 두 달여의 바다는 칵테일 한 잔을 손에 들고 보름이면 당도하는 길이 되었다. 이제 곧 스페인의 찬란했던 영광을 뒤로하고 바다 건너 신대륙을 만날 생각하니 아직 세비야에서 머물 시간이 많이 남아 있음에도 설레는 마음이 감춰지질 않았다.

가장 '스페인'다운 도시, 세비야!

안달루시아 지방에는 무어인들의 흔적이 진하게 남아 있다.

아랍과 유럽의 문화가 오묘하게 섞여 우리가 알고 있는 스페인의 문화가

만들어진 곳이기에 이곳은 가장 스페인답다는 이야기를 듣는다.

스페인 문화를 알고 싶다면 안달루시아의 중심, 세비야로 가라고 권한다.

이 도시는 곳곳에 과거의 영광을 간직한 채 당신의 방문을 기다리고 있다.

내일이 빨리 왔으면 좋겠어

잔혹과
전통 사이

글 /

스페인 하면 떠오르는 것 중 하나가 투우일 것이다. 우리도 예외는 아니어서 세비야에서 투우를 볼 생각에 들떴다. 투우장에 있는 사람들은 대부분 현지인이었고 어둠 속에서 24시간을 보낸 황소가 강렬한 태양 아래 나타났다. 황소는 길을 잃은 듯잠시 당황스러워했지만 이내 주위를 두리번거리면서 움직이기 시작했다. 좀처럼흥분하지 않는 황소를 투우사가 분홍색 천을 휘두르며 자극했다. 황소는 그제야 자신의 역할을 깨달은 것 같았다. 화를 내면서 돌진해야 하는 자신의 역할을 말이다.투우사는 말 위에 앉아서 황소를 더욱 자극하기 시작했다. 화가 난 황소는 말에게돌진했다. 그러나 투우사는 피하기는커녕 긴 쇠창살로 황소 등을 깊숙하게 찔렀다.황소는 가쁜 숨을 내쉬었다. 숨돌릴 틈도 없이 투우사는 화려한 춤으로 계속 황소를 자극하고 그 사이에 6개의 꼬챙이가 황소 등에 연달아 꽂혔다. 하얀 천으로 감싼꼬챙이가 황소의 붉은 피로 물들었다.

투우사와 황소. 서로를 노려보며 투우장 한가운데에 서 있었다. 미친 듯이 달려들줄 알았던 황소는 거친 숨을 내쉬며 뒷걸음질을 쳤다. 이제라도 살려 달라는 제스처가 아니었을까? 수차례에 걸친 공격으로 겁을 먹었는지도 모르겠다. 투우사는 황소의 처연한 몸부림을 그대로 두지 않았다. 계속 자극하고 조롱했다. 황소는 끝까지 악을 쓰며 울부짖었고 마침내 심장으로 날아든 칼끝에 무릎을 꿇었다. 황소에게

은퇴야,
지금이라도 나가자

"아직도 그때를 생각하면 몸서리가 쳐져. 인간은 정말 잔인한 것 같아."

"이런 생각을 하는 우리도 바로 그 인간이잖아.

전통은 보존해야 할 가치가 있다고 생각했는데 투우를 직접 보고 나니 생각이 복잡해졌어.

내가 보존해야 하는 전통과 그렇지 않은 전통을 구분할 수 있는 능력이나 자격이 있느냐가 문제야."

"아마도 계속 여행하다 보면 이런 순간을 더 많이 겪을 거야. 이렇게 지적인 고민이라면 언제든 좋아.

계속 시비를 걸어 줘!"

내일이 빨리 왔으면 좋겠어

투우장은 생사를 넘나드는 죽음의 공간이었다. 그에 비해 투우사에게 이곳은 과장된 도도함과 연극적인 몸동작을 표현하는 공연장일 뿐이었다.

"은덕아, 지금이라도 나가자."
"제일 싼 좌석이라서 움직일 틈이 없어. 이 사람들을 다 뚫고 나갈 수 있겠어?"

기대를 가득 품고 봤던 투우는 앉은 자리를 당장에라도 박차고 일어나고 싶을 만큼 괴로웠다. 그러나 경기장을 가득 메운 사람들 때문에 자리를 벗어날 수 없었다. 잔혹한 광경도 충격이었지만 더 얄궂은 것은 그토록 괴로웠던 광경도 시간이 지날수록 그런대로 견딜만하다는 사실이었다. 황소가 뒷걸음질치지 말고 투우사를 향해 거칠게 공격하기를 바라는 것으로 죄책감을 덜었다. 투우가 끝나고 경기장을 빠져나오면서 나 자신이 저열한 인간이라는 생각에 발걸음이 무거웠다.

헤밍웨이는 투우가 '예술가를 죽음의 위험에 처하게 하는 유일한 예술'이라고 했다. 투우사가 황소를 대하는 몸짓과 황소의 공격에 대응하는 모습이 죽음을 가까이에서 접하는 것이고 바로 그 감정이 예술을 접할 때 느끼는 카타르시스와 유사하기 때문이라는 이유에서 말이다. 실제로 그러했다. 투우사는 황소와 싸우면서 치명적인 상처를 입을 수도 있었고 죽음을 맞을 수도 있다. 그리고 이것은 황소에게도 고스란히 적용되는 사항이었다.

목축업의 번영을 기원하며 제물로 바치던 황소가 엔터테인먼트의 수단으로 변한 것은 17세기 말 귀족들에 의해서였다. 귀족들만 누리던 문화가 점차 대중의 문화로 자리 잡았고 지금까지 이어진 것이 바로 투우다. 황소를 굴복시켜 인간의 맹렬한 생존력을 과시하려던 제례의식이 현재를 살아가는 우리에게 어떤 의미를 던질 수 있을까? 머리로는 투우도 세비야의 역사와 전통을 상징하는 것이니 존중해야 한다고 생각했지만 투우장 모래를 적시던 황소의 피는 너무나 붉었다. 잔혹함과 전통 사이에서 길을 잃은 하루였다.

병원에
가야겠어

글 /

얼굴에 선크림 바르는 것을 귀찮아하는 우리는 언제나 그렇듯 맨 얼굴로 세비야의 강한 태양과 마주했다. 그동안 무탈했기 때문에 작렬하는 태양에 대한 걱정은 없었고, 선크림은 가방 깊숙한 곳에 있었다. 우중충한 날씨와 비싼 음식에 질려 가고 있을 때, 음식 천국 세비야에 도착했다. 하몽, 치즈, 타파스, 맥주 등을 먹으면서 끼니를 대신 했기에 전기밥솥에 쌀 안치는 것도 뒷전이었다. 그렇게 일주일을 보냈을 때 은덕의 몸에 이상이 생기기 시작했다. 두드러기가 얼굴을 덮었다.

여행 중에 병이 나는 것은 남들에게만 생기는 것이라 믿고 그 흔한 여행자 보험 하나 들지 않았다. 보험 없는 해외 진료는 비용 부담이 커서 은덕이 고통을 호소했던 일주일 동안 병원을 찾지 못했다. 대신 약국도 2번이나 갔고, 약을 3번이나 바꿨지만 두드러기는 가라앉지 않았다. 호전되기는커녕 눈도 못 뜰 만큼 은덕의 얼굴이 부어 버렸다. 더 이상 통장 잔고를 걱정할 수 없었다. 일요일 오전, 응급실로 향했다.

'영어학원 대신 간호학원에 다녔어야 했나? 보험이라도 들어 놨어야 했는데…….'

병원으로 가면서 머릿속을 스친 생각이었다. 아픈 은덕을 옆에 두고 이런 생각을 하는 것은 잘못인 줄 알지만 병원으로 향하는 발걸음이 편하지 않았다.

세비야에는
초미녀 의사가 산다

"나 스페인어 못하는데요."
"나도 영어 못하는데요."

의사 선생님이라고 해서 모두 영어를 잘하는 것이 아니었다. 아픈 은덕을 침대에 뉘어 놓고 번역기를 돌리면서 단어를 나열했다.

"얼굴과 귀가 부었다. 아침에 더 심하다. 일주일 되었다. 복숭아, 멜론을 먹었다. 의료보험 없다. 이전에는 이런 적 없다. 그동안 이 약을 먹었다."

제대로 번역이 되었는지 의사 선생님이 연신 고개를 끄덕였다. 그녀는 내 설명을 듣고 난 후 은덕과 온몸을 이용해 대화를 시도했다. 팔뚝을 긁으면서 아마도 간지러우냐고 묻는 것 같았다. 은덕은 기다렸다는 듯 팔뚝을 내보이며 고개를 끄덕였다. 이번에는 체온계를 보여 주며 흔들었다. 이번에도 은덕은 알아들었다는 듯 고개를 저었다. 열은 나지 않는다는 뜻이었다. 다음 동작은 숨쉬기였다. 어깨가 들썩일 만큼 숨 쉬는 시늉을 했고 은덕은 웃으며 아무 문제 없다는 듯 어깨를 살짝 들썩이는 것으로 대답을 대신했다. 의사 선생님의 이야기에 마음이 편해졌는지 은덕의 얼굴이 밝아졌다. 이런 그녀를 보고 주책없는 말을 던졌다.

"은덕아, 의사 선생님 완전 미녀지?"

보디랭귀지는 전 세계 공용어였다. 침대에 누운 은덕과 초미녀 의사 선생님은 몸짓만으로 서로를 이해했다. 은덕의 배도 열어 보면서 진찰을 마친 초미녀 의사 선생님은 컴퓨터 앞으로 자리를 옮겨서 독수리 타법으로 신 나게 자판을 두드렸다. 은덕도 한

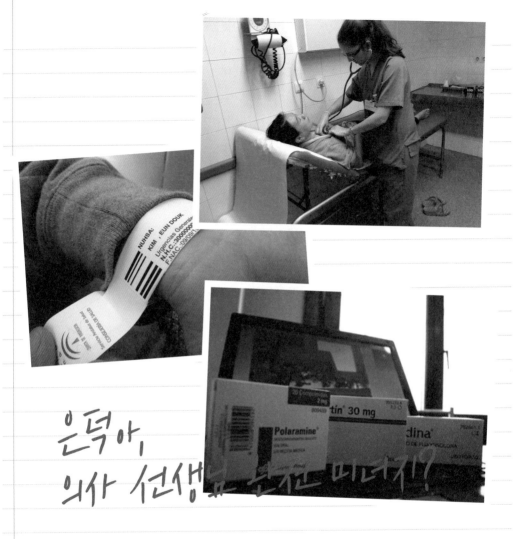

은덕아,
의사 선생님 은 언제 미더기?

언제나 좋은 일만 있을 수 없다는 것.

알고는 있었지만 가장 피하고 싶었던 상황을 마주하니 잠시 멍해졌다.

건강이 최고라고 말만 했지 건강을 지키기 위해 아무런 노력도 하지 않았다.

사소해 보이지만 몸에 대한 관심은 소중하다.

내일이 빨리 왔으면 좋겠어

국에서 둘째가라면 서러울 독수리 타법의 대가였는데 작은 병실 안에 이제는 지구 상에서 사라졌으리라 여겼던 별종이 두 명이나 있다니 놀라웠다. 은덕과 초미녀 의사 선생님을 번갈아 보면서 실소를 터트리고 있는데 초미녀 의사 선생님이 나를 불렀다.

"알레르기! 시간 오래 걸려. 2~3주. 이 약 먹어. 하루에 3번. 아침, 점심 그리고 음……."
"밤?"
"맞아! 밤. 자기 전에. 하나씩."
"주사?"
"오늘은 약만. 시간 오래 걸려. 약국 가서 사."
"고마워. 끝?"
"열나면 병원 와."
"돈은?"
"안 내도 돼."

시간이 좀 걸리더라도 무사히 낫기만 한다면 견딜 수 있었다. 은덕이 자꾸 아프다고 하니 불안한 마음에 한국행 비행기 표도 알아봤었다. 집으로 돌아오며 조금은 기운을 차린 은덕을 보며 마음이 차츰 가벼워졌다. 물론 걱정했던 병원비가 나가지 않은 것에 대한 안도도 있었다. 그나저나 병원비를 안 받은 이유를 아직도 모르겠다. 일요일이었고 응급실이었는 데다 처방전도 받았다. 세비야가 무상 의료를 외국인에게까지 실천하는 곳이었던가? 궁금증은 많았지만 초미녀 의사 선생님의 너그러운 마음씨로 이해하고 집으로 돌아왔다.

건강은
여행의 미래다

은덕이 아팠던 이유는 햇빛 알레르기가 원인이었다. 잘 쉬면 낫는다는 말만 믿고 있었는데 음식을 먹기만 하면 몸이 붉게 변하는 것을 보고 있자니 속이 타들어 갔다. 은덕은 한국에 있을 때 그 흔한 비염도 없었고 집 앞에 있는 나무에서 떨어진 자두를 주워 먹어도 탈이 안 날 만큼 면역에도 아무 문제가 없었다. 런던에서 시작된 감기가 조금 오래간다 싶었는데 감기가 아마도 첫 번째 신호였던 것 같다. 조금 더 옆에서 챙겨 줬어야 했는데 죄책감이 들었다. 감기에 걸렸다고 했을 때 지금처럼 챙겼더라면 이런 고생은 하지 않았을지도 모른다.

하루 이틀, 은덕이 아프다고 한 지 일주일이 넘어가자 몸도 지쳤지만 마음도 지쳤다. 은덕의 증상이 악화될수록 한국으로 돌아가는 것을 심각하게 고민했다. 몇 달씩 이어지는 여행에서 가장 중요한 것은 건강이다. 시차에도 적응해야 하고 낯선 도시 환경과 음식에 트랜스포머처럼 몸을 변신시킬 수 없는 이상 탈이 나는 게 당연했다. 현지에 사는 사람들은 그들의 할아버지의 할아버지, 또 그 할아버지의 몸에서 내려온 유전자로 그곳의 환경과 음식에 적응한 사람들이었다. 아무런 준비운동 없이 현지인과 똑같이 살려고 했던 우리는 자연의 순리를 무시하고 젊음을 과신했었다. 다음 도시에서는 몸이 환경과 음식에 적응하는 시간을 갖도록 여유를 갖자고 서로에게 다짐했다. 그리고 건강은 여행의 미래이니 아프지 않도록 노력하고 아프면 무엇보다 건강 회복을 최우선에 두자고 손가락 걸고 약속했다. 우리는 돌도 씹어 먹을 수 있는 20대와 작별한 지 오래니까.

아프니까 부부다

글 /

런던에서 시작된 감기가 더블린에서도 좀처럼 가라앉지 않았다. 나름 몸 관리를 한다고 가능하면 집에서 쉬면서 체력을 보충하려 했다. 다행히 세비야에 도착할 즈음에는 감기가 호전되었다. 하지만 면역력이 약해졌는지 알레르기가 발생했다. 피부는 막이 하나 덮인 것처럼 두툼해졌고 그 위에 오돌토돌 빼곡히 자리 잡은 두드러기를 확인하고 잔뜩 겁을 먹은 채 약국으로 달려갔다. 약사는 내 얼굴을 요리조리 살피고 팔과 등, 배도 살펴보더니 이렇게 말했다.

"얼굴에만 두드러기가 났네요. 그렇다면 음식 때문은 아니에요. 혹시 선크림 바르고 다녔어요?"

그때 당시 내 병명은 햇빛 알레르기였다. 선크림을 꼭 바르고 다니라는 당부와 함께 알약과 순한 화장품을 몇 개 손에 쥐고 돌아왔다. 검색해 보니 햇빛 알레르기는 면역력이 약해진 상태에서 강한 자외선을 받으면 나타나는 증상으로 별다른 치료법은 없고 그저 푹 쉬면서 면역력을 정상 수치까지 올리고 잘 먹는 방법밖에 없다고 했다.

'하루 이틀 쉬고 약 먹으면 괜찮아지겠지.'

그러니

아프지 마라

"난 너 없으면 안 돼. 그러니까 아프지 마라.

우선 아무거나 주워 먹지 말고, 처음 먹는 건 조심하자!

요즘 하는 것 보면 아팠던 거 잊어버린 것 같아."

"몸도 마음도 지치니 한국에 돌아가고 싶었어. 비행기 표까지 알아봤으니까.

몸이 아프니까 마음도 약해지고, 마음이 약해지니 의지가 흐트러지네. 건강이 최고야."

　　　　　　　　　　　　　　　　　　　　내일이 빨리 왔으면 좋겠어

처음에는 대수롭지 않게 여겼다. 햇빛 알레르기라고 하니 햇빛만 보지 않고 집에서 칩거하다 보면 저절로 나을 줄 알았다. 히지만 나날이 증상이 심해졌다. 복숭아와 멜론을 먹은 다음 날에는 눈도 뜰 수 없을 만큼 부었다. 그리고 팔 안쪽도 두드러기가 나기 시작했다. 게나가 찢어질 것처럼 피부가 건조했다. 태어나서 처음 겪는 증상이었다. 겁이 나서 병원에 가야 하나 싶었지만 나와 종민에게는 여행자 보험이 없었다. 호스트인 알바로는 자신도 비슷한 알레르기가 있어서 매일 약을 먹고 있다며 집 앞에 있는 약국에서 약을 사서 먹으면 괜찮을 거라고 했다. 약국에 가니 복숭아와 멜론 때문에 알레르기가 심해진 것이라며 항히스타민이 들어간 약을 건네줬다. 결과는 최악이었다. 이제는 모든 음식에 거부 반응이 나타났다.

말 한마디에
병이 낫는다면

과일은 물론 계란과 고기, 우유에도 피부가 뒤집어지는 상태가 일주일이 넘게 지속되었다. 토마토를 먹고 또다시 온몸이 엉망이 되었을 때였다. 종민이 굳은 얼굴로 말했다.

"안 되겠어. 병원에 가자. 돈이 얼마가 들든지 너부터 살려야겠어."

한국행 비행기 표를 검색하면서 시름시름 앓고 있는 나를 보고 종민은 응급실에 가자고 했다. 나도 더는 버틸 힘이 없었다. 증상이 심해질수록 머릿속이 복잡해지고 가려움증 때문에 며칠 잠도 자지 못한 상태였다. 병원에 가서 진찰을 받고 난 후 의사 선생님이 했던 말은 간단했다.

"알레르기 맞아요. 지금 먹고 있는 약 그대로 먹으면 됩니다. 한 달 정도 쉬면 괜찮아져요."

그 흔한 주사도 연고도 없이 알레르기라는 진단을 받았을 뿐인데 마음이 편안해졌다. 반쯤 여행을 포기해 버린 상태였지만 의사 선생님의 말 한마디에 힘이 났다. 결국, 모든 것은 면역력 때문이었다. 면역력이 약해진 상태였기 때문에 평소에 잘 먹던 음식에도 거부 반응이 나타났다. 병원을 다녀온 후에는 알레르기 반응을 유발했던 우유, 달걀, 밀, 콩, 돼지고기, 닭고기, 초콜릿, 딸기, 토마토 등을 끊고 종민이 만들어 준 샐러드와 밥만 먹었다. 종민은 수시로 허브 티를 끓여 주었고 시간이 날 때마다 얼음 찜질을 해 줬다.

병원에 다녀온 지 나흘째, 서서히 몸에서 부기가 빠졌다. 가려운 증세도 사라져서 항히스타민제 복용도 중단했다. 팔과 얼굴을 뒤덮었던 두드러기가 사라지더니 두꺼웠던 피부 표면의 각질도 조금씩 벗겨졌다. 얼굴이 심하게 건조한 것과 각질이 많아졌다는 것만 빼면 거의 정상으로 돌아왔다. 병원에 다녀온 지 일주일이 지나고 알레르기 증상이 나타난 지 정확히 2주가 지났을 때였다. 다 나으려면 시간이 걸린다는 의사 선생님의 진단과 처방이 맞았다. 세비야에서 나는 한 가지 결심했다. 이제부터 나는 의사 선생님의 말은 무조건 옳다고 믿으며 살기로.

미스터
타파스왕

글 /

은덕의 알레르기가 호전되고 2주 동안 멀리했던 타파스 Tapas [2]를 먹기 위해 거리로 나섰다. 허기진 배가 내비게이션이 되어 우리를 한 가게 안으로 이끌었다. 작은 가게, 점심시간이 살짝 지났지만 북적거리는 이 가게는 누가 봐도 맛집이다. 가게 밖에서 다른 사람들은 무얼 먹는지 둘러봤다. 사람들의 접시는 모두 깨끗이 비어 있었다. 기대가 커졌다. 입구에서 두리번거리는 우리에게 주방장이 메뉴판을 건넸지만 모두 스페인어였다. 스마트폰으로 회화 사전을 열었다.

"아저씨, 이 집에서 가장 맛있는 타파스를 먹고 싶어요."

주머니 사정을 생각하지 않고 호기롭게 주문을 할 수 있었던 것은 타파스 한 접시가 2~3유로 3,000~4,000원 정도이기 때문이다. 벽마다 빼곡히 걸려 있는 하몽 Jamón, 소금에 절이거나 훈제한 돼지 뒷다리 을 보니 이 집에서 타파스의 주재료로 무엇을 쓰고 있는지 감이 왔다. 하몽은 스페인 요리에서 '약방의 감초' 같은 존재다. 타파스의 재료로 쓰이는 것은 물론 빵 안에 넣어서 샌드위치로 만들어 먹기도 하고 안달루시아의 특산주인 세

---

2) 스페인에서 메인 요리를 먹기 전에 작은 접시에 담겨 나오는 전채 요리를 말한다. 간식으로도 많이 먹는데 '타파'는 덮개라는 뜻이다. 음식에 덮개를 덮어서 먼지나 곤충으로부터 보호하는 습관에서 유래한 명칭인데 요리 방법과 종류가 매우 다양하다.

리주 Vino de Jerez와도 궁합이 좋아 안주로도 먹을 수 있었다. 하몽은 만드는 온도와 발효시킨 연도, 부위에 따라 맛과 종류가 달라진다. 그만큼 식당마다 다양한 하몽이 걸려 있었지만 배불리 먹기엔 가격이 만만치 않아서 마트에서 조금씩 사다 먹었다. 여러 종류의 하몽을 비교해 본 결과 살이 많은 부위보다 돼지 발뒤꿈치 쪽의 질긴 부분이 맛과 식감이 더 좋았다.

밥 대신 타파스,
김치 대신 하몽

한입에 쏙 들어가는 크기의 전채 요리, 타파스는 날이 무더워 파리가 들끓는 지역 특성을 반영한 요리였다. 조리법은 음식이 상하지 않도록 빠른 시간 안에 만들어 먹을 수 있도록 발달했고 다양한 식재료 덕분에 그 맛과 종류가 천차만별이었다. 세비야 사람들에게 하몽과 타파스는 우리의 김치와 밥 같은 존재였다. 그만큼 자주 먹고 즐겨 찾는 음식이다.

마침내 고대하던 타파스가 나왔다. 주방장이 가게에서 가장 맛있는 타파스를 먹고 싶다는 동양인에게 내민 타파스는 어떤 맛일까? 첫 번째 접시에는 얇게 썬 하몽만 담겨 있었다. 숙성이 잘되어서 종잇장처럼 얇은 하몽에 기름기가 좔좔 흘렀다. 눈을 감고 한입 가득 넣어 봤다. 적당히 밴 소금 간, 씹을 때마다 느껴지는 야들야들한 식감 그리고 하몽 표면에 흐르는 기름이 입안을 덮었다.

"아! 은덕아. 하몽만으로도 이렇게 멋진 요리가 될 수 있는 거냐?"

두 번째 접시를 내 앞으로 당겼다. 빵 위에 다진 토마토와 하몽이 얹힌 타파스 2개

구름을 먹는 것 같아!

"만약 남은 인생을 외국 어딘가에서 살아야 한다면 주저 없이 세비야로 갈 거야.

날씨도, 사람도 환상이지만 하몽이 있잖아. 하몽은 신이 내려 준 음식 같아.

게다가 세비야는 식재료의 천국이었어."

"나 역시 세비야의 어떤 점이 당신을 매료시켰느냐고 묻는다면 '음식'이라 하겠어.

콜럼버스가 신대륙을 발견하면서 식재료가 풍부해지기 시작했대.

새로운 식재료를 보면서 흥분했던 주방장들의 환호성이 들리는 것 같아."

가 있었다. 이 접시의 가격은 3유로였다. 양에 비해 조금 비싸다는 생각을 하며 빵 조각을 입에 넣었다.

이 타파스는 말 그대로 입안에서 녹았다. 카스텔라처럼 허무한 증발이 아니었다. 타파스가 머물고 간 자리에는 토마토의 상쾌함과 하몽의 진한 고기 맛 그리고 올리브유의 고소함이 남았다. 구름을 씹는다면 이런 맛이 날 것 같았다. 이 감동을 빨리 주방장에게 전하고 싶었다. 급히 사전을 뒤졌다.

"에스타 무이 리코! Está muy rico"

'아주 맛있다'고 '최고'라고 연달아 외치자 주방장은 잠시 밖으로 나와서 내 어깨를 두드렸다. 자신감 넘치던 그 표정을 잊을 수 없는데 마치 만화 속 장면 같았다. 만화 『미스터 초밥왕』에서 주인공이 만든 초밥을 먹으면 심사위원들이 온갖 미사여구와 함께 하늘을 나는 듯한 표정을 짓곤 했다. 이 만화를 보면서 '뭘 먹으면 저런 표정을 지을 수 있는 것일까?' 궁금했는데 세비야에서 그 궁금증이 풀렸다. 이 타파스를 통해 만화 속 심사위원들의 기분을 초밥에 올라간 고추냉이만큼 알 것 같았다. 나는 이 가게와 사랑에 빠졌다. 그 후, 이틀에 한 번씩 들러서 같은 메뉴를 주문했다. 메뉴의 이름도 발음할 줄 몰라서 찍어 놓은 사진을 들이밀면서 말이다. 손가락으로 사진 속 타파스를 가리키며 주방장을 쳐다보던 내 표정을 보고 은덕은 이렇게 말했다.

"미스터 초밥왕 심사위원이 요기 있네."

게으른 호스트와
우렁 게스트

글 /

세비야에 가을이 찾아왔다. 뿌연 연기를 내뿜으며 군밤을 팔고 있는 상인, 겉옷을 챙겨 입은 행인들, 노랗게 물들어 가고 있는 오렌지 나무까지. 여름이 안녕을 고하고 가을이 성큼 다가왔지만 2주 후에 우리는 유럽을 떠나야 했다. 대신 뉴욕의 가을이 우리를 기다리고 있었다. 대서양 횡단 크루즈를 타고 미국으로 떠날 날이 머지 않은 것이다. 스페인을 떠나기 전, 크루즈를 함께 타는 재율이를 만나기로 했다. 재율이를 스페인에서 만난다는 것은 유럽여행이 정말로 끝나가고 있다는 사실을 의미했다. 재율이는 대서양 횡단 크루즈를 함께 타기로 한국에서부터 약속하고 비슷한 시기에 세계여행을 시작했지만 이동 경로가 달라서 아쉽지만 스페인에서 만나자고 약속했었다. 재율이가 온다는 말에 우리는 아침부터 부지런히 준비해서 시내로 나갔다. 저 멀리 낯익은 얼굴이 보였다.

"재율이다!"

재율이는 고등학교 수학 선생님이었다. 첫인상이 너무 순해서 거친 남학생들에게 어떻게 수학을 가르쳤을까 싶었는데 아프리카에서 넉 달 동안 여행하면서 험한 꼴을 많이 당했는지 순둥이 선생님 모습은 사라지고 경계를 늦추지 않는 날카로운 인상의 남자가 우리 앞에 서 있었다. 서울에서는 서로 존댓말을 했지만 낯선 여행지

매 순간 진심이었던 그의 마음

누군가의 마음을 허무는 것은 만들어진 미소와 계산된 친절이 아닐 것이다.

알바로가 무심코 던지는 말 한마디, 동작 하나하나가 시간이 지날수록 달리 보였다.

너무 털털한 것 아니냐며 원망했던 알바로였지만 매 순간 진심이었던 그의 마음을 이제는 알 것 같다.

지금도 멋진 바에서 연주하며 자신만의 방식으로

여행객의 마음을 훔치고 있을 그에게 안부를 묻고 싶다.

내일이 빨리 왔으면 좋겠어

에서 만나니 반가운 마음에 저절로 반말이 튀어나왔다. 한때는 번듯한 선생님이었지만 지금은 거지꼴이나 다름없는 행색의 남자 어른이었다. 그와 함께 오랜만에 회포를 풀기 위해 알바로가 운영하는 바에 갔다.

알바로는 할아버지에게 아파트를 유산으로 물려받았을 뿐만 아니라 재즈 뮤지션이었고 멋진 바를 운영하고 있었다. 한마디로 세상에서 제일 부러운 놈이었다. 세비야에 오자마자 자신이 운영하는 바의 위치를 알려 주며 놀러 오라고 했었는데 몸도 아팠고 음식도 가려 먹어야 했기에 방문이 늦어졌다. 알바로가 오늘은 꼭 와야 한다고 말했던 터라 재율이와 함께 세비야 시내에서 조금 떨어진 곳에 있는 알바로의 바, 라 에스트라자 La Estraza Taberna 에 갔다. 가게 분위기는 런던의 한적한 펍을 연상시켰다. 세비야의 축복인 태양광을 한껏 담을 수 있도록 설계된 창과 센스 넘치는 인테리어까지 알바로의 남다른 감각이 돋보였다. 가게 감상은 이 정도에서 멈추고 우리는 재율이에게 아프리카 여행기를 들려 달라고 했다.

"여기 오기 며칠 전에 아프리카에서 칼을 든 강도를 만났어요."
"어머, 그래서 어떻게 했어?"
"휴대폰을 달라고 했는데 못 주겠다고 5분쯤 버텼을까? 차를 타고 지나가던 현지인이 얼른 타라고 해서 겨우 빠져나올 수 있었어요."

알바로가 골라 준 안주와 맥주를 마시며 재율이의 파란만장한 아프리카와 인도 여행기를 들었다. 재율이와 이야기하면서 내심 알바로가 서비스 안주 하나 정도 챙겨 주지 않을까 기대했지만 어림도 없었다. 알바로, 장사할 줄 아는 놈이었다. 여자 친구에게는 하트를 백만 개씩 날리면서 맥주를 사는 것을 내가 봤는데 말이다. 그때 1층에서 악기를 들쳐 맨 사람들이 하나둘씩 모이더니 연주할 준비를 하기 시작했다. 알바로가 오늘은 꼭 와야 한다고 한 이유가 바로 이것 때문이었나 보다. 서비스 안주는 못 주지만 좋은 음악은 들려줄 수 있다는 것인가? 처음에는 시큰둥했지만 오랜만에 라이브 음악을 들으니 몸의 감각이 깨어나는 기분이었다. 연주를 한참 듣다가 문득 알바로가 그동안 내가 아파서 계속 집에만 있던 것을 지켜보다가 오랜만에 외출 준비를 하는 것을 눈치채고 이리로 오라고 했던 게 아닐까 하는 생각이 들었다.

의뭉스러운 그대
이름은 알바로

알바로에게는 의뭉스러운 면이 있었다.

"알바로, 어디 갔는지 알아? 며칠 전부터 집에 없는 것 같은데."

숙소에 사는 또 다른 게스트 마농 Manon 이 황당한 표정으로 알바로의 행방을 물었다.

"어디 놀러 갔나 봐. 칫솔과 치약이 없네. 전에도 이런 적이 있었어."
"그래? 그럼 너희한테는 말하고 갔어? 쪽지를 남겼나?"

호스트인 알바로가 며칠 집을 비우면 나와 종민이 이 집에서 가장 오래 머문 사람이 되었다. 그 때문에 알바로의 집에 머무는 몇몇 게스트들은 우리에게 알바로의 행방을 종종 물었는데 알바로는 쪽지 같은 걸 남기는 사람이 아니었다. 알바로는 무신경함과 털털함 사이를 아슬아슬하게 오가는 사람이었다. 처음 알바로의 집에 도착했을 때 방문이 고장 났다고 말했었다. 고쳐 달라는 뜻이었는데 알바로의 대답은 이랬다.

"걱정하지 마. 그냥 열어 놓고 다녀도 돼."

에어비앤비 호스트는 게스트에게 도난과 각종 불미스러운 일을 사전에 예방하기 위해 현관과 방문 열쇠를 함께 주는 것이 일반적이다. 분실은 일차적으로 게스트의 책임이라 방문을 꼭 잠그고 돈이나 귀중품이 있는 가방에는 자물쇠까지 채워 놓는 경우도 더러 있다. 내가 관리를 소홀히 하면 애꿏은 호스트부터 의심하게 되고 그 이웃을 모두 도둑처럼 여기게 되는 것을 말레이시아에서 신발을 도난당하며 우리는 뼈저리게 경험했다. 게스트가 우리밖에 없어도 열쇠를 챙겨야 하는 마당에 알바로의 집에는 무려 게스트가 3팀이나 있었다. 알바로가 에어비앤비를 2년 동안 하면서 방 열쇠가 필요하다고 통감한 순간이 없었다는 것은 물론 다행이었지만 우리는 불안한 상태로 알바로의 집에 머물러야 했다.

어쩌면 알바로는 표현하는 것에 인색한 사람이었는지도 모르겠다. 알바로는 우리에게 스페인 요리를 만들어 주겠다고 했는데 어느 날부터 영문 모를 감자 파이 하나가 주방에 놓여 있었다. 주방을 지나칠 때마다 '설마 이 요리가 그 요리는 아니겠지?' 싶었다. 만들어 놨으면 먹으라고 말하는 것이 인지상정일 텐데 알바로와 몇 번을 마주쳐도 음식에 대한 언급이 없었기 때문이다. 그렇게 감자 파이는 덮개도 없이 주방에서 3일이라는 시간을 보냈고 저택의 주방에서 알바로, 우리 그리고 문제의 음식이 삼자대면을 했다.

"아직 안 먹었네? 너희를 위해 만든 거야. 전자레인지에 돌려 먹어."

황당해하고 있는 우리를 두고 알바로는 또다시 휘적휘적 사라졌다. 털털한 사람도, 까칠한 사람도 만날 만큼 만났건만 알바로는 일찍이 만난 적 없는 강적이었다. 이렇게 무심한 듯 다정한 알바로였지만 한 가지 용서할 수 없는 못된 버릇이 있었다. 나도 설거지라면 끔찍이 싫어하는 사람인데 알바로는 더한 사람이었다. 적어도 나는 내가 먹은 접시는 시간이 오래 걸려도 닦았는데 알바로는 꼭 우리가 하게 만들었다.

'그는 다정한 사람이다'에 한 표

"외부 활동이 많아 집안 살림에 신경 못 쓰는 건 이해하지만 이 친구 좀 심했어.

그 집에서 하도 설거지해서 주부습진까지 생겼어. 밥 먹으려면 그릇부터 씻어야 했으니까!"

"8개월 동안 12명의 에어비앤비 호스트를 만나봤지만 알바로 같은 애는 처음 봤어.

무신경과 털털함의 경계에서 오해를 사기 쉬운 타입이야. 그렇지만 난 '그는 다정한 사람이다'에 한 표!"

내일이 빨리 왔으면 좋겠어

"이것 봐. 설거지 또 안 했어. 도대체 무슨 생각인 거지?"

종민의 격앙된 목소리가 주방에서 들렸다.

"큰 집에 살면 이래도 되는 거야? 바를 운영하면 이래도 되는 거야? 상속자는 다 이런 거야? 동양에서 온 꼬꼬마라고 우리를 무시하는 거야?"

알바로를 향한 원망의 레퍼토리는 점점 다양해졌고 설거지를 싫어하는 나 때문에 종민은 주방에서 점점 더 많은 시간을 보냈다. 급기야 바깥 활동이 많은 집주인을 대신해 살림을 도맡아 하기 시작했다. 새로 오는 게스트를 맞이해 집안 이곳저곳을 안내해 주는 것도 종민의 몫이었다. 앓아누운 내 밥을 챙겨 주는 것은 그렇다 쳐도 바쁘고 게으른 호스트를 대신해 청소와 설거지를 했다. 괜한 수고라고 말리고 싶었지만 더러운 것을 참지 못하는 종민의 깔끔쟁이 성격에서 비롯된 행동이니 어쩔 도리가 없었다. 하지만 알바로와 알바로의 집이 나쁜 것만은 아니었다. 이 집을 다녀간 게스트들이 남긴 100여 개의 후기는 모두 칭찬 일색이었다. 그가 깔끔하지 않고 무신경한 사람인 것은 사실이지만 오히려 이런 점이 게스트를 편하게 만들었다. 아파서 2주 동안 집 안에만 있었고 음식을 가려 먹어야 해서 끼니마다 요리를 직접 해야 했지만 전혀 눈치가 보이지 않았다. 알레르기 증상이 완전히 사라지려면 3주 이상 걸릴 거라고 의사는 말했지만 2주 만에 완쾌되었던 것은 그만큼 마음 편히 쉬었다는 증거가 아닐까?

우리가 세비야를 떠날 날이 얼마 남지 않았을 때, 알바로의 행방이 묘연한 지 5일이 넘어갔다. 보통이었다면 호스트와 인사를 못 하고 떠날까 봐 안타까워하고 초조했겠지만 이번에는 그렇지 않았다. 알바로와 사이가 특별히 나쁜 것도 아니었고 서운한 것이 있는 것도 아니었지만 알바로와 이별하는 가장 자연스러운 방법은 이렇게 있는 듯 없는 듯 헤어지는 것이라 여겨졌다. 그리고 실제로 그렇게 헤어졌다. 하고 싶은 말을 모두 마음에 묻고 우리는 바르셀로나로 떠났다. 한 달이라는 시간을 같이 보낸 알바로에게 고마웠다고 그래도 설거지는 좀 하는 게 어떻겠냐고, 앞으로도 바를 멋지게 운영하라고, 가끔은 서비스 안주로 생색도 좀 내라고 할 말이 많았는데…….

어디까지나 주관적이고 편파적인
세비야 한 달 생활 정산기

* 도시 *

세비야, 스페인 / Sevilla, Spain

* 위치 *

플라자 데 쿠바 Plaza de Cuba

(시내까지 도보 20분 소요)

* 주거 형태 *

아파트 / 룸 쉐어

* 기간 *

2013년 9월 24일 ~ 10월 22일 (28박 29일)

* 숙박비 *

총 580,000원

(장기 체류 할인 적용,

1박 당 정상 가격은 42,000원)

* 생활비 *

총 1,180,000원

(체류 당시 환율, 1유로 = 1,500원)

* 2인 기준, 항공료 별도

* 은덕 유럽에서 가장 저렴한 숙소였어. 집도 좋았는데 말이야. 알바로가 합리적으로 한
달 숙소 비용을 책정한 것 같아. 1박에 42,000원이면 한 달에 100만 원이 훌쩍
넘는 비용이잖아. 그런데 한 달 숙박비용은 에어비앤비 수수료를 제외하면 50만
원대였어. 장기체류 할인이 이만큼 파격적이니 평이 좋을 수밖에.

* 종민 대신 생활비가 많이 들었지. 영국이나 이탈리아보다 스페인 물가가 저렴했지만
신선하고 좋은 재료로 매 끼니 밥이 있는 식사를 만들어 먹었으니까. 그리고 하몽
과 타파스도 우리가 좀 많이 먹었지. 흐흐.

만난 사람: 5명 + α

호스트였던 상속자 알바로, 시에스타 후 밤이 되면 거리로 쏟아지던 수많은 세비야의 낮져밤이들, 투우를 보며 열광하던 사람들, 초미녀인 데다 명의였던 의사 선생님, 멋진 타파스를 만들어 주던 주방장, 아프리카에서 상남자가 되어 돌아온 재율이, 알바로의 행방을 우리에게 묻던 마뇽.

방문한 곳: 6곳 + α

세비야를 한눈에 볼 수 있었던 메트로폴 파라솔, 황금시대를 재현하려 만든 에스파냐 광장, 전통과 폐습을 고민하게 했던 투우장, 일요일의 병원 응급실, 꿀맛이었던 타파스 가게, 알바로가 운영하던 재즈 바.

만난 동물: 2마리

투우사를 태우고 경기장을 누비던 말과 피 흘리며 죽어간 검은 황소.

그를 버릴 수도,
안을 수도 없다

글 /

이스탄불에서 구입한 노트북이 6개월째 먹통이다. 상태를 제대로 확인하지 않고 비행기에 올라탄 나 역시 밥통이다. 피렌체에 도착해서야 마우스 패드 부분이 작동하지 않는 하자 상품이라는 걸 알았다. 밥상에 식사는 차려져 있는데 숟가락이 없는 불편한 상황이랄까?

"은덕아, 우리가 방문하는 도시 중에 딱 한 군데 서비스센터가 있어."

다른 나라에서 구입한 노트북이었기 때문에 일반 서비스센터가 아닌 글로벌 서비스센터에서만 수리할 수 있는데 우리가 이동하는 경로에서는 딱 한 곳, 바르셀로나에만 글로벌 서비스센터가 있다. 그렇게 노트북을 버리지도, 수리하지도 못한 채 그림의 떡처럼 6개월을 들고 다녔다. 가끔 날이 좋거나 바람이 좋을 때 한 번씩 열어서 그동안 노트북이 정신을 차리지 않았을까 기대했지만 애석하게도 우리가 구입한 노트북은 자체 수리 능력을 탑재하지 않은 모양이었다.

바르셀로나는 은덕에게는 크루즈를 타기 위한 낭만이 가득한 항구였지만, 나에겐 노트북 수리점 그 이상도 이하도 아니었다. 바르셀로나 공항에 도착하자마자 택시를 잡고 기사님에게 주소를 들이밀었다. 숙소가 있는 바르셀로나 시내와 반대 방향

경품으로 새 컴퓨터를 받은 것처럼

"전원이 들어 올 때 그리고 마우스가 무사히 움직일 때,

노트북을 사용하면서 이처럼 기뻤던 때가 없었어."

"경품으로 새 컴퓨터를 받은 것 같은 기분이었다니까!

휴가까지 반납하고 우리 노트북을 고쳐 준 직원들의 노력이 고마웠어."

으로 한참을 달리던 택시는 허허벌판에 우리를 내려놓았다. 이런 곳에 세계적인 회사의 글로벌한 서비스센터가 있을 줄은 정말 꿈에도 몰랐다.

"메인보드 고장이네요. 부품을 교체해야 하는데 부품이 이탈리아에 있어요."

이탈리아라니! 우리는 이 녀석을 끌고 이탈리아에서부터 여기까지 왔다. 자그마치 6개월, 반년이 걸려서 서비스센터에 도착했는데 이게 무슨 소리인가! 청천벽력은 여기서 끝나지 않았다.

"부품이 오려면 일주일이 걸려요. 다음 주에나 수리할 수 있겠네요."

나와 은덕은 사흘 뒤, 크루즈를 타고 대서양을 건너야 하는데 다음 주에 오라는 말에 하늘이 노래졌다.

"고장 난 노트북을 사는 바람에 제대로 사용도 못 했어요. 먼 길을 돌아서 6개월 만에 여기에 왔는데 좀 도와주세요. 우리는 이번 주 일요일에 배 타고 미국으로 간단 말이에요."

배고픈 고양이가 주인을 바라보는 눈동자를 본 적이 있는가? 내 꼴이 그랬다. 처음에는 어렵다고 하던 서비스센터의 직원들도 우리의 안타까운 사연을 듣더니 다급하게 움직였다. 심각한 얼굴로 이곳저곳 전화를 돌리기 시작했다.

"여기 계신 손님은 목요일까지 부품을 받아야 해요. 네! 더 늦으면 안 됩니다. 이 분, 6개월을 못 썼대요. 들고만 다녔대요."

스페인 사람들은
오지라퍼?

다양한 국적의 호스트에게 예약 문의를 하면서 우리를 소개하는 글을 덧붙였는데 가장 적극적으로 관심을 보이고, 질문도 많이 하는 사람은 대체로 스페인 사람들이었다. 비록 우리가 선택한 곳은 무심하기 짝이 없는 알바로의 집이었지만 세비야에서 잠시라도 대화를 나눈 사람들은 모두 우리에게 과하다 싶을 만큼 깊은 호감을 표현했다. 우리가 만든 동영상이 온라인상에서 퍼질 때도 스페인 사람들의 호응이 제일 컸다. 그때는 그저 스페인 사람들은 모두 오지라퍼인 것 같다고 여겼는데 우리 생각이 잘못됐다. 서비스센터 직원들은 부품을 빨리 좀 보내 달라고 여기 있는 이 사람의 사정을 좀 들어 보라며 마치 자기 일인 것처럼 수화기 건너편 직원을 설득하고 있었다. 그 모습 자체로도 노트북이 수리되지 않더라도 기꺼이 몇 개월은 더 먹통 노트북을 들쳐 메고 다닐 수 있을 것 같은 위로를 받았다. 3일 후, 다시 찾아간 서비스센터에는 케이스까지 새것으로 싹 바뀐 애물단지 노트북과 함께 담당 직원은 물론 휴가 간다던 엔지니어까지 나와서 우리를 기다리고 있었다.

"부품이 오늘 새벽에 겨우 도착해서 수리하느라 휴가도 반납했어요. 급하게 고쳐서 잘 작동하는지 아직 확인도 못 해 봤네요."

행여라도 작동되지 않을까 봐 노트북 전원 버튼을 누르는 나를 긴장된 눈빛으로 모든 직원이 바라봤다. 그들의 정성 덕분에 완전히 새 물건이 된 노트북은 보란 듯이 성능을 뽐냈고 직원들은 마치 자기 일인 것 마냥 기뻐했다. 나와 은덕은 6개월 만에 자신의 정체성을 증명한 노트북보다 자기 일처럼 기뻐하는 그들에게 고마웠다. 그리고 스페인 사람들은 모두 오지라퍼인 것 같다고 말한 것을 후회했다. 그들은 그저 정 많고 좋은 사람들이었다.

먹물 파에야를
먹어 보았나요?

글 /

바르셀로나에서 우리가 머물 수 있는 시간은 고작 일주일이었다. 하나의 도시를 이해하고 떠나기에는 부족한 시간이라 그냥 세비야에서 더 머물다가 바로 크루즈를 탈까 했지만 바르셀로나를 보지 않고 떠나기는 아쉬웠다. 바르셀로나 숙소는 람블라 거리 Las Ramblas 근처에 있었다. 관광객으로 넘쳐 나는 거리에서 단 몇 분만 서 있다 보면 매력적인 얼굴을 감추고 있을 것만 같던 바르셀로나도 세계 어느 나라에나 있는 관광 도시와 다를 바가 없었다. 에어비앤비 바르셀로나 지사에서 근무하는 에바 Eva도 비슷한 이야기를 했다.

"맞아. 바르셀로나에서 스페인 특유의 분위기는 많이 사라졌다 봐야겠지. 활기차고 자유롭다기보다는 전체적으로 바쁘고 침착해. 다른 유럽 대도시와 비슷한 분위기야. 하지만 보케리아 시장 La Boqueria은 달라. 거기 가 봤어?"

바르셀로나 시장의 규모와 식재료의 다채로움은 유럽의 어느 시장과도 비교가 불가한데 그중에서도 보케리아 시장은 규모 면에서도, 상품의 다양성에서도 상위에 속했다. 관광객은 물론 현지인 모두에게 사랑받는 시장이라 주말에 가면 발 디딜 틈이 없었다. 무화과, 멜론 등 제철과일도 많고 튀김, 볶음밥, 빵 등 끼닛거리도 많아서 어슬렁거리면서 조금씩 사 먹다 보면 한 끼는 충분히 때울 수 있다. 현지의 신선한 재료로 요리를 꼭 만들어 먹고 싶었는데 바르셀로나에서 묵었던 숙소는 안타깝게도 부엌을 사용할 수 없어서 훌륭한 식재료를 앞에 두고도 발길을 돌려야 했다. 대신 에바에게 지역에서 소문난 맛집을 추천해 달라고 했다. 바르셀로나에서 태어나 바르셀로나에서 자란 에바의 선택을 받은 그곳은 어떤 음식을 팔고 있을지 궁금했다.

"스페인 음식 말고 바르셀로나 음식 말이지? 음, 사실 딱히 없어. 나도 매일 일식이나 이탈리아 요리를 먹는걸."

한참을 고민하던 에바는 먹물 파에야 Paella, 프라이팬에 쌀과 고기, 해산물 등을 함께 볶은 에스파냐의 전통요리 를 먹을 수 있는 식당을 소개해 주었다.

"바르셀로나에는 지역 음식이라고 할 만한 게 별로 없어. 기껏해야 먹물 파에야 정도랄까? 여기에 한번 가 봐."

이 맛을
평생 모르고 살 뻔했네

에바가 소개해 준 식당은 람블라 거리에서도 한참이나 떨어진 지역이었다. 주로 현지인들이 거주하는 곳이었는데 어렵게 찾아간 식당은 문이 꽁꽁 닫혀 있었다. 팔고 있는 음식의 종류와 가격을 알려 주는 안내문도 없었다. 다른 사람들은 의심스럽다며 발길을 돌렸겠지만 나와 종민은 오히려 이런 징후를 맛집의 척도로 여긴다. 도도한 가게의 풍모를 보며 진짜 맛집의 포스가 느껴진다고 좋아했다. 문을 열고 들어간 식당의 내부는 매우 소박했다. 서빙하는 분 모두 나이가 지긋해 보였다. 자리를 안내받고 먹물 파에야와 해산물 파에야를 주문했다.

이 맛을 평생 모르고 살 뻔했네

마치 숯가루 같았던 먹물 파에야.

약인지 음식인지 알 길이 없었던 이 정체불명의 요리에 우리는 푹 빠지고 말았다.

입안은 검게 물들었지만 우리의 마음속은 핑크빛이었다.

적어도 파에야를 먹는 동안에는 말이다.

긴 기다림의 시간이 지나고 마침내 앞에 도착한 접시는 우리를 깜짝 놀라게 했다. 사람이 먹을 수 있는 음식 중에서 이렇게 까만 음식이 있을까? 파에야를 처음 보았을 때 머릿속에 떠오른 것은 숯가루였다. 세비야에서 알레르기 때문에 고생할 때 한국에서 챙겨 온 숯가루를 먹었었는데 파에야는 칠흑같이 검은 숯가루를 잔뜩 뿌린 듯한 비주얼을 뽐내고 있었다. 이 집에서 만드는 먹물 파에야는 눈으로 먹는 맛은 애당초 포기한 것 같았다. 까만 색깔에 홀려서 이리저리 카메라 셔터를 누르던 종민은 이내 호기심 가득한 눈으로 한 입 떠서 입으로 가져갔다.

"우와, 한번 먹어 봐. 정말 맛있어. 해산물도 신선하고 엄청 고소해!"

종민을 따라서 한 입 먹고 난 후 에바가 왜 이 집을 추천해 주었는지 알 수 있었다. 고소하고 짭조름한 간, 진한 향기를 풍기는 해산물과 먹물의 식감이 입안에서 쉽게 사라질 줄 몰랐다.

"색깔만 봐서는 먹고 싶은 맘이 안 생기는데 의외의 맛이야. 에바가 추천하지 않았다면 이 맛을 평생 모르고 살았을 거야!"

우리도 떠나자,
대서양 횡단

글 /

24개월, 24개 도시, 24명의 에어비앤비 호스트. 이 모두를 하나로 엮는 한 달에 한 도시 여행의 첫 번째 여정이 끝나가고 있었다. 부모님과 함께 떠났던 도쿄 여행, 쿠알라룸푸르에서의 한 달 살기, 그리고 유럽에서의 여정까지 총 8개월이라는 시간이 흘렀다. 이제 첫 번째 여정의 끝인 바르셀로나에 나와 종민이 있다. 우리는 유럽과 뜻깊은 이별을 하기 위해 오래전부터 준비해 온 것이 있다. 바르셀로나에서 미국 플로리다에 있는 포트 로더데일 Fort Lauderdale로 향하는 대서양 횡단 크루즈에 오르기로 일찍이 정해 놓은 것이다. 이것이 아메리카 대륙에 발을 들여놓는 가장 우아한 방법이 아닐까? 게다가 미국 공항 입국심사대의 전신 스캔도 피할 수 있다.

"이 드레스 어때?"
"어깨가 너무 커 보여."
"이건?"
"좀 작지 않아?"

크루즈에서 입을 드레스와 턱시도를 고르기 위해 종민과 나는 바르셀로나의 모든 상점을 뒤졌다. 한국에서 그랬던 것처럼 마음에 드는 것은 비쌌고 싼 것은 사이즈가 없었다. 어렵사리 드레스와 턱시도도 장만하고 크루즈 승선을 위한 서류를 챙기면서 틈틈이 다음 여행지인 뉴욕 New York에서 우리가 머물 에어비앤비 숙소의 주인과 연락을 주고받았다. 크루즈에서는 보름 동안 인터넷을 사용할 수 없다. 입국을 위한 인터뷰에 대비해 질의서도 준비하고, 미리미리 자료 검색도 해 두었다. 게다가 우리는 직업이 없었기 때문에 미국 입국 심사대에서 잠재적 불법 체류자로 분류될 가능성이 높았다. 영국 입국 당시 느꼈던 모욕적인 감정을 다시 느끼고 싶지 않았기에 철저하게 준비했다. 그동안 우리가 여행했던 기록과 앞으로의 여행 스케줄을 엑셀로 정리해서 인터넷을 사용할 수 없는 곳에서도 확인할 수 있게 했고, 미국에서 멕시코로 이동하는 비행기 표까지 출력해 놓았다.

"종민, 유럽을 떠나는 기분이 어때?"

우리가 생각할 수 있는 모든 준비를 마쳤고 이제부터 생기는 변수는 불가항력이라 여기기로 마음먹은 후였다.

"유럽을 마음껏 여행해서 아쉬움은 없지만 스페인을 떠난다는 것은 미련이 남아. 이번 여행이 끝나면 스페인만 다시 와서 천천히 둘러보고 싶을 정도야."
"나도 안달루시아 말고 발렌시아나 바스크 지역에서도 한 달씩 지내고 싶어. 하지만 지금은 크루즈도 기대되고 뉴욕에서 한 달을 어떻게 보낼까 생각하느라 지난 시간에 대한 아쉬움은 없어. 내일이 그냥 빨리 왔으면 좋겠네."

콜럼버스를 따라서

그렇다. 내일이면 우리는 리버티호 Liberty of the Seas의 수영장에 누워서 대서양을 바라보며 글을 쓰고 있을 것이다. 리버티호는 타이타닉호의 4배 크기로 16만 톤에 해당하

유럽을 떠나는 기분이 어때?

어렸을 때에는 지구 반대편에 누가 살고 있을지 궁금했었다. 그리고 지금 지구 반대편으로

직접 확인하러 가고 있다. 남극의 빙하, 우유니 소금사막, 아마존, 이구아수 폭포 등 이름만 들어도

설레는 곳이 우리를 기다리고 있다. 게다가 우리가 세계여행을 시작한 이유, 아르헨티나 스테이크를

입에 넣을 날이 머지않았다.

는 거대한 크루즈다. 승객은 총 3,500명, 직원은 1,500명이어서 탑승 인원만 총 5,000명이다. 크로아티아에서 머물렀던 바카르의 총인구가 1,500명이었던 것을 생각하면 어마어마한 숫자다. 크루즈의 시설과 서비스는 배의 등급에 따라 다른데 리버티호는 상위 두 번째 등급에 속하는 4.5성급 크루즈로 조깅과 수영은 물론 암벽 등반도할 수 있다. 바다 위를 달리면서 인공 파도타기도 즐길 수 있으며 아이스 스케이팅도 재주만 있다면 할 수 있었다. 대서양 위에서 뮤지컬 공연도 열리며 면세점 쇼핑도가능하다고 하니 우리의 여행 중에서 이때만큼 럭셔리한 순간은 다시 없을 것이다.

우리가 크루즈에서 머무는 방은 내측 선실로 창도 없는 가장 작고 싼 방이었다. 바다로 창이 난 발코니 방과는 가격이 2배 이상 차이가 났지만 24시간 운영되는 뷔페식당과 매일 저녁 세계의 다양한 요리가 우리를 기다리고 있었다. 요가와 와인 시음회, 카지노 등 일부 유료 서비스도 있지만 대부분 무료였다.

우리가 리버티호에서 보내는 시간은 14박 15일이다. 1년 전쯤에 예약했고 1인당 가격은 100만 원. 유럽에서 미국으로 가는 비행기 값보다 정확히 2배가 비쌌다. 돈도더 내고 시간도 오래 걸리는 비효율적인 선택이었다. 그럼에도 우리가 이런 선택을한 것은 콜럼버스를 따라 신대륙, 미국에 가 보고 싶었기 때문이다. 그리고 막연히노후에 크루즈를 타며 여행하겠다는 꿈은 갖고 있었는데 생각보다 일찍 그 꿈을 이룰 기회를 놓칠 수 없었다. 한국을 떠날 때는 '과연 우리가 크루즈에 오르는 날이 올까' 싶었다. 그런데 승선을 단 하루 앞두고 있다. 설렌다. 아니 설렌다는 말로는 부족하다. 신대륙을 찾아 길을 떠나기 전, 콜럼버스의 마음이 이랬을까 싶다. 수시로시계를 쳐다보며 출항 시간으로부터 남은 시간을 계산했다. 바르셀로나에서 마지막 밤을 보내고 눈을 떴을 때 우리가 해야 하는 일이 미국으로 가는 배에 몸을 싣는것이라는 사실에 전율하며 한 발 한 발 크루즈에 다가섰다.

어디까지나 주관적이고 편파적인
바르셀로나 생활 정산기

 ＊ 도시 ＊
바르셀로나, 스페인 / Barcelona, Spain

 ＊ 위치 ＊
람블라 거리까지 도보로 10분 소요

 ＊ 주거 형태 ＊
빌라 / 룸 쉐어

 ＊ 기간 ＊
2013년 10월 21일 ~ 10월 27일 (6박 7일)

 ＊ 숙박비 ＊
총 200,000원

(장기 체류 할인 적용,

1박당 정상 가격은 42,000원)

 ＊ 생활비 ＊
총 400,000원

(체류 당시 환율, 1유로 = 1,500원)

＊ 2인 기준, 항공료 별도

＊ 크루즈 탑승비: 총 2,000,000원

 ＊ 은덕 바르셀로나 숙소에 다시 가라면 갈 수 있겠어? 위치도 좋고 가격도 나쁘지 않았
지만 너무 더러웠어. 호스트는 잘 차려입고 깔끔하게 다니면서 집은 왜 그렇게 엉
망으로 하고 다닐까?

 ＊ 종민 부엌에는 개미가 득실거리고. 집에 들어가기가 싫어서 바깥에 머무는 시간이 많
아졌지. 생활비도 거기에 비례해서 많이 나갔고. 아닌가? 우리가 크루즈 간다고
이때 옷을 좀 많이 샀나?

만난 사람: 3명 + α

6개월 동안 먹통이던 노트북을 고쳐 준 고마운 직원들, 에어비앤비 바르셀로나 직원이자 먹물 파에야의 세계를 열어 준 에바, 에한과 견줄 만큼 더러웠던 호스트.

방문한 곳: 3곳 + α

노트북 글로벌 서비스센터, 에바가 소개해 준 기막힌 파에야 식당, 식재료의 천국이라 불릴만한 보케리아 시장.

에어비앤비
바르셀로나 지사 방문기

그들에게도
꿈의 사무실은
있다

우리가 만든 동영상인 'You can be our Airbnb host'가 각국의 에어비앤비 트위터로 공유되기 시작했다. 내 손으로 만든 결과물이 관심을 받고 있다는 것만으로도 신 나는 일인데 세계 각국의 에어비앤비 지사에서 우리를 초대하기 시작했다. 그렇다고 해서 에어비앤비 사무실을 찾는 일이 편해지지는 않았다. 영어는 여전히 우리의 발목을 잡았다. 유럽에서 방문할 마지막 에어비앤비 사무실만큼은 영어에 대한 두려움을 떨치고 가벼운 마음으로 가고 싶었기에 런던에서 만난 정희 누나와 함께 바르셀로나 지사 직원들이 물어볼 법한 내용을 미리 연습했다. 이렇게 단단히 대비하는데는 그럴만한 이유가 있었다. 앞서 방문한 싱가포르, 런던, 파리, 더블린 지사 직원들이 한결같이 추천한 곳이 바로 바르셀로나였기 때문이다.

"너희 바르셀로나에도 갈 거야? 거기 사무실이 진짜 끝내줘!"

에어비앤비 직원들은 만날 때마다 바르셀로나 지사는 꼭 가야 한다며 신신당부를
했다. 모두가 부러워하는 글로벌 회사 직원들에게도 꿈의 사무실이 있는 것일까?

바르셀로나 사무실이 천국인 이유, 하몽

바르셀로나의 명동이라고 할 수 있는 람블라 거리 Las Ramblas. 이곳에 위치한 바르셀로
나 지사는 주변 분위기부터 활기가 넘쳤다. 트위터로 공유된 우리의 동영상을 보고
가장 열광적인 관심을 보내온 곳이 바로 스페인이었다. 스페인에서는 우리 집에서 살
라는 댓글이 무려 1,000개가 넘었다. 이처럼 유독 뜨거운 반응을 얻었던 것은 에어비
앤비 바르셀로나 지사 트위터를 운영하던 에바의 정성 덕분이었다. 우리를 사무실로
초대한 것도 에바였는데 사무실 문을 열자마자 에바가 기다렸다는 듯 인사를 건넸다.

"그동안 에어비앤비 사무실을 몇 곳이나 들렀어?"
"싱가포르, 파리, 런던, 더블린, 여기까지 다섯 번째야."
"너네 진짜 멋지다! 어디가 제일 좋았어?"

"물론 바르셀로나가 최고지! 하하하."

싱가포르 사무실은 똑똑한 청년들이 모여 있는 학교 같은 느낌이었다. 호젓한 동네의 오래된 건물을 깔끔하게 리모델링해 쓰고 있었고 전체적인 분위기가 한국의 삼청동 어딘가를 연상시켰다. 한바탕 싸운 후에 방문했던 파리 사무실은 '나의 방'을 콘셉트로 꾸몄고 낙서가 가득한 휴게실과 욕조를 침대로 꾸민 센스가 인상적이었다. 은지 씨와 함께 방문했던 런던 사무실은 낡은 외관과 달리 넓고 깨끗한 실내가 눈에 띄었다. 효율과 합리를 중요시한 인테리어가 건조해 보일 수도 있지만 중앙에 놓인 테니스 코트와 앤틱한 소파가 포인트를 주고 있었다. 에어비앤비 유럽 허브를 목표로 하던 더블린 사무실은 규모부터 달랐다. 4층 주택을 개조해 만든 사무실은 아늑하면서도 클래식했지만 매주 합류하는 새로운 직원들 덕분에 분위기는 늘 상기되어 있었다.

"사무실을 구경해 볼래?"

에바의 안내에 따라 바르셀로나 사무실을 둘러봤다. 오밀조밀한 공간이었지만 높은 천장 덕분에 채광이 좋았고 답답하지 않았다. 식재료의 천국다운 스페인답게 식료품 가게를 콘셉트로 만든 회의실은 잠시 우리를 위한 스튜디오가 되었다. 사진을 찍고 잠시 쉬고 있을 때 우리의 눈을 사로잡는 무엇이 있었다.

"어머나! 에바! 저거 진짜 하몽이야?"

벽에 걸려 있는 하몽을 보고 은덕이 소리쳤다. 애석하게도 모형이었지만 각종 모형 식재료를 활용한 인테리어 센스가 남달랐다.

"하몽을 들고 있어 봐. 사진 찍어 줄게."

큼직한 하몽을 이고 사진을 찍고 테라스에서 바르셀로나 풍경을 내다보고 있자니 흐뭇하기 그지없었다. 이국적인 분위기에 취해서일까? 나도 모르게 지킬 수 없는 약속을 하고 말았다.

"다음 도시에 가면 엽서 보낼게."
"엽서? 기대해도 되는 거지? 오늘 찍은 사진은 트위터로 공유해 줄게. 벌써 반응이 기대되는걸? 하하하. 남은 여행도 무사히 잘 마쳐야 해! 아디오스 Adios!"

전 세계 사람들의 주목을 받고 있는
에어비앤비 사무실을
방문할 수 있었던 것은 뜻밖의 행운이었다.
처음에는 그들이 일하는 모습을 엿볼 수
있다는 것이 흥미로웠지만
시간이 흐를수록 어디선가 우리를 기다리고
있는 누군가가 있다는 사실이 고마웠다.
눈물 나게 말이다.

행복을 미루지 않고
떠나서 다행이야!

우리 같은 사람도 책을 낼 수 있다는 사실이 신기했다. 책이 나온다고 떨리는 마음
으로 주변에 알렸는데 반응이 뜻밖이었다. 누구나 책은 낼 수 있다며, 너희 책이 돈
을 내고 사서 볼 가치가 있는 것이냐고 물었다. 세계여행을 다녀와 책을 낸 사람이
3명이나 된다고 말하는 지인도 있었다. 사람들의 우려에도 불구하고 우리는 책을
썼다. 한 달에 한 도시씩 머무는 생활여행자가 우리 말고 또 있으면 어쩌지? 걱정
하면서도 말이다.

여행하면서 삶에도 생각에도 변화가 있었다. 기내용 캐리어 2개면 우리 부부가 2년
동안 살아가는 데 충분하다는 것을 알았고 집 없이 방 한 칸 빌려 쓰며 살아도 풍요
로울 수 있다는 것을 배웠다. 집도 옷도 신발도 화장품도 우리는 이미 너무 많은 걸
소유하고 살았던 것은 아닐까? 때때로 우리가 힘에 부쳤던 것은 쓸데없는 욕심을
짊어지고 있었기 때문이 아니었을까? 많은 것을 내려놓고 마지막 비빌 언덕이었던
전세금마저 빼서 떠난 여행이었다. 가진 걸 버리기까지 숱한 고민이 있었지만 행복
을 미루지 않고 떠나온 걸 다행이라 여긴다.

헤어지지 않는다면
별일이 없다면

우리가 여행하면서 헤어지지 않는다면, 별일이 없다면 한 달에 한 도시씩 살면서 싸우고 화해하는 여정은 남미를 가로지르고 아시아로 건너가 마무리될 예정이다. 여행을 통해 앞으로 우리가 무엇을 할 수 있으며 또 무엇을 하고 싶은지, 무엇을 해야만 하는지 힌트를 얻고 싶다.

다시 시작하는 글

To be continued...